解放之子

胡果威 著

上海三联书店

1950年代去世的祖父母

1978年9月大学入学前与妻在上海拍的结婚照

抗战前父亲在天津中南银行屋顶天台上

上海外滩15号（原为国民党"中央银行"，现为上海外汇交易中心），该建筑为上海市的优秀历史建筑

父母在思南路"中央银行"宿舍前

五个月夭折的大哥。母亲为此痛不欲生，故
此后特别宠爱哥

上小学时全家在上海衡山公园（前右为作者）

1960年代初，"三年自然灾害"时全家合影（后左为作者，身体十分瘦弱）

1969年春到吉林插队前的全家合影（后右为作者）

1969年春踏上东北的土地，在大连海滨留影
（身着的是统一的国防绿棉衣裤）

老李户长（戴帽者）带领集体户全体知青在田头学习《毛主席语录》（左侧为作者）

小马户长（左三）在田头带领集体户全体知青开"（阶级）路线分析讲用会"（小黑板右侧为作者）

下乡后第三年底小宽终于有了电灯（这是在土坯房内读书时摄）

坐在长春拖拉机厂生产的"东方红28"拖拉机上

1972年春在上海与后成为妻子的表妹合影两张

1982年1月毕业前吉林大学外语系英语专业77级一班全体同学合影（前排中为作者）

1985年获国际商学硕士

1994年夏获法学博士学位，与夫人及三叔（原为哥伦比亚大学终身教授）、三婶在纽约林肯中心前

吉林大学毕业后在云南民族学院执教英语，1983年春出国前与"82级英专"二班合影

1979年初到位于中缅边境的澜沧探望新婚妻子时见到的当地少数民族儿童

原土坯的知青"集体户"（五间房）地基，现由外来户改建成
三间，但房屋样式完全相同

当年集体户的围墙，三十年后居然还在

三十年后与富农的儿子于义福重逢，当年
老李户长指控我抢他女儿的包子吃

当年教我犁地、赶车的四老板

2002年重访小宽时回味当年赶马车，时隔整三十年了

重返当年插队故地，叼个大烟袋

东北的狗皮帽

早请示、晚汇报

赶马车

在南荒的大野甸子上"搂柴禾"，
一位贫下中农大娘说："这帮青年啊，
就像小牲口似的。"

老牛拉破车

挖沟子

集体户的"干打垒"住房，
右边墙角是露天茅坑

东北的炕和炕桌

中午送饭到地头

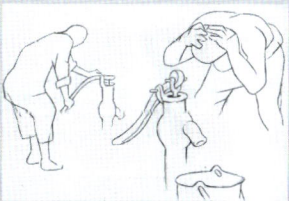

下工后在井边洗尘

当年集体户知青生活速写（蒋晓为绘）

2004年父亲去世后作者到镇江为三公公上坟，石碑为镇江市政府为三公公
捐赠古书和文物而立

前　　言

1989 年读了郑念女士的《生死在上海》之后,突然萌生了写书的念头。是年 12 月郑妈妈到纽约的亚洲协会讲演,有幸与她见面。老人家言谈儒雅,仪态万方,居然能写出如此感人之力作,实在使我感到震惊。

1990 年我买了第一部电脑和打印机,开始写作。我必须感谢刘恩博和李景汉两位律师,他们让我上夜班,白天可以写书。然而说起来容易做起来难,每每写到二十页左右就无法再继续下去,写了又推翻重来若干次后,我真想封笔作罢。

十年之后终于有了突破。母亲 2000 年因小中风住院,哥哥乘机到家扔掉一些多年来积累的"破烂"。在大扫除的过程中,发现了约 1 000 封旧信,是我与妻子从 1972 年至 1982 年在吉林和云南之间写的两地书,共 7 000 余页,整整齐齐地存放在鞋盒中。当年托母亲保管,后来不见了。尽管哥哥对我在退休前写作本书极其不以为然,并多次规劝我"改邪归正",我还是应该感谢他无意中的发现。读这些旧日的情书宛如看一部黑白纪录片,当年的情景又历历在目。当然

1

还得感谢妻子,她写了其中一半的信,并保存了我写给她的另一半。

父母亲不幸于 2002 年和 2004 年先后仙逝,无法看到我的书,此乃最大的遗憾。母亲一生自奉节俭,待人宽厚,教我如何克服困难,如何做人。父亲 88 岁时为封面亲笔题书名,许多老年人因为受帕金森氏症之害手抖而写字困难,当时父亲下笔居然仍如二十多岁的年轻人。他甚少言传,而以身教使我懂得读书的重要性。他给我的教诲是"平恕助人三尺法,清严律己一轮冰"。希望此书能够告慰父母的在天之灵。

本书的最后冲刺始于 2002 年 3 月。从 1969 年至 1972 年我在吉林省梨树县小宽公社插队务农,三十年后故地重游,与那些在我当年最穷极潦倒时帮助过我的乡亲们重聚,感慨万千,我觉得有义务将他们可歌可泣的故事公之于世。我还要感谢陆之和陆华娅,他们慷慨捐赠,为小宽建一座小学,荫及子孙,功德无量。

2002 年 5 月我将初稿寄给郑妈妈求教,她居然在两天内就看完了。作为一个有经验的作家,她给我鼓励,并提了许多珍贵的意见。

2009 年 11 月 2 日惊悉老人家辞世之噩耗,恸甚。我对天祈祷,希望她能与"文革"时被迫害致死的爱女梅平在天国相聚。

能够到美国留学还得感谢我的三叔胡昌度,我能在他执教的哥伦比亚大学读研究院非常荣幸。

Linda Young 和 David Plant 是我们家多年的好友。他们为此书提了很多宝贵的建议,使西方读者更容易理解。

回想当年如婴儿学步般开始学英语时,在长春的一位远房舅舅王维文是我的启蒙老师。舅妈卢延静在免费的英语辅导课后总是为我做一顿细粮的饭,让我大快朵颐。另一位恩师王琨和他领导下的吉林大学英语专业的教师们——许明、罗祖根和张彦昌等,对我学英语都有举足轻重的影响。吉林大学的校友王红厘、赵江南和沈有晟对此书作了坦率的评论和宝贵的建议。在香港出生的 Vivian 林小姐通过书本对大陆的"文革"有了模糊的了解,感谢她向我提的许多发人深省的问题。

我的吉林大学同学谢钟浩校对了本书的英文稿，小学的同班同学石鼎校对了中文稿。对他们的无私奉献我深表谢意。

当年下乡没有相机，许多情景都没有记录下来。插队时与我同睡一铺炕的蒋晓如插兄为我绘制了若干插图，重现那些珍贵的情景，为本书添辉。我对当年在吉林大学任教的那些外国专家表示由衷的感谢，包括 Lorna 和 Donald Simpson, Gwen Ryan, Sue Haffenden, Bobbie 和 Arney Strickland, Grace Yang, Bob Birnbaum, Karen 和 Peter Lee, Susan 和 Peter Morgan，还有那些虽然没有直接教过我，但是在 1978 年至 1982 年间在吉林大学讲过学的专家。如果没有他们，我恐怕是很难写出这本书的。

最后还要特别感谢 Arthur Barron 先生，我毕业之后的第一份工作就是他聘我到派拉蒙公司。这本书本来是为孩子们写的，他们给我极大的鼓励和帮助，使这本书得以出版。

哥伦比亚大学是世界闻名的高等学府，但是学费昂贵。还要感谢基督教亚洲高等教育联合董事会的慷慨资助，使我这样一个分文不名的中国学生能够在哥大完成研究院学业。同时他们还教会我如何助人，并与比我不幸的人同甘共苦。

更能消几番风雨（代序）

挚友胡果威的大作《解放之子》中译本即将付梓，来函索序。由于一种荣辱与俱的亲切、共鸣和感动，所以我未遑多让，欣然从命。

果威兄和我同岁，出生在上个世纪的 1949 年。

那是一个里程碑式的时刻，地无分南北、人无分老幼，带着稚嫩的庄严，带着创世的激动，集体步向了整齐划一。

后来，古老中国的深邃竟被挤压成为一个潜符号："不患贫而患不均"。

再后来，更被推向了史无前例的极致。

与时俱进，我和果威们被炼成了纯色，无论精神还是生活。

果威兄的故事，在整个波澜壮阔的时代里，只能算是凡人小事。在全人类苦难之旅的颠簸流离中，更是鸿爪雪泥一般的印迹。然而，因为是实录，所以感人。因为关合着时代的足音，所以震撼。尤其是在大潮涨落的过程中，虽然被裹挟的个体互不相识，但只要听到了别人的无奈叹息，就立即回到了自己记忆中的随波逐流。

譬如，我读着果威兄远在白山黑水间的"小宽"，脑海里显现的却

1

是我青春遗落的皖北荒滩。读着果威兄苦尽甘来的录取通知，就仿佛回到了我魂牵梦绕、失而复得的课堂。

果威兄的书名起得好：《解放之子》。我想，岂止一部书，我们是用一生在诠释着、质疑着、证明着自己在解放之子意象上的存在、价值和意义。循环往复，无尽无休，直到生命的永远。

一切都过去了。因为我们曾经年轻，因为我们曾经憧憬。所以，一切的经历都成为令人艳羡的财富，虽然有时会反刍着淡淡的悲壮。

将来，我们的儿子们会不会自豪地说，我们是"解放之子"之子？我们没有把握。但这些记忆会因为这部书传下去，不会再丢失，这就够了。

果威兄的英文很好，《解放之子》的原稿是用英文写成的，后来又由他自己译成了中文。果威兄虽不是中文科班出身，但能做到"意到笔到"、甚至"笔在意先"，已是相当好的境界了。

这就不能不说说他的家学影响。他的尊大人胡邦彦先生旧学功底深厚，书法宗晋人而自成一体，尤工诗词曲赋。我拜读过老人家的《咏红楼梦二十四绝句》，题在刘旦宅所绘《红楼梦人物画》的上面。诗画双绝，珠联璧合。记得还见过一幅老人家专擅的"诗钟·嵌字"，题为《元夜》："万盏上元灯火盛，几人中夜运筹多"。"元夜"分嵌于第四字，是典型的"蜂腰格"。

虽属游戏一道，亦必精益求精。较之近年间鼓噪甚嚣的所谓国学大师们，张口不知出韵，落笔不知平仄，实在不能不让人有"梧桐巢燕雀"的感喟。

自小在这样的家庭里被耳提面命，熏也熏成会"码字"的人了。这是果威兄的得天独厚处。而在那个颠倒了的年代，即使"得天独厚"，老人家又敢将满肚子的学问私授给儿子多少呢？这就是为什么果威兄在国学一道，始终未能"雏凤清于老凤声"的缘由吧？当然，这也成就了果威兄文笔平实的风格。

果威兄的书是朝花夕拾式的自传。从年龄上说——年方花甲，写早了；从记事上说——逝梦依稀，写迟了。

2

但我还是羡慕他，我没有他的幸运，早年的日记，全部被自己毁去了。倒不是因为文人经常会"悔少作"，而是被当时频发的噩梦吓着了。总梦见日记被举报，总被惊悸得大汗淋漓，无论冬夏。

说起来是个悖论：我常被目为文人一类，最怕的事却是写文章。别人问起来，只好自我解嘲曰"圣人述而不作"，其实是坐下病了。

金圣叹说过这样振聋发聩的话："从来庶人之议皆史也。"

果威兄与我同在"庶人"——也就是普通老百姓之列，但他能够"竭董遇三余之功，兴仲奎十年之恨"，以小见大，实录了时代的脉动。而我却再三踟蹰，不敢触动心底的旧忆。从这个意义上说，他令我肃然起敬。

是为序。

周岭

2009 年岁杪于纽约旅次

目 录

引　子

　　2001 年 6 月 29 日星期五,我正坐在一辆旅游车上向珍珠港进发,手机的铃声突然响了,调子是很逗人发笑的贝多芬第九交响乐的欢乐颂。我突然有一种不祥之兆,铃声响了几次之后,我才犹豫地接通电话。

　　"出事了,出大事了。"

　　打电话的是公司的司库 Allen。

　　"怎么回事,Allen?"我尽可能冷静地问道,因为我不想惊动正在跟我一起度假的太太和孩子。

　　"实在对不起,在度假的时候打扰你,因为我不能再等了。对方的股东说他们已经拉到超过百分之五十的选票。"

　　"什么?"我失声叫出来,但是马上又压低嗓门,悄悄地问道,"这怎么可能呢?"

　　"是的,他们是带着律师来的,要接管公司。"

　　这个晴天霹雳犹如日本人偷袭珍珠港的重演。就像 60 年前日本空军重创美国海军一样,我在此地遭到突然袭击简直是不能再更富戏剧性了。带着太太、六岁的女儿亭亭和三岁的儿子虎子到夏威夷度假之前,公司的股东为了拉票鏖战正酣。我反复统计了已知的反对票和未决票,算来算去总觉得反对派无法拉到足够的选票来推翻我们。我们的假期早就预订好了,但是因为双方之间的差距甚微,我反复地思想斗争,是否应该取消假期,万一有事可以就地解决。我经常出差,大部分时间在世界各地云游,很少跟孩子们在一起。因为经常跟家人分离而产生的内疚占了上风,使我最后还是决定去度假。登上飞往夏威夷的飞机之前,我制订了应付危机的计划以防万一。

假期还没开始就什么都不顺。我们的班机是从纽约的拉瓜地亚机场出发,我当时完全心不在焉,因为我的国际航班总是在肯尼迪机场出发,于是我就习惯性地把全家带到肯尼迪机场,根本就没有想到夏威夷是国内航班。幸好当时有一班飞往明尼阿波利斯的飞机,我们总算在那儿赶上了转飞夏威夷的班机。

我们的夏威夷假期实在使我大倒胃口。到珍珠港之前,我们先去了有名的威基基海滩。我负责三岁的虎子的安全。我在中学里是校游泳队的队员,可是我太太根本不让我在海里游泳,更不用说把虎子背在背上游了。我稍微往深水走几步她就把我叫回来,老是提醒我:

"你可别忘了 Jeremy。"

她不断地提到 Jeremy 实在是太扫兴了,我后悔真不该选择这个海边的胜地度假。

我问 Allen:"你有没有向他们要赢得拉票战的证据?"

"要了,他们只是拿出一沓签过字的选票晃了一晃。"

"你点过票数没有?"

"还没有。我们的人正在会议室里点呢。恐怕要点好久,我等不及了,所以就先给你打电话。"

"你能不能让他们等我回来再说呢?"

"好吧,我试试看。我告诉他们你在度假,他们根本不睬我。我想他们来之前就知道你正在度假。"

2

"Allen,请马上给我在第一班离开夏威夷的航班上订个座位,到肯尼迪、拉瓜地亚或者纽瓦克机场都行,随便哪家航空公司,什么舱位都行。我会尽快赶到纽约。"我用手挡着嘴悄悄地在电话上吩咐Allen,不想让我的太太和孩子知道,能多瞒一会儿就多瞒一会儿。

"好的,胡律师。"

尽管我自己就是律师,我还是马上给公司在纽约的律师 Russel 打电话商量对策。暴晒在夏威夷的酷日之下,我的汗衫湿透已贴在背上。我们的导游一路上总是说笑话,把全车人逗得前仰后合的。所有这一切对我来说都是既讨厌又毫无意义的杂音。每到一个景点,我的眼睛在墨镜后面呆呆地凝视着蔚蓝的海水,却视而不见。我也在风景如画的旅游胜地跟家人合影留念,脸上还强打着笑容,嘴里也说着"cheese",每张照片上的我都是在打电话。我现在常常自问,我去过夏威夷吗? 答案是,我当然去过的。那么夏威夷是什么样的呢? 答案是我不知道,或者说我什么都不记得了。当我正在珍珠港度假的时候,他们发动了那场"政变",时间选得实在不能再好了。

我跟 Russel 的电话不断地被 Allen 和其他惊慌失措的同事们的电话打断。我让他们尽量冷静下来,但他们还是不断地给我打电话。旅游车上跟我们一起度假的游客们开始用担心的眼光看我,他们百思不得其解,为什么这个在当地丝毫不起眼的亚洲人,居然会在太平洋当中这个宁静而悠闲、天堂般的小岛上打这么久的电话。我后悔出门时带了手机,真希望回到既没有电话、传真机,也没有国际互联网的时代去,最好连电和自来水都没有。我不断地咒骂自己,为什么在上旅游车之前没有把那个该死的电话关掉。

我的奇怪行为当然逃不过太太的眼睛。过了一两个景点之后,她把我拽到一边问我到底出了什么事。我哄她说公司里有些急事需要我立刻处理,我把一切都安排好了。但是我的电话还是不断地响,个把钟头以后,我的手机终于没电了。旅游车到了下一个景点,我跑到一个公用电话亭,用信用卡给 Allen 打电话。他已经为我在当天晚上飞往纽约的班机上订了座位。他还告诉我,原来支持我们的一个大股东投奔了反对派,看来是大势已去了。

我知道已经瞒不住太太。我们中午回到旅馆吃饭,我把她拖到面向威基基海滩的阳台上,随手带上门。

"亲爱的,我想我恐怕不能跟你们度假了。我马上得飞回纽约,因为公司里有一些急事需要我处理。"

"什么?"她吃惊地瞪着我,"几点的飞机?"

"三个小时以后。"

"三个小时? 天哪。出什么事了?"

"没什么大事,就是一点重要的事情。"我装得尽量冷静。

"什么事情那么重要? 他们不知道你在度假吗?"

"他们知道。"

"别人不能代你处理一下吗?"

"不行。"

"你是不是不跟我们回上海去了?"

"我想恐怕不行了。"

"今天是星期五,你周末能干什么呢?"

"嗯,有一些事情需要我立即处理。"

"那你叫我怎么办啊? 我一个人带着两个孩子,还有那么多行李。"

"你可以把行李放在手推车上,也不用自己提。"

"你说得倒轻巧,两个孩子在机场里到处乱跑,咱们俩都有点看不住呢。"

"非常抱歉,亲爱的,但是我非走不可。"

"那你去多久呢? 几天? 也许我们可以在夏威夷多待两天等你,你回来以后我们再一起去上海。"

"我也不知道要去多久。也许几天,也许几个星期。恐怕你得一个人到上海去了。"

"你怎么可以这么干? 你叫我怎么跟上海家里的人说呢?"

"你就告诉他们有些重要的事情需要我处理。"

"不,那可不行,你父母会为你担心的。你得老实告诉我。"

"这么说吧,如果我不回去处理,我就可能失业了。这事就有那么重要。"

她闭上眼睛,忍不住呜咽起来。我轻轻地摸着她的头发和肩膀安慰她。最后她打破了沉默。

"你做错了什么事吗?"

"没有,我什么事也没有做错。"

"那你得告诉我究竟发生什么事情了。我实在不放心你。"

"你听说过互联网泡沫吗?"

"你别绕圈子了,告诉我发生什么事情了。"

"呃,我们公司生产调制器和路由器,人们用它们来上网。现在互联网的泡沫爆了,公司开始亏本。"

"你是不是得为赔钱负责呢?"

"不是,并不完全如此。其实我正在想法扭转局面。"

"那么你为什么要被炒鱿鱼呢?"

"哎,因为有些股东心里不爽,他们开始拉选票,刚才我听说他们赢了。如果他们真的赢了就会让我下台。"

"如果你已经失业了,那么回去还有什么意义呢? 我看让它去算了,我并不在乎你干什么,反正你还可以自己开业当律师。"

"不行啊,我不能那么干,我得回去,看看还有没有挽回的余地。"

"唉,你又得干你的事情,你总是出差,孩子们几乎都见不到你的面。"她长叹一口气,强忍住眼泪,转身过去对着海。

"亲爱的,实在对不起,我保证今后弥补我今天的不是。事情结束之后我尽可能赶到上海跟你们会合。"

我实在想不出更好的话来安慰她。

"你自己去跟孩子们说吧,我不知道该怎么说。"

我们俩都脸色阴沉沉地回到房间里。我告诉孩子们我得先离开夏威夷,亭亭一下子就抱住我哭了起来。

"爸爸,你不要走,我要你跟我们在一起。"

虎子马上也哭了。

孩子们是无辜的。我是他们的父亲,我不仅要负责抚养他们,还得在患难的时候保护他们,让他们有安全感。然而我这个一家之主竟然把全家的假期给毁了。我觉得我的心被撕成了碎片。我不想在孩子们的面前哭泣。我们一起下楼到旅馆的大堂,在礼品店给孩子们买了些纪念品。我轻轻地把我的腿在孩子们的手臂中解脱出来,亲亲他们,再拥抱一下太太。然后我头也不回地钻进出租车,眼睛里已是热泪盈眶。

我乘坐的波音 747 飞机在上升时遇到了不稳的气流,就像过山云霄车一样把我抛上摔下,弄得我翻肠倒肚的。我向空中小姐要了一杯法国的干邑白兰地,权充安眠药。大型的喷气客机就像一具巨大的逆时机,把我甩回过去。

我好像又回到了 2000 年圣诞节翌日的清晨,我刚从澳大利亚的墨尔本回到纽约,跟家人过圣诞节。酣睡之中,我突然听见就像火焰报警器似的刺耳的噪声。我赶紧起身,才发现是电话铃响声大作。我清了清嗓子,接起电话,用沙哑的声音说:

“喂。”

“出事了,出大事了。”

国际长途的信号不太好,但是我听出是我中学校友 George 的声音。

“怎么回事,George?”

电话听筒里死一般的寂静,我以为是线路不好。

“你在哪儿?我给你打回来好吗?”

还是没有声音。我正想挂上电话,突然听见呜咽的声音。

“George,你没事儿吧?”

电话里还是没有声音,渐渐地呜咽声响起来了,然后又安静下去。最后,George 终于用勉强能听见的声音说:

“Je…,Jeremy,Jeremy 死掉了。”

"什么?"

"Jeremy 乘游轮度假,在巴巴多斯游泳时淹死了。"

我立即起身飞往巴巴多斯,在那儿我见到了 Jeremy 悲痛欲绝的遗孀和九岁的儿子 Thomas。

Jeremy 是 Lotus Pacific Inc. 的总裁。在互联网发展的鼎盛时期,公司股票的市值曾经达到 10 亿美元。随着互联网泡沫的破裂,公司股票价格下跌了几乎百分之八十。到公司供职之前,Jeremy 在美国电报电话公司(AT&T)当工程师。Jeremy 是一个虔诚的佛教徒,而且特别相信算命。他按照算命先生的指示用大量的植物装饰他的办公室。在作重大决策之前,他都要请教算命先生。我听说他在乘游轮度假之前也到那位算命先生家求教,算命先生点头之后他才出行。怎么那位料事如神的算命先生连 Jeremy 四十多岁就将辞世都算不出来呢?

我在 1998 年成为 Lotus Pacific 公司的法律顾问。任职的三年中,我从来没有跟我太太提起过 Jeremy 的名字。然而在圣诞节那天上床之前,我随口提到我们的总裁 Jeremy 是一个出色的工程师,但缺乏企业管理的经验。我还提到我在公司的位置仅次于 Jeremy,我预料如果公司的情况在近期内仍然没有好转的话,因为我有商科和法律方面的专业背景,很可能成为取代他的人选。我说那番话的时候根本就不知道,Jeremy 在那时已经离开人世了。Jeremy 曾向我推荐过他的算命先生,算出来的结果有的地方与我的过去巧合,但是也有讹错之处。因为我从小到大就是无神论者,所以当时对此一笑了之。因为我对我的第六感官实在无法解释,现在我开始半信半疑,冥冥中是否真有某种神灵。

那是一段美丽而洁白的沙滩,造物主就是在那里用微微的波浪把正当英年的 Jeremy 招回他的怀抱。那儿的海水清澈见底,五彩缤纷的热带鱼在水中漫游。我只能希望 Jeremy 归去的地方就像那海滩同样的美好。

我问了当时抢救 Jeremy 的酒保,还问了出事时跟 Jeremy 一起携家出游的同事 Richard。我把 Jeremy 淹死的消息报告了美国大使馆，并与当地的警察局取得联系。我还去了殡仪馆，将 Jeremy 的遗体作防腐处理后运回美国。那个加勒比海小岛上的气候如此宜人，我又刚来自天气寒冷的纽约，但是我丝毫没有跳进温暖的海水里游泳的雅兴。

在圣胡安短暂停留之后，我们继续飞往纽约。因为纽约遭暴风雪袭击，我们不得不在巴尔的摩过夜。最后我们终于在阳历除夕夜在纽约邻州的纽瓦克机场降落。

我与太太随意说的那番关于 Jeremy 的话，不幸竟被我言中。正如我所预料的那样，我于 2000 年 1 月 2 日被任命为 Lotus Pacific 的总裁，接替 Jeremy。我对提拔并不感到高兴，由于 Jeremy 英年早逝，我因祸得福，这使我的晋升蒙上了一层阴影。

我走马上任后的第一件事就是操办 Jeremy 的追悼会。我花了好几天的时间写悼词，还是很难找到恰如其分的言辞来表达大家对他的追思和悲哀的心情。公司的生意本来就差，Jeremy 的逝世使员工们的心情更加沉重。

当总裁有许多特权。我继承了 Jeremy 的宽敞的办公室套间，面积近 100 平方米，在顶楼的角落上，外面是宽大的阳台，还有我专用的带淋浴的卫生间。我的助理 Shirley 坐在必经之地的外间，为我接待来宾和处理不重要的电话。

当总裁又使我处于公众注意的焦点，许多记者打电话来要求采访，我还常被邀请加入俱乐部。我所有的应酬都可以在公司报销，当然我对花钱非常谨慎。此外我还可以免费使用公司提供的车辆。我可以乘头等舱到世界各地出差，住五星级的旅馆。因为我出身贫寒，成为要人的感觉简直就像儿时的梦，一觉醒过来才发现梦中成堆的零食和玩具荡然无存。

管理公司并不是一件容易的事情。因为高科技行业正处于萧条之中，为了使公司得以生存，我必须大幅度地降低开支，其中最使我头疼的就是裁员。在研发高潮的时候，公司从中国大陆聘请了许多杰出的工程师。现在市场不景气,我不得不解雇一些工程师。当面告诉某人他必须在几个星期后离职,这对双方都是一件非常痛苦的事情。因为还不是美国公民,他们必须保持合法的移民身份。解雇一个人不仅意味着他将失去收入,还意味着他将中断签证的申请。因为自己也是一个新移民,我对裁员的敏感性有切身的体会,只有尽力减低裁员带来的影响。我总是通过自己的关系为他们找到新的工作,然后把他们"借"给新的雇主工作,由公司继续给他们发薪水,直到他们得到绿卡为止。这种做法颇具创造性,但是完全合法。尽管如此,公司员工的士气仍非常低落。

祸总是不单行的。当总裁才几个星期,我接到一个我们在硅谷的子公司打来的电话。我们的硬件工程师、我吉林大学的校友小杨,被诊断罹患晚期肝癌。我立即给杨太太打电话,她告诉我小杨只能活几个星期了,但是她还瞒着丈夫。得知这个坏消息后的第一个周末我就飞到圣何塞去探望小杨,他一直受着剧烈疼痛的煎熬,完全靠大剂量的相当于毒品的止痛药顶着。我派了两个同事日夜看护,并做了我力所能及的一切安排,减少他最后的日子里的痛苦。我不得不对他说谎,安慰他会好起来,并许诺常常去看望他。因为工作缠身,接下来的周末我无法去看他。星期六我给他打电话时,他还在那儿撑着。星期天我又给他打电话时,他家已经没有人接了。

星期一清晨我还没起床,电话铃响了。那段时间我对来电特别紧张,尤其是那么早就来电话。那是杨太太,从她的呜咽声中我立即就意识到那是噩耗。我以为小杨还能够活几个星期,我还能去看他几次,没想到他那么快就走了。我立即放下手中所有的公事,飞到加利福尼亚去操办两个月还不到时间内的第二个葬礼。

两个死讯接踵而来,使我觉得我的工作恐怕也是凶多吉少。果不其然,我的总裁职位很快也就夭折了。

当从夏威夷飞往纽约的班机上升到巡航高度时,我进入半睡眠状态。恍惚之中,我好像又回到十八年之前。1983年6月22日,我也登上同样的一架波音 747,从上海飞往纽约。所不同的是,我坐的不是头等舱,而是拥挤的经济舱,羞涩的囊中只有 40 美元。尽管当时是一个穷学生,我的情绪非常好,因为我将到哥伦比亚大学的国际事务学院去攻读硕士学位。在 1980 年代初期的中国,能出国留学的人简直是凤毛麟角,被视为天之骄子。现在我是一个全球满天飞的公司主管,被反对派的股东赶下台的前景已成定局,我觉得自己已经到了人生中的最低点。我一生曾经过无数的挫折和起伏,可是好像都没有这一次那么使我难以接受。新鲜的创伤总是最痛的。突然,我又觉得眼前的挫折与我原来受过的煎熬比相形见绌。尽管重温昔日的创伤是件非常痛苦的事情,却可以缓解新鲜创伤的痛苦。

我太太的建议给予我很大的鼓励。是啊,我还可以自己挂牌开业。尽管美国人并不喜欢律师,还有许多关于律师的笑话,但律师还是一个让人钦羡的职业。回忆起自己成长的过程,我突然又有了自信心,相信自己一定能够在哪儿跌倒就从哪儿爬起来,继续走完我坎坷的人生道路。

波音 747 飞机在一望无际的太平洋上空飞行,喷气引擎的轰鸣声似乎变得悦耳起来,好像一首轻松的摇篮曲。家族及个人的如烟往事犹如一部黑白电影,一幕幕地从我眼前掠过。

第一章　共和国的同龄人

　　上海五月的天气一天比一天更炎热,可是人们却关窗拴门。震耳欲聋的枪炮声一天天逼近,一个多月后,一天夜里终于安静下来,然而万籁俱寂反而使人毛骨悚然,更难以入睡。过去的一个多月里,枪炮声已经司空见惯,几乎成了催眠曲。成群的蚊子原来被枪炮声压得鸦雀无声,如今夜深人静却嗡嗡地叫得人心烦。在黑暗的房间里,一个戴眼镜的男人在拼花的打蜡地板上紧张地踱来踱去。他不时将落地窗的帘子撩开一条细缝,向外瞭几眼。因为断电,室内和街上都是一团漆黑。

　　1949 年 5 月 27 日拂晓,黎明的曙光终于冲破了笼罩上海的黑暗,使人难以忍受的等待结束了,他们终于来了。外面的街道上都是穿着灰色制服的士兵,那男人惊奇地发现这些被几个月连续战斗拖得疲惫不堪的士兵居然躺在街上而不入民宅。一些大胆的邻居给他们送水,他们很客气地接受了,但是却礼貌地拒绝接受食物。自古以来,得胜之师烧杀掳掠是很常见的,眼前的这一切简直使人难以置信。太阳渐渐升起,远处传来歌声和锣鼓声。

"解放区的天是明朗的天,解放区的人民好喜欢。民主政府爱人民呀,共产党的恩情说不完……"

市中心人山人海,男女老幼、各行各业的人在街上载歌载舞,挥舞着红旗高呼口号:

"热烈欢迎人民解放军!"

"共产党万岁!"

"天亮啦!"

"我们解放啦!"

那些士兵的灰色制服的标志上写着"中国人民解放军"。那个男人松了一口气,上海并没有像他想象的那样"沦陷"到共产党手里。周围既没有残垣断壁,更没有横尸遍野。中国最大的现代化都市居然就这样兵不血刃地易手了,这可真是梦寐难求的事,这下总算可以放心了。

那个男人就是我的父亲。上海解放几个月后,我于 1949 年 9 月 12 日出生。

在大陆的现代汉语中,1949 年和解放完全是同义词。1949 年前后就是解放前后,解放前是黑暗、万恶的旧社会,解放后自然就是光明、幸福的新社会。我是解放那年生的,是"生在新中国,长在红旗下",被认为是中国历史上最幸福的一代。

我出生后十八天,毛泽东主席登上天安门城楼,向全世界宣布中华人民共和国成立,中国人民从此站起来了。我们全家聚集在无线电前收听,震耳欲聋的掌声和呼喊声把我吓哭了。母亲告诉我,因为受了惊吓,我后来好几年都会夜啼。

我父母两边的家庭都是读书人,双方在镇江的家境都还不错。

我们胡家到我已经是第七代读书人,以教书为生,或是做白领的职员。20 世纪初,胡家有一家"胡同记"布店,并且在镇江还有一些房产。然而因为我高祖心地善良、助人为乐,家道开始中落。若是有一个远亲或朋友想借十块钱,而他手头只有八块,他就会觉得对不起人。那时常有自称是胡家的远房亲戚或本家的生人上门来,高祖就会让他们免费吃、穿、住几个月，临走时还要给他们带走一笔盘缠钱。当他自己手头拮据的时候，就会借贷甚至变卖家里的财产去接济别人。因此我高祖又有个外号叫"胡呆子"。

我母亲的娘家在镇江是有名的书香门第。清朝同治年间她的叔曾祖丁立干(字桐生)，跟他的叔叔丁绍周和堂兄丁立均三人一同进京，叔侄三人同榜中进士并点翰林，一时在镇江传为美谈。桐生公后来作为钦差大臣赴昆明任云南学台，负责科举考试和判卷。儿时常听大人说，尽管他才是一员七品芝麻官，云南督府居然戴着大红顶花翎出城迎接，并下马步行，手扶学台的八抬大轿，亲自将他送到学台衙门。堂堂一品大员之所以对桐生公如此恭敬，不仅因为他是钦差大臣，更因为他是文官，而督府是武官。桐生公的儿子丁传靖也是当时镇江知名的文人，他著作等身，有《宋人轶事汇编》、《沧桑艳传奇》和《闇公文存》等。

我父亲行大，生于 1915 年。当时已是民国四年，然而他似乎是在清朝长大的人，只是没有辫子而已。我的祖父非常保守落伍，尽管科举废除已多年，他仍延聘了一位老学究回家教我的父亲和几个叔叔三字经、千字文、四书五经、吟诗、押韵、调平仄、对对子和书法，一直到六年级我父亲才去上洋学堂。父亲念书不算用功，却十分聪明，古文学得很好。十七岁那年，适逢上海的犹太人房地产大亨哈同与其夫人百卅双寿，全镇江仅选中他一人，写了四条立轴，润笔居然是四百大洋，那简直是天文数字，因为当时一个小学老师的月薪也就是三块大洋的样子。他的同学对他钦羡不已，他自然也十分得意。

念完初二之后，父亲居然能一跃考取太湖之滨的私立无锡国学专修学院，师从唐文治先生攻读古文。

当时我祖父在江苏的昆山任财税局长。昆山是长江三角洲的鱼米之乡，所以是一个淌油的肥缺。北洋时贪污盛行，他中饱私囊自不在话下。

家里富裕对父亲的求学并没有好处。他时常租一条船，请同学一起到太湖上游玩，吩咐船家用刚从太湖里捕捞上来的活鱼虾蟹做一桌"苏锡船菜",再加一坛绍兴酒,喝到半夜才意犹未尽地回到学校。无奈此时宿舍早已关门,他们只好翻墙而入。我二叔告诉我,父亲大学一年级时,除了家里已经预缴的学费、食宿费之外,他居然在一年内挥霍了七百大洋,与我念大学时的收入和支出相比简直是天文数字。当然这种养尊处优的生活与学校的校规是大相径庭的。因为少不更事,父亲被学校警告处分,差一点被开除。

因为违反校规,祖父又丢了乌纱帽,父亲便在十九岁那年退学。我母亲的远房三叔是清朝到云南去当学台的桐生公嫡亲的孙子,我们叫他"三公公"。他在中南银行天津分行当文书主任,于是荐父亲去中南银行当练习生。三公公学问渊博,智慧极高,父亲拜他为师学古文。后来临终前,三公公曾教我一些终生难忘且受用不尽的做人道理。因为三公公的缘故,父亲后来与母亲结婚。

三公公生在清朝,受过极严格的国学训练,因为科举被废除,学而优不仕。儿时常听长辈提起三公公年轻时读书曾"三年衣不解带",夜以继日地读书,困了就和衣倒下打个盹,家里人把饭送到书房,饿了就食而不知其味地吃几口,就这样与世隔绝地学了三年。寒窗不负有心人,1920年代三公公在相当于清朝科举考试的全国普通文官考试中得第一名。拔得头筹之后被聘到北洋政府的国务院当科员,北伐胜利后,即卸任到私营的中南银行供职。银行的薪水优厚,三公公花了大量的钱搜购善本书收藏。

当时许多镇江人和山西人做钱庄的生意,即现在的银行。奇怪的是,三公公和父亲对银行的业务根本一窍不通,他们既不懂数学,也从来没有受过会计和金融方面的训练,在柜台上当出纳都不合格,遑论银行家了。其实银行是雇他们捉刀,专门书写重要的公告和呈递给政府的重要公文,因为当时那些公文都是文言文,还必须用毛笔书写。他们另一项工作是幕后的配角,相当于为银行主管出谋献策的智囊。他们是一个机构里的笔杆子和帮闲文人,用一种不太恰当的比喻来说,他们相当于现代机构中的写作班子,或者是不出面的公关人员。因为大的应酬毕竟不多,所以他们的工作十分清闲。在下班甚或上班的闲暇时,三公公和父亲常在一起谈国学,并钻研文字训诂学。据父亲说,他文字学的底子就是在天津那段时间打下的。

中南银行天津分行在天津英租界的银行区,是一幢有圆顶的欧式三层楼房。当时父亲还是单身,就住在银行楼上的一大间宿舍里,生活十分优裕,专门有厨子为穿长衫的先生们做饭,还有茶房打杂伺候。父亲大部分的时间都是在银行里悠闲自得,研究国学。

在中南银行的好日子不到三年,日本发动全面侵华战争。卢沟桥七·七事变之后,父亲即从离北京咫尺之遥的天津回到镇江。生怕在沦陷区当亡国奴被日本人蹂躏,我们全家决定离开居住了几代的镇江,逃难到重庆。当时全家老少三代共十一口人,抛下几乎所有的家产,先坐船到汉口,尔后再换乘小船逆流而上到重庆。至于到举目无亲的重庆后何以为生,则一无所知。当时成千上万的难民如潮水般涌向重庆,船票贵得惊人,船上也是严重超载,所以对行李的分量限制极严格。父亲当时仅带了一套换洗的衣服,其余带的都是多年收集的写字的宣纸,其中还有清朝进贡给皇帝御用的纸。

沿江而上到重庆后,父亲和二叔立即就上街找事。他们到处在电灯杆上看招贴,却一无所获。等他们找到地方时,工作已经被别人找去了。因为全国的难民都涌进重庆,而处于内地的重庆本来就无多少工商业可言,所以是人浮于事。第三天运气还不错,他们听说民生公司在招人,当时有好几百人申请,只有几个空缺,弟兄二人去考笔试和面试,居然同时考取了,并当场被雇为练习生。尽管起薪并不高,但是民生公司提供廉价的住房,还给全家配给"平价米"。虽然房子并不大,米也不多,不过总算马上解决了食、住的问题。1950年代民生公司改名为长江航运公司,二叔一直做到1970年代从长航退休。

我和哥哥小的时候,父亲并不过问我们的学业。他既不检查我们的作业,也不向我们灌输"书中自有黄金屋,书中自有颜如玉",或是"万般皆下品,唯有读书高"的思想。但是他常随便地提起他当年如何通过考试在重庆找到工作,后来又通过考试找到其他的工作。

听了这些考试的故事，又看见父亲在灯下读书写字，所以我们在很小的时候就形成了只有通过读书和考试才能够成功的坚定信念，身教毕竟胜于言教。虽然在许多成功的例子中读书和考试并没有多少作用，但是至少在我选择的职业中，读书和考试确实起了决定性的作用。

尽管民生公司的工作让人羡慕，父亲的国学和民生的企业文化并不能完全融合。他曾经几次想另觅高就，但是因为养家的担子在身，又舍不得放弃民生公司的福利。1940年日本人的飞机轰炸，将民生公司的住房炸塌。所幸全家都在防空洞躲警报，并无任何伤亡。轰炸后，父亲到瓦砾堆中一阵狂挖，居然找到了那口装满宣纸的箱子。他提着箱子到难民收容所去过夜。

正在走投无路之时，父亲听说从上海迁到重庆的复旦大学在招聘一名懂国学的文书主任。尽管大学是清水衙门，薪水微薄，但是工作性质比较有意思。当时有好几十个人申请那份工作，据说其中居然还有两个晚清的进士。父亲在非常考究的宣纸上用毛笔给复旦大学吴南轩校长写了一封文言的自荐信。因为当时重庆连劣质的纸都供不应求，想必是考究的纸张、父亲的书法和文字给吴校长留下极深刻的印象，他亲笔写信邀父亲去面谈，通过考试当场就录用了。这又是一个活生生的通过考试成功的例子。

父亲非常喜欢复旦大学的工作，但是薪水太少，根本不够养家。抗战期间教师的薪水极低，而且政府还时常欠薪，有时甚至停薪一个月。后来父亲穷得只有一条裤子，有时连摆渡过江上班的几个铜子都没有。因为父亲是长子，肩负养家的重担，他的第一位妻子因此离异，他也只好从复旦辞职。

靠他原来在中南银行的经验，父亲又在国民党的中央银行谋得一份工作。作为中央银行的主任秘书，他的工作是为曾任财政部长和中央银行总裁的孔祥熙捉刀写作。每逢蒋、宋、孔、陈或其他显赫的家族有寿辰、丧事、嫁娶等应酬，父亲就为孔祥熙捉刀写寿屏、挽联或贺幛等诗文，装裱之后以孔祥熙的名义送去，悬挂在最显眼的地方。因为他常写挽联,头衔又是专员,所以他的同事调侃地称他为"挽联专员"。

以银字打头的银行直接跟钱打交道,所以在银行做事是"银饭碗",工作既稳定,报酬也高。即使是在抗战期间,中央银行也是按时发薪水,而且发得多,所以能够养家。除了高薪之外,父亲也十分喜欢他的工作,因为他可以充分运用他在国学方面的知识。尽管父亲从来不过问政治,因为他和银行的上层接触太密切,所以银行里的人还是让他加入了国民党。

因为银行的薪水优厚,父亲可以再结婚,这次娶的是我母亲。1937年抗战爆发时,母亲家没有钱逃难到重庆。那时家里还有佣人,只能逃离镇江,到佣人在江北乡下的老家去躲了几年。尽管乡下要比城里安全一些,但是日本人的暴行,特别是南京大屠杀,令人发指。母亲才二十刚出头,留在沦陷区实在很危险。更重要的是,母亲不愿意留在沦陷区嫁个汉奸当亡国奴。1941年,母亲离开沦陷区,主要靠步行向后方逃亡。她好多次爬山过河穿越日本人的封锁线,有一次差一点在湍急的河里被淹死。花了两年多时间,跋山涉水三千里,她才到达大后方贵阳,加入了国民党的青年军。这抗战时可称为热血青年的可歌可泣的壮举。

母亲还在军训时,她的一位堂兄做媒将她介绍给父亲。母亲请假到重庆去和父亲见面,因为我的三公公是母亲的堂叔,抗战前三公公在天津中南银行教父亲学习文字学,所以父亲对母亲是一见钟情。经过几次约会之后,1944年他们决定结婚,母亲请的假也就成了长假。他们的婚礼非常简单,在英、法、比、瑞留学生联谊会以西餐请客。父亲最喜欢国粹而不崇洋,但是因为抗战时征收筵席捐,而联谊会不是餐馆,是非赢利组织,所以可以免缴。

旷日持久的八年抗战,1945年终于胜利了。父亲以接收大员的身份代表国民党赴广州接受敌伪资产,头衔是"专员"。在1946年回到中央银行在上海的总部,从此就在上海定居了。

1947年母亲生下第一个儿子。孩子还没满五个月,不知得了什么急病突然死去。大哥的夭折使母亲痛不欲生,她常拿着放大镜看大哥的照片,无论看见谁就说:"你看,你看,他笑了,他动了!"就像祥林嫂失去阿毛一样,精神恍惚,魂不守舍。

幸好我哥哥于1948年出生,母亲的精神才恢复正常。但是大哥早逝的痛苦在后来几十年对母亲都有很大的影响。第二个孩子的出生使母亲大喜过望,她给哥哥起了个小名叫"还还",意思是菩萨把死去的大哥还给她了。因为第一次丧子的痛苦,母亲对哥哥呵护有加,生怕有点疏忽闪失又失去第二个孩子,此后我的出生仅仅给母亲提供了额外的"保险"而已。哥哥从小就是母亲宠爱的儿子,而我则在哥哥的阴影之下生活,一直到我二十岁离开家为止。

战后我们家过了一段短暂的安定而优裕的生活。我们住的是中央银行的房子,在法租界的马思南路,解放后改名为思南路,以消除殖民地给上海留下的烙印。那是上海有钱人住的地方,我们的邻居都是达官显贵和名人。我们家隔壁的邻居就是京剧四大名旦中最出名的梅兰芳,他们家有小汽车,因为我哥哥小时候长得非常可爱,大大的眼睛,梅兰芳常常把他带在车里兜风。当时周恩来也把中国共产党的办事处设在马思南路,那就是国民党密切监视,但是又不敢动的周公馆。

到了1940年代末,国民党在内战中大势已去,显然处于必败的地位。在金融方面,中央银行对通货膨胀完全失去控制,银行员工的士气也十分低落。当共产党军队南下逼近南京和上海时,中央银行将大量的黄金运到台湾,银行的员工也开始准备往台湾撤退。因为父亲和银行的上层非常接近,所以行里也邀请他去台湾。当时我的祖父母还和父亲同住,祖父坚决不肯到台湾,原因有二:首先,八年抗战胜利不久,1937年从镇江背井离乡逃难的惨况还记忆犹新;其次,到台湾可能是一去不返,祖父不愿意将一把老骨头埋在一个孤岛上,叶落归根是中国人的老传统。

因为父亲是长子,得尽孝道,服从父母之命。经过一番激烈的思想斗争,他决定不去台湾。父亲是一个典型的书呆子,他觉得共产党来了他不会有什么问题，因为他在中央银行从来没有做过跟银行有关的业务。他既没有屠杀过共产党，也没有参与往台湾运黄金。他所做的事无非是写文章、做诗和写挽联，涉及的事情完全是社交礼节性的拜寿、丧事和嫁娶而已，与政治毫无关系。他相信无论谁当权都需要他这样的人，共产党也是人，也要结婚、生孩子、过生日、悼亡。

南京在 1949 年 4 月底易手之后，父亲谢绝了去台湾的最后一班船票。国民党倒台前夕，政府腐败，物价飞涨，就连中央银行的薪水养家都不容易。父亲觉得无论谁胜，情况绝不会更糟糕了，所以他毅然决定留下来。尽管后来家里的人还犹豫过，当战线接近上海后，再改变主意已经为时太晚了。

人民解放军在 1949 年 5 月 27 日解放上海时，父亲被露宿街头的纪律严明的解放军战士所感动。他跑回家告诉家人他的见闻，中午又到市中心去观看游行和庆祝活动。随着游行的人群，他不知不觉地到了外滩的银行区。不知道解放以后该怎么办，父亲顺便拐到中央银行门口，发现银行的大门紧锁，其他的中国和外国银行也都关着门，他想大概是上海解放关一天以示庆祝吧。当天晚上，我们胡家全家举杯庆祝上海解放。大家心里都放下了一块石头，觉得留下来的决定是做对了。

父亲急于知道前途如何，第二天又到银行去。中央银行的牌子已经被摘掉，大铁门也贴上了"上海军事管制委员会"的红色封条。他绕到旁边，发现边门还开着。他鼓足勇气告诉在门口站岗的解放军士兵他是银行的员工，并问他们应该何时到银行报到上班。士兵告诉他银行已经被接管，并让他不时到银行来打听下一步怎么办。几天之后，父亲到银行发现大门开了，士兵们放他进去后，他被领到一间大会议室。位于外滩的中央银行大楼是外国人设计的，非常结实，会议室的双重桃花心木大门擦得十分光洁，拼花的柚木地板也是一尘不染，门上的铜把手锃亮。六月初上海的天气已经很热了，装在高高的雕花天花板上的吊扇静静地转着为会议室降温。习习的凉风将水晶吊灯上的挂件吹得轻轻晃动，反射出彩虹似的光芒。周围窗明几净,一切都维持原样,只是蒋介石的像和字画等装饰品已经不见了。

在会议室里,父亲发现几个他认识的同事在悄悄地交谈。他们都待在会议室的一个角落里,倚着桃花心木的墙板,除了放在当中的桃花心木大会议桌外,会议室显得空空荡荡,父亲拖了一把皮转椅坐在旁边听。大家互相打听下来,并没有谁遇到人民解放军的麻烦,大家精神开始放松下来,会议室的人也渐渐地多起来了。隔壁海关大楼顶上的大钟敲了十一点后,一个三十出头的年轻人走进会议室,他的皮带上别了一把手枪,膀子上带着红袖章,上面写着"中国人民解放军"。也不知道他是军官还是士兵,因为所有的解放军都穿着一样的灰色军装。虽然他很消瘦,脸上气色也不好,但是他抬着下巴,腰板直挺。他走进来后,大家的窃窃私语戛然停止。他向四周看了一圈,眼光威严而充满信心。

"各位早上好,谢谢大家到行里来。我是负责接管银行的军代表。"他的声音并不响,但是那种很有力的男高音。他又环视了一圈并挥挥手。"大家请坐,我们的会还得开一会儿。"他从灰色军装胸口的口袋里掏出几张纸,小心地打开,然后开始讲话。

"大家都知道,中央银行是国民党政权的金融中枢。为了打一场反人民的内战,中央银行滥发钞票引起通货膨胀,将人民手中的积蓄一扫而空,使全国陷入金融危机。在上海解放前夕,中央银行将国库中的钱财抢劫一空,将大批本来应该属于中国人民的黄金和贵重物品运到台湾。这些罪行之严重实在是罄竹难书的。现在上海市解放了,我代表中国人民来接管银行。我们非常清楚,你们每一个人都这样或那样地参与了那些反人民的罪恶活动。但是你们没有跟国民党到台湾去继续与人民为敌,这将多少减轻你们的罪行。现在银行已经回到人民的手里,上海市军事管制委员会决定给你们一个立功赎罪的机会。今天来的各位,对你们在解放前犯下的罪行,军事管制委员会决定既往不咎。我们的总政策是,各位将原职原薪。对于今天没有来的,请各位代我转告他们,我们欢迎他们回来,原职原薪为人民服务。"

讲到这儿,一个人突然鼓起掌来,全体人也都起立鼓掌。军代表的讲话虽然听起来好得让人不大敢相信,但真是和父亲在短波上听到的宣传差不多——共产党将为中国带来自由、平等、民主和繁荣。

"人民请你们回来,并不等于说你们将能够胜任今后的工作。"军代表的话锋一转使大家又安静下来,"你们在中央银行做事的时候思想受到毒害,还帮助国民党做了对不起人民的事情。为了消除这些反动的思想,你们必须参加思想改造训练班,学习共产党的政策,并坦白交待你们过去的罪行。训练班结束之后,我们将根据各位的表现重新分配工作,你们的前途掌握在你们自己手中,最终将取决于你们对共产党和人民的态度。明天见。"

军代表走出会议室后,原来的茶房站起来走到大会议桌的一头。"等一等,大家等一等,请在此地签到。"他挥着一个笔记本,然后将笔记本从会议桌的一头推过来,到会的人轮流签名。当每一个人都签完将本子还给茶房后,茶房才宣布:"现在大家可以回去了。"

尽管军代表结束讲话时的口气并不使人乐观,父亲对"过去的罪行"可能带来的麻烦并不担心,因为父亲认为他在中央银行供职那么多年绝对没有任何罪行可言。他所做的无非是为结婚、做寿和丧事用文言文写文章和诗词而已。所有这一切都和政治无关。他相信他曾经为孔祥熙做这些事情本身并不能构成犯罪,因为中央银行所有的雇员都是为孔祥熙做事的。如果他为孔祥熙做事是犯了罪的话,那岂不是中央银行所有的人都犯了罪?包括每一个职员、茶房和扫地的。这显然是与共产党的"原职原薪"的总政策相违背的。

思想改造训练班的第一天先是宣读军事管制委员会致上海人民的公告。公告明确指出共产党将欢迎并团结一切爱国的个人共同完成解放全中国的使命。对于过去的罪行,共产党的政策是"坦白从宽,抗拒从严"。对于原来给国民党做过事的人,将根据他们对共产党和新成立的人民政府的态度留用。

接下来的思想改造训练班一开始看来很容易,每个人只要写一份思想报告，其实就是一份履历，并说明过去工作的具体内容。父亲知道这份思想报告将决定他的前途，所以特别认真。他用毛笔和文言文工工整整地写在最好的宣纸上，字序是从上至下，行序是从右到左。尽管父亲也有自来水笔，他只是在办公室外或离家匆忙的时候记事才偶然用一下。轮到父亲汇报思想时，他毕恭毕敬地用双手将他的思想汇报呈递给军代表。军代表才瞟了一眼就皱起了眉头。

"这是什么？"

"这是本人的思想汇报，先生。"

"我不是先生，请叫我军代表同志。"

"是，先生。哦，不是先生。我……我是说军代表同志。这是我的思想汇报，请问有什么地方不对吗？"

"是的，什么都不对，拿回去重新写。"军代表将思想汇报推回给父亲。

"是，先生。不是先生。我……我是说军代表同志。"

"下一个！"茶房喊道。

父亲是中央银行公认的第一支笔杆子，他简直不敢相信军代表居然说他写的东西不对。他的文笔根本无懈可击，怎么可能不对呢？跟军代表简短的几句对话使他意识到他在和一个完全不同的人打交道，是不是他们的标准会更高呢？

这回父亲使出浑身解数，字斟句酌，用进贡给清朝皇帝的御用宣纸，完成了他的第二份思想汇报。当他的第二份思想汇报又被退回来之后，父亲不得不向军代表委派的学习小组长茶房请教。

茶房仔细地看了一遍父亲的思想汇报后说："先生，不，同……，不，胡先生，不，我的意思是，嗯，胡邦彦。"这是茶房第一次对父亲直呼其名。"阿拉呒没读过交关(很多)书，阿拉实在勿晓得侬在讲啥事体。侬阿晓得军代表搭(同)阿拉一样，全是大老粗，伊又勿是秀才。这又勿像侬帮孔家写物事(东西)，要咬文嚼字，这是侬格思想汇报，是交关要紧格事体，勿是让侬卖弄文章格。伊又呒没辰光猜侬写啥物事。侬格毛笔宣纸撂脱(扔掉)算了。侬最好还是写点我看得懂格物事,否则侬勿要想通过。"

　　茶房的指点使父亲突然醒悟,世道真的变了。经过好几稿之后,父亲将思想汇报用钢笔誊写在普通的纸上,字从左到右,句子从上而下,军代表终于点头赞许地说:"这次好多了。"但是他吃力地读了几行后就读不下去了。"能不能告诉我里面写的是什么?"

　　"是,先生。不,我是说军代表同志。"父亲像小学生参加口试那样,认真地将思想汇报念了一遍。

　　当父亲念到在中央银行具体工作的内容时,军代表打断了他:"这挽联是啥玩意儿?"

　　"军代表同志,挽联是一副对仗、押韵的对联。"

　　"这对仗和押韵是啥意思?"

　　"军代表同志,对仗就是上、下联的每一个字都要对得上,按相同的顺序,名词对名词,动词对动词,形容词对形容词,比如天对地、长对短、去对来。押韵的意思是两个字的韵母必须相同。"作为一个国学专家,父亲就像教小学生一样,如数家珍,说得头头是道、一清二楚。因为这是他的看家本事,好像挠到了背后他自己挠不到的痒处,所以他觉得十分受用。

　　"这玩意儿是干啥用的?"

　　"挽联是用来歌功颂德的。"

　　"啥是歌功颂德?"

　　"歌功颂德就是赞扬作古者生前做的好事。"

　　"死的是谁?"

　　"孔先生的亲戚和朋友。我是说孔祥熙。"

　　"那姓孔的家伙不就是中央银行的老板么?"

　　"是的,军代表同志。"

　　"那么你在中央银行的工作就是为那个姓孔的家伙的死掉的亲戚朋友说好话?"军代表对挽联的好奇的询问突然变成了严厉的质问。

　　"并不完全是那样,军代表同志。我也为寿辰和结婚写一些文章或诗词。还没有共产党的时候,我们的祖宗就已经发明这种艺术了。"从军代表不以为然的口吻中,父亲觉察到这场对话的性质已经变得非常严肃了。

"你知不知道那个姓孔的家伙是中国人民的四大公敌之一?他们都是死有余辜,统统死光才好呢。他们怎么可能做什么好事让你来写?"

"是……不……我是说军代表同志,"父亲停顿了一下,意识到军代表的反问是不需要回答的。

"是吗?你的工作就是当他的亲戚朋友过生日、结婚、死掉的时候为他们说好话吗?"

"不过,那是我的工作。"父亲迟疑地说。

"你知不知道国民党把国库洗劫一空,把大量的黄金运到台湾?"

"是的,我听说了,军代表同志。"

"你参加没有?"

"没有,军代表同志。"

"你知不知道中央银行滥发钞票来打一场反人民的内战?你知不知道人们要背一麻袋钞票买一碗大米、一块肥皂?"

"知道的,军代表同志。我太太也是一样背着麻袋出去买菜。这跟我毫无关系,钞票是造币厂印的,不在这儿。"

"你和姓孔的还有他的亲戚朋友那么近乎,你怎么会跟这些事情无关呢?"

"没有,军……军代表同志。我的工作和银行毫无关系。"

"你在中央银行干了多少年?"

"八年,军代表同志。"

"你在中央银行干了八年,你还告诉我你和银行没有关系?"

"是的,哦,没有,军……军代表同志。因为我对银行业务根本一窍不通。我的工作就是为寿辰、结婚、丧事写写诗文和挽联。"

"孔家的亲戚朋友每天都过生日、结婚、死人吗?"

"不是的,军代表同志。这种事情偶尔发生。"

"那平时你干什么？你每天都上班吗？"

"是的，我每天都上班，军代表同志。没有应酬的时候我就看看古书，练练毛笔字。"

"这叫啥工作？"

"嗯，银行需要我这样的人，有备无患。"

"你是说真话吗？"

"是的，我赌咒，军代表同志。我赌咒。您……您可以问我的同事我说的是不是真的。我从来没有受过任何银行业务的训练。我在学校里算术很糟糕。我念大学的时候是不读数学的，我学的都是古文。算错一点银行就会亏成千上万块钱。如果您不相信我的话，您可以随便问行里的哪一个人。"

"你知道是谁把黄金运到台湾去的吗？"

"我不知道是谁，军代表同志。我刚才告诉您我对银行业务一窍不通。"

"你知不知道共产党的政策是坦白从宽、抗拒从严？"

"是的，我知道，军……军代表同志。"

"那你为什么不交待你的罪行？"

"不，我没有什么可以交待的。我刚告诉您我的工作跟银行业务毫无关系，我连银行里谁干什么事情都不知道。我只是为孔先生的亲戚、朋友的生日、结婚和丧事写诗文和挽联。不，我指的是那个姓孔……孔的家伙。"

"我再告诉你一遍，我们的政策是坦白从宽、抗拒从严。我们绝不会冤枉一个好人，也绝不会放过一个坏人。我们已经知道谁犯了什么罪行。你必须彻底交待你的罪行，如果你不老实抗拒将受到严厉的惩罚。你自己选吧。"

"军代表同志，我已经告诉您，我对银行业务一窍不通，我和运黄金到台湾也毫无关系。我也不知道是谁干的。如果我说谎，您怎么惩罚我都是罪有应得。您不是已经知道谁犯了什么罪吗？那您一定知道我说的话都是真的。"

"胡邦彦,你刚才告诉我你的工作就是为那个姓孔的家伙的亲戚朋友说好话,他是中国人民的公敌之一,这就是你对中国人民犯下的不可饶恕的罪行!我知道你是国民党党员。我不会告诉你还犯过什么罪行。你以为我不知道吗?你错了。我想给你一个坦白交待,争取宽大处理的机会。把这个拿回去重写。你必须交待你自己的罪行,还要揭发其他人的罪行。"

"是,军……军代表同志。"

"下一个!"军代表又加了一句:"不要和别人串通隐瞒你们的罪行。如果你抗拒我们将从严处理。"

父亲退出军代表的办公室后总算可以先松一口气,因为军代表的盘问终于暂时告一段落,但是他提到的过去的罪行,又使父亲感到紧张和迷惘,他预感往后还会发生什么更糟糕的事情。他本想再请教茶房,但是马上就打消了这个念头,因为军代表已经警告他不许和其他人讨论他的事情。

解放前,中央银行为父亲包了一辆黄包车,每天接送父亲上下班。现在黄包车也停止了,父亲改乘电车上下班。和军代表谈话之后,父亲实在没有心思乘车回家。他在银行旁边的一家小馆子喝了几盅酒,然后步行回家,一路上可以反省一下。父亲到家时已是十点多了,但是全家都还没有睡觉,家里东西乱七八糟,让父亲吓了一大跳。

"你们这么晚还在干什么?发生什么事情了?"父亲大惑不解地问道。

"今天上午一些解放军的士兵来了,叫我们搬出去。"母亲回答道。

"怎么回事呢?"

"他们说这房子是中央银行的。现在上海解放了,我们必须在三天之内搬走。"

"我们还没有找到房子呢,让我们上哪儿去住呢?"

"我也不知道啊。"母亲焦急地说。

"你没告诉他们我们没地方住吗？"

"没有啊，你爹爹说我们搬走。"

"爸，怎么回事啊？"

"他们背着枪……枪来的，六……六个当兵的。我吓坏了。我怎么敢跟他们说不搬走呢？"

"你是不是在银行里做了什么坏事？让我们跟着你受罪。"母亲问道。

"没……没有啊。我今天才交了思想汇报，军代表不满意，他让我交待过去的罪行，还要揭发别人的罪行。"

"你犯罪了吗？"

"你不是知道我在银行里就是为寿辰、嫁娶和丧事写诗文、挽联吗？那怎么能算犯罪呢？"

"别再提你的挽联了。"母亲打断父亲的话，"我们上哪儿去住呢？"

"是啊。我们上哪儿去住呢？"父亲问道。

"我问你呢。"

"不，我也不知道啊。你们白天有没有出去找房子呢？"

"你没看见她已经怀孕六个月了吗？"祖母打断道，"天这么热她怎么出去找房子？你得自己出去找房子，否则我们就要无家可归了。"

"好的。明天我向军代表请假。那是什么？"父亲指着屋子角落里的一堆东西问道。

"你的纸。"母亲答道。

"你怎么可以把我的纸和垃圾放在一起呢？"

"我准备扔了。"

"不行。日本人来的时候我把这些纸带到重庆，抗战胜利后又运回来。你怎么可以扔呢？"

"我们连住的地方都没有，这纸放在什么地方？你就知道你的纸，你的那点宝贝纸。"

　　父亲心里非常愧疚,他知道不应该和母亲争辩,于是一言不发地把纸整理好包起来,打包一直持续到次日的凌晨。

　　一宿未眠的父亲早上乘电车到银行,发现几个老同事在大门边等候。父亲一打听,原来他并不是惟一被驱逐的。过了一会,门口的人又多起来了。当军代表到门口时,大家都上前向军代表请假。

　　"跟我来。"军代表把大家领到一间办公室里,随手把门关上。"你们都知道中央银行是国民党政府的金融中枢。国民党掠夺人民的财富,你们帮国民党把成吨的黄金运到台湾去,你们还帮国民党滥发钞票。通货膨胀得那么厉害,钞票还不如草纸值钱。你们对中国人民犯下了不可饶恕的罪行。你们都是中央银行的高级职员,你们住的都是花园洋房,这些洋房都是国民党从人民手里掠夺的。现在上海解放了,中央银行所有的资产,包括这些房子,都是敌产。我代表上海市军事管制委员会宣布没收这些房子。我们把这些房子收回来,还给中国人民。你们还有两天搬走。参加思想改造训练班是一个政治任务,不得缺席,不能请假,你们必须照常到银行来。现在你们可以自己找房子去。如果你们需要帮忙,我可以派战士帮助你们打包搬家,要多少有多少。"

　　军代表的讲话明确表明了政策,大家都知道这个最后通牒是无法通融的。大家只好悄悄地回到各自的学习小组。因为大家心里都在为往哪儿搬家着急,所以时间好像过得特别慢。父亲回到家时,只见祖父母盯着摊得乱七八糟的东西束手无策,母亲也不知道在什么地方。

　　"她上哪儿去了?"父亲问道。

　　"你说你去向军代表请假找房子,你怎么不回来呢?"

　　"他说参加思想改造训练班是政治任务,一律不得请假。并不光是我自己,还有别人呢。"

　　"她出去找房子了,我们等不及了。"

　　"她出去多久了?"

　　"午饭前就走了。"

28

"有什么消息吗?"

"没有。"

"这么多东西怎么办呢。"父亲自言自语地问道。

"谁知道啊。"祖父叹了一口气。

"军代表说他可以派士兵来帮我们打包搬家。"

"不行,不行!"祖父急了,"千万别让他们来。"

"你们知道她上哪儿去吗? 也许我可以出去找找她。"

"谁知道她上哪儿去了。她说就到附近看看,很快就会回来的。"

"你们怎么可以让她一个人出去呢?"

"你说你要请假,但是又不回来。如果我们不让她出去,两天以后我们住到什么地方去呢?"祖父反问道。

正在大家相对无言的时候,突然听见有人奔上楼来,使劲地敲门。"胡先生! 不好了,出事了,出事了,快,快点! 胡太太在门口昏倒了。"我们楼下的邻居刘先生也是中央银行的雇员,他上气不接下气地奔上楼来。

父亲赶紧奔下楼,发现母亲倚在门口的台阶上,全身都被汗湿透了,气喘吁吁,神志不清。

"你怎么样?"父亲摇摇母亲的头。

"我……我想我大概要小产了。"母亲喃喃地说,边呻吟,边喘气。

"永祥,永祥。"父亲唤着母亲的名字,"我真对……对不起你。都是我的错。"父亲一边道歉,一边流下泪来。"我请假了,真的。但训练班是政……政治任务,没法走。"

"是的。"楼下邻居跟着说,"谁也不许请一天假。"

"水……水,给我点水。"

"水! 快点! 拿点水来!"刘先生喊道。

刘太太端着一杯水跑出来,手里还拿了一块湿毛巾。她捧住母亲的头,把水从她干裂的嘴唇间慢慢地灌下去,并用湿毛巾给母亲擦脸。

"要不要我去喊一部黄包车把她送到医院去?"邻居问道。

"不,不用了。我想我还可以。"母亲轻轻地说。

"胡先生。我们把她抬进去吧。"刘先生建议道。

"好。"

两个男人将母亲从台阶上抬到一楼的房间里。他们把母亲平躺在地板上的一领草席上,刘先生家的家具也都拆开准备搬家了。他们把所有的窗户都打开通风。

祖母拿了一把芭蕉扇从楼上下来命令道:"你们男人都走开,让我们来照顾她。"

"是的,这样不大方便。"刘太太附和着。

"是。"父亲点点头。

两个男人悄悄地离开房间,顺手带上门,然后走到外面人行道边一盏路灯下坐下。

"我们怎么办?"刘先生终于打破了沉默。

"我也不知道,你找到地方了吗?"

"没有。你打算怎么办?"

"不知道。也许我们全家得先住旅馆,然后再找房子。"

"别指望旅馆了。我太太昨天去找过了,城里所有的旅馆都客满了,基督教青年会也满了。她找了一大房子,还是没找到,因为我们租不起。外边的行情是,单人房间要一条大黄鱼的顶费,外加预付六个月的房租。"

"你比我好办多了,你的父母不跟你住。我至少需要两间房子,但是又没有那么多钱,我的钱都买了线装书、宣纸和字画,你是知道的。这些东西现在谁敢买呀?老实告诉你,我只有笔尖上那么一点金子。"

"哎呀,胡先生,我们都是彼此彼此。我们都是靠薪水吃饭的,你的薪水比我的还高呢,尽管我不买那些东西,多少还存了一点钱,但是通货膨胀一来,积蓄都空了。我还有点美金,"刘先生悄悄地说,"我太太到汉口路的黄调绿的黑市去了。现在外国人都走了,谁也不敢碰这绿的玩意儿,现在共产党在抓黄牛,连大头都买不到了。最近风声太紧了。"

"你准备到哪儿去呢？"

"我父母在苏州还有房子，离开上海两个钟头。如果明天还是找不到房子的话，我得把太太和孩子先送到苏州去。"

"日本人1937年打过来的时候我们就离开镇江了，从此就没有回去过。现在别人住在那边的房子里，我连一点回旋的余地都没有。我能不能把家里的人送到苏州去跟你们挤几天呢？"

"不行，对不起。我父母和我弟弟住在一起，我的太太和孩子就得挤进去，够难为他们的了。"两个人都不说话，互相看着。"我们还是进去看看你太太怎么样吧。"邻居建议道。

他们回去时，母亲已经稍微恢复了一点元气，样子也好些了。

"我想孩子应该没问题，她大概是中暑了。"祖母松了一口气，"你们男人把她扶上去吧。"

"我自己走吧。"母亲挣扎起来，慢慢地拖着怀孕的身子上了楼。她进卧室躺下，祖母也跟了进去。

"她怎么样？"祖父问道。

"我想没事。"

"你能不能明天请一天假找房子？"

"不行，爸。如果我明天不去就可能会被解雇。她还有两个月就要生了，这个六口之家怎么办？"

"能不能找个旅馆先对付几天再说呢？"

"不行。楼下刘先生说旅馆都满了，连基督教青年会都满了。"

"他们刘家找到房子没有？"

"还没呢，爸。他说他也许把他的太太和孩子先送到苏州他父母那儿。"

"哎，我们在镇江也没有地方了。也许我们得先到汉口老二（我二叔）那儿住几天。"

"不行，汉口还在国民党手里，船又不通，走旱路太危险了。"

"那么老四（我四叔）呢？"

"他还是单身住在宿舍里,五个人怎么挤?有了,爸,也许我们可以先到南京去和永祥的父母挤一下。他们和永祥的哥哥住,地方不小,也许我可以先在行里的办公室过夜。"

"哦,不行,我不去"。

"等一等。老三(我三叔)他丈人杨家怎么样?他们家的房子不小。"

"我已经好几个月没有跟亲家说过一句话了。我怎么能够自说自话地硬搬到人家那儿去住呢?另外他们家是有钱人,他女儿和老三又在美国,我想眼下他们也一定有麻烦。"

"但是如果我们明天还找不到房子的话,就得露宿街头了。你能不能去试试呢?爸。"

"好吧,好吧。我试试看。实在不行的话我们就得搬到你姐姐那儿。"

"他们家有五个孩子,一共才有一间房和一个阁楼,再加上我们家五口就整整一打了,不行的。"

"我们可以都睡在地板上。反正现在是夏天,铺几条草席就行了,总比无家可归强吧。"祖父无奈地说。

打包又继续到次日天亮。两宿没睡,思想改造训练班的时间变得更加难熬。母亲正在看着最后几件行李和家具装到黄包车上。

"杨家同意让我们在找房子的时候暂时在他们的花房里住几天。我是最后一个,他们已经在那儿了。"

"什么?他们家的花房?你说的是不是他们家花园里面的玻璃房子?"

"是啊。你父亲今天早上去了。杨家告诉他,他们家的几个女儿都搬回家来了,唯一剩下的地方就是花房。我们可以把东西存在锅炉房旁边的地下室里。"

"行啊,这样一来我们总算可以多出几天找房子。"父亲叹息道,"真对不起,让你跟我受这种罪,我怎么才能向你赔罪呢?"

"你不用再说对不起的话了。我知道这也不是你的错,这是我们的命。再说也不光是我们一家。刘家已经上路往苏州去了。快，我们该走了。你爸妈在等着我们呢。"

父母亲最后看了一眼他们住了三年的家。客厅现在都空了，字画拿下来后，四面光光的白墙壁就像死人的脸皮。落地窗大开着，被风吹得来回碰撞，窗外一场夏天的雷阵雨正在逼近。花园里的芭蕉树被风吹得来回摇摆，闪电把黑暗的天空照得雪亮。壁炉前的罩子被拿走了，从烟囱里灌进来的风把炉灰吹在拼花的打蜡地板上。远处雷声隆隆，突然震耳欲聋地当头劈来。孩子的卧室也是空空如也，墙上只有我的十八个月的哥哥信手的涂鸦。倾盆大雨很快就把花园里割得整整齐齐的草坪淹没了。楼下的房间也都搬空了，整幢房子就像一片可怕的坟场。父亲小心地将所有的钥匙串在一起，放在厚厚的橡木大门上的黄铜信箱里。然后他拉着母亲的手涉过没脚面的水，登上等待出发的黄包车，车队在瓢泼大雨中向杨家驶去。

在六月的烈日下暴晒了一天，杨家的花房热得让人窒息。透明的玻璃墙和房顶使得里面的活动一览无余。母亲是家里最能干的，她叫父亲立即去搜集废报纸。她用面粉在杨家的厨房里熬了一大锅糨糊，把报纸糊在玻璃上遮挡视线。接下来的问题是，尽管花房很宽敞，里边大部分的地方都被花盆占了。父亲花了好几个钟头，才把几百个花盆搬到花园的一角腾出地方来。母亲把行李打开，搜集了所有的被单，还问杨家借了一些被单，挂在一根绳子上，把花房一隔为二。因为花房里的温度和湿度太高，室内实在难以穿得衣冠楚楚的。所有这些杂事做完后，连续三天不休息的疲劳开始降临。不幸的是，成群的蚊子吵得人无法入睡。母亲只好坐着，用扇子给哥哥赶蚊子。

杨家并没有任何要收回他们花房的意思，此时此刻谁还有心思种花呢？于是我们一家只能暂时住在那里。尽管玻璃花房是平民百姓所可望而不可及的奢华享受，但它毕竟本来就不是设计给人住的。花房里既没有厨房，也没有厕所。花房里的喷水管倒是很方便，随时可以用来冲凉，但是在炎热的夏天，接近饱和的湿度将花房变成了一个大蒸笼。

母亲很快又开始找房子,父亲在银行里继续参加思想改造训练班。两个星期后,我们借一个朋友家的阁楼暂时栖身,因为我也快出生了。不知什么原因,预产期到了,母亲还是没有生的迹象。

"怎么办呢?孩子已经过月两个星期了,会不会有什么问题啊?"母亲十分担心。

"别急,"祖母安慰母亲,"我想这孩子将来一定会受很多罪。他现在还不想出来受罪,"祖母倒是很有哲理,"让他在里面再多待几天吧,他自己想出来的时候再出来。"

但是我们家实在是无法再多等几天了。那个朋友的房子是登记在他哥哥的名下,他哥哥是国民党军官,逃到台湾去了。军事管制委员会很快就查清了业主的身份,并把他家的房子没收了。我们全家又被赶出了他们家的阁楼。因为母亲随时都会生,全家只好挤到一个姓钱的远房亲戚家里。那是一幢旧式的三层楼房,在卢湾区的大沽路,我们借住底楼的后房。母亲把房间用被单隔了一下,全家老少三代只好将就着住。那年闰七月,我本应该是在阴历前七月出生的,足月后又过了整整一个月,实在憋不住,1949年9月12日我终于想出来见世面了,那天是阴历闰七月二十。赖在妈妈肚子里的那一个月里我长了不少,生下来居然有十一斤重。

为了纪念1949年上海解放和中华人民共和国成立,我的同龄人中有许多取名"解放"、"国庆"或"建国"。在我小学和中学的班上,以及后来工作的工厂里,都有不止一个"解放"、"建国"和"国庆",非但有同名的,还有既同名又同姓的。在我的同龄人里,人们往往可以从名字中相当精确地猜测他们的政治背景。我祖父给我起名"果威",其中"果"是我这一辈的排行,取其"结果"、"将来"的意思,"威"则是威武,我哥名"果文",因为"果武"既绕口,平仄又不对,故名"果威",一文一威是文武双全。

我出生后十八天,毛泽东主席在天安门城楼上宣告中华人民共和国成立。

为了庆祝建国,银行放假三天。三天后父亲回去上班,银行的大门上已经挂了崭新的"中国人民银行"招牌。门口站岗的卫兵对照一张名单仔细地查对了父亲的名字,然后让父亲到一间会议室,那儿有许多父亲的老同事在等候。八点整军代表走进会议室。他从口袋里拿出几张纸,然后开始讲话。

"同志们,"军代表第一次用这个革命的词汇称呼大家,"祝贺你们。我很高兴地告诉大家,在座的每一位同志都成功地通过了思想改造训练班。当然这并不等于你们在国民党的中央银行就没有做过坏事。共产党的眼睛是雪亮的。你们当中的一些人确实帮国民党犯下了反人民的罪行。"军代表停顿了一下,并用眼睛向四周扫了一圈。在座的都随着那双眼睛猜军代表在看谁。"然而根据你们在思想改造训练班的态度和表现,"军代表继续说,"共产党决定对你们既往不咎。你们必须感谢党对你们的宽大处理。你们一定发觉你们同事中有些人今天没有来,"军代表又停顿了一下,在座的每一个人又往四周看谁没有来。"因为他们在中央银行犯了比较严重的罪行,或是因为他们在思想改造训练班里拒绝交待他们的罪行,我们还在继续调查这些人。对你们过去错误的调查也还在继续进行。如果我们发现你们中间有人隐瞒了罪行,就一定会从严惩罚。从明天开始你们将被分配到中国人民银行开始新的工作。请等在这儿不要走,王同志是负责行政工作的新领导,他会叫你们的名字。"

过了一会儿在座的才意识到军代表已经讲完了。当军代表往外走的时候,全场爆发出一阵雷鸣般的掌声,同时也深深地出了一口气。四个月的交待、检讨、小组讨论、读报和学习党的文件总算告一段落。更重要的是,他们都过了关。至少到目前为止还没事。

王同志就是原来中央银行的茶房。父亲迫不及待地想知道他将会有一个什么样的新工作,这是最后的悬念。轮到父亲时,他被领进他自己原来的办公室,他以为他还会在原来的办公室做原来的事情。没想到王同志就坐在他原来的桃花心木的大写字台后面,桌面上贴了三张大牛皮,牛皮的四边是烫金的花纹。办公室已经变了样,墙壁上所有的中国字画都没了,正中的墙壁上挂了一张毛泽东的像,两边各挂着一条标语,"中国共产党万岁"和"中华人民共和国万岁"。

"胡同志,"这回王同志没有对父亲指名道姓,这是父亲一生中第一次被人称为同志,"恭喜侬。"

尽管第一次听起来非常奇怪,父亲却觉得这个革命的称呼非常悦耳,让他感到安全、亲切。现在他已经是茶房的同志了,看来这四个月的思想改造训练班没有白费。王同志给父亲一张通知,在职务一栏中填的是"柜台出纳员",地点是"小东门办事处"。父亲看着通知愣住了,他根本不知道出纳的工作是怎么回事。看见父亲没有任何反应,王同志问:

"侬阿(还)有啥问题?"

"没有,呃,有的。我想我不会做。"

"侬哪能会做勿来呢?"

"因为我从来没有受过最基本的出纳训练。"

"侬读过交关书,对吗?"

"是的。但是我读的书和银行都是无关的。"

"侬搭(和)阿拉勿一样,阿拉勿识字格,侬识字,就可以学。"

"出纳的工作非常重要。如果我出一个错,银行就会赔许多钱。是不是还有别的工作可以让我做呢?"

"呒没。我伲讨论过了,大家全认为侬帮孔家写格物事现在已经呒没用场了。"

"其实我可以给整个银行写所有的东西。"父亲指着手里的那张通知:"比如,这张通知里就有许多语法错误和错别字。我可以保证有语法错误和错别字的东西绝对不出银行的门。中国人民银行的形象是非常重要的。"

"侬哪能敢讲印在纸头上格物事里厢有得错误?"

"印在纸上的东西并不等于就没有错了。"

"我问侬,侬阿晓得到啥格地方去做啥格事体?"

"我知道。"

"格么就好了,有啥格错? 只要侬看得懂,通知肯定是对格。阿拉勿需要侬来鸡蛋里厢寻骨头。银行里厢有交关保密格事体,侬搭孔家关系太近了,侬勿可以做格个(这个)事体。侬格本事对银行一点用场都呒没,但是共产党决定把(给)侬一个机会,学一点对人民有用场的物事。外加侬格工钿搭解放前格一样多,侬应该感谢共产党对侬格宽大。"

"那么我一定尽力而为。什么时候上班?"

"明朝。"

父亲从已经变成是王同志的办公室里走出来,心里感慨万千。一方面,学习做出纳是相当困难的任务。另一方面,他毕竟还有一份工作,还可以养家糊口,尽管工作很不体面。最重要的是,他已经通过了四个月的思想改造训练班,而且茶房居然还称他为"同志",这就说明党已经不怀疑他是敌人了。

下班后,父亲约了几个老同事出去喝两盅,庆祝大家成功地通过这场考验,同时庆祝别开生面的新工作。尽管没有人对新的工作特别满意,至少心里的一块石头可以落地了。

喝完酒后,父亲决定走回家。当他走到法租界时,一条路显得十分熟悉,原来他常和母亲带着哥哥晚饭后一起出来在这条路上散步。十月初的天气秋高气爽,夜空下凉风习习。父亲下意识地走到我们原来住的街道,很快他发现已经到了几个月前老家的门口。因为上海解放初期缺电,所有的路灯都关着,两边种着梧桐树的街道沐浴在银色的月光下。街上既没有车辆,也没有行人。没有路灯的街道颇有一点田园的诗意。父亲倒退了几步,这样一来可以好好地再看一看整幢房子。秋高气爽的星空下,一切都是原样。阳台上的落地窗开着,雅致的窗帘已经被取掉了,落地窗看起来空空荡荡,整个房子也显得寒酸多了。父亲后悔当初应该把窗帘留下,让房子保持原样。当父亲正沉浸在怀旧之中,一个男人走过来,在房子面前停下走上台阶。一切如梦。两秒钟之后,那个身影消失在门后面,街道又恢复了平静。

第二章　启　蒙

在中国,产后的女人应该卧床坐月子整整一个月,在这个月里她不能洗澡,即使在夏天也不能开窗,以防止着凉。老年人相信任何出轨的行为都会给她一辈子留下病痛。不幸的是,我母亲无法遵守这一套坐月子的老规矩。生下我后还不满十五天,我们又得搬家了。这次我们从一个远房的舅公公家租了两间房子,在上海旧城的新北门。

在半殖民地的上海,南市区是华界,是上海最穷、人口密度最高的地方。南市区的居民大多数是产业工人、打零工的平民和无业的贫民。我的好朋友阿九是第九个孩子,就住在狭窄的"弹硌路"弄堂对面的楼下。阿九的父亲就在离家十米外的弄堂口摆摊子卖猪头肉。每天早上,我看见他把十几个猪头放在小车上推回家来,放在一个大盆里面洗,然后把臭气熏天的脏水倒在"弹硌路"的弄堂里。吃过中饭,他就开始煮猪头。他放的调料想必很好,弄堂里很快就充满了让人垂涎欲滴的香味。下午四点左右,他把小车推出来摆摊子。只见他将一把雪亮的大菜刀挥舞过头顶,将猪头肉剁开切成小块,然后就用一把大芭蕉扇赶苍蝇。有客人来买肉，他就把肉放在一张干的荷叶上，洒上一点花椒盐，包上。他把砧板上的碎肉用刀刮在一起给我们吃，味道极佳，特别是带一薄层软骨的猪耳朵肉。但是父亲从来不买他的猪头肉，据说他的肉不干净。后来就不见他摆摊子了。我长大后听说，阿九的父亲因为卖鸦片被抓起来了。除了猪头肉的摊子之外，整条弄堂都摆满了小摊子，日日夜夜叫卖各种各样的小零货，后来那里成了上海的小商品市场。

　　除了一楼有自来水外，我们住的房子没有抽水马桶和浴缸。大小便都在一个木头的马桶里，马桶放在后房的一个角落，用一块布帘子遮挡一下外人的视线。每天清晨天刚刚亮，倒马桶的骑着三轮的粪车就来了。"马桶拎出来！"的吆喝声分外响亮。他沿途将一个个的马桶倒进粪车。然后家庭主妇就都涌出来用竹刷子刷马桶。声音非常有节奏感，犹如一首即兴演奏的打击交响乐。弄堂里不时有小贩叫卖"热豆腐浆！"，来和刷马桶的声音比赛。粪车满了之后，就被骑到两分钟路程外的黄浦江边，倒入郊区菜农运粪的木船里。旁边的十六铺码头每天都有成千上万的人上下船。附近狭窄的街道两边都是简陋的客栈，疲惫的旅客可以坐在路边的小板凳上，买一盆"面汤水"，用公用的毛巾在公用的脸盆里洗一把热水脸，再吃一顿便饭，总共花五分钱。

　　我们家靠近上海的老城隍庙。城隍庙当中的湖心亭里有一个茶馆，有一座九曲桥相连。我的祖父母每天都带我和哥哥去饮下午茶，吃菜包子、面条，嗑西瓜籽，还有各种零食。茶房倒茶的精确度使我震惊，他的白铜茶壶擦得锃亮，壶嘴至少有二尺长，他在几尺之外居高临下，往茶壶里倒滚开的水，居然连一滴都不溅出来。

　　尽管我对祖父母有一些模糊的记忆，我当时年纪太小，所以还不知道究竟是怎么回事。我常听见父亲和祖父说话，他们会突然压低声音，就像耳语一样，或者干脆把我和哥哥关在门外，这使我更觉得好奇。这时候引起我注意的词语是"共产党"、"台湾"、"国民党"、"美国人"、"麻烦"和"打仗"等。有时他们会争执起来，母亲和祖母就会去劝解。我觉得祖父总是很烦恼,很害怕。记得有一次我从三楼的晒台上捡了几张花花绿绿的纸玩,父亲和祖父都吓坏了。他们关上门把那些纸烧了。长大以后我才知道,那些花纸是国民党的飞机散发的传单。我的祖父母在那幢老房子里面逝世。尽管我们住的环境坏得不堪,却有一个好处,它离父亲上班的小东门办事处步行才几分钟。

小东门办事处是银行最底层的门市部之一。经过一周的培训,并在有经验的出纳的监督下接待顾客后,父亲被分配到柜台上的一个窗口开始自己独立上班。一天结束后,对账时好像多出了一点钱。父亲在银行关门后留下来复核,看究竟错在什么地方。奇怪的是,每一次验算的结果都不同。最后银行里经验最丰富的出纳来帮父亲查。他复查了每一笔账,发现许多错误。除了借、贷双方记错账之外,父亲用算盘做最简单的加减法都会出错。最后结果出来,两个人都大吃一惊,钱非但没有多出来,还少了许多,相当于父亲半个多月的薪水!父亲矢口否认偷了钱,还主动提出在自己的薪水里扣出钱来还给银行。父亲仅仅做了一天出纳就被停职。经过调查后,银行把缺少的钱作为亏损冲销了,并把父亲从柜台撤回做后勤工作。

被贬成后勤办事员后,银行先让父亲点钞票,那是银行里最简单的活,只要能从一数到一百就可以了。因为父亲在中央银行八年从来没有点过一张钞票,所以人民银行让他点面值最小的钞票,每张才一分钱。此外,父亲还负责修补破损的钞票,这对刚进银行的练习生都是大材小用。为了避免出错,父亲对工作兢兢业业。尽管没有出错,父亲点钞票的速度实在太慢,远远供不上办事处的现金往来之需。此外,父亲修补的小面值钞票的价值还没有他的薪水高。一个星期后,父亲点钞票的饭碗又砸了。

因为父亲的学问对银行实在是没有任何用处,所以他再次被贬去收发信件、打扫办公室、清理烟灰缸、倒痰盂、打扫厕所和打杂,包括为小东门办事处所有的员工倒茶。尽管父亲并没有保持"原职",却仍然领取"原薪"。在这一点上共产党说话算数。根据他原来在中央银行的薪水来折算,父亲按"单位"计算领取"保留薪",成了小东门办事处最高薪的雇员。显然,让父亲当后勤办事员太昂贵了,一个学徒的练习生完全可以做得更好更快,而工资只要十分之一。

在小东门办事处工作一年后,人民银行对父亲彻底绝望了。他们把父亲调到我们家附近大南门的第八女子中学教语文,希望他能够更好地发挥他的才能。我对父亲的中文功底是佩服的。但是无论他的古文造诣有多深,并不一定就能胜任教中学的语文。课本中有一些文章,父亲很不以为然,他认为这些文章的语言不好,姑且不谈其内容,因为当时批评这些文章在政治上是犯大忌的。对父亲来说,让学生相信课本里有病句和错别字是根本不可能的,因为学生们天真地认为,只要是印在书本里的文章,是绝对不可能有错的。可想而知,父亲在学校里并不受学生的欢迎。他孜孜不倦地维护中文的纯洁性成了学生的笑柄,或被认为是吹毛求疵、咬文嚼字。尽管师生双方都不开心,父亲工作非常敬业。他每天为学生改作文到深夜,逐字逐句,一丝不苟,眼睛总是熬得红红的。说句公道话,父亲不受欢迎一部分得怪他自己。他好像是一个音乐大师,坚持要演奏巴赫、贝多芬和莫扎特的阳春白雪,而学生却要听流行歌曲。

父亲那极其不成功的中学教师生涯在1962年结束,他被调到中华书局编《辞海》。1959年10月1日之前,政府规划了许多雄心勃勃的项目来庆祝中华人民共和国建国十周年,如北京的人民大会堂、火车站、中国革命历史博物馆等十大建筑。政府中也有人提议重编《辞海》向建国十周年献礼,这项庞大的计划很快就流产了。尽管在大跃进年代一天等于二十年,但文化部的领导还是意识到重编《辞海》的工程浩大,决不是区区几个月就可以完成的。1962年重编《辞海》的工作从头开始,中华书局需要大量的有学之士。抗战时父亲曾在复旦大学任文书主任,复旦的校长陈望道先生向中华书局推荐父亲,第八女中遂将父亲"借调"给《辞海》编辑委员会帮忙。这项艰巨的工程耗时四年才完成。重编《辞海》结束后,父亲被上海出版局留下,分配到上海教育出版社任编辑,直至1975年退休。

生我之后，母亲先在家待了几年相夫教子。1950年代初期许多家庭妇女参加工作，母亲在国营的上海市建筑材料公司找到一份打字员的工作，后来调到建工局的技校打字。当年还没有电脑，一部中文打字机重一百多斤。每一个中文字都是一个铅铸的小图章，约一寸长。大约一千多个常用字放在一个长方形的字盘里，字盘上装着夹蜡纸的圆筒和打字锤。打字员先在字盘上找到需要的字，然后按下一个长长的打字杠杆。空心的打字锤将每一个铅字夹起来，甩上去打在蜡纸上，再放回字盘。如果碰到不常用的字，她就要到备用字木盒里去找，找到后放在字盘里，打一下再放回备用字木盒里。一个熟练的打字员一小时大约可以打一页，实在是非常费劲的工作。

因为家里有两份工资，加起来200多元，大约相当于1950年代平均工资的三倍，所以我们的家境还是不错的。上海市是中国最大的城市，所以生在上海也是非常幸运的。当时中国的生活水准普遍较低，尽管我们并不富有，生活还是很舒适。母亲上班之后，家里居然还能请得起保姆来照顾我和哥哥。

但是在我们家里，我和哥哥的待遇是截然不同的。在我们之前还有一个大哥出生五个月就夭折了，母亲为此几乎精神失常。几个月后我哥哥出生，母亲大喜过望。十八个月后再生我时，就没有什么稀奇了。有了哥哥之后，母亲非常希望生一个女儿，所以又生一个儿子使她非常失望。我有一个姨妈在昆明，她生了四个女儿，非常希望有一个儿子。在我成年之前，母亲常与姨妈商量用我换她的二女儿，这个想法最后不了了之。

因为大哥夭折，而我又是一个多余的儿子，所以我哥哥从小就是母亲的掌上明珠，而我则是童话中的灰姑娘。在1950年代初期还有私营企业，我哥哥上的是私立的幼稚园和小学，接受最好的教育，而我上的就是公立的。我们哥俩小时候都做了扁桃腺切除手术，他是私人的名医主刀，而我则在公立医院，所需费用仅几分之一。我哥哥总是穿新衣服，我是旧老二，这在当时也是顺理成章的事情。

1955年公私合营，所有的私营企业都国有化了。当时我还在幼儿园,不太懂事。但是外面大张旗鼓地庆祝我也感觉得到。老师告诉我们现在所有的商店都归人民了,所以到上海第二大的永安公司去买东西会便宜一些。幼儿园还组织我们到原来是跑马厅的人民广场去游行,我们向观看的人群高呼口号,我记得其中一句是"社会主义到了"!

因为我们家当时还住在上海最贫穷的南市区,那边的学校条件非常不好。我被分配到我们小弄堂里的一家小学,就在我们家后窗的对面。因为学校实在破败不堪,"昔孟母,择邻处",母亲决定再搬一次家。很幸运,母亲在法租界的徐家汇找到房子,我们1956年夏天搬家,正好我上小学一年级。这次我们有两间房,三楼带阳台的正房和二楼半的亭子间。还有三楼的晒台,上面有自来水,就改建成厨房。三楼的浴室有浴缸、抽水马桶和洗脸盆,我们和楼下的五口之家合用。一楼的厨房里居然还有一个热水锅炉,但是因为缺乏燃料,我们在那儿从来没有烧过。一楼的窗户上有非常漂亮的铁栏杆,整条弄堂有一扇大铁门,还雇了一个看大门的老头,他负责守卫并清扫弄堂。那儿是一个住宅区,邻居都是比较有钱的中产阶级、资本家和小业主。弄堂里有两家有钢琴,一家居然还有一台老式的 G. E. 电冰箱。

淮海中路第一小学原来是一所私立学校,处于上海最好的地段之一。上学的路上两边是上海的一些最讲究的房子,其中有挪威王国总领事馆和捷克斯洛伐克总领事馆。附近住着许多党的高级干部。我小学的隔壁就是上海交响乐团,我们上课时每天都可以听见他们排练西方古典音乐的经典作品。尽管我小时候根本不注意,等我长大了听见一些曲子非常耳熟,想必是在小的时候就听过无数次了。

我哥哥一开始和我上同一所小学。尽管学校非常好,母亲觉得哥哥应该接受最好的教育。在淮海中路第一小学上了一年之后,母亲便迫不及待地将哥哥转到上海小学上三年级,上海小学是当时上海惟一的寄宿小学,就相当于英国的伊顿公学。那是一所专收富人、名人和特权阶层的孩子的贵族学校。哥哥的同学多出身于资本家、电影明星、社会名流、归国华侨或高干家庭，有的还戴手表，骑名贵的进口自行车。上海小学有一个很大的运动场和大礼堂（我的学校都没有），学生每个星期可以在大礼堂里看两场电影，而我一年也不过看两场。因为在那种贵族的环境里受教育，并受到那些养尊处优的同学的影响，哥哥从小就有一种极其强烈的优越感和统治欲。他看不起体力劳动，在母亲的默许下，他在家老是打骂我，因为母亲觉得也许这是对我最有效的教育方法。当时我常发誓，今后长大了一定要把他揍一顿出出气。当我长到能够打得过他的时候，他识时务而及时地停止了对我的打骂。

因为我外公在抗战时失业多年，母亲年轻时生活非常贫困，从而养成了节俭的习惯。比如，从甲地到乙地是六站地，车费一角，母亲一定会走一站，五分钱坐足五站，节省五分钱。她夜里睡觉从来不穿睡衣，而是穿破旧的衣服，因为"夜里睡觉反正是没有人看的"。她对自己非常苛刻，但对别人却十分大方。她从来不做锦上添花的事情，却会给别人雪中送炭。胡、丁两家都是大家庭，每次发工资，母亲都会寄钱给父亲年迈的姨母、大姐、表兄等，还有她自己娘家的父母和亲戚。父亲从来不用提，母亲都是主动地给别人用钱，如此几十年。她还时常接济经济困难的同事和扫街的老太太。有一次她老人家生病住院，送给邻床罹患癌症病人的年轻的妻子和小孩相当于她三个月的工资。她生怕人家窘，常常是匿名地做好事。她教育我们应该做好事"积德"。她认为我们现在之所以能够吃饱饭，是因为我们的祖上做了好事，所以我们应该继续做好事，不是为我们自己，而是为我们的子孙后代"积德"。

因为外公没有钱送母亲上中学，母亲曾动过自杀的念头。因此她想让我们接受良好的教育，以弥补她年轻时失去的受教育的机会。但是母亲是一个极其节俭的人，送我哥哥上寄宿学校对她来说更是一件极其昂贵奢侈的事情。除了学费、住宿费和饭费之外，母亲每个星期给哥哥五角钱，其中两角乘车，三角零花，平均每天五分，这在

1950年代是不少的钱。两元钱相当于母亲月工资的百分之三,对节俭的母亲来说是挥金如土了。因为哥哥是母亲宠爱的儿子,所以母亲在哥哥的教育上是极其超前,非常大方的,这就是望子成龙吧。天气稍一变冷,母亲马上赶到学校去送衣服和被子,可怜天下父母心。因为生怕我嫉妒,她从来没带我去过上海小学。每个周末,母亲总会做一些可口的菜,星期六晚上和星期天我哥哥回家时才吃。

为了节省带我的保姆的钱,母亲把我的户口迁到南京外婆家。我在那儿待了很短的一段时间,也很开心,因为我外公、外婆追不上我,也没有大哥哥欺负我。但是父亲认为将我送走有伤天和,在他的强烈抗议之下,母亲又把我的户口从南京迁回上海。当时他们还不知道,从小城市向大城市迁户口很快就会冻结,若晚一步的话,我就没法回家和父母一起生活了。

我当时对母亲的偏心本无所谓。弟兄之间的竞争总归会有的,但是我知道我是输定了,所以干脆就与世无争。何必自讨没趣呢?为此我培养了积极的态度。我认为我的学校也不错,不像我哥哥的学校那么严格,只要我自己玩得开心就行了。

我对自己的童年印象毁誉参半,其实我自己也应该为我辛酸的童年负一部分责任。尽管我是一个聪明的孩子,我承认在学校里确实是一个不可救药的顽童。我很小的时候,母亲将中文字写在字块上教哥哥认字,我把那些字块拿来玩耍,自己就学会了。因为我哥哥比我仅高一年级,在每一个学期开始时,我总是偷他的书来看。我可以在几个小时里将他的语文和算术书看完,并有把握到他班上考试,得99甚至100分。等我自己上学时,上课就像坐牢一样难受。我是个极其调皮的孩子,总是想方设法地捣乱取乐,如讲笑话、看小人书、玩玩具、在同学身上恶作剧,可说是无恶不作。老师对我的惩罚是在黑板旁边罚站、立壁角,一站就是整堂课,希望通过羞辱教育我改过自新。这对我来说当然是对牛弹琴,即使站着,我还是有办法把全班逗得哄堂大笑。通常前边的座位总是留给矮小或近视的同学坐的。尽管我是中等身材,两眼视力都是1.5,我的座位总是在前排的当中,就在老师面前。每隔两个星期轮换座位时,我的座位仍然保留在中间。即使如此,我还是照皮不误。几乎每一天总有至少一位老师在课后将我留下谈话,有时居然长达几小时,而我总是左耳进、右耳出。我几乎从来不做作业,每隔一段时候,老师会给我"大赦"一次,我做一两次作业后又会拖欠好几个星期,直至下次大赦重蹈覆辙。最开心的时候就是期中、期末考试之前复习的几天。我会拼命地玩耍到考试前的一分钟,满怀信心地坐下考试。每一次考试我总是交头卷,两个小时的考试通常十分钟就完事了,回家继续玩耍。我有时会得一个99分,因为我做得太快,也从来不复查错误。尽管我的成绩优秀,但被认为是班上最坏的学生。我大言不惭地告诉同学我是天才,所有的东西都是我自己学的。于是我的同学给我起的外号是"牛皮博士"和"胡天才",我对此痛恨不已。我最得意的时候是校长来听课。老师每提一个问题我都举手,并且回答得头头是道。因为看了许多侦探小说而想入非非,我告诉同学我的父亲有手枪和几百发子弹,还有堆成山的金银财宝,差一点给父亲惹出大祸来。

我大多数的同学都是在小学二年级就加入了少年先锋队。在孩子的心目中,入队的宣誓仪式无疑是第一次非常庄严的政治经验,因为他们必须举起右手,宣誓为实现共产主义"时刻准备着"!在宣誓仪式上,当老师把红领巾戴在他们的脖子上时,许多同学激动得热泪盈眶,因为老师说红领巾是红旗的一角,是用先烈的鲜血染红的。因为我太顽皮,所以一直到六年级下学期才入队。母亲常跟老师抱怨,说是加入少先队的标准怎么那么高,几乎都赶上入党了。在小学毕业前夕,我意识到如果脖子上没有那根红领巾也许上不了中学,于是规矩了两个星期,总算入了队。一入队,我照样是我行我素,依然故我。

我在学校里玩得非常开心,但最怕的就是开家长会,因为每次开完会少不了一顿打。另外就是学期结束时将"操行报告单"交给家里的时候。母亲曾把我带到不良少年教养所,在装着铁丝网的高墙外面,她威胁要把我送进去改造。现在回想起来,如果老师让我跳级或参加超前儿童班,提高我的学习兴趣,也许我可以是一个很好的学生。但是老师不给我这样的机会，生怕开了奖励坏孩子的先例。

我升二年级时，1957年的暑假特别长。通常应该是9月1日开学，却延迟了四次，每次一个星期。因为可以多玩四个星期，我当然是很开心。但是在延长的暑假里，我总是觉得有些奇怪，但是又不知道究竟是怎么回事。我常常听见父母亲在父亲的小书房兼卧室里关起门来激烈地争执。我常常隐约地听见母亲说："你最好还是闭嘴，俗话说，病从口入，祸从口出。看在孩子的面上，听我一句话。我求求你了。"我还听见父母亲悄悄地说我小姑妈。我当时不懂为什么母亲不让父亲说话，也不知道小姑妈那儿出了什么事。尽管我不明白，但是我不敢问，因为父母亲的脸色都是阴沉沉的。

开学后，我们发现有两个老师不见了。据说他们是"坏人"，所以就被解雇了。我们的老师告诉我们，那两个老师在"反右派"运动中向共产党发动进攻，所以被戴上了右派帽子。

我长大后才知道我小姑妈在反右斗争中被打成右派。她当时在全国妇女联合会《中国妇女》杂志社当记者。因为她是在1949年，即"解放后"开始工作的，所以不像父亲那样有"历史问题"。正因为她觉得自己"历史清白"，没有辫子可抓，所以说话欠考虑，被"戴上右派帽子"，在《人民日报》上，小姑妈和其他几个右派被点名批判。她被降职减薪，并被送到乡下去劳动改造思想。后来母亲常常对父亲说："我没说错吧，如果不是我让你少开口，你也一定被打成了右派，更何况你还有历史问题，你的下场会比你妹妹更糟。"

反右斗争才一年，毛泽东在1958年发动了雄心勃勃的"大跃进"。我们从教室里的广播喇叭中听到，中国将在"十五年超过英国，赶上美国"。为了实现那个雄伟的目标，我们必须发扬"一天等于二十年"的精神。我当时还是区区一介学童，粗算了一下，一年有365天，如果一天等于二十年的话，那么十五年岂不是等于109,500年，相当于一百多个千禧年？我当时真的就糊涂了，情不自禁地怀疑起来，中国真的有那么落后吗？但是我的疑惑很快就被打消了，因为喇叭里的那个声音反复告诉我们"形势一片大好，不是小好"，"东风一定压倒西风"。

成败的关键在于钢。政府动员了成千上万的人，要在 1958 年底之前炼出 10,700,000 吨钢。全国到处都是土高炉。当时我才九岁，所以不能到第一线，但是我很希望为这雄伟的壮举出一分力。学校把我们组织起来，在家里搜集所有的钢铁制品，交到学校的回收站。学校还派我们上街，拿着磁铁在附近到处寻找钢铁制的东西。我家住的弄堂里，所有窗户上的铁栏杆和弄堂口的大铁门都被大人们拆下来。我们家楼下的热水锅炉也被居民委员会的老奶奶们拆走，当成废铁炼钢。我们的老师被抽去在土高炉上班。因为睡眠不足，他们白天到学校来上课时眼睛都是充血而浮肿的，脸色苍白，面有菜色。我们的作业也大量减少，有时甚至不批改就发回来了。我对此根本无所谓，而且还很高兴，因为我本来就不想做作业。

在我们家后窗户六十米外是一家消防器材厂，院子里就有一座土高炉。我们弄堂里每一家都必须出一个人去帮助炼钢。因为父母亲都必须在各自单位里的土高炉上炼钢，我们家的保姆阿姨就被抽去，从晚上八点到十一点上夜班。废钢铁必须先凿成不到一尺的小块才能入高炉冶炼。阿姨的工作就是抓住一块废铁，让工人用铁锤和凿子凿断。我亲眼看见我们的窗户铁栏杆和大铁门被凿成碎块。

土高炉在夜空下显得非常壮观。嗡嗡叫的鼓风机把氧气吹到坩埚和焦炭的火上，颜色从暗红变成大红，然后是橘红、粉红，最后成了几乎发白的淡红。明亮的火星被吹出来在上海的夜空中飘舞，煞是好看。因为到处都是土高炉，所以上海的夜空都变成玫瑰红色。

一个沙哑的男人的声音在高音喇叭里喊口号："一千零七十万吨钢呀呼嗨！一吨钢也决不能少呀呼嗨！一天等于二十年！超英赶美！一万年太久，只争朝夕！"一个女高音跟着喊："同志们，你们辛苦啦！你们是建设社会主义的英雄，人民向你们致敬。让我们鼓足干劲，力争上游，多快好省地建设社会主义！加油！加油！"口号声真的把人鼓动起来了。我非常激动，而且很自信，觉得我们很快就会成为世界上最强大的国家。

就像往开水里下挂面似的，废铁慢慢地变软。在还没有彻底融化成液体之前，工人们将烧软的铁倒在一个铁砧上，用一个通过绳子拴在滑轮上的铁锤锻打。一个男人挥舞一面红旗，喊着"一、二、三"的口令。十几个肌肉发达的男人拉着绳子，跟着口令趁热打铁。一个戴着防护黑眼镜的工人手执长把的铁钳，把铁块翻来翻去成型。最后的产品是一坨蓝色的变形废金属，整齐地堆成一堆。旁边有一块大木板，上面插了许多小纸红旗表示每天的产量。

那些土高炉一天24小时，一周七天都生火，因为一旦熄火，就又得花许多个钟头升温。一开始，外面的喧闹声吵得我们难以入睡。很快，我们对鼓风机的嗡嗡声、喊号声和锤打声就习以为常了。最后噪声成了催眠曲，因为我们累得都懒得听了。

年底，我从广播喇叭中听校党支部的周书记说，我们以11,350,000吨的产量超额完成计划。这种全国的狂热感染了我，我为自己是一个中国人感到非常骄傲自豪。在我幼小的心灵里，我坚信中国能够做到任何事情。然后我就看着那堆露天的钢铁砣子被日晒夜露，几个星期、几个月，乃至几年。它们的颜色从铁灰色变成锈褐色，最后竟然完全锈烂成粉末而消失得无影无踪。

农业战线上的形势同样是"一片大好，不是小好"。毛主席说"人民公社好"，于是全国顿时都成立了人民公社。村庄和乡镇都被组织成准军事的生产小队和大队，像积木那样搭成人民公社。当时每天都是喜讯不断，有时甚至一天数次。那时的口号是"人有多大胆，地有多高产"。一个生产队刚刚宣布亩产达到一万斤，另一个生产队马上就以亩产二万斤来打破纪录。在各级党组织的领导下，我们的"农民伯伯"以迅雷不及掩耳的速度不断地"放卫星"刷新纪录，几个星期之后亩产居然达到五十万斤。人们在广播喇叭里得知，如此高产的秘密是挖地三尺的深耕，还有完全不留间隙的密植，庄稼密到连一个鸡蛋都掉不下去，小孩子可以在上面玩。因为形势实在太好了，人民公社办起了公共食堂，社员们吃大锅饭，敞开肚子想吃多少就吃多少。

　　为了进一步增产粮食,改善人民的生活条件和健康状况,政府又动员全中国人民消灭"四害",即苍蝇、蚊子、老鼠和麻雀,因为麻雀吃粮食,苍蝇、蚊子传染疾病,老鼠则是二罪皆犯。对我来说,消灭麻雀是最具戏剧性、最激动人心的,因为一个顽童的调皮非但不会受到惩罚,还会受到鼓励。我到处爬树、上房顶掏麻雀窝,我们还用机关捉麻雀,下毒药杀麻雀。

　　很快,政府组织了一次全市总动员来消灭麻雀。那天早上我带了我们家睡觉前洗脚的铜盆上学校,腰里揣了母亲擀饺皮的擀面杖权充敲铜盆的锤子。我的同学带了各种各样可以敲响的东西,如锅、炒勺、桶和脸盆。我的铜盆是其中最好的,与搪瓷盆不同,再敲也不会掉瓷,可以使劲敲,声音和真的铜锣一样响亮。学校也在院子里和学校四周支起了锣鼓。我还带了一具弹弓,在我的四个口袋里装了几百粒鹅卵石。班上的男生也带了弹弓和气枪,这些东西平时是禁止带入校园的。我们在教室里集合,校长通过广播喇叭讲话:

　　"同学们! 今天我们将打一场消灭麻雀的人民战争。所有的工人叔叔、农民伯伯和解放军叔叔都参加。我们将把每一寸土地和天空变成万恶的麻雀的坟场。我们要彻底消灭麻雀。郊区的农民伯伯现在已经开始了,他们正在敲锣打鼓。无处藏身的麻雀正在向我们飞来,我们的包围圈正在缩小。大约过一个小时麻雀就会飞到我们这儿来。等我喊'开始!'大家就敲,越响越好。明白了吗?"

　　"明白啦!"我们异口同声地叫喊。

　　"我们能不能消灭麻雀?"

　　"能!"

　　"现在你们的老师将把你们派到分配好的地方。"

　　我们激动得不得了,一些同学在教室里就开始敲了。

　　"停下!"老师把手指放在她的嘴唇上,"现在还早。我们今天负责篮球场后面的角落,我们还需要一个同学代表我们班级上房顶。谁愿意去?"

　　"我! 我!"我在第一排当中的座位上举起双手,几乎碰到老师的鼻子,那是我这个全班最调皮的孩子的专座。

"好,好,你这个小捣蛋。"老师笑着点点我。

"哦！不行！"好几个男生失望地喊道。

我得意极了。因为我当时还不是少年先锋队队员,许多少先队员才能有资格参加的活动都没有我的份,比如国庆节的游行。我想不让我参加还是有道理的,就像美国的红、蓝、白三色的国旗一样,白衬衫、蓝裤子再配上一条红领巾确实很好看,可惜我没有红领巾。被排斥在外面的感觉是很羞辱的,但是我并不想乖一点就可以入队,我讨厌那些老师喜欢的乖小孩,因为他们时常在老师面前告我的状。派我到房顶上让我大出风头,那一天总算是扬眉吐气了。我把自己的东西收拾起来,自豪地走出教室。我还故意回头瞟了一眼,所有的男孩子都嫉妒地盯着我,那真是我长到九岁最风光的一天。

我在体育老师的办公室和其他二十来个男孩子汇合,许老师拿着一大卷绳子出来。他总是把头反着梳往左边,挡住左太阳穴上的一块发亮的疤痕。他常在下雨天给我们讲故事,我们对他非常崇拜。我们先跟着许老师到顶楼的平台上,他把绳子分发给我们,并教我们如何打结绑在腰上。一刻钟后,我们所有的人都拴好了连在一起,并捆在四周的固定物上。许老师把我们每个人的绳子都仔细地检查了好几遍,确保每一人都安全地捆住了。我被分到面向隔壁的上海交响乐团的那一面。我发现在修剪得平平整整的草坪上,一百多个乐师捧着乐器坐在椅子上,这使我觉得既诧异又很好笑。他们的铜笛、圆号、长号和小号在阳光下闪闪发光,不时还有人吹一个音符调音。我小心翼翼地爬到天窗旁边的角落,仔细地把我的铜盆放在窗台上,兴奋焦急地等着战斗开始。

慢慢地,我听见远处的锣鼓声渐渐逼近,越来越响。然后我们看见黑压压的一群鸟,铺天盖地从四面八方飞过来。突然,我们广播喇叭里喊道"开始！"马上锣鼓喧天,与锅碗瓢盆合奏。同时,上海交响乐团的指挥将指挥棒一挥,顿时乐声大作,犹如狂风暴雨,想必是贝多芬田园交响乐的第四乐章,那是我长大后最喜爱的乐曲之一。高音喇叭播放着雄壮的行军进行曲,伴随着口号声,此外还有震耳欲聋的鞭炮声。我发狂地敲了一阵铜盆后,开始觉得腻了,干脆拿出弹弓射击。满天飞的鸟如此密集,我根本用不着瞄准,有时一颗鹅卵石居然可以打下两只鸟!各种各样的鸟,有的被打伤,有的累坏了、吓昏了,很快就开始往下掉。我放下手中的东西,爬在房顶上搜集战利品。几个小时之内,我们在房顶上捡到几百只死鸟放在篮子里。有麻雀、画眉、乌鸦、喜鹊、杜鹃和鸽子,应有尽有。死鸟点数之后送到全市的司令部去统计总数。那是我终生难忘的一天,因为我可以做各种平时在学校里绝对禁止的事情而逍遥法外。此外我还因为捡到最多的死鸟而得到一张奖状。那是我这个坏孩子的无聊的童年中最辉煌的时刻之一。我兴奋得嗓子都喊哑了,事后还耳鸣了好几天。

可惜好景不长。很快,全国狂热的严重后果开始显示出来。我听父亲和他的朋友悄悄地说1958年炼的钢好多是废铁,而且粮食产量都是夸大得离谱了。深耕三尺把地下的生土都翻上来了,把原来肥沃的土壤变成不毛之地。消灭麻雀运动严重地破坏了生态环境。麻雀除了在收割前后吃粮食之外,平时主要是以食害虫为生。即使麻雀是吃粮食的元凶,不分青红皂白地对所有鸟类格杀勿论,使鸟的数量急剧减少,蝗虫等害虫猖獗起来,造成粮食大量减产。人民公社的公共食堂也因为没有粮食而熄火关门了。我还听见父亲和他的朋友们悄悄地说乡下的农民在吃树皮草根充饥。尽管宣传机器说农业的产量达到了天文数字,政府开始实行粮食配给,以应付粮食短缺。很快几乎所有的东西都要配给,如到饭店就餐、糕点、素菜、鱼肉、家禽、豆腐、食用油、酱油、糖、料酒和饮用酒、木柴、煤和煤油、香烟、茶叶、火柴、衣料和成衣、床上用品、袜子、鞋、自行车、手表、收音机、灯泡、手纸、肥皂和洗衣粉等。现在这些配给品的票证在中国和国际上已经成为非常抢手的收藏品。1990年代,我在上海的虹桥旧机场以重金购得一本票证收藏集,其中最小面值的粮票为南京在1960年发行的一钱(5克),仅可以买十几颗米;1958年辽宁省发行的面值最小的食油票为一分(0.5克),仅是一滴油。

上海小学的伙食原来好极了，但此时开始大大"缩水"。1960年夏天，因为学校的伙食太差，母亲决定将哥哥从上海小学转回附近的一所小学读六年级。当时我们哥俩分别为十岁和十一岁，正是在发育的男孩，粮食不够吃，所以连家里也开始配给。原来家里向来是用锅煮饭的，母亲不得已用一个香烟罐子做量具，将米舀到碗里分开蒸熟，每人一碗。粮食越来越少，母亲在饭和面条里加的水就越来越多，原来吃的松软的饭和成根的面条成了粥和烂面糊。饭后我和哥哥总是把碗舔得一干二净，省却洗碗了。父母亲觉得用舌头舔碗实在不雅观，就用热水将粘在碗上的一点淀粉洗下来喝掉。上海的居民可以在每个月的26号买下个月的粮食，所以每月到26号粮店门口老是排长队。有几次我得排好几个小时队，因为我家小小的米缸里已经颗粒不剩了。为了补充粮食短缺，我们开始在晒台上养鸡。因为人都吃不饱，根本没有剩饭菜可言，于是我们就用腐烂的菜皮和糠喂鸡。我的工作是剁烂菜帮子，煮鸡食和打扫鸡屎。

过年过节时，居民委员会向各家发票证，让我们买一点好菜。当时户籍分为"大户"和"小户"，"大户"的定量比"小户"多一半。大、小户的分界定为四口，于是我们家就成了最大的"小户"。我们楼下的邻居也是两个孩子，但是因为多了一个奶奶，所以是最小的"大户"。每逢过年过节，母亲总是说她当年不应该为了就业把怀着的第四个孩子流产。那时母亲已经年过四十，她常半开玩笑半当真地说她还可以再生一个孩子，这样我们家就成了"大户"了。

为了解决粮食的短缺，政府号召大家养"小球藻"，加在食物或饲料里。据说"小球藻"营养丰富，而且无须花钱，只要用稀释的人尿就可以养了。于是所有的工厂、学校和其他的工作单位都在水缸或水池里养"小球藻"。我们学校在男厕所里用桶收集尿，此外学校还鼓励学生从家里带尿到学校来。这个任务非常简单，但是很恶心。我曾经尝过添加"小球藻"的食物，但是我不想提它的味道如何。后来政府突然停止将"小球藻"给人食用，原因当然不言而喻。

为了防止我们多吃分外的食物，母亲将家中所有的食物都锁起

53

来。有一次我发现一个柜子的门开着旁边没人，就偷了一碗生的黄豆藏在写字台抽屉背后的空隙里，希望有一天没人在家时煮熟了吃。因为那时阿姨还在我们家，所以这种机会极其难得。阿姨的女婿那时在福建前线当兵，据说蒋介石准备反攻大陆，于是台湾海峡两岸开始互相炮击。因为双方的武装冲突升级，所有前线军事人员的家属都必须撤退到内地，于是阿姨的女儿和女婿带着他们的两个女儿回扬州，顺路经过上海来看望阿姨。我们家自然要腾出地方来让客人睡觉，不知谁建议将写字台挪开，那样就会暴露我的秘密，我当然竭力反对，但是没人听我的。因为心中有鬼，我建议大家出去，让我一个人来搬。阿姨的女婿是一个身强力壮的军官，当然不会让我一个孩子受累。我眼巴巴地看着他轻松地将写字台搬起来，心里想这下可完蛋了。他刚把桌面抬开，我藏的黄豆就滚了一地，母亲转眼看了一下，我顿时吓得面如土色。母亲觉得在客人面前非常丢脸，她随手操起一把鸡毛掸子，没头没脑地把我毒打了整整两分钟。我站在那儿一声不吭，强忍眼泪。阿姨的女婿一开始愣住了，但马上就明白了是怎么回事。他用手臂护我，结果自己也落了好多条青紫的伤痕。打完以后，母亲命令我将每一颗黄豆都从地上和家具底下捡起来，因为当时黄豆实在是太珍贵了。为此我花了一个多钟头。事后，阿姨的女婿把他的手枪拿出来让我玩，那是我一生中第一次摆弄真枪。他还说我很坚强，长大以后可以真的当个兵。"黄豆事件"最糟糕的是，我被打得太不值得了，因为我还没有机会吃到一颗黄豆。

我1961年上六年级时，粮食更不够吃了。有一天我发现一些同学在操场上交头接耳，我挤进去听是怎么回事。

我的一位陈姓的同学的父亲是高干，他神秘地告诉我们："你们知道吗？苏联人是坏的。"

一位同学不相信："别开玩笑了，我们不是要向苏联老大哥学习吗？"

"不，那是过去。他们变了，他们变成修正主义了。"

"什么是修正主义？"我们被这个新词弄糊涂了。

"修正主义就是坏人。"陈同学肯定地说。

我们还是不相信,因为在我们的词汇中没有"修正主义"那样一种坏人。

另外一个同学警告陈同学:"别胡扯了,如果老师知道你胡说八道,你就糟了。"

陈同学拼命为自己辩护:"我发誓这可是千真万确的。我是从大参考消息看来的。我爸把大参考放在桌子上,我偷看了。"

当时的"大参考消息"是一种"内部刊物",每天一本或两本,像杂志那么大,里面是专门给高干看的机密的政治新闻。因此高干子女总是比平民百姓的孩子消息灵通,政治上更成熟。按级别轮下来便是普通的"参考消息",每天出版,也叫"小参考",是给级别较低的干部和共产党员看的,其内容和大参考差不多,只是略经删节,而且比大参考晚几天、几个星期,甚至几个月。

几个月后,我开始听见大人私下也交头接耳地谈论"苏联",那种政治传闻被称为"小道消息"。据说苏联从1960年开始从中国撤回专家和顾问,并要中国偿还1950年代初期抗美援朝时借的债。底下的窃窃私语终于被官方的媒体在1963年9月证实。中国共产党的党报《人民日报》发表了九篇社论,抨击苏联修正主义对中国的背叛。这"九评"在全国反复广播。

因为当时美国对中国包围并实行禁运,中国没有外汇来偿还债务。于是中国将食物用火车运到苏联去还债。

我家楼下的宁波阿娘(奶奶)是文盲,虽然不看报纸,可是她也发表精辟的见解。她每天都抱怨没东西吃,然后就用宁波方言骂:"政府像小图一样格,一歇歇吗好了勿得了,一歇歇造孽(吵架)造了一天世界。全是赫鲁晓夫格亦佬勿好,看看其格儿郎头(秃头),我老早晓得其是坏人。格短命做死格浮尸,吃格东西(食品)荷总(统统)全被其驼(拿)去。娘希匹。"

我在美国的三叔知道了大陆的情况。因为我的大姑妈有六个孩子,又没有固定收入,他开始给我的大姑妈家寄钱。当时有侨汇的人家有侨汇券,可以在侨汇商店买便宜的东西。每一个月大姑妈都会让我和哥哥到她家去饱餐一顿,那可是天下最大的享受。我可以吃好几大碗饭,而且添饭时使劲往下按得紧紧的,那样好多盛一点,一直吃到我松裤带为止。那种饭特别耐嚼,是松松的白米饭,而不是我们平时在家吃的多水的烂饭。不幸的是,饱餐一顿之后,还不到一天就又饿了。当时我最大的心愿就是哪一天我想吃多少大米饭就能吃多少。

尽管粮食如此紧缺,母亲对哥哥的教育还是呕心沥血。他1961年考初中之前,母亲让父亲请一位家庭教师帮助哥哥复习功课。如今在中国为孩子请家庭教师是非常普遍的事情,因为我们这一代为人父母者大多数在"文革"时被剥夺了上大学的机会,对独生子女政策下生的惟一的孩子当然是望子成龙。而在1960年代,为孩子请家庭教师是闻所未闻的事情。父亲将第八女中的数学教研组长梁老师请回家为哥哥补课,每周几次,我则奉命旁听。为了表示感谢,母亲每次都要做几个好菜招待梁老师,还送他鸡、酒和香烟。所有的这一切都是从我们少得可怜的配给中节省出来的,或是从自由市场(黑市)上高价买来的。

哥哥考取初中之后,他马上就开始辱骂我。他骂我不成器,将来一定考不取中学,成为"社会青年"在家吃"老米饭"。如果我讨饭到他门上,他绝对不会给我一粒饭。我将无家可归暴死街头,用芦席卷起来埋掉。这种辱骂将持续365天,母亲对此不闻不问,我听了几次后耳朵也长了老茧,因为我知道母亲认为这是教育我发奋的最好方法。轮到我考试时,母亲将我少得可怜的玩具没收,把我锁起来强迫我念书,我居然很争气也考取了与哥哥同一所中学。两年以后哥哥考高中时,父亲又请梁老师来补课。他考取高中后又辱骂我一年。我只好再置之不理,直至我考取同一所高中为止。

五十四中学在上海并不是第一流的学校,但是还过得去。学校在离我家两条马路的康平路,那儿是党的高级干部高度集中的地方。因为与学校仅一街之隔的康平路100弄就是中国共产党上海市委的宿舍大院,我们学校有许多高干子女。我听说那些有特权的孩子的录取平均分数比我们要低四十分。我和哥哥在那个学校分别念到高一和高二,直至1966年因"文革"爆发而失学为止。

初一开学后才几个星期,我就交了两个好朋友,唐和楼。唐的父亲是上海港务局的总调度,母亲是上海最好的小学里的一级教师。楼的父母都是纺织厂的工人。我们三个都酷好装半导体收音机和摄影。因为趣味相投,我们决定换帖拜把子成为结拜兄弟。一天下午,我们三人在唐家举行结拜仪式。我们在桌子上放了个香炉,烧了三炷香,点了三根蜡烛。我们倒了三盅绍兴酒,磕头起誓:"我们不能同年、同月、同日生,但愿同年、同月、同日死。"我们还把手指头刺破,把血挤到酒杯里,然后举杯一饮而尽。结拜之后,我们成为铁哥们。唐年长是大哥,楼年幼是小弟,我在当中。如果我们其中一个人打架,另外两个都会帮忙。我们自己装的矿石收音机小得可以放在一个塑料火柴盒里,把耳机通过袖子放在手心里,然后把耳朵枕在手上若有所思的样子,在上课的时候听故事或音乐,感觉非常酷。我们买二分钱一张的过期胶卷,一起照许多相,然后在三人其中一家用毯子挡住门窗布置一个暗室,自己冲胶卷印照片,有些照片很不错。我们在一起几乎从来不学习。

我中学年代比小学过得好。我们开始学习一些有趣的东西,因为成绩好,我曾先后担任语文、历史和化学课代表。课代表的工作是为老师收作业,帮助成绩差的同学学习。我对帮助同学是很尽职的,但还是改不了有时不做作业的顽固恶习。有几次我没有做数学作业,数学课代表是一个非常聪明的女生,但是做事太认真,老是来催我。我建议她可以不做化学作业,以此抵消我不做数学作业。她觉得我太荒唐,马上向数学老师检举我向她行贿的劣迹,为此我被老师狠狠批评一顿,我对此仍记忆犹新。

我1962年上初中时正好赶上中苏蜜月的尾巴。1950年代,英语教学几乎全废弃了。为了向"苏联老大哥"学习,全国几乎所有的学校都教俄文。尽管我上初中时中苏两党已经翻脸,但中国的英语教师极少,所以我还是被分配学俄文。当年我的俄文还不错,可以简单地对话,还在初二那年赢得俄文朗诵第二名。但是我们学的东西政治性太强,根本没有用处,不是列宁的"学习,学习,再学习"就是斯大林的"国家与革命"。离开中学以后,我的俄文从来没有真正地派过用处。

我上中学时,粮食的短缺一直持续到1964年。因为学校的食堂仅为老师服务,学生都是用铝制的饭盒带米,到学校往饭盒里放水后,将饭盒放在一个奇大无比的蒸笼里蒸。每天早上往饭盒里加多少水都是一场激烈的思想斗争。如果多加水的话,蒸出来的饭是稀黏的,十分难吃,但是因为体积较大,可以给我短暂虚假的半饱感觉。如果少加一点水,饭就比较耐嚼,坏处是量实在太少,吃完后就像没有吃过饭一样。对假饱的渴望通常占上风,偶尔我也会狠狠心少加一点水,反正加多少水都是一个痛苦的决定。上午第二堂课我们的肚子就开始抗议了,到第四堂课一下课我们就一窝蜂地跑去取饭盒。每个饭盒上都系了一块竹牌子,上面用烙铁烫着每个人的学号。为了防止学生偷饭盒,蒸饭间的门口专门有一个老师查对学生的证件。

尽管有如此严密的防范措施,饭盒失窃的事情还是时常发生。现在我已经忘记是哪个月了,但是我清楚地记得我丢饭盒的那天是26号,因为那天居民们可以买下个月的粮食了。那天我没有吃早饭,把米缸倒了个底朝天,所有的米才勉强能够盖住饭盒的底。我随身带着米袋子,准备下课后就直接到粮店去买下个月的米。早上的时间真难熬,到了第四堂课,因为血糖太低,我开始冒虚汗。下课铃一打,大家都冲到食堂去。我们班的饭盒都装在一个筐里,偏偏没有我的,找了一圈还是没有。我本来就饿,又找不到饭盒,一下子急得面如土色。在门口值班的老师马上就断定我丢了饭盒,拽着我的手就到男厕所里找。果然,我的空饭盒被撂在三楼男厕所的角落里。对于一个从来没有挨过饿的人来说,躲在一个臭气熏天的大便隔间里,在一分钟内,没有菜而狼吞虎咽地吃下一饭盒滚烫的白饭,是绝对不可思议的事情,只有饿得眼冒金星才能够完成这项艰巨的任务。

58

偷饭盒的事情在父亲的第八女中居然也有发生,那就更匪夷所思了。

等我拿着空饭盒回到教室时,同学们都已经吃完午饭了。在讲台上有一个满满的饭盒,里面是大米饭和卷心菜。看来饭盒被偷是塞翁失马,焉知非福。全班每个同学都从自己本来已经少得可怜的午饭里为我省出一勺饭,一筷子菜,大家集腋成裘,省给我的饭比我丢失的还多。我感动得泪如泉涌,嗓子眼里堵得慌,难以下咽。

饥饿对一个正在发育的男孩更是雪上加霜。在三年里,我简直是骨瘦如柴,两排突出的肋骨就像可以弹奏的手风琴、搓衣板。当时如此营养不良,我在一张照片中就像一具骷髅。每逢我翻影集,那张照片就会脱颖而出,使我无法抑制泪水。

学校拥挤是另外一个问题。当战后生育高潮中诞生的孩子进中学时,老师和教室都供不应求了。初二那年,我们学校关门,在原来的校舍上加盖第四层楼。于是我们学校从附近的两个学校借了一些教室,并把我们分成上、下午两班,各四小时。我去的那个学校的地段很差,周围有工厂,非常吵闹。我们的数学代课老师也很差,连课堂纪律都无法维持。为了弥补我们失去的时间,学校在同学的家中组织了课后学习小组。因为没有大人监督,所以效果很差。我的成绩也第一次下降,数学居然不及格补考。这是我一生中惟一的一次因为成绩不好而挨了顿打。

我的成绩不好还与我奇怪的初恋有关。在五十四中学周围有许多房子原来是周家的。周家是上海本地人,在有法租界之前就住在那儿了。因为周家拥有许多地产,所以在解放后被划为地主。周家的一个女儿就在我们班,她长得小巧玲珑。

因为中国正在"三年自然灾害"之中,蒋介石在台湾想乘机反攻大陆。此外,中、苏两党交恶,苏联成了中国的第二号敌人。于是"千万不要忘记阶级斗争"的口号被提了出来。不知道为什么,周同学私下告诉她的一个好朋友她在解放前的事情。她的朋友还不懂那事情的严重性,又把她说的话告诉了别的女生,然后传到了我们班的共青团支部书记耳中。当时只要提到 1949 年土地改革前或 1956 年公私合营前的财产,就会被指控为"梦想变天"。如果有人记着一本谁在土改或公私合营时拿走什么财产的"变天账"就是"阶级敌人"。有高度政治敏感性的团支部书记立即就把这个"阶级斗争的新动向"向党支部书记汇报。党支部组织了一场批斗会,来批判周同学。所有这一切都是把我们蒙在鼓里,在党、团组织内进行的。当时我们的班主任是一个女老师,她是一个政治积极分子,因为她在政治上非常激进,她也积极地策划了批斗会。

一天下午,我们有一堂政治课和一堂自习课。班主任把两堂课对调了一下,团支部先开会,非团员在校园里自由活动。等我们回到教室上政治课时,发现毛主席像下面的黑板上有两条用彩色粉笔写的标语:

"千万不要忘记阶级斗争"和"打倒一切阶级敌人"。

我们都吃了一惊,不知道出了什么事情。全班就座后,教政治的张老师板着脸进来。张老师最大的特点是,他一讲话就会忘乎所以,像淋浴喷头一样把口水溅在前排同学的脸上。特别使我们吃惊的是,张老师没带书,手中却拿着一把芦花。他走上讲台,把芦花放下。他穿着一套蓝色的毛式制服,脱下军帽式的蓝帽子,向毛主席的画像深深地鞠了一躬。他四十开外,一张瘦脸上爆满了青筋,外加两个招风耳朵。张老师出生在苏北的一个贫农家庭,是一个典型的"苦大仇深"的人。他常常在本校或到别的学校的"忆苦思甜会"上做忆苦报告。他的道具是一把芦花,既简单又高效。"解放前我们贫下中农在帝国主义、封建主义和官僚资本主义三座大山的压迫下生活。我们干的是牛马的活,吃的是猪狗的食。我们穷得连棉花都买不起。我们被迫用这个做被子。"他晃晃那把芦花。"冬天我们在刺骨的寒风里发抖。"然后他就痛哭流涕,"我痛恨万恶的旧社会。解放后,共产党和毛主席是我的救命恩人。我们推翻了地主和富农。现在我们有了自己的土地,可以过上幸福的日子。共产党和毛主席给了我一条新的生命,他们比我的父母还要亲。没有共产党就没有新中国。"他高喊口号:"共产党万岁! 毛主席万岁!"我们听过无数次,都能够一字不漏地背出来。

那天张老师的脸色分外严肃,他把双手交叉在胸前,不用讲稿就开始讲课:"同学们,我们伟大的领袖毛主席教导我们千万不要忘记阶级斗争。他的谆谆教导是颠扑不破的绝对真理,是放之四海而皆准的。阶级斗争确实到处都有,而且在我们这个教室里就有。"他转动他的那个脸皮紧绷的头,用木偶般鼓出的眼睛在教室里扫了一圈,我们都随着他充血的眼睛看他究竟是在看谁。

突然班主任走到张老师的身边说:"今天我们不讲课,我们将通过一个活生生的例子学习阶级斗争。通过理论和实践相结合,我们将能够加深理解阶级斗争的重要性。现在开始吧。"

我们听见挪椅子的响声,大家都回过头来。我们的团支部书记是一个胖胖的十五岁的女生,她站起来走到讲台上。她父亲是一个高干,她学习成绩实在不佳,但是在政治上和生理上都特别成熟。她穿着一套臃肿褪色的军装,上衣外面扎着一条武装带,使她的腰围看起来苗条一点,胸部挺一点。那条褐色的牛皮武装带足有三寸宽,锃亮的金属搭扣上有八一的标记,纪念 1927 年 8 月 1 日中国人民解放军的建军节。那天并不热,她却把袖子卷起一半,把前臂露出来,抬头挺胸,就好像是一个从军的农家姑娘。

"同志们",她先看看团员们,"同学们,我们伟大领袖毛主席教导我们阶级斗争无处不在,阶级斗争是你死我活的斗争。尽管拿枪的敌人已经被消灭了,不拿枪的敌人依然存在,他们人还在,心不死。我们敬爱的领袖是绝对正确的。阶级敌人就好像屋檐下的洋葱,他们根焦叶烂心不死。他们想夺回他们失去的天堂,他们想让我们吃二遍苦,受二茬罪,这是非常危险的。我们能不能让他们得逞?"她提高了嗓门,挥舞着拳头。

"绝不能让他们得逞!"几个坐在前排的团员举起拳头喊道。全班也都跟着喊,但是不知道团支部书记说的"他们"指的是谁。

"当然不能,我们绝不能让他们得逞。"班主任接过来说:"我们应该提高警惕,密切注意阶级斗争的新动向。其实我们并不用到处找,在我们眼皮底下就有阶级斗争。现在请我们的朱同学告诉大家发生了什么事情。"

朱同学是个非常害羞的女生,她是我们班的学习委员。我不知道谁要倒霉,急着想听她说什么。团支部书记站到一边给朱同学让地方。朱同学低着头,慢慢地走上讲台。

"两个星期前,"朱同学脸刷一下红了,她转开头,想避开五十双眼睛的视线。"周同学和我在一起化装玩,她告诉我解放前她家有许多金银首饰,可以装满一袜筒管。"

有些女生觉得很好笑,忍不住笑出来了。

"不许笑!"团支部书记大吼一声,一拳头砸在讲台上。"这是一个非常严肃的政治事件,我们在讲阶级斗争,有什么好笑的? 讲下去。"她吩咐朱同学。

"她还告诉我周家在解放前有许多房子和地,学校周围的许多房子和地都是周家的。"朱同学说完了就往回走,她满脸通红,眼睛看着脚下。

团支部书记又走上讲台说:"同志们,同学们,你们刚才听见朱同学说了,阶级敌人是不愿意认输的。周同学的家庭出身是地主,她家在解放前残酷地剥削贫下中农。解放后共产党把土地和房了还给了人民。尽管他们伪装老实,他们想把那些东西从我们的手中夺回去。他们的心还不死,他们想秋后算账,他们想变天。国内外的阶级敌人把他们的希望寄托在我们第三代身上,我们能不能让他们得逞?"她反问道。

"不能! 我们千万不要忘记阶级斗争!"团员们高呼口号,全班的同学也稀稀拉拉地跟着喊。

班主任接着说:"我们必须天天讲、月月讲、年年讲阶级斗争,阶级斗争一抓就灵,阶级斗争是纲,纲举目张。我们脑子里绝不能放松阶级斗争的弦,现在我们让周同学自我批判她的反动思想。"

周同学是个非常讨人喜欢的女孩,她笑起来红红的脸上就起两个深深的酒窝。她的成绩不错,一直是老师喜欢的学生。现在一切都改变了。她从前排的椅子上站起来,脸色苍白,毫无表情。她看起来很虚,弱不禁风的身体好像随时都会垮下来。

"同学们,"她轻轻地说。

"大声点!"团支部书记砸着讲台喊道。

"同学们,"这次她的声音轻得简直听不见。她低下头,我看见她的眼泪好像断了线的珠子掉下来。整个教室如死一般的寂静。过了分把钟,她才稍抬起头。她双手颤抖着捧起一张纸到眼前,几乎把她整张脸都遮住了。我们静静地耐心等待着。因为她眼睛里都是眼泪,显然什么也看不见。她从口袋里掏出一块白手绢擦眼泪,擤鼻子的声音打破了安静而紧张的气氛。

"哭什么? 坦白!"团支部书记催促道。她站在周同学旁边,两手叉腰。

寂静无声地又过了一分钟,周同学终于停止了抽泣。她用手绢擦擦眼睛,轻轻地咳嗽两声清一下嗓子。

"我出身在地主家庭。毛主席说各种思想无不打上阶级的烙印。因为受到父母反动思想的影响,我对政治学习不够重视,结果被他们腐朽的思想所腐蚀。经过共青团组织的帮助和教育,我认识到在脑子里放松阶级斗争这根弦的危险性。我还意识到在我家里也有阶级斗争。我的父母想腐蚀下一代,他们想让我们的红色江山改变颜色,他们想回到黑暗的旧社会。我接受党的教育多年,我应该和家庭划清界限,改造思想,争取做红色的革命接班人。"

周同学把脸埋在纸后面念她的交待和检讨,念完之后,她把纸折起来开始往她的座位走回去。

"站住!"团支部书记命令道。

周同学的身体顿时冻结在原地不动,大家都能看见她苍白的脸。

"就那么点?"团支部书记冷笑道,"她老不老实?"

"不老实!"前排的几个团员喊道。

"她坦白彻底吗?"

"不彻底!"

"你给我听着！你休想避重就轻地蒙混过关。你必须深挖你的思想根源，你必须交待你父母告诉你什么，他们还说了什么，什么时候说的，怎么说的，一个字也不许差，你的交待太肤浅，明天重写，听见了吗？"

"是。"周同学喃喃地回答。她低下头，泪水滚滚而下。

"同学们，"张老师接下来画龙点睛了，"这是多么活生生的阶级斗争的例子啊！我们伟大的领袖毛主席教导我们，人民靠我们去组织。中国的反动分子，靠我们组织起人民去把他打倒。凡是反动的东西，你不打，他就不倒。这也和扫地一样，扫帚不到，灰尘照例不会自己跑掉。"张老师使劲地将芦花挥舞了一下，在江南，芦花恰恰就是用来扎扫帚的材料。"阶级敌人就好像我们身边的定时炸弹。但是他们的脸上并没有写上'阶级敌人'的字样，他们就像你我一样。我们必须高举毛泽东思想的伟大红旗做武器，如果我们头脑中不绷紧阶级斗争这根弦，如果我们不擦亮我们的眼睛，千万颗人头就会落地，所有的工人和农民就会睡在这种被子底下。"张老师又将芦花挥舞一下，他的眼睛湿润了，声音也哑了，他用袖子擦擦眼睛。"周同学还年轻，现在她的问题还是人民内部矛盾。但是如果不改造思想，不批判她的父母，就可能转化成敌我矛盾。到那个时候问题的性质就彻底转变了。我们必须帮助她认识错误的严重性并改正错误。有大家的帮助和参与，我们的阶级斗争实践课圆满成功。感谢你们参加，现在下课。"

我们都起身走出教室。周同学站在那儿一动不动，就好像成衣店里的假人模特儿。我觉得非常可怕。我们的政治老师、班主任、班上的团员，特别是团支部书记，怎么可以如此残酷地对待一个同学？他们把她当成一个实验室里的豚鼠。我真不敢想像这种惨无人道的惩罚会给一个年方二八的女生造成何种永久而不可逆转的伤害。她还像一头羔羊一样天真，又胆小如鼠。殊不知，那次批斗会仅仅是一场更残忍而灭绝人性的斗争的前奏。比起一年以后即将降临到全国人民身上的一场浩劫，那个"一袜筒管首饰"的事件就太小儿科了，仅是一出儿戏的彩排而已。

显然，周同学的父母如果不有意或无意地告诉她的话，她是不会知道家里的旧事的。所以孩子说的话照例会汇报到父母的单位。无论孩子说什么，最终将由父母负责，因为父母是最终的源头。可以想像，周同学的父母将会遇到多大的麻烦。因此，我的父母亲在我们面前说话非常谨慎。我的三叔在美国，但是我的父母直至我考初中才告诉我还有一个三叔。原来我曾多次好奇地问我的父母亲，他们总是说我太小还不懂事，让我少管闲事。当时连考初中的孩子都要在申请表里交代所有的家庭关系，然后这份表格就会放在档案里跟我们一辈子。

在"一袜筒管首饰"事件发生之前，我几乎没有注意过周。我对她受的委屈感到不平，我对她的同情变成了一种非常奇怪的感觉，那是我以前从未体会过的。她的一举一动，包括她的叹气和皱眉，都显得很美，也许这就是所谓的情人眼里出西施吧。我不知不觉地开始喜欢她。我们俩在同一个课后学习小组，我主动地接近她，希望能帮她一点忙。可是她有意地避开我，拒绝跟我说话，我想她大概是怕跟我说话之后又惹上麻烦，第二次卷入政治是非。我相信她还是喜欢我的，但是我们之间好像有一道无形的隔阂。她越疏远我，我对她的好感就越强，最后变成一种原始状态的爱慕。我居然夜里开始失眠，许多次我想约她出去看一场电影，但是总是在最后一刻打退堂鼓。我还曾想入非非地要将来娶她并保护她，现在我想那也许根本就不是爱情，仅是怜悯而已。

大跃进后，当时任国家主席的刘少奇和党的另一位重要领导人邓小平在1962年开始打破了人民公社的大锅饭，把土地分给各家各户耕种，包产到户，农民可以到自由市场去卖农产品，此外农民还分到自留地和自留畜，产品可以自用或在自由市场出卖。情况从1964年开始好转。父亲爱吃的花生，绝迹数年之后居然又出现了，价格也还公道。自由市场上的价格和国营市场凭票供应的价格也所差无几了。1965年就更好了，猪肉和鸡蛋非但敞开供应，有时还降价到七折。1965年底，因为猪肉过剩，政府动员职工买"爱国肉"。他们可以把肉先拿回家，然后工作单位再慢慢地从工资里扣肉款。我记得

1965年冬天，母亲拿回家四分之一只猪，腌成咸肉过年吃。可惜当时我个子已经差不多长成了，否则也许我还可以长得更高、更壮一点。

政治方面的情况也好转了。政府号召大家"学习雷锋"。雷锋是一个助人为乐的解放军战士，后来以身殉职。他的事迹被编排成话剧，学校组织我们去看。戏票有好几种，前排的好座位二角五分，后排的六分。我买了一张二角五分的票，然后跟一位家境困难的近视女生换她六分的票。我让她不要告诉任何人，因为我们应该做无名的好事，但是她还是说了。我们班许多同学也换了票。那时我们都抢着做好事，下课后大家都抢扫帚扫地，窗户也总是擦得很明亮，甚至连厕所都不臭了。大多数的好事都不知道是谁在上课前或下课后偷偷地做的。

当时整个社会也变得更文明了。在公共汽车上大家都争先恐后地为老弱病残和孕妇让座，或是互相让座，而且也没有人逃票了。人们路不拾遗，失物招领处堆满了东西。残疾人过马路总是有人搀扶。犯罪率空前地低，见义勇为的也多了。有的人干脆夜不闭户，中国似乎成了理想世界乌托邦。

1964年10月14日，赫鲁晓夫下台了。两天之后，中国第一次核试验成功，加入有核国家之行列。我想两者之间时间隔得那么近并非巧合。1950年代初抗美援朝期间，中国向苏联借了大量的债，那些债务终于还清，中国骄傲地宣布成为一个既无外债，也无内债的国家。全国人民的爱国情绪高涨。1949年10月1日毛泽东主席宣布中华人民共和国成立时我才来到世上18天，不知道人们的感觉如何，1964年我开始自豪地感觉到中国是真正站起来了。

第三章　暴风雨

　　1965 年夏天我又考取了五十四中学的高中,楼小弟考取了中国中学,唐大哥考砸了,被分配到一家电动工具厂当学徒。

　　1966 年我高一第二学期时,政治气氛开始转变了。我同学中有许多住在康平路 100 弄上海市委宿舍大院的高干子弟,尽管他们入学的平均成绩比我们低,在学习方面普遍不如知识分子家庭出身的学生,但是他们受到许多优待。因此,我们班的学生分成两组,一组是家庭成分好的,包括高干子女和工农出身的同学,另一组是其余出身较差的同学。出身好的同学政治方面比较进步(红),他们通常被党支部任命为共青团干部。出身较差的同学成绩较好(专),通常被选为学生会干部或课代表。只红不专没问题,因为红的同学总是可以通过学习而变成又红又专,而只专不红就会有麻烦,"白专"的帽子随时都可能被扣在头上。我是化学课代表,又不问政治,自然就有一顶现成定做的白专帽子。因为家庭出身不好,要变红就必须与家庭划清界限,并批判我的父母。我们班的团支部书记找我谈心,让我申请入团,走又红又专的道路,当然我是否能够入团则又当别论。我告

67

诉她我还不够参加那个光荣组织的条件,还要继续努力争取,就那样婉言谢绝了她的一番好意。我主动提出帮助她学化学,但是辅导她几次后我决定放弃,因为她都不知道怎么配平一个方程式,光知道如何做一个"红色革命接班人"。在一次化学实验中,她把酸泼出来,我们俩都被灼伤,从此我断定我是在白费劲。

当然世界上的事情并不是绝对的。跟我同桌的杨同学出身工人家庭,他就对学习非常在乎,特别是对分数斤斤计较。他总是希望每门课都考第一名,那当然是不可能的。每次我的考分比他高,他就会缠着我,要看我的考卷,是不是老师批错了。因为我的成绩通常比他好,他总是不服,同桌一年下来,我们俩始终还是泛泛之交,没有成为知心朋友。他父母都没有文化,因此他发誓要成为他家的第一个大学生,而且要考进中国最好的北大或清华。

1966 年 5 月 16 日中共中央发布《中国共产党中央委员会通知》,标志着"文革"正式开始。1966 年 5 月 25 日,以讲师聂元梓牵头的七个人在北京大学贴出了第一张大字报,矛头指向北京大学的党委和北京市委。北京大学的学生立即开始一场写大字报的运动。

全国立即响应。我们学校的老师和学生也必须按定额写大字报。因为那场运动的具体目的一开始非常含糊,我根本不知道该写什么,于是我就写了几张应付一下,表示坚决支持北京学生的革命行动。另外又和其他同学在大字报上互相签名凑数交差。

整个形势在 1966 年 7 月底开始失去控制。北京的一些高干子女便成立了红卫兵,开始在学校里打老师,指控他们是"反动学术权威",除了口诛笔伐之外还有体罚。

我们学校的红卫兵立即响应。我们的班主任生物老师出身资本家家庭,他非常喜欢摄影。红卫兵写大字报批判他是"花花公子"。他们将一块大木牌挂在他的脖子上,在校园里游斗,还用他们父亲的镶铜扣子的"武装带"(一种军用皮带)打他。我们的地理老师是一个"历史反革命",历史老师是右派。红卫兵把他们的头发剃成阴阳头,逼他们用鞋子互相打耳光,把脸打得面目全非,还命令他们跪在石子地上向毛主席像请罪。我初三的语文老师被反复批斗,他因为实在受不了折磨和侮辱而吞金自杀,但是被救活了。当时自杀未遂比死还要糟糕,因为自杀是抗拒革命群众的罪行,而且私藏黄金更是罪加一等。救活后他被批斗得更厉害,但是居然还是活了下来。

同学中阶级敌人的子女也成了批斗的对象。红卫兵当时提出了"血统论","龙生龙,凤生凤,老鼠的儿子会打洞"。他们还在学校的大门两边写了一副对联——"老子英雄儿好汉,老子反动儿混蛋",然后他们互相辩论横批究竟应该是"绝对如此","应该如此",还是"基本如此"。我们几何老师的妹妹长得非常漂亮。因为她的父亲是资本家,红卫兵把她剃成光头,打她,还逼她站在校门口侮辱她。

红卫兵的暴行使我感到非常恐怖。直至今天,我对红卫兵的残忍和受害者忍受的折磨还是难以理解。上千年来中国学童的启蒙读物《三字经》开头就是"人之初,性本善……苟不教,性乃迁"。我当时目睹的暴行恰恰相反,好像是"人之初,性本恶……苟不教,性乃劣"。

可能是为了制止这种暴行蔓延到全国,刘少奇和邓小平派工作组进驻各大学。红卫兵批判工作组镇压学生的革命运动,将工作组的成员批斗后赶出校园。后来派遣工作组也成了刘少奇和邓小平的罪名之一。

在暴行肆虐的同时,学校都无限期地停课了。但是红卫兵还是命令我们到学校参加革命。有一天,那个化学成绩不可救药的团支部书记兴高采烈地跑进教室。"听着! 我们的考试取消了! 以后没有考试了! 听着! 没有考试了! 连大学也不用考了!"一些人立即就欢欣雀跃起来。什么? "没有考试了"? 那句话就好像晴天霹雳,我顿时觉得就像被雷劈了。团支部书记看着我们几个课代表得意地笑着,我心里难受得像刀割一样。考试是我的拿手好戏,我父亲就最会考试。不考试我还能够上大学吗? 如果不上大学我干什么去呢? 那几个高兴的同学早已跑出教室奔走相告,其他的同学都待在教室里。我看见那个曾经向老师检举我不做作业的数学课代表正在强忍她的眼泪。

　　尽管我并不用功,也曾逃过学,那时我突然产生了一种不可抑制的想上学的欲望。原来上学显得那么枯燥乏味,我从来没有想到过受教育居然还是一种特权,因为在还有学上的时候,我认为受教育是理所当然的。这使我想起了《最后一课,一个阿尔萨斯小孩的故事》。我觉得我就像小法兰兹坐在座无虚席的教室里听哈麦尔老师上的最后一堂法语课,连教室里的空座位都坐满了村子里的大人。柏林已经下了命令,从明天开始阿尔萨斯的学校就不准用法语授课了,新的德语老师明天就要上任,而小法兰兹还没有把动词分词弄明白。其实我当时比小法兰兹还要难过,我突然觉得什么都愿意学,哪怕是日文、韩文,但是我们连学都不能上了,而且可能永远都不能上了。我们还没有小法兰兹幸运,那时候我们已经停课好几个月了,而且几乎所有的老师都被红卫兵殴打了,连上最后一课的老师都没有。

　　我的同桌杨同学原来一直梦想进大学,他很在乎成绩。每次我物理得满分,他都气得咬牙切齿好几个小时,我一侧过头来就可以看见他面颊上的咀嚼肌在剧烈地痉挛。接下来好几天他都赌气不跟我说一句话。取消大学入学考试对他是一个致命的打击。1966 年夏天,他的精神开始错乱,后来更一发不可收拾。他原来就暗恋着我们班的一个女生,现在无书可念了,成天无所事事,就开始想入非非,终于发展成花痴,嘴里老是念叨:“你们不要管我,全是伊勿好,是伊骚呀。”他的家长非常着急,到处打听总算觅到一个偏方,说是要用那女生的鞋子煎汤,喝下去病就好了。于是他家长到那女生家里去讨一双鞋,被人家骂出门来。杨同学后来病越来越重,终于被送进龙华精神病院,因为精神病人的病房是与外界隔离的,他便试着“越狱”。一天他爬上了医院的十层楼高的烟囱,在上面慷慨激昂地讲演起来。警察救援队立即赶到现场,但是谁也不敢爬上去哄他下来。他们在烟囱的周围和当中设置了救援网和气袋,防止他跳下来摔死。几小时后,他果然从烟囱的当中纵身一跃而下,居然没有致命伤。几年后,他死在精神病院,一条本来应该是前途无量的年轻生命,居然就这样悲剧性地葬送了。

那时,"文革"的武斗之风愈演愈烈,红卫兵也叫"革命小将",现在他们的革命行动得到了毛主席的赞许和全力支持。他们带着火柴、爆竹、棍棒、铁管、锐器和各种破坏的工具上街,去破"四旧",即旧思想、旧文化、旧风俗和旧习惯。

1966 年 8 月 18 日天气晴朗舒适。下午我到外面去买点东西。我们家附近的环境是上海最幽雅的,梧桐树覆盖的街道非常安静,行人和车辆极少,我在蝉鸣和微风中信步走过拐角上的修理自行车的摊子,刚往左转,突然有一种非常奇怪的感觉。街口的路牌在往下滴血红的油漆,我抬头一看大吃一惊,我家住的吴兴路不知被谁改成了"兴无路",读起来非常别扭,但是我不得不佩服那个家伙的小聪明。

我往左拐到建国西路,路上堵满了汽车、自行车和行人,那是从来没有发生过的。我赶紧向一条马路外的衡山宾馆走去。那是一幢法国人盖的十六层大楼,衡山宾馆前是一个大转盘,三条马路的车辆从六个方向在那儿汇合。还没到转盘,我发现食品店所有的窗户都被敲碎了。一些红卫兵正在砸一个上面漆着红白可口可乐标记的 G. E. 老冰箱。1949 年以前这家商店想必曾向住在附近的外国人卖过可口可乐。十年中我几乎每天都看见那个冰箱,尤其是在夏天。现在冰箱已经被砸得面目全非了。我用力挤到转盘,那儿完全是一片混乱,一群红卫兵正在唱毛主席的语录歌:

"革命不是请客吃饭,不是做文章,不是绘画绣花,不能那样雅致,文质彬彬,那样温良恭俭让。革命是暴动,是一个阶级推翻一个阶级的暴力的行动。"

他们还用高音喇叭喊口号:

"革命无罪!"

"造反有理!"

1949 年前,衡山宾馆是外国人住的高级公寓。1950 年代苏联人到中国来,衡山宾馆就成了苏联专家的招待所。现在霓虹灯的招牌被砸了,换了一块胶合板的牌子,上面写着"反修宾馆",矛头直指苏修。我走近转盘,发现人们都在互相从头看到脚,不知道他们在看什么。突然我听见一个女人的尖叫：

"放开我！这不是尖头皮鞋。"

我转过身看见一个年轻漂亮的姑娘在几尺之外，她被几个红卫兵围着。我还没明白他们的骚动是怎么回事，一个红卫兵已经把她的一只皮鞋从脚上脱下来扔到半空中，人们都追上去抢，就像西方人在婚礼上抢新娘的吊袜带似的，我被人流推着差一点儿摔倒。还没等我从蜂拥的人群中脱身，第二只皮鞋又被扔上了天，好几个看热闹的被挤倒在地上，到处都是人在尖叫。一些人踩在倒下的人身上，更多的人摔倒了。最后那两只皮鞋被扔得看不见了，人们才安静下来一点。那几个红卫兵把那个姑娘围起来，看热闹的人们开始打口哨起哄。一个红卫兵一把揪住她的头发就剪起来。

"求求你们，求求你们放了我吧。"那个姑娘拼命地求饶。

每剪一刀，那个姑娘就号叫一声。一眨眼工夫，她的时髦的发型就像狗啃的一样。她蹲在地上号啕大哭，一边用手遮挡她难看的头发。旁观者都吃惊地看着，没有一个人敢挺身而出加以干涉。在第二次高潮到来之前，我从那群暴徒中间安全地挤出来。

我在拥挤的街上往回挤的时候，一个推着自行车的小伙子被红卫兵拦住了。他几乎没有反抗，因为他根本不是好几个愤怒的红卫兵的对手。一个红卫兵掏出一个啤酒瓶，他拖着小伙子的腿将啤酒瓶往他的裤腿里塞。因为裤腿比较紧，啤酒瓶进不去。"给我拿剪刀来！"另一个红卫兵递给他一把剪刀，他把小伙子的裤腿从下一直往上剪开到裤裆。然后另外两个红卫兵用锁链把小伙子的一只手锁在他自己的自行车上。一个红卫兵跨上车就往前骑，小伙子被拖着只好跟着跑，他的两条剪开的裤腿就像两条燕尾一样随风飘。他们很快就消失在人群之中。

我仔细地看看自己的裤腿是不是太紧，并把我出门前刚梳得整整齐齐的头发弄乱，一路上踩着吱嘎作响的落叶赶紧往家走。在一条马路上，我听见轻声的抽泣、绝望的呼救、尖叫，甚至还有疯狂的哈哈大笑。我实在无法想像有什么可笑的事情。

72

随着夜幕降临,我从窗户里眺望出去,看见东北方向一片可怕的染红的天空。我们家附近原来是如此之静谧和安宁,现在被刺耳的消防车警笛扰乱了。我躺在床上一直到天亮都无法入睡。

受到毛主席接见后的红卫兵开始大批坐火车南下传播革命。一天晚饭后,我们突然听见锣鼓声朝我们弄堂的方向过来,我跑下楼从窗户里看出去。十几个戴着红卫兵袖章的年轻人坐着两辆三轮车进了弄堂。所有的男孩都剃光头,女孩子都是短发。他们都穿着褪色的军装,每个人上衣外面都扎着褐色的牛皮武装带,上面镶着闪亮的铜扣子。他们大多数操纯正的北京口音,有两个带一点上海口音,那是上海高干子弟的特征。

他们在我们家 15 号门口经过,在 17 号门口停下。那幢三层楼房住着一对六十多岁的退休老夫妻。杨家伯伯是 1920 年代的交通大学毕业生,当了一辈子铁路工程师,他年轻时曾到国外为铁路采购材料和设备。杨伯母是弄堂里最和蔼可亲的,她看见孩子常给他们吃糖。红卫兵拼命地踢门,里面还没来得及开门,他们就破门而入。外面很快就围了许多人。

我们先听见里面喊叫和打斗的声音。几分钟后东西开始从窗户里扔出来,书、画、字轴和古董瓷器等。一个女孩拿着杨伯父与杨伯母的结婚照出来,将镜框在地上摔得粉碎,然后拼命地用脚踩,眼睛里充满了仇恨。照片上满脸笑容的新娘捧着一束花,新郎穿着深色的西装,打着领结,黑色的头发整齐地分向两边。现在他们年轻的脸被毁容并覆盖在碎玻璃下。洋酒和香水瓶子都被砸碎,整条弄堂里都弥漫着酒精和香水混合的怪气味。门口的东西越堆越高,有木箱皮箱和西装等。

一边抄家还在继续进行,另外一些红卫兵用餐桌和写字台搭了一个临时的台子。台搭完后,杨家夫妇被红卫兵推出来站在那堆东西旁边示众。我简直不敢相信我的眼睛。杨家伯伯的白头发被剪得乱七八糟,他的脸肿得无法辨认,金丝眼镜也没了,白衬衣上溅满了墨水。红卫兵将一块大木板用铁丝挂在他的脖子上,板上写的名字上划了红色的叉叉,"打倒帝国主义走狗×××"。杨伯母的头发被剃掉了一半,另一半全黏着红漆。一个小伙子踢着老夫妻让他们爬到台上,杨伯父先四肢并用地爬上去,然后把杨伯母拽上去。四个小伙子抓住他们的手臂,按下他们的头。大木板上的细铁丝嵌进杨伯伯的脖子。

一个女孩点着了一堆报纸,扔在那堆"四旧"上,火焰马上升起。那些年轻人围着火堆边喊口号边唱毛主席的语录歌,就好像在开一个快乐的篝火晚会。在火光的映照下,我看见汗珠从杨伯伯的脸上淌下来。杨伯伯承受不住木牌的重量,他垮下好几次,又被红卫兵拖起来。最后他的腿终于支持不住了,那两个红卫兵扭着他的胳膊,让他跪着。火焰渐渐变小了,那些红卫兵蹬上三轮车,载着抄走的东西扬长而去,留下奄奄一息的老夫妇瘫在台上。

锣鼓声越来越远,我和一些邻居将两位老人从台上扶下来背上楼。感谢我们之后,他们让我们先回家。他们在弄堂里非常受人尊敬,如此当众丢脸的奇耻大辱实在使他们无地自容。

杨家被抄的第二天,我正在睡午觉,突然被救护车的铃声惊醒。邻居们纷纷跑出去看是怎么回事。几分钟后,救护人员用担架把杨伯伯抬出来。他的脸上全是血,救护车呼啸而去。几天后,杨伯伯出院回家。

还没等他恢复,红卫兵又上他家开批斗会。他们把杨伯伯放在一张凳子上,他几次昏倒从凳子上摔在地上,又被红卫兵放回凳子上。他的罪行是用一把厨刀自杀未遂。我看见他的双眉之间有一条长长的刀疤。在我们家附近衡山路的一条弄堂里,一共有四个人因为不堪红卫兵的殴打和侮辱而自杀成功,一个从三层楼跳下来,两个开煤气,一个服安眠药。

一号是第二家被抄的,因为他们是进弄堂大门的第一家,所以最方便。刘家在解放前是小业主。1956年公私合营之后,他们家从政府领取定息。从附近棚户区来的一伙红卫兵上他们家抄钱财,翻箱倒柜三天后,他们一无所获。为了出气,他们干脆把刘家扫地出门,赶到十七号杨家。红卫兵先占领一号做他们的司令部，后来一家工人看有机可乘，干脆就搬进一号白住。另外一家工人又搬进了本来就已经很拥挤的十七号。"文革"前，我们弄堂一共住了二十来户人家，到"文革"结束时已经有四十多户了。许多人家被抄后，家中的财物被车子运走到旧货店去卖。一下子整个上海的旧货店里堆满了"抄家物资"，家具、字画、冰箱、古巴雪茄、洋酒、照相机、手表、家用电器、衣服等应有尽有，价格就像地摊上的破烂一样，三文不值二文。但是当时极少数人敢买东西，因为大家都不知道哪一天会轮到自己的家被抄。只有工农兵是大无畏的。许多郊区的农民到上海来，以极其低廉的价格将整套的红木家具买回家。好几个关闭的教堂被改成仓库存放堆积如山的抄家物资。最可惜的是古董和文物，不是被砸成碎片就是付之一炬。

红卫兵的另一个主要目标就是古迹和宗教场所。他们砸烂无数的石碑、佛像和雕塑，许多是有几千年历史的无价之宝，而且是不可能再生的。他们把我们家附近徐家汇的天主教堂的两个尖顶推倒。

我父亲的恩师三公公也是最早的受害者之一。他是一个知识渊博的学者，还是一个藏书家。从1933年到1960年，他先后捐献给镇江市图书馆和博物馆一万五千多册善本书和一百三十三件珍贵的字画。1966年他还有约三万册善本书。1980年我从一本杂志得知他是江南的第二大藏书家。尽管他并不是佛教徒，但对佛学有极深的造诣。因为他和上海玉佛寺的方丈是好朋友，他把他的藏书寄存在玉佛寺的藏书楼里。不出所料，红卫兵到玉佛寺破四旧，三公公所有的藏书荡然无存。

随着越来越多的人家被抄，形势急转直下。只要一听见锣鼓声，所有的邻居马上都关上门窗向外窥视，看下一家该谁倒霉。

我们学校的红卫兵除了在学校附近抄家，还到自己的同学家抄家。当时中国最大的爱国资本家叫荣毅仁，他在改革开放后成为国家副主席。荣家就住在康平路100弄的对面，自然是首当其冲。那天我正好在学校里，亲眼看见那些红卫兵、红小兵变成洪水猛兽，他们其中一些人才刚满十岁。荣家的两个女儿在我们学校,他们也被红卫兵殴打和侮辱。

我们学校的一个英语教师在1949年前上教会学校,红卫兵到她家去采取革命行动。抄家之后他们开始批斗她年迈的父母。因为那对老夫妇卧床不起,红卫兵无法把他们拖出去游街,革命小将们就在两个老人的床边架起锣鼓敲打。不到一个小时老太太就断气了,几天后老头也含冤死去。

我们班的红卫兵把所有的资本家出身的同学的家都抄了,还命令我们都一起去接受教育。我家也在他们的名单上,但是排在最后面,因为知识分子是"臭老九"。我知道我们家迟早会被抄,只有眼巴巴地等待那一刻的到来。

正当全国笼罩在暴力和恐怖之下,原来父亲教书的第八女子中学送了几张批判父亲的大字报到出版社。那些大字报是父亲原来的同事陈和周两位老师写的,他们说父亲是反动学术权威。这些大字报又在出版社引出了一大批大字报,指控父亲是国民党的走狗和反动党团骨干。红卫兵把父亲批斗了好几次,并命令父亲每天晚上写自我批判和交待罪行的材料。父亲很快就写不出新的东西了,他常让我和哥哥为他出一些主意,后来我们的主意也没了。我们将父亲的交待材料回收反复使用,但是有一点非常重要,罪行必须永远一字不差,其他的可以现编。红卫兵从来没有察觉,也许他们根本就不读那些东西。

1966年9月9日父亲没有回家吃晚饭,母亲的工作单位在郊区,她住在宿舍里。十点钟左右,我又听见锣鼓声由远而近,我的心跳开始加快。一群人和锣鼓声在我们家的后门口停下,让我最害怕的事情终于发生了。我自言自语道:"天呀,是我们家。"锣鼓声停止才几秒钟,木楼梯上沉重的脚步声由下而上,当时我还寄了一线希望,也许他们是来抄楼下邻居的家吧。这一线希望一瞬间就破灭了,他们在二楼没有停,而是直冲上三楼来。他们一共二十多个人,戴着红卫兵袖章。父亲被两个红卫兵押着最后上来。父亲脸上和衣服上都溅满了红墨水,他结结巴巴地说:"他 … 他们是红 … 红卫兵,他 … 他们来采取革 … 革命行动。请不 … 不要抗 … 抗拒。"话音刚落,他就被红卫兵推开了。他们开始翻箱倒柜地抄起来。我被两个红卫兵押到前阳台上,一高一矮;另外两个红卫兵把我哥哥押到后晒台,审问开始了。

那个高的问我:"说！你父亲把罪证藏在什么地方了?"

"他犯了什么罪?"

"别问我们,我问你呢!"那个矮子吼道。

"我不知道你们说什么。"

"你少跟我来这个。"

"我真的不知道,你能够说得具体点吗?"

"别装傻,你这个狗崽子！说!"高个子喊道。

"我真的不知道。"

"我们的政策是坦白从宽,抗拒从严。即使你不坦白,我们也一定能找到。我们把房子拆了也得找到。你最好还是在我们找到之前坦白。如果让我们找到的话,问题就严重得多了。不仅你会倒霉,你父亲会更倒霉。"

我站在那儿一言不发。

"他的手枪在哪儿?"那个高个子喊道。

"说！他的手枪在哪儿? 国民党党旗在哪儿? 收发报机在哪儿?"那个矮个子接着问。

我还是站在那儿一言不发。

那个矮个子离开一会儿又回来说:"你的哥哥已经坦白了,现在我给你一个坦白的机会。"

"如果他已经坦白了,为什么你们不去拿呢? 我不能瞎编。"

"你敢跟我们顶嘴? 你这个狗崽子!"那个高个子用他的手电筒照着我的眼睛。

我转过去用眼角看了一下,整条弄堂里没有一盏灯是亮的,当一家邻居被抄家时,这是最安全的办法。

那个高个子揪着我的头发把我的脸转过来对着电筒。"你有没有在夜里听见过滴滴答答的声音?"显然他是指收发报机的声音。

"没有,我睡得很死。"

"你们把黄金和首饰藏在哪儿?"

"我们家没有。"

"如果你不交待,我们找到就没收。"

"那你们就找吧,找到你们都拿走。"

"你的态度太恶劣了! 如果你不交待就把你拖出去游街!"那个矮子喊道。

我还是一声不响。盘问持续了一个钟头,最后他们还是一无所获。

因为我们家是靠工资吃饭的,红卫兵知道找到金子和细软的可能性不大。翻箱倒柜几个钟头之后,他们开始把注意力集中在父亲的来往信件和书写的东西上。因为父亲的东西实在太多,都念一遍恐怕要好几年,他们不知道如何下手。此外,父亲写的东西多数是文言文,他们根本看不懂。到凌晨四点左右,他们累得受不了了。他们把他们认为可疑的东西堆成一大堆,整整占了后面小房间三分之二的地方,然后把东西用封条封上。他们警告我们私自拆开封条的严重后果,并告诉我们他们还会回来继续抄。

几分钟之后,锣鼓声渐渐远去。我们父子三人先把一些东西推开,在房间中间腾出一块孤岛先坐下。

"你坦白了吗?"哥哥问我。

"当然没有,根本就没有什么可以坦白的。"

"他们说你坦白了。"

"他们也说你坦白了。是吗?"

"没有。"

我们久久地坐在那儿,无法相信发生的这一切。那种被侵犯被羞辱的感觉极其痛苦。我们没有人的尊严,没有权利,没有隐私,没有法律的保护,也完全没有自卫能力。我们看着凌乱不堪的家,考虑应该从何处开始下手清理。几分钟后,我们决定还是先不去管它。我们呆呆地看着太阳从地平线上升起。

我们家被抄时我才十七岁,但是我觉得一夜之间就长大成人了。我完全失去了十几岁的小伙子应该有的那种天不怕地不怕的精神。我开始意识到自己是多么弱小,并且开始学会为了生存而不反抗,默默地忍受命中注定要受的折磨和煎熬。尽管我还不至于主动把我另一边的脸转过去让人打,但我至少学会了如何控制那种无法抑制的反击的欲望。如果复仇和维护自己尊严的代价高到使人难以承受的程度,那么最明智的办法还是好汉不吃眼前亏,眼睛打出来了就舔舔眼窝,牙齿打下来就连血一起咽下去。因为我是处于绝对的劣势,所以我在后来的十多年里不得不学会如何保持沉默,如何夹起尾巴做人,如何保持低调。自由和个人的尊严固然重要,生命显然更可贵。邪恶的势力越想消灭我,我就越应该活下来,等邪恶自取灭亡。在当时,那就是维护正义和尊严的惟一的方法。对大人来说,用这种明智而富有哲理的方法思考问题也许并不难,但是对一个十七岁的小伙子来说,无论在精神上和肉体上,这个学习的过程都是非常痛苦而残忍的。

一宿不眠之后,父亲又回到出版社上班、挨斗,我和哥哥讨论后拟出了一个计划。他待在家里整理东西,我到母亲单位去。我下楼刚推开门,就撞见一群人站在我们家门口。他们用奇怪的眼光看着我,然后散开去。我回头一看,门上贴了一张大字报,父亲的名字被红墨水叉掉。打叉的人故意地用了大量的红墨水,多余的墨水淌下来,就像猩红的鲜血。大字报上罗列了父亲的罪行,其中最严重的一条是国民党骨干分子。我真想把它撕了,但是又不敢,因为那些红卫兵说还要回来,如果大字报没了麻烦就大了。刚开始我每次进出家门都觉得特别丢人现眼,抬不起头来,后来越来越多的邻居被抄家、批斗,用上海话来说是大家脚碰脚,脸皮也就厚了。那张大字报在家门上贴了大半年,后来终于被几场暴雨冲刷掉。

母亲的学校里到处也都是大字报,在几百张大字报中,我发现有几张批判母亲参加反动军队,显然是指她在抗日战争期间曾加入国民党青年军,母亲的名字上打着红墨水的叉叉。其中有一张是:"丁永祥,不投降,我们就叫她灭亡!"念起来倒是抑扬顿挫,朗朗上口,挺押韵的。

学校的楼梯和走廊里堆着几寸厚的碎片。我小心翼翼地走过去,找到了母亲,她在办公室里打字。她身边站着两个红卫兵,等着母亲打的文件。他们叉着手,看着办公室对面的几个戴着另一个组织的袖章的红卫兵,他们在用一台手摇油印机印刷传单。"文革"中,红卫兵分成许多派别,革命派内部也互相争吵,互相攻击,有时动口,有时甚至动手。最常见的是散发传单攻击对方。因为学校已经停课,当时大多数教师完全无所事事,母亲却比原来更忙,为两派的红卫兵打传单。尽管外面有好几张批判母亲的大字报,革命派之间达成了默契,他们不批斗母亲,因为母亲可以中立地为各派打字。

母亲看见我红肿的眼睛,她问红卫兵是否可以出去跟我说几句话,他们勉强地同意了。

母亲跟我走到办公室外面,悄悄地问我:"他们来过了?"

我点点头。

"你爸爸怎么样? 他没事吧?"

"我也不知道,我想还行吧。"我真不知道该怎么说。

"那两个红卫兵在等我打字,我得回去了。我保证今天晚上尽早回家。"她摸摸我的脸和头发,"你还是先回家吧。"

父亲那天晚上没有回家,我们也没有去找他,因为他已经不是第一次不回家了。那时通宵的批斗会和审问是司空见惯的事情。妈妈和我们哥俩继续整理。上海是中国人口密度最高的城市,大家住得非常近,几乎没有隐私可言。为了不让邻居看见我们在干什么,我们把所有的窗户都关上,窗帘也都拉上了。那时才九月初,正是秋老虎肆虐的时候。1960年代电扇还是奢侈品,家里一天都没有通风,就像一个大蒸笼。我们放了两盆水在屋子里降温,夏天连自来水都是温热的,我们一直整理到半夜。如此整整一个星期,我们家总算又可以勉强住人了。

　　说起来使人难以相信，虽然被抄了家，我们几乎没有损失什么东西。尽管父亲出版社的红卫兵临走时说他们还要来继续抄家，他们居然没有回来。也许因为他们抄的家太多，所以就忘记了。但是他们留下的封条却成了我们的护身符，使我们家免于被其他的红卫兵再抄一次。我们告诉后来的红卫兵我们家已经被抄过了，如果封条被撕掉，第一批红卫兵回来就要拿我们是问。结果我们家居然就幸免了第二次抄家的厄运。我们等了好多个月，谁也没有回来。我们又等了好几个月，还是没人来，等抄家风已经过去时，我们终于意识到他们不会再来了。我们家几乎所有的书、字画、宣纸和值钱的东西，都神话般地在那场浩劫中保存下来，那些东西对我们是无价之宝，而对他们则毫无价值。父亲最心爱的百衲本二十四史也完好地保存下来了，那是当年他在中央银行挣钱最多的时候买的，全套共有上千本连史纸的线装书，装在十八个形状不同的定做的楠木书箱里，像七巧板那样拼在一起正好覆盖半面墙。另一个奇迹是，我们全家没一个人受到永久的肉体伤害。我们家之所以如此幸运，是因为父亲出版社的红卫兵比中学里的红卫兵讲理得多，他们至少上过大学，都已经二三十岁了。父亲常常说，如果他1966年还在中学教书的话，也许早就被整死了。

　　我们家被抄后几个星期，秋收季节来临。我们班的同学都到青浦的朱家角去参加"三秋"帮农民收割。城里长大的孩子对乡下的一切都充满了好奇，一天午饭后，我邀了我的同桌杨同学出去玩，两人到了河边，见到一条小船，解开绳子就把船摇出去了。摇着摇着看见船的一侧有鱼，于是两人都到那一侧去捞鱼，船的重心一偏，一下子就翻了个底朝天。岂知那杨同学根本不会游泳，　到水里就两手瞎扑腾，一沉一浮地就喝起水来。我赶紧游过去救，没想到被他紧紧抱住，我也呛了好几口水。我换了一口气，沉到水底，拼命把他顶到岸边，总算是避免了一场灭顶之灾。杨同学对我千恩万谢，我也为自己能舍身救人而感到骄傲。但是因为未经许可玩船是违反纪律的，我们俩都不敢声张,赶紧悄悄地回到宿舍,换上干衣服,暗暗地为死里逃生而庆幸。

那天晚上下工吃完晚饭之后,班上的红卫兵把大家召集起来开批判会。因为杨同学是工人出身,他们指控我蓄意谋害"红五类",翻船事件也就成了"阶级斗争的新动向"。尽管杨同学为我尽力开脱,我还是成了被批斗的阶级敌人。我拼命为自己辩护,说我们只是贪玩,根本没有想到会翻船,我更没有谋害同桌的想法。正说着,一个姓肖的红卫兵同学突然冲过来,狠狠地打了我一个耳光。

"闭嘴!你个狗崽子。你父亲是国民党员。你再敢说一句话,我马上就去抄你的家。"

我当时惊呆了,跳到一个便于打架的角落。我的年轻的心才十七岁,可是见到了那么多暴力和痛苦,我的脑子早已超过十七岁了。我年轻的心驱使我立即一拳打在他脸上,我想我可以一拳就把他打倒在地求饶。可是不到一秒钟我成熟的大脑立即就意识到那将是一个致命的错误,因为我的反抗将给父亲惹出大祸来。父亲曾反复地叮嘱我:"不要反抗。"我只好在红卫兵的淫威之下敢怒而不敢言。

我小时候绝不是一个孬种,我常和我的玩伴打架,有输有赢,即使我输掉,至少也得拼命地搏斗一番,因为必须两个人都动手才能有一个赢的。但是那天晚上是我一生中第一次挨打而没有还手。其实即使我还手也是以卵击石。我全身肌肉紧张,把身体调整到防守状态。静静地站在那儿等着他再出手。对大人来说,认识到后果的严重性也许还比较容易,对一个身体里荷尔蒙亢奋的十七岁小伙子来说,在同学面前打不还手是件非常痛苦和丢脸的事情,尤其是还有女生在场。我为自己是懦夫而感到羞愧。我连回嘴都不敢,更不用说还手了。

我们家被抄的噩梦还记忆犹新,我除了闭嘴之外别无选择。尽管我并无任何残疾,我觉得我被手铐铐着,肖同学用一把上了膛的枪对着我的脑袋,他可以随时扣扳机。我完全知道他绝不是说大话,因为我目睹了他如何抄砸其他同学的家。如果我们在上海发生那场争执的话,他很容易地就可以去抄我的家。我家离学校仅两条马路,他可以在几分钟之内就把我家砸个稀巴烂,那帮红卫兵可以为所欲为。也是老天保佑,我们离开上海还有五十公里。

那天晚上我根本睡不着觉,肖却酣睡得像一条死猪,边打呼噜,边磨牙,还不时地放屁说梦话。我的思想有如一匹脱缰的野马在草原上奔跑,所有的暴力镜头就像一部武打片在我眼前一幕幕闪过。我彻夜不眠,开始触及灵魂地反思,想从这一切毫无意义的暴行中悟出一点道理来。

我们的历史老师是一个非常和善的人,她的历史知识很渊博,她把枯燥乏味的历史事件编成通俗易懂的顺口溜帮助我们记忆。我从大字报中得知,她认为党支部书记是外行,所以不应该在学校里领导内行,于是她在1957年被打成右派。她当时还是一个大学生,天真地建议应该由内行来领导外行。她好意的建议显然触犯了党支部书记,于是就犯了大忌讳。

综观所有的老师,那些被打得最惨的老师恰恰也就是最好的老师。因为他们称职而且能胜任工作,所以他们通常对学生的要求比较严格。对好的学生来说,他们是恩师,我们尊敬他们,仰慕甚至崇拜他们,并希望将来能够成为像他们一样的人。而对于那些成绩不好的同学来说,那些优秀的老师成了他们的敌人,因为考试不及格或留级想必是一件非常丢脸的事情。

相反,教我们政治的张老师极不称职。除了他的芦花小技之外,我们几乎听不懂他在讲什么。一堂课从头到底,他就是在声嘶力竭地喊"毛主席万岁"和"我们千万不要忘记阶级斗争",使他的这门必修课变得更乏味。他非常大方地批给那些团员和积极分子"优秀"的成绩,谁敢于对他的教学提出一点疑问,那就至多给一个"及格"。"文革"开始后,他煽动红卫兵批斗甚至殴打一些最好的老师。

学生也大致分成红和专两类。

红的学生通常政治上出身较好,从而使他们处于优势。虽然他们在政治上比较积极、成熟,但是在学习上就比较缺乏竞争力。当然

83

这也难怪他们,因为红比专更为重要。他们也许并不为得个及格而感到自卑,但是心里难免不爽。因为他们根正苗红,自然就可以趾高气扬,而且他们也并不掩饰这一点。

总的来说,专的学生往往出身于知识分子家庭。他们成绩较好,也是老师喜欢的学生。他们学习比较认真,成绩优秀。尽管他们也许并不骄傲自满,他们通常也并不谦虚,因为他们有值得骄傲的地方。他们也许会对红的学生不以为然,而且也不掩饰。所以红的学生也许会嫉妒他们,甚至还讨厌他们。

回想目睹的每一宗暴行,没有一个专的学生动过老师一个手指头,而那些殴打老师最凶狠的学生,往往也就是成绩最差的学生。

作为化学课代表,我无疑是化学老师的得意门生。我和肖在初中时是同班同学,并且还在同一个课后学习小组。我常帮他做作业,于是也不得不教他一些本来小学生就应该懂的东西,对此我也不够含蓄,而且有时我对他的反应迟钝可能不够耐心。想当年肖同学总是在被训的一边。但是现在今非昔比了。毛主席说知识越多越反动,如今我们易地而处,我从训人的一边换到了挨训的一边。只要一有机会,肖同学就可以秋后算账了。

我们在乡下又多待了几天,那几天我觉得如坐针毡。我不断地祈祷,但是我无法制止肖同学将他的恐吓付诸行动。向他求饶是绝对不可行的,并非我碍于面子上下不来,而是因为求饶根本没有用处,只会提醒他,并让他在抄我家的时候得到更大的快感和满足。

当我们回到上海下汽车的时候,我觉得全身疲软无助,好像世界末日到了。倘若我们家因为我少不更事而再被抄一次,我将抱恨终生。我看着肖同学的每一个动作,等着灾难降临。奇怪的是,肖连看都没看我一眼,提着他的包就走了。我们家奇迹般地幸免了第二次被抄,那简直是死里逃生一样。与父亲出版社的红卫兵相比,我们学校的红卫兵以其心狠手辣的巨大破坏力而在全上海闻名。我的幸运在于地利,五十公里的距离使我们俩争执之后有一段降温的时间。

尽管肖同学并没有跟我回家,当时我并不知道他是否还会和他的同伙回来抄我们家。回家之后,我非常紧张地等着第二只鞋砸下来。天黑之后,我突然听见急促的敲门声,虽然并不响,但是节奏极其紧迫,说明敲门的人非常着急。我的心像打鼓般地跳起来。我站在门背后犹豫是否应该开门。敲门的声音越来越快,越来越响。我清清嗓子战战兢兢地问是谁。

"是我,吕阿姨。"一个女的轻声回答,就像耳语一样。

我认识的吕阿姨是父亲原来任教的第八女中的党支部书记。自从父亲调到出版社后,我们已经有好几年没见过她了。我用肩膀抵住门开了一条缝,看见一张臃肿的女人的脸,上面都是血,我大吃一惊。看清后面没有人,我赶紧让她进来,随手锁上门。

"发生什么事了,吕阿姨?"

"他……他们在抓我。"她气喘吁吁地说,声音小得几乎听不见。她走到窗户前把所有的窗帘都拉下,然后转身把门别上。

"他们是谁啊?"

"红……红卫兵。我刚从牛……牛棚里逃出来。"

"他们打你了吗?"

"打了。"

"就是那些女孩子吗?"

"是的。"

尽管我并不感到意外,那些女孩子居然和他们的男战友一样残暴,仍使我感到震惊。吕阿姨的脸上全是凝结的血痂、伤口和淤血的青紫。她的双颊就像挤烂的番茄,好几个牙齿也被打掉了。她的头发乱七八糟,一半被剃掉了,另一半被凝固的血粘在一起。她的一只眼睛被打青了,眼镜只剩下一片。她光着脚,衣服又破又脏,上面溅着黑、蓝、红墨水。我给她拖了　把椅了过来,她一下子倒在上面。我给她倒了一杯水,她就像渴急了的水牛一饮而尽,然后又要。喝了几杯后,她好像才缓过来一些。我给她倒了一盆温水洗脸,并用红药水和纱布给她包扎伤口。过了一会儿父亲回来了。

"你怎么了,吕大姐?"父亲吓坏了。

"老胡啊,我刚从牛棚里逃出来。她们天天打我,我实在受不了了。你怎么样?"

"哦,我比你好些。我们出版社的红卫兵年纪比中学生大多了,所以还不太凶。我还没有被打过,但是我也被批斗了。我们教研组的老陈和老周写大字报批判我是反动学术权威,他们说的许多事情都是无中生有。他们的大字报转到出版社,把我也卷进去了。他们怎么可以这样冤枉一个老同事呢?"

"老胡啊,你得理解他们的处境。他们早就被揪出来了。红卫兵把他们打得死去活来的,他们实在受不了了。只要能够少挨打,红卫兵让他们写什么他们就写什么。你离开学校是命大的,否则也跟我们一样。"

"我们把她送到医院去吧。"父亲转过身来吩咐我。

"不行,我不能去。医生一定会知道我是牛鬼蛇神,医院会通知红卫兵,他们一定正在到处找我呢。"

"那你准备怎么办呢?"

"我想我得在你家住几天,养好一点再说。然后就离开上海躲一阵再说。"

"但是我想这不妥吧,吕大姐。我们家刚被抄过。"父亲指着乱七八糟的东西。"红卫兵说他们还要回来继续抄完,他们随时都可能来。尽管我非常想帮你,我家对你太不安全了。"

"我知道。但是我实在没地方去。外面到处都是红卫兵,如果我像这样到街上去,随时都有可能被他们拦下来。如果我被他们抓住,他们非得把我打死不可。我们现在的处境都一样,如果他们在你这儿把我抓住,我知道这将给你们全家惹出多大的麻烦。窝藏一个潜逃的牛鬼蛇神性质是非常严重的。但是看在我们原来共事一场的份上,我不得不求你帮我这个大忙。一天或两天,也许就是一天。我只要能走,就马上离开你家。实在对不起让你家冒这种风险,我非常抱歉。"

眼泪从吕阿姨的被打肿的脸上淌下来。尽管她是学校的党支部书记,她的人品和良心非常好。反右斗争时,她对父亲不错。当时每一个工作单位都得按照上面分配的定额抓一定数量的右派,吕阿姨冒着自己被打成右派的风险,尽了最大的努力保护尽可能多的老师,父亲就是其中的一个幸运者。后来在"大跃进"和"三年自然灾害"时期,父亲和他的同事私下发牢骚,他们对当局的不满被一些积极分子察觉了。吕阿姨再一次保护了父亲和他的朋友们。现在吕阿姨遇到麻烦了,我们觉得在道义上有责任帮助她,即使自己冒风险也在所不辞。

当时母亲住在学校的宿舍里,我哥哥和他同伴们在外面过夜。因为我们家和楼下的邻居合用浴室和厕所,吕阿姨不敢到楼下洗澡。我给她烧了一些热水让她在楼上洗,因为她的嘴被打得不好咀嚼,我给她做了一点烂汤面。吃饭时我们拟定了一个计划。

我的任务是上她家去取衣服和必需品。吕阿姨给我写了一张条子,我把它藏在手套的夹层里。我悄悄出门,并转身看,确定没有人在跟踪我。到她家后,她女儿给我开门。因为我们从未见过面,她对我十分警惕,因为我是年轻人,完全有可能是个红卫兵。看见我带的条子后,她立即让我进去。

他们家被砸得不成样子。她告诉我红卫兵刚到他们家找她母亲,因为没有找到人,红卫兵把他们家砸了出气。他们的房间里烟雾腾腾,到处飘着纸灰,地上铺着一层碎玻璃和瓷片。他们所有的墙上都涂满了批判"走资本主义道路当权派"的标语。她女儿找了几件换洗的衣服,跟我去我家。出门的时候我们向四周看了看是否有人在跟踪,到我们家的时候,我们又仔细观察,确定没有人跟踪才进去。

吕阿姨已经在牛棚里关了两个月了,母女见面非常动感情。她们拥抱了好几分钟,哭得很伤心。她的女儿帮她清洗伤口,用药和纱布替她包扎。因为我们只有两个房间,她的女儿得回家过夜。母女互相道别,就像生离死别一样。

父亲在他的小书房兼卧室里睡觉,我和吕阿姨在三楼的房间里睡。夜里我被她的呻吟声吵醒好多次。第二天早上,父亲到出版社去挨斗,吕阿姨躲在我们家的三楼。生怕被人发现,她不敢到二楼去用厕所,只好用痰盂,我定时帮她倒。我炖了一锅鸡汤让她滋补恢复。她在我们家待了三天,这三天我们都是提心吊胆,惶惶不可终日。

三天后,吕阿姨的身体恢复了一些。我先到上海的西火车站去查看火车时刻表,那天黄昏,我护送吕阿姨潜逃。她在脸上涂了厚厚的一层粉,遮盖满脸的伤痕。她用一条大大的围巾包着剃掉一半的头发,再用一条尼龙纱巾遮住脸,还把蓝色列宁装的领子立起来挡着脸的两边。在夜色的掩护下,我把吕阿姨放在一辆自行车的后座上,就像往医院送病人一样,将她一直推到西站。当时缺乏公共交通,这种做法是很常见的。

花了两个钟头才到西站。我们有意地避开上海的客运北站,因为那儿有成千上万的红卫兵在等车上北京,去见毛主席。西站主要是供短途的慢车和货车停靠,所以红卫兵较少。因为怕被红卫兵发现,我们不敢到候车室等待。我将自行车停在一条马路外的梧桐树下,静静地等着。车终于开进了车站。我扶着吕阿姨的胳膊走上站台。火车鸣汽笛后,我把吕阿姨推上即将离开的火车。看着火车在夜色中消失我才松了一口气。

红卫兵到各地的远征终于发展成全国性的"革命大串联"。他们可以免费使用任何交通工具,还可以在各地的接待站里免费吃住。他们到北京后就在当地的接待站里等毛主席接见。毛主席身穿绿军装,在天安门广场先后接见了八次红卫兵,一共达数百万之多。红卫兵们热泪盈眶,高呼"毛主席万岁",嗓子都喊哑了。

受毛主席接见后,红卫兵到全国各地去,据说是为了交流革命的经验,其实是去游山玩水。最热门的地方是韶山,以及共产主义革命的摇篮延安。因为当时已经完全停课,我们学校也成了临时的接待站,每天接待几百个外地来的红卫兵。成千上万的红卫兵使全国所有的交通干线都陷于瘫痪。1967年1月初,中国共产党中央委员会和国务院三令五申,动员革命小将们回家就地闹革命。在没有交通工具的情况下,许多红卫兵步行串联到北京、韶山和延安。

在我母亲的学校里,人们在女厕所里发现了一张有毛主席语录和像的报纸。当时因为缺乏厕纸,所以用报纸当厕纸是很普遍的。因为母亲曾参加过国民党的青年军,所以就成了一个主要的嫌疑犯。她被盘问了许多次,最后因为缺乏证据而不了了之。当时处理纸张时必须极其小心,因为每一张纸上几乎都有跟毛主席有关的内容。

现在我们回忆起来也许会觉得非常好笑和荒唐,但是当时我们都不得不绷着脸说这些话。

当时全国都陷于一片混乱之中,因为学校无限期地停课,我似乎被社会遗忘了。因为我的家庭成分太坏,所以我从不参加任何革命行动。人们讥笑像我这样的人为"逍遥派",我对此觉得无所谓。尽管生活非常无聊,我从不抱怨。我把大部分的时间放在举重锻炼身体和装半导体收音机上,以此来消磨时间。因为母亲的学校在郊区,她每个星期才回家两次。我还得在家里做各种家务事,为父亲做饭,并照顾父亲。

我的哥哥则完全不同。小的时候跟那些有特权的孩子上寄宿学校时,他就培养了政治野心,因为他的同学都是政要人物的孩子。他常教训我:"老一代领导人已经被打倒了,新的一代领导人正在产生。这是一个千载难逢的机会。如果你待在家里无所事事,那你就什么也赶不上。你将一辈子做一个小市民。"就好像他真的就要成为一个新的领导人似的。燕雀安知鸿鹄之志?我觉得他完全是白日做梦,我们家的成分那么坏,他怎么可能成为一个新的国家领导人呢?不过我也懒得和他辩论,因为我从小就是处于被训的地位。

当时五十四中学的红卫兵分成两派。一派是非常激进残暴的"红联战",其成员主要是高干子女,另一派是比较温和的"五十四公社"。因为我们家成分不好,所以我哥哥就参加了五十四公社,简称公社派。也许受了父亲的遗传,哥哥的文笔还不错,所以他就成了公社派的"笔杆子"。当时红卫兵常将阶级敌人扫地出门,用他们的房子当司令部。公社派就占领了我同班的一个医生的儿子的家。那是

89

法租界里的一幢非常漂亮的三层楼花园洋房。公社派把那幢房子作为司令部和宿舍,女生睡在三楼,男生睡在一二楼。铺盖都是从当地附近的阶级敌人家征用的。

我哥哥和他的同学在那儿"涮夜",一睡就是几个星期。家里既不是旅馆,也不是饭店,而是自动取款机,他只是偶尔回家问母亲要钱。为了让他少出去,母亲总是尽量少给他钱。有时母亲会同意给他10元钱,他却要30元,因为"我已经向同学借了20元了"。他们昼伏夜出,白天睡大觉,入夜后就骑着三轮车,拉着纸和糨糊上街。他们到处张贴攻击对方的大字报,用自己的大字报覆盖对立派的大字报,或是干脆将对立派的大字报撕掉。冤家路窄,时常在街上碰到对立的派别,打一场遭遇战。因为他们暮出朝息,所以时常吃不上饭,一有机会吃又吃撑着了。哥哥就这样在外面睡了好几个月。

1967年6月5日,哥哥的红卫兵战友们将他送回家。他嘴唇煞白,面无血色。那些同学告诉我哥哥半夜里贴大字报时昏倒在人行道边,被送进医院看急诊,诊断是胃溃疡出血,据医生说是因为饮食无规律引起的。他在医院检查治疗后回家。我让他卧床休息,并给他煮了粥,因为他只能吃半流质的食物。

正当我在家忙着照顾哥哥时,居民委员会的一个老奶奶在楼下叫我的名字。当年绝大部分人家都没有电话。客人通常并不预先通知,都是直接上门造访。如果有急事就先打一个公用电话,请接电话的人带口信或将回电号码通知受话人,这种传呼服务每次三分钱。我赶紧跑到公用电话拨通了号码,是父亲接的电话。他告诉我他的恩师,我的三公公被救护车送进第一人民医院,让我马上去。

到了第一人民医院后,我发现三公公病得很重。他原来一直很健康,红卫兵砸了玉佛寺,他寄存在那儿的三万多册藏书荡然无存,这个巨大的损失给了他致命的打击。他失去了食欲,自己一个人关起门来,好多天不见人。他原来比较胖,我们小孩子叫他"胖和尚"。在医院见到他时,他体重减轻了六十磅,比他原来的样子小了整整一圈。一开始医生以为他是糖尿病,并且当糖尿病来治疗。几天后,他全身出现黄疸。经过进一步检查，确诊为胰腺癌晚期。因为他的三个儿子都不在上海，我又不上学，所以我每天都到医院去照顾他。

照顾他几个星期后，我们变成了很好的朋友。尽管在当时知识毫无用处，三公公还是鼓励我尽量多读书。他多次告诉我，尽管在他的有生之年见不到那一天，但是将来一定有一天知识又会有用了。如果现在不学习，将来一定会"书到用时方恨少"。但是他又告诫我，在当时的乱世中，有知识是很危险的，为了保护自己，大智若愚才是最高的境界。

在政治方面，三公公他又预言林彪是个有野心的奸臣，林彪将有大祸临头。不可思议的是，三公公的预言居然在短短几年之后都将一一成为事实。

有一天我问三公公，他怎么敢说这种话，因为这会给他惹出大麻烦来。三公公叹了一口气道："我已经活不了几天了，奈何以死惧之？你还年轻，除了你父亲之外，千万不能把我的话告诉任何人。你自己要当心，不要乱说话，更不要反抗，那将是以卵击石。"

我在医院里照顾三公公的时候，上海的"文攻武卫"不断升级。王洪文手下的"上海柴油机厂'东方红'（简称'上柴东方红'）"和"上海柴油机厂联合司令部（简称'上柴联司'）"都说自己是革命派，指控对方是反革命。在一次武斗中，上海柴油机厂的一个工人被打死，"上柴东方红"指控"上柴联司"是凶手。第一人民医院的一个医生为死者验尸，结果显示那个工人是被殴打致死。那份验尸报告和一些惨不忍睹的照片被登在许多报纸、传单和宣传栏上广为流传，使"上柴联司"非常被动。

七月底的一天下午，所有的病人都在午睡，我也坐在三公公的床边打盹。突然我听见走廊里有沉重的脚步声，还有人在喊：

"你们把楼梯拦牢，啥人也不许动！"

我小心翼翼地从病房里探出头去，看见十几个戴着红袖章的大汉在走廊里奔跑，还能听见他们带的大棍子和铁管子在水泥地上撞击的声音。他们跑到医生办公室，一下就把门撞开。我听见一个女人在尖叫,还有男人的喊叫。一个彪形大汉抓着一个女医生的头发把她从办公室拖出来。那个医生才三十刚出头,长得小巧玲珑。一个穿短袖汗衫的家伙破口大骂,那个女医生拼命呼救,几个护士冲上去救她,被那帮暴徒拳打脚踢,推倒在地上。我对自己在那儿袖手旁观感到非常羞耻。可是我又能干什么呢?我手无寸铁,根本不是那帮膀大腰圆的暴徒的对手。

　　眼见着他们把她拖下楼梯,大家都跑到前面的阳台上去看。一辆引擎发动着的卡车在前面的院子里等着。两个大汉一个抓手,一个抓脚,将那个女医生来回甩了两下,就像扔一条口袋似的将她扔到车上。咚的一声,她重重地摔在包着铁皮的车厢板上。她的白大褂已经有好多处血迹。十几个暴徒登上车,有的在驾驶室,有的在后面的车厢里,两边各有一个抓着车窗站着。卡车在光天化日之下飞驰而去,大家都惊恐地看得目瞪口呆。我听说"上柴联司"想让她改变原来的验尸报告。她显然拒绝了,因为后来并没有推翻原来结论的新的验尸报告出现。我在医院又待了一个多月,但是再也没有看见她回来。我把这一切告诉了三公公,他老人家双手合十,喃喃地说"菩萨保佑"。

　　当武斗正在升级时,"旗手"江青在1967年7月22日接见河南的"二七公社"时发表了一段臭名昭著的煽动"文攻武卫"的讲话,这无疑是火上加油。

　　　"当挑起武斗的这一小撮人在达成协议以后他们的武器还没有收回的话,你们自卫的武器不能放下!我记得好像就是河南的一个革命组织提出这样的口号,叫做'文攻武卫'。这个口号是对的!……放下武器,这是不对的,这是要吃亏的,革命小将要吃亏的。……你们不要天真烂漫,放下武器,我支持这一点。"

　　因为江青的讲话为诉诸武力解决争端提供了理由,所以在全国范围煽动了更大规模的武斗。无论哪一方先动武，都可以说是在自卫，因为根本就无法查清究竟是谁先动的手。

江青讲话后，全国各地突然间成立了无数的"文攻武卫"的组织。他们打开军火库抢武器武装自己，很快就连军队都以支持左派的名义卷进去了，使全国的武斗进一步升级。在内地的一些省份和地区，许多房子被夷为平地，除了参加武斗的各方之外，平民的伤亡也非常惨重。我小姨妈生怕被卷入双方交火之中，全家从重庆逃到上海避难。

上海的造反派也不甘落后，1967 年 8 月 4 日，他们向"上柴联司"发动全面进攻。几百辆卡车的工人造反队员将上海柴油机厂包围起来，双方交战从上午开始，到中午伤员陆续被送到上海第一人民医院和其他医院。"上柴联"司究竟伤亡多少没有精确的数字，据说好几百人在交战中受伤，或投降后被造反队员打伤。第一人民医院突然成了一个准军事的野战医院，走廊里到处都是伤员，医院里到处都是造反队员守卫现场。所有的医护人员都夜以继日地抢救伤员。

攻打"上柴联司"胜利后，王洪文成为上海工人造反队公认的领袖。从 1968 年开始至 1976 年，每年 8 月 4 日，工人造反队的打手"文攻武卫"都会刮一次"红色台风"抓流氓，其实他们本身就是一群暴徒和流氓。

三公公的情况每况愈下，很快他就需要人 24 小时照顾，我开始在他的病床底下铺张草席过夜。他说话越来越不清楚，只有我一个人能够听得懂。到八月底他开始进入半昏迷状态。

1967 年 9 月 3 日凌晨，他终于离开了那个灾难深重的尘世。父亲知道后悲痛万分，我们父子俩搂着哭了好久。到殡仪馆向三公公告别的那一天，父亲写了一副挽联，最后嘱咐他的恩师"莫回看"。

因为五十四中学的高干子弟特别多，其武斗的规模也是上海闻名的。1967 年 10 月 12 日，我听说"红联战"向"五十四公社"发动全面进攻，我哥哥就是公社派的积极分子。我赶紧跑到学校，看见几百个穿褪色军装的高干子弟，他们有的是本校的，有的来自邻近的学校。他们把整幢校舍包围得水泄不通,公社派被围困在楼里,他们不断地往上冲。"五十四公社"将所有的三个楼梯口都用课桌椅堵住,并往下扔东西。我躲在一棵树后面,看见砖头和瓦片从楼上的窗口里如下雨般地飞出来,打伤了好几个"红联战"和在下面看热闹的人。"红联战"则用弹弓、气枪和自制的火器进攻,也打伤好几个公社派。一辆卡车装着高音喇叭在学校周围转圈喊话:

"你们被包围啦! 快投降吧! 缴枪不杀! 我们优待俘虏! 你们不投降,我们就叫你们灭亡! 你们跑不了啦!"

"红联战"居然还搞到一辆消防车,开到武斗现场,但是因为不知道怎么操作,所以才没用上。

双方对峙一整天之后,"红联战"的人开始散了,但是周围还是有一大群看热闹的人。我在为哥哥的安全担心,于是就走到学校的后面,那儿看热闹的人比较少。趁他们都在往上看,我在暮色的掩护下偷偷地溜进了学校的大楼。楼梯上是横七竖八的课桌椅,我清出一条通道往上爬。当我接近四楼时,上面的人听见响声,于是开始往下扔砖头和瓦片。我挥着准备好的白手绢轻轻地说:"是我,胡果文的弟弟。"他们立刻住手把我拽上去。我告诉他们进攻的人多数已经走了,可以突围了。我们一个个悄悄地爬下去,在三楼的楼梯口集合。等每个人都下来之后,我们好几十个人,包括我们哥俩,一起飞快地冲下楼去。马路上还剩下一些"红联战"的死硬分子完全没有准备,他们褪色的军装很容易辨认。我亲眼看见公社派的人冲上去就把他们的好几个头给打开了,血直往外冒。然后公社派就在夜幕下飞快地消失得无影无踪。

公社派撤离后,整个学校都被"红联战"占领。其实校舍只剩下了一个空架子,每一扇窗户上的玻璃都被打碎了,所有的课桌椅都被毁坏了,所有的灯都被砸了,大部分的屋顶也都没有了,四层的大楼就像一个受了致命伤的垂死的巨兽。

当革命派互相混战的时候,父亲好像暂时被遗忘了。尽管他每天还是要去上班,但是却没有事情可做,每天都是读报和背诵毛主席语录。有一段时间,他和其他被打倒的阶级敌人被搁置在一边,就好像在似乎很平静的龙卷风中心的风眼中一样。内部的山头之争告一段落后,革命派的注意力又回到阶级敌人身上,开始"清理阶级队伍"。

1967年9月18日,父亲又被揪出来批斗,关进"牛棚",当然这跟"牛"是风马牛不相及的,因为阶级敌人被称为"牛、鬼、蛇、神",所以关阶级敌人的地方就成了"牛棚"。每天早上,"棚"里的"牛"被集中在毛主席画像前,低头弯腰,向毛主席请罪,时间长达一个多小时。父亲三十多岁的时候曾患腰疾,所以不能长时间地弯腰。好多次他被两个造反派拉着手臂按下头,美其名曰"坐喷汽式飞机"。很快父亲就得靠拐杖才能走路,那时他才刚五十出头。他们每天的工作除了被批斗和写自我批判的思想报告之外,另一项工作就是打扫厕所。以前中国的厕所大多数都是既臭又脏,可是在"文革"的时候,厕所都非常干净,因为当时有许多"牛"打扫厕所,他们对打扫厕所都极其认真。许多著名的科学家、工程师、医生、教授、老师、音乐家和演员在"文革"期间都打扫过厕所。

每隔一段时间,那些"牛"可以获准回家拿换洗衣服和必需品。每次回家父亲都必须向居民委员会报告。因为节假日无人看守"牛棚",过节的时候父亲可以回家。即便回家过节也还是不能解脱,他必须佩戴一块牌子,上面写着"反动党团骨干",名字上是红墨水的叉叉。节后回到"牛棚",他还得交一份报告,汇报他在假日里做了什么,有什么人来访。

随着造反派写大字报的技能逐渐娴熟,他们立起了巨大的"毛泽东思想宣传栏"张贴他们的大字报。父亲的书法很快就得到造反派的注意。有一天父亲被叫到造反派的办公室,命令他抄写一份大字报,他一挥而就,既好又快。当然父亲是绝对不敢指出大字报里的语病和错别字的。出版社的宣传栏在上海市中心,因为有父亲的书法,还有那些当艺术编辑的"棚友"的装饰,如著名的画家刘旦宅先生,他们出版社的宣传栏是全上海最好的之一。我曾有几次经过他们的宣传栏,听见读者们赞不绝口。于是父亲的技能突然成了热门货,出版社还把他借给别的单位抄写大字报。因为他的一手好字,父亲可以免于参加许多批斗会,去完成更重要的任务。

关在"牛棚"里的那几年,父亲喝酒很厉害。因为喝闷酒比较容易醉,母亲鼓励我陪父亲一起喝。有时父亲酒倒得太多,母亲会给我使一个眼色。她会做一些事分散父亲的注意力,趁父亲不注意的时候,我把他的酒杯抢过来狠狠地喝掉一大口,这样可以防止父亲喝多了以后吐真言。因为我常常偷袭,父亲也采取相应的防范措施,他用左手握住酒杯,无论如何也不放手,直到临终之前他喝酒的时候还是习惯地紧握着酒杯。

1968年8月6日那天,我接到通知上学校去开会欢迎工宣队进驻学校。欢迎会很长,开到一半我想上厕所小便。因欢迎会在操场上开,我得回到教学楼里,门口有"红联战"把守。我告诉他们我要上厕所,请他们让我进去。守门的一个家伙不让我进去,指控我对工宣队的态度不好。我觉得跟他们讲理是白费口舌,于是就往边门走过去。那个家伙追上来,一下子就把我扑倒在地上。十几个"红联战"的家伙蜂拥而上,对我拳打脚踢。一个家伙边打边骂:"狗崽子,你以为我们不知道那天的事吗?揍他!揍这狗日的!往死里揍!"显然他说的是我解救"五十四公社"的事情。他们的棍子和拳脚如雨点般落在我身上,足足有一分钟。我蹲在地上用手臂护着头,生怕他们把我的脑浆给打出来。他们打得出了气之后,狂笑着呼啸而去,等"五十四公社"赶来救我时,我浑身都是血,被棍子打起好几个大包,青紫更不用说了。

我到学校卫生室包扎之后,同学们陪我到工宣队的办公室去告状。他们说要调查,但是不了了之,因为我没有受致命伤,只是武斗中的小事一桩而已。我卧床休息好几个星期才能下地。我从来没有告诉任何人是我救了"五十四公社",也不知道他们是怎么知道的。我为了救哥哥和他的同伴们而付出了惨重的代价。

除了宣传毛泽东思想之外,工宣队的另一个任务就是上讲台。

工宣队把我们召集回学校,开始"复课闹革命"。大多数工宣队员受的教育很少,所以他们在课堂上无非就是捧着毛主席的著作照本宣科。在那个"读书无用"的年代,除了政治课之外其他所有的课程都是封、资、修的毒草。最有趣的是,苏联修正主义使用的俄文却恢复了,老师教我们用俄文说"缴枪不杀!"和"我们优待俘虏",准备和苏联打仗。我们的"复课闹革命"仅持续了几个星期就没有下文了,因为绝大多数的老师不是被批斗就是被关在"牛棚"里。

我初中的结拜兄弟唐大哥居然也被派到一家医院去当工宣队员。尽管我父亲被批判是"牛鬼蛇神",我是阶级敌人的儿子,唐大哥对此并不在乎,我们照样还是铁哥们,我常到医院里去看他。因为他们是毛主席他老人家亲自派去宣传毛泽东思想的,所以他们在派遣去的单位里都非常严肃。可是关起门来他们毕竟还是常人,也和我们一样说笑话、谈女人。

通过唐大哥,我了解了不少医院里的事情。因为有经验的老医生都被批判为"反动权威",所以剩下的医护人员都是些缺乏经验而只是在政治上可靠的。这种政策的理论基础很简单,"我们不能把广大革命群众的生命交给阶级敌人掌握",其结果是,普通老百姓的医疗服务的水准因此而大大下降。但是如果一个高级的"革命干部"或造反派的头头生病了,工宣队就会从"棚"里牵一头有经验的"牛"医生出来,当然最好是在西方资本主义国家留过学的那种。他们给他套上消毒的手术衣帽,推进手术室,让他在政治上可靠的年轻医生的严密监视下做手术。手术后,他们再把"牛"关回"棚"里,除了被批斗之外,他们还要在病房里擦地板、打扫厕所、倒便盆和尿壶。

父亲在政治上非常天真、幼稚。在牛棚里,工宣队让他每天都写自我批判的思想报告。因为写得太多,实在是没有什么新的东西可写了。每次交上思想报告,工宣队总是把报告扔回给他,命令他重写。父亲实在不知道该写什么,于是就去请教唐大哥。这可难为了只念过九年书,十八岁的唐大哥。但是为了面子,他会泛泛而谈一些我们很难听得懂的道理。几次以后,就连唐大哥也无善可陈了。有一天他终于向我交了底:"在医院里我的桌子上就有一厚叠这种自我批判的思想报告。你知道吗?我连看都不看。你父亲想写什么就可以写什么,比如说抄写毛主席语录,反正都是扔在废纸篓里的。"自从得到那条宝贵的忠告之后,父亲开始反复交几乎同样的东西,只是句子的顺序和用词稍有改变而已,反正那些东西每天都被扔进废纸篓。

学校停课两年后,毛主席在1968年7月21日发表有关重新办大学的最新指示:"大学还是要办的,我这里主要说的是理工科大学还要办,但学制要缩短,教育要革命,要无产阶级政治挂帅,走上海机床厂从工人中培养技术人员的道路。要从有实践经验的工人农民中间选拔学生,到学校学几年以后,又回到生产实践中去。"

为了响应毛主席的号召,全国各地一下子出现了许多"七二一大学",学生从工农中间选拔,由工人和农民来教。因为城市里的学生不是工农,所以也没有资格上"七二一大学"。

因为学生无学可上,又没有工作,所以闲逛的城市青年成了一个严重的社会问题。我们完全无所事事,当时除了"伟大旗手"江青编排的"八个革命样板戏"之外,根本没有娱乐可言。所有的工厂不是停工就是开工不足,根本不需要招收新工人。于是失业的不良青少年变成流氓,拉帮结伙"配模子(打群架)",女孩子变成"赖三",站在街头巷尾与男流氓调情。在1960年代初期社会风气非常好,"文革"时犯罪率突然高速增长。随着越来越多二战后生育高潮诞生的年轻人走进失业的行列,解决就业的问题迫在眉睫。1968年12月21日,毛泽东发表了另一条"最新指示":

> "知识青年到农村去,接受贫下中农的再教育,很有必要。要说服城里干部和其他人,把自己初中、高中、大学毕业的子女,送到乡下去,来一个动员。各地农村的同志应当欢迎他们去。"

全国上下男女老少都上街游行庆祝毛主席发表的"最新指示",紧接着马上就掀起了动员"上山下乡"的高潮。学校里的工宣队召集了许多会议,宣传我们的祖国如何美丽,特别是遥远的边疆地区。位于西南边陲的云南到处都是热带水果,还有美丽的风景和能歌善舞的少数民族。"风吹草低见牛羊"的内蒙古草原上有奔驰的骏马,牛奶可以喝到饱。

尽管那些地方听起来既美妙又使人憧憬,我还是不想下乡去当一辈子农民。但是学校里每一个学生都必须报名表明态度。尽管并没有人拿着枪逼我报名,但是如果我拒绝报名,学校和居民委员会的人就会来我家日夜动员,我父母的工作单位也会给他们施加压力。当时有一条不成文的规定,即二丁必须抽一。我们家成分不好,我又是不得宠的儿子,所以只好硬着头皮交了申请书。我出生在上海,又在上海生活了近二十年,离开上海对我来说是一个非常重大的决定。一些热情洋溢的红卫兵还咬破了手指写血书,要求党把他们送到最艰苦的地方去。

当时我认为最佳的选择是云南、黑龙江和内蒙古。但是这三个省份与敌对的国家接壤,即修正主义的苏联和蒙古,还有非社会主义的缅甸和泰国。此外云南、黑龙江和内蒙古主要是国营的农场,每个月有三十几元的固定工资,劳动的时间也比较正规。此外,国营农场的职工还享有免费的医疗和探亲假。因为我家的成分不好,我没有资格,也无力和成分好的同学竞争那些热门的地方。另外一种"上山下乡"的方式是到村子里"插队落户",走这条路的人因此而得名"插兄"或"插妹"。权衡之下,我只好知趣地选择到吉林省插队落户。

工宣队的宣传和动员确实非常出色。在宣传动员会上,他们告诉我们吉林有"三宝",人参、貂皮和塞在鞋里保暖的乌拉草。我们可以骑马,冬天还可以滑雪。这一切听起来都非常浪漫和迷人。他们还给我们看照片和书本的摘录,其中最有名的就是《林海雪原》,那是一部讲述人民解放军的小分队在满洲的深山老林里剿匪故事的长篇小说。江青还把书中"智取威虎山"的故事改编成京剧搬上舞台,成了八个革命样板戏之一。

很快就到了过新年的时候。当时父亲被关在牛棚里,不能回家跟我们一起吃年夜饭。我们等了他一会儿,决定我们娘儿仨先吃。

我在桌子上摆上碗筷，专门在父亲常坐的位子上多放了一副碗筷。我们刚准备动筷，年夜饭被一阵敲门声打断。我的班主任手上拿着一个大红信封走进门来。

"我给你报喜来了。学校的革命委员会经过考虑批准了你上山下乡的申请，请接受我代表伟大领袖和党组织对你表示由衷的祝贺。"他用冰冷的手握住我的手，我顿时觉得一股寒流通向全身。当我愣在那儿时，他把那个大红信封塞在我手里。过年时，长辈给孩子压岁钱就是用那种信封。他可真会挑时间，报喜方式也是再戏剧化不过了。

年夜饭是一年中最隆重的事情，全家应该团聚在一起。为了讨个吉利，象征年年有余的鱼是必不可少的。当然还有许多其他的规矩，如果不遵守的话就会给新的一年带来坏的运气。

我打开那个大红的信封，一张纸条蹦出来：

"你要求上山下乡的申请被光荣批准。我们代表伟大领袖毛主席，伟大、光荣、正确的中国共产党和人民向你表示衷心的祝贺。我们坚决支持你的革命行动。我们希望你努力接受贫下中农的再教育，努力改造思想，做一个新型的社会主义知识青年。祝我们伟大、光荣、正确的中国共产党万岁，祝我们伟大的领袖毛主席万岁！万岁！万万岁！"

下面盖着"上海市徐汇区革命委员会"的大红印。

李老师是一个贫农的儿子，也是共产党员。他作为一个"调干生"上大学攻读政治。因为他的妻子和孩子还在乡下，他单身住在学校的宿舍里。母亲邀请他跟我们一起吃年夜饭，那副空闲的碗筷正好用上。

我尽力忍住眼泪，只觉得嗓子里有一块东西梗着。每一粒饭都膨胀得像一个乒乓球那样难以下咽。我拿过酒瓶为李老师和我自己倒满酒杯。"让我们好好地庆祝吧。"我一饮而尽，随后倒了一杯又一杯。"干杯！"

第四章　上山下乡

　　一个月飞逝而过。我的户口被注销了。除了短期的探亲以外，从此以后我将没有资格在上海居住了。临行前我请同学来聚会，还到许多同学家聚会告别。

　　母亲为我的远行做准备。母亲在家为我缝棉袄，而父亲被关在牛棚，哥哥在外面跟他的同学玩。一天，母亲心不在焉，不小心让针扎了手。我赶紧去找药和纱布给她包扎，她突然抱住我大哭起来。我母亲宠爱哥哥，听说小时候上街，她总是抱着大的，让小的在地上走，所以我根本不记得小的时候她抱过我。

　　"以后我就不能给你缝衣服了。慈母手中线，游子身上衣，以后你得自己照顾你自己了。"

　　"放心吧，妈妈。我已经二十了，我能自己料理自己的事情。"

　　"以后你自己有孩子就会知道了。无论多大，你总是我的孩子。我永远会为你担心，惦记你。"

　　"妈，我身体很好，我能够自己一个人过下去的。"

　　"你常给我写信，好吗?"

101

"我会的,别哭了,妈。"我强忍着不哭,但是最后眼泪还是涌出来了。

眼睛里的泪水使她无法再缝下去,母亲放下手中的针线活,我们娘俩抱着,静静地坐了一个钟头。

当时什么东西都是配给的。政府给下乡的知青发了票,可以买一条棉毯、一顶蚊帐、一个热水瓶和一个旅行袋。凡是去吉林的知青,每人都发一套国防绿的衣服,包括一顶棉帽子、一件半长的大衣和一条棉裤。

出发之前,我去向唐大哥和楼小弟告别。因为家庭成分好,楼小弟不用上山下乡,他参加了解放军,那在当时是最好的出路,再过几天他也要走了。就和我们三个最铁的哥们结拜兄弟的年龄顺序一样,我们仨各自真正成为了"工、农、兵"。

因为唐大哥已经在城里上班,他的兄弟姐妹就没有那么幸运了。他的姐姐是一个非常聪明漂亮的女孩,"文革"爆发时她正好念完高三。大学考试被取消后,她被发配到长江口外的一个荒岛上的农场务农。他的双胞胎弟弟,老三和老四,也正赶上上山下乡,没有可以留城的借口。为了防止苏修和美帝袭击中国,当时许多沿海的企业被迁到内地去。为了鼓励职工离开上海,政府允许内迁的职工带他们的孩子一起去。为了让孩子不下乡,唐伯父"自愿"报名离开上海,到南京附近的一个铁矿工作,两个双胞胎也可以跟他一起到铁矿工作了。唐伯父第二天一早就要离开上海,不知何年何月才能回上海。

唐伯母为此特地准备了一顿丰盛的晚餐给唐伯伯饯行。我们可以第一次在大人面前喝酒抽烟(原来我们只敢背着大人偷偷摸摸喝酒抽烟),表示我们已经正式成人了。

唐伯母是上海最好的一所小学的一级教师,"文革"期间被打成"反动学术权威"。1965年唐大哥没能考取高中,唐伯母非常难过。她叹息道:"发榜的时候,我气得昏过去了。我自己是老师,我让我的学生努力学习,将来做革命的接班人。结果我自己的孩子没有考取高中,我觉得非常丢脸、内疚。如果我都不能让自己的儿子成为一个好学生,我怎么面对我的同事、学生和他们的家长呢?"说到那儿她的眼眶里充满了泪水。"原来有个故事,塞翁失马,焉知非福。"唐伯母转向我叹息道,"此一时,彼一时。三年之前我们对你这个将往大学奔的高中生羡慕极了。我对我的女儿同样也寄予厚望。当时我做梦也没有想到这场史无前例的'文革'会把羞辱变成幸运,学习优秀变成倒霉。现在你和我女儿这两个成绩好的反而成了农民,使我失望的儿子居然成了工宣队员。"唐伯母的脸上泛出一丝苦笑,她转身对唐大哥说:"你懂得多少医学? 这可是人命关天的大事啊。现在有知识反而更糟糕,知识越多越反动。我现在连书都不能教了,还有什么意思呢? 我看见那些孩子在学校里闲逛,就像一群没有人放的羊,心里就像刀割一样。"她难过得说不下去了。

唐伯伯是上海市海运局的总调度。他性格开朗,在闻名上海的海运局乐队吹长号。在业余时间,他常到外滩的海员俱乐部为外国水手表演。"文革"开始后,乐队演奏的节目改变了,他们到码头上演奏革命歌曲欢迎来自亚洲、非洲和拉丁美洲发展中国家的船舶,我还到几个工厂和学校听他们演奏。这次见到的唐伯伯使我大吃一惊,他完全变了一个人,脸色凝重而若有所失,坐在桌边一言不发。他一支接一支地抽烟,一杯又一杯地喝闷酒,饯行晚餐的气氛非常沉重。我告辞的时候,唐伯伯已经醉了,他费劲地站起来,摇摇晃晃地走到我身边靠着我。

"小伙子,你自己多保……保重,路过南……南京来看我。"

"放心吧,唐伯伯,我没事。我会到南京来看你的。也许你还可以教我吹长号。"

"一言为定。我会给你留一瓶酒。"

晚饭后我和唐大哥和楼小弟又山去了,我们在火车站附近的一家通宵的饭馆又喝了几杯。回家的路上我们在无人的街道上撒野,我扯开嗓子喊,来发泄心里的闷气,我们一直到凌晨四点钟才回家。到家后我一头倒在床上就睡。

突然我被一阵很响的喊声吵醒,是楼下的宁波阿娘。我宿醉未醒,连一根手指头都动不了。我的每一个关节都痛,四肢就像煮过头的面条一样软绵绵的。

我半睡半醒地问道:"啥事体?阿娘。"

"电话!电话!交关要紧格。"宁波阿娘冲着我的耳朵边喊边推我。"电话格面面人刚刚十分钟来过三趟了。"

七十多岁的阿娘是小脚,她是很难得到三层楼来的,想必是一件非常非常重要的事情。我挣扎着爬起来,头痛得要炸开来。在我的枕头边有三张纸条,上边写着同一个号码,是唐大哥医院的电话号码。我看了一眼闹钟,是下午两点。我跌跌撞撞地走到公用电话站,用笨拙的手指拨通了电话。

"纪念白求恩。大华医院。"一个女接线员先来了个革命的开场白。当时人们说话总是要以毛主席语录开头。

"为人民服务。请工宣队的小唐同志听电话。"

"他现在太忙了,不能接电话,你留句话或者明天打来行吗?"

"不行,他给我来了三个电话,一定有急事。请你帮我接通,好吗?"

"请问你是哪一位?"

"我是他中学里最好的朋友。"我差一点就说是他的结拜兄弟,因为那样太封建了。

"请问您姓什么?"

"胡,古月胡。"

等了一会儿我听见咔嗒一响。

唐大哥低声说:"我爸爸没了。"

"什么?"我简直不敢相信自己的耳朵。"不要瞎三话四了。昨天晚上我们不是还在一起喝酒的吗?"

"我们今天早上到火车站去送他,车还没开他就不行了。我们立刻把他送到医院,他心脏病发作,医生抢救也没救过来。"

"大哥,你在那儿等着,我马上就过来。"

经这么一惊吓我的头已经完全不痛了。我赶紧跑回家在路口的

104

自行车摊子上借了一辆自行车就往医院拼命骑，一路上还闯了几个红灯。寒风吹在耳朵里呼呼作响。

到了医院，他们把我领到一个单间的病房，通常只有高级干部才有资格住。楼小弟比我先到一步。我抱了一下唐大哥、他的姐姐和双胞胎弟弟。唐伯母陷在沙发里，脸色就像大理石一样苍白。她好像没有认出我来，含泪的眼睛看着窗外很远的地方。我跪下来把手放在她的肩膀上。她坐着一动不动，就像一尊雕塑。唐伯伯的遗体躺在病床上，上面盖了一条医院的白被单。床边是他的长号的盒子，盖子开着，那是他上火车时随身带的惟一的手提行李。那具锃亮的铜管乐器发出冰冷刺骨的寒光。我万万没想到，昨天晚上的饯行，竟是唐伯伯最后的晚餐。他还不到五十岁，我随便说什么都无法安慰悲痛欲绝的唐家人。

1969年3月5日，我清晨就起身了，临行的恶劣心情使我一宿不眠。父亲还是关在"牛棚"里，母亲跟着我下楼，边走边哭。到了门口，楼下的阿娘和女孩拖住母亲的胳膊。我转过身抱了母亲一下，然后不回头地离去。我跟哥哥和几个要好的邻居步行到学校。我的樟木箱已经托运到吉林，他们轮流帮我提旅行袋。

全校都在操场集合。我们42个分配到同一个大队的同学每人胸前佩戴一朵如篮球那么大的大红花，面对大家坐在一个临时搭起来的台上。早请示和忠字舞的仪式完毕之后，誓师大会正式开始。

"同志们，"教政治的张老师在麦克风前开始讲话，现在他成了我们学校的革命委员会主任。这是他第一次不以同学称呼我们，标志我们已经成人了。"我代表我们伟大的导师、伟大的领袖、伟大的统帅、伟大的舵手毛主席和伟大、光荣、正确的中国共产党向你们表示衷心的祝贺。你们响应伟大领袖毛主席的号召上山下乡，这是我们学校的骄傲。你们的母校坚决支持你们的革命行动。贫下中农正在等着你们。就像在学校里一样，我相信你们将成为他们的好学生。我们的伟大领袖毛主席教导我们，'农村是广阔的天地，在那里是可以大有作为的。'你们必须投身阶级斗争、生产斗争和科学实验这三大革命,做红色的革命接班人。"

台下的观众全体起立鼓掌。他们一边敲锣打鼓,一边高呼口号。

"上山下乡最光荣!"

"我们宁愿当风雪中的松柏!"

"不要做温室里的花朵!"

"甘将热血洒边疆!"

张老师说:"现在让我们向我们伟大的导师、伟大的领袖、伟大的统帅、伟大的舵手毛主席庄严宣誓。"我们都跟着他举起了右手。

"毛主席挥手我前进!"

我们都跟着他齐声念叨。

"我们不要做飞走的鸽子,我们要扎根农村一辈子,在那里生根、发芽、开花、结果。"

我们又跟着他齐声念叨。

"毛主席万岁!万岁!万岁!毛主席万万岁!"

台上台下全体起立振臂高呼。

我们坐上等待的汽车到徐汇区革命委员会去和其他学校的学生汇合。在那儿我们又开了一个大同小异的誓师大会,然后一百多辆汽车的车队就浩浩荡荡地上路了。街道两旁都是夹道欢送的市民,男女老少都有,他们燃放鞭炮,挥舞红旗,敲锣打鼓地欢送我们。

"我们坚决支持你们的革命行动!"

"知识青年到农村去接受贫下中农的再教育很有必要!"

"上山下乡光荣!"

两边的人群一边挥手,一边喊口号。因为我们家在衡山路以南,我想再看一眼自己的家,所以也坐在车子的南侧。熟悉的大中华橡胶厂、中国唱片厂、已经被红卫兵改名为反修宾馆的衡山宾馆、整齐的法国梧桐树、数不清的脸、红旗和标语就像电影似的一幕幕在我眼前闪过。突然我看见父亲站在邮局前面的人群里,拄着拐杖,老泪纵横。我哥哥和邻居扶着他跑了几步到车子边上。我在行驶的汽车上触了一下他的手,他只来得及说了一句话:"常来信啊。"后来我才知道父亲出版社的工宣队居然开恩，批准父亲请假给我送行，支持我的革命行动。于是父亲就等在路南侧，希望能再看我一眼。

我们根本不知道车子往哪儿开，因为要避免拥挤，所以我们的出发地点是保密的。一出徐汇区车队就开始加速，许多人骑上自行车追赶。我看见一个小男孩抓着一根从车窗里伸出去的贴标语的竹竿，跟着车队就不用蹬了。在一个急转弯处，他重重地摔倒了，后面的十几辆自行车也跟着倒下。我们的汽车从旁边飞驰而过，我看见他们的脸上痛苦的表情。就好像没事儿似的，整个车队加速前进。

等我们到公平路码头时，那儿已经是人山人海，也不知道人们是从哪儿打听到的消息。我们下车后开始登船。因为码头上实在太拥挤，"文攻武卫"队员们把我们一个个地举起来，从跳板上的一条人链上传送过去。他们毫不费力就可以认出我们，因为我们每一个人都穿着同样的国防绿棉袄、棉裤配棉帽。

船上的汽笛终于长鸣一声，顿时哭声大作，船上船下的人都开始号啕大哭。那时突然下起雨来，雨水和泪水混在一起。几十个高音喇叭开始播放熟悉的"大海航行靠舵手"来压倒人们的哭声——

"大海航行靠舵手，万物生长靠太阳，雨露滋润禾苗壮，干革命靠的是毛泽东思想。鱼儿离不开水，瓜儿离不开秧，革命群众离不开共产党，毛泽东思想是不落的太阳。"

我用热泪盈眶的眼睛看了一眼那座哭泣的城市，向上海、故乡的亲人们和伴随我长大的一切告别。汽笛又长鸣一声，轮船往北开向雾气弥漫的远方。我觉得好像被扔进大海，孤身一个人，向一个从来没有人去过，也从来没有人回来过的地方漂流。

我们乘坐的是一艘排水量一千多吨的货船，甲板上面只有几个供船员休息的船舱。我们一千多个知识青年分别睡在上下两层货舱里，地上铺着草垫子，每人发一条毯子。船上的伙食很不错，而且是免费的。饭后，我看见一些男生把饭碗和盘子扔到海里，想必是发泄心里的怨气。很快我们的餐具就不够用了，于是大家只好到船员的小餐厅就餐，门口有人把守。船上有好多流氓，常有不同的团伙打群架。

开进东海后，风浪大了，我们的船就像一片树叶一样颠簸。我睡在草垫子上就像羽毛一样被抛来抛去，所有的内脏都在翻腾。走道里放了许多木桶，我爬到一个木桶边，把胃里的东西都吐出来。船上有一个医生，他到船舱里分发晕船药，吃下去以后昏昏欲睡。每吃一顿饭，几分钟以后又全吐出来。有人抽烟把草垫子烧起来了，船员们冲进舱里用灭火器灭火。

经过两天的漂泊，我们终于在大连上岸。欢迎仪式非常隆重，码头上有几千个学生挥舞旗帜，敲锣打鼓，此外居然还有一个大连港务局的铜管乐队。那个穿着制服、戴着白手套、吹着锃亮长号的长号手使我想起了唐伯伯，他还没有到目的地就离开了人世。大连人对我们非常好奇，有几个要帮我提旅行袋，我婉言谢绝了他们的好意。我们分散住在几个学校里，因为大量的下乡知青北上，当地的学校改成了临时招待所。大连的建筑具有日本和苏联的风格，最有代表性的就是当时最大的两家百货商店，一家是"东方红"，另一家是"太阳升"。在两家商店前面的广场上有几千个人跟着"敬爱的毛主席"的歌曲在跳忠字舞。

一天以后的晚上，我们一千多人乘上一辆专用列车继续北上。车厢里面非常吵闹，广播喇叭也特别响，以压倒轰隆的车轮声。除了报站名之外，喇叭不停地播放毛主席语录歌和革命口号。过了一两站后，我开始打盹。突然我觉得有人在用胳膊肘顶我，是我高中的同班同学小唐。他两手罩着耳朵注意地听，一个男的广播员用充满了火药味的声调报告苏联修正主义在黑龙江的珍宝岛向我们发起进攻。一个男生突然喊起来："他妈的，我们要到前线去送死啦！"整个车厢里的人立刻开始悄悄地议论起来。

1969年3月9日拂晓我们抵达四平，那是吉林省的一个主要的铁路枢纽。下车之后我才知道"冷"是怎么回事情。我每吸进一口气，鼻孔里的鼻毛立刻就冻住了，呼出一口气时又短暂地解冻。因为脸被寒风吹得麻木了，我几乎说不出话来，就像刚在牙医诊所打了麻药。我们列队步行到四平解放战争纪念碑，向在1948年辽沈战役中为解放四平而牺牲的烈士致敬。早请示和忠字舞仪式之后，我们脱帽默哀片刻，然后庄严宣誓，将用我们的鲜血来保卫先烈用鲜血解放的土地。当时"苏联修正主义"重兵压境，我们的誓言格外掷地有声。

然后我们乘上一队卡车前往分布在梨树县各地的村庄。尽管在土石公路上的车速每小时才二十公里左右，因为当时正是沙尘暴的季节，所以顶风而行使人觉得寒风刺骨，我们只好在敞棚卡车上蹦跳取暖，防止被冻僵。

公路两边的景色跟我们在学校读听到的《林海雪原》的景色完全不同。除了一些光秃秃的小树丛之外，根本就见不到树林。四周是一片一望无际而毫无生气的平原，所有的一切都是像土地一样的灰褐色，用土盖的房子就像消失在土地之中。原野上根本没有皑皑的白雪，零星的积雪也蒙上了灰褐色的肮脏尘埃。90公里路开了整整四个小时，既冷又单调无味。下车的时候我们都冻成了冰棍。

我们插队的村子是小宽人民公社小宽大队第一生产队。我们到达公社的时候当地的农民吹着唢呐，唱着语录歌，跳着忠字舞，敲锣打鼓，燃放鞭炮欢迎我们。几百个农民好奇而吃惊地盯着我们这些从中国最大的城市上海来的年轻人。在拥挤的人群中，我们听见一个四十多岁的人在喊："小宽一队！"大家应声到他身边集合。他穿着一身黑色的棉袄棉裤，满脸皱纹，戴着一顶硕大的黑狗皮帽子，皮帽子的毛上覆盖着一层厚厚的白霜，把帽子变成了灰色。

他挥舞着一个上面镶着锃亮的烟袋锅的长杆烟袋，扯着脖子喊道："嘿！他们在这儿呢！"

三个男的和四个姑娘走上前来。男的都是胡子拉碴的，穿着一样的黑棉袄棉裤。姑娘们都穿着花布的棉袄和黑棉裤，扎着彩色的头巾。

"我姓李，木子李，是你们集体户的户长。你们都累了吧，我们一大早就把饭做好了，现在该凉了，快点。"

我们的行李早已运到小宽。等我们认领后，那些农民帮我们把行李装在两辆马车上向村子出发。

一开始大家坐在车上一言不发。赶车的戴着深褐色的狗皮帽子和狗皮手套,他长着一对眯缝眼,咧着大嘴在笑。他不断地擤鼻涕,然后用袖子擦。他叼着一根粗大的卷烟,每抽一口就吐好几口吐沫。我发现他老是用鞭子抽那头最小的牲口。

我觉得那头卖力的牲口怪可怜的,禁不住问道:"你为什么老是用鞭子抽那头驴呢?"

他大笑起来:"这可不是驴啊,小伙子。这是驴它儿子。"

这下我可更糊涂了,"驴的儿子怎么会不是驴呢?"

我的无知更把他给逗乐了。"听着,小伙子。驴和马的儿子可不是驴,是骡子。"他笑得前仰后合,露出一口被烟熏黄的大板牙。

驴和骡这两个字我在学校里都学过,可是从来没注意过两者的区别,这使我感到很窘。听了他那简短的回答我还是分辨不出来,因为我记得驴和骡子都是长耳朵,这使我更糊涂了。

我无知的问题打破了沉闷,赶车的那位转身问我:"贵姓啊? 小伙子。"

"胡。"

"胡子的胡?"

"是的。您贵姓啊?"我反问道。

"我免贵姓张,人们叫我张老九,你们年轻人管我叫九叔就行了。家几口人啊? 小伙子。"

"四个。"

"爹干啥的?"

"他是个编辑。"

"编辑是干啥的呀?"

"编辑是编书的。"

"书? 哎哟我的妈呀! 他一定念了好多书,喝了好多墨水吧?"

"不太多。"

"他开多少啊?"

"开什么呀?"

"他开多少钱呐?"

"呃。"我心里想这跟他有什么关系呢? 但是我们是去接受他们的再教育,所以还得老老实实地回答他的问题:"146块。"

"才146块啊,那也不多呀。你说是一年吧,是吗?"

"不是,一个月。"

"一个月!? 你说是一个月? 哎哟我的妈呀!"车上的四个人都惊呆了,张大了嘴看着我整整一分钟。最后张老九总算慢慢地收回了下巴又问我:"妈干啥的呀?"

我觉得解释打字员太费劲了,于是就回答:"在学校里上班。"

"学校? 哎哟我的妈呀! 她一定也念了好多书,喝了好多墨水吧?"他觉得简直不可思议。

"不太多。"

"她开多少啊?"

"59。"

"一个月?"

"是的。"

"加起来那是多少啊?"看来他自己算不出来。

"205。"

"205? 哎哟我的妈呀!"他们四个人目瞪口呆地看着我。

"今年多大了?"

"十九。"

"搞没搞对象啊?"

"没有。"那两个姑娘看着我脸红了。

"念了多少年书啊?"

"十年。"

"十年? 哎哟我的妈呀! 那可是老鼻子的书和墨水啦。"

"不太多。"

"兄弟姐妹几个啊?"

"就一个哥哥。"

"他干啥的呀?"

"不干什么,在家。"

"啥也不干?"他们愣住了。

"他今年多大了?"

"二十一。"

"搞没搞对象啊?"

"没有。"

"去年一口人吃多少斤粮食啊?"

"一个月35斤。"

"那一年是多少斤啊?"

"420斤。"

"带皮不?"

"不带皮。"

"哎哟我的妈呀! 有肉吗?"

"一个月几斤。"

"哦!"他们吃惊得叫起来。

"家几间房啊?"

"两间。"

"四口人两间?"

"是的。"

"是高楼吧?"

"还好,就三层。"

"三层!? 哎哟我的妈呀!"他们都抬起头来看着我,又互相看着,简直不敢相信。

"骑马挺有意思的吧?"我问道。上海的西郊公园骑马特别贵。

"是吗? 那好办。只要你屁股受得了,你想咋骑就咋骑,不过现在不行。"他们都开心地笑了。

我也想问他们一些个人的问题,但是考虑到隐私,打消了那个念头。问完我之后,他们又把所有的男生和女生都轮流问下来,每一句回答都使他们惊叹不已。后来我才知道,这种"查户口"的问题是初次见面的礼节。不知不觉我们就到了村子里。

我们十四个人被领进两间房,九个女生在大间,我们五个男生在小间。房子是土的,里面没有灯,什么也看不见。窗户上没有玻璃,用一层很厚的棕色的纸糊着,墙也是土的,上面蒙着一层黑色的烟垢。房间里的气味非常奇怪,有呛鼻的烟草味、炊烟味,与使人感到窒息的人体分泌物的气味混杂在一起。我们脱掉鞋坐在铺着炕席的火炕上,因为炕面是平的,所以大家都把腿伸在前面。一位老乡把一张像小板凳一样高的炕桌放在炕上,饭还不错,滚热的大米饭和豆腐。因为腿伸在前面,我夹不到炕桌上的菜,所以只好起身变成蹲在炕上凑上前去。站在炕下的土地上看热闹的一群老乡们都大笑起来。张老九说:"看咱给你坐一个。"他踢掉了鞋一下就蹦上炕坐在我旁边,两条腿服帖地盘在面前。我们都学着他的样子把僵硬的腿盘起来,很快腿就麻了。我们的饭菜多得简直可以喂一连兵,但是我们勉强盘腿坐的姿势使得食物无法顺畅地下去。此外,张老九的脚奇臭无比,弄得我一点食欲都没有。本来只是准备我们一顿吃的饭菜,结果我们整整三天才吃完,好在天气寒冷,我们堆杂物的棚子就是一个天然的大冰箱。我当时压根就没想到那几顿大米饭有多珍贵,因为我们将很久很久才能再吃到一顿大米饭。

饭后全村都集合起来,有些在女生的那间大屋子里,多数人是站在门外的窗户下面,我们十四个知识青年背靠窗户站成一排。屋子里暗极了,我们几乎看不见什么东西,整个一间屋子里只有一盏小油灯,土墙是深褐色的,除了很少的几个姑娘之外,所有的人都是穿着黑衣服。所有的男人和女人不是抽自己手卷的烟就是抽镶着金属烟袋锅的长烟袋。每抽一口烟,他们就往地下吐好几口吐沫。房间里很快就充满了浓浓的生烟叶的烟,我们被呛得都开始咳嗽。

这时进来一个穿黑衣服的人喊道:"都别吵吵了,"大家马上就安静下来。"对不起,今天我下地干活去了,没上公社去接你们。我姓张,是咱小宽一队的队长。你们管我叫张队长也行,叫大哥也行。"他的笑容很讨喜也很腼腆。他脸上最明显的就是那口歪歪扭扭的牙齿,所以他笑起来总是想闭着嘴挡住那口牙。

他突然收起笑容,脸变得严肃起来。"现在让我们向伟大领袖毛主席作晚汇报。"他摘下棕色的狗皮帽,转身对着毛主席像深深地鞠了一躬。尽管他看起来才二十刚出头,但是已经长了许多白头发,在昏暗的油灯下也能看得很清楚。所有的村民跟着摘下了他们的各种颜色的狗皮帽子和头巾,我也赶紧摘下我的帽子,所有的人都对着毛主席像深深地鞠了一躬。张队长不知从什么地方掏出来一本毛主席语录,所有在场的男女老少也都掏出一本毛主席语录,我赶紧也把我的语录本从口袋里掏出来。张队长用非常庄严肃穆的语调开始晚汇报和欢迎仪式。

"让我们以无限热爱、无限忠诚、无限信仰、无限崇拜的心情,祝愿他老人家,我们的伟大导师、伟大领袖、伟大统帅、伟大舵手,我们敬爱的毛主席万寿无疆! 万寿无疆! 万寿无疆!"

张队长把他的红宝书挥舞了三下,所有的人都跟着他山呼万寿无疆,并把毛主席语录从胸口往上挥舞三次。

"让我们以同样的心情,祝愿我们的林副统帅,我们伟大领袖毛主席最亲密的战友和接班人永远健康! 永远健康! 永远健康!"

所有的人都跟着他山呼永远健康,并把红宝书再挥舞三次。

张队长接着说:"现在让我们向他老人家汇报吧。"

队里的牛会计开始念毛主席语录:"知识青年到农村去,接受贫下中农的再教育,很有必要……"他拖长声念了足足五分钟。村民们脸上毫无表情地听着,一边抽烟,一边往地下吐吐沫,过了一会儿有些人开始打哈欠了。好不容易语录才念完。

张队长接过来说,"革命小将们,你们响应伟大领袖毛主席的号召到我们这儿来接受再教育,我代表生产队所有的队员向你们表示热烈的欢迎。"

所有的人都热烈鼓掌。

"毛主席教导我们,'我们都是来自五湖四海,为了一个共同的革命目标走到一起来了。'毛主席的教导是放之四海而皆准的真理。你们从几千里之外的上海到我们农村来参加三大革命。俗话说,两座山到不了一疙瘩,两个人能到一疙瘩。要不是我们伟大领袖的号召,我们咋能到一疙瘩呢? 为了表示我们的心意,让我们向你们敬献毛主席宝像。"

五个小伙子和九个姑娘上前来往我们胸前的衣服上别毛主席像章,是那种一分钱硬币那么大的小像章。别完后全村老小都热烈鼓掌。我们知道毛主席像章在全国都特别吃香,而且我们也知道送像章的规矩,所以早有准备。我们每个人都掏出一枚像章,别在他们胸前,全村老小又热烈鼓掌。我回敬的像章是长方形的,有一张扑克牌那么大,上面是 1920 年代毛主席拿着一把雨伞,去安源煤矿组织工人罢工。接受像章的是全村最高的项大个子,他高兴极了,一把抓住我的手,紧紧地捏着,我疼得差一点儿没喊出来。他一边使劲跟我握手,一边谢天谢地地感谢我。几天后我到他家去,看见那枚像章别在一块红布上,供神像似的放在房子正中间。

掌声停下后,张队长挠了两下脑袋说:"妈啦个巴子的,咱唱个歌吧。"

当时晚汇报是一个极其严肃的政治仪式,听见他开口说粗话我着实吓了一大跳。在上海如果在这种场合下提到女性生殖器那简直是不可思议的事情,一定会被当成"现行反革命"逮捕,甚至判刑。奇怪的是,没有一个村民把他说的粗话当回事儿。

跟我们一起坐马车到村子里的一个姑娘用女高音唱起来。

"敬爱的毛主席,我们心中的红太阳。敬爱的毛主席,我们心中的红太阳。我们有多少贴心的话儿要对您讲,我们有多少热情的歌儿要对您唱。哎,千万颗红心在激烈地跳动,千力张笑脸迎着红太阳,我们衷心祝福您老人家,万寿无疆! 万寿无疆! 万寿无疆!"

尽管我并不感到意外,却佩服得五体投地,真没想到那些村民居然和城里人一样,能把这一套复杂的仪式进行得如此娴熟而天衣无缝,我相信他们也一定排练过上千次了。剩下的仪式就是集体朗读毛主席语录。就像小和尚念经似的,村民们的口齿都非常清楚,但是读过上千遍后听起来好像已经失去了意义。过了几分钟后,村民们开始打瞌睡,念经变成了一片单调的嗡嗡声。

我想晚饭时我大概吃了什么不干净的东西,急着要上厕所,总算一直憋到张队长宣布散会。外面一片漆黑,我跑出去哪儿也找不到厕所,跑到土墙的角落就怎么也憋不住了。外面的温度大概有零下30度,而且风很大。脱下裤子后我浑身都起了鸡皮疙瘩。几秒钟后我觉得屁股上好像针扎似的,很快就变成了像刀子割的感觉。冷空气还把我的睾丸冻得一阵阵剧痛,是一种一生中从未经历过的感觉。过了一会儿,我的屁股开始麻木,就好像不存在了一样。寒冷使肚子痛更厉害了,我在无法忍受的寒风中蹲了足有十五分钟。等我完事之后手指头全都冻僵了,擦屁股和系裤带都很困难。我觉得好像连骨头里的骨髓都被冻成了冰棍。我当时还担忧以后上厕所该怎么办,其实我大大地低估了人的忍耐力,因为我没有意识到内急到达一定程度后,就会超过我对在严寒中暴露屁股的惧怕。

四天旅程的奔波使我们感到很累,我们五个人把铺盖放在大约六平方米的炕上,我的位置在靠近厨房墙的一侧,大家一个挨一个地铺开,枕头放在窗户的下面。当时我根本就不知道我睡的炕头是最热的地方,因为我靠厨房最近。我觉得背上烙得受不了,于是把被子蹬开,但是马上又把被子盖回去,因为房间里的温度太低了。我觉得开始解冻的屁股火烧火燎的痛。半夜过后,我突然觉得有液体从脸上淌下来,用手一擦才知道原来是出鼻血了。我赶紧跳下炕到厨房去找凉水浇在额头上降温,然后用厕纸塞在鼻孔里止血。回到炕上后还是睡不着,只好躺在那儿数数儿,慢慢地觉得自己像一条小船在大海里漂流。

正在迷糊之中,我突然被一阵震耳欲聋的钟声惊醒,后来我才知道那是敲打吊在我们男生房间外屋檐下的一段二尺多长的废旧铁轨发出的响声。张队长从我们没有上锁的门里进来,突然笑得前仰后合。我们五个还是半醒半睡的,都愣住了。张队长好不容易才止住笑说："弟兄们,你们咋把头搁在炕里呢？应该搁在炕沿上才对。""那有什么关系啊？"我们大惑不解。"为啥呀？从炕里咋吐唾沫呗？"说着他就站在房间当中向对面的墙吐了一口,距离足有一丈,射程真够远的。然后他又大笑起来,好像忘了他那口破牙。

我们赶紧穿上衣服跟他到我们房前的一个大院子里。外面还黑着,但是从卷烟和烟斗一闪一闪的暗淡火光中我们可以看到几十个男人和女人等在清晨的寒风中抽烟,我在刺骨的寒风中浑身哆嗦起来。所有的村民腰间都系着一根草绳,手抄在袖子里,在地上跺着脚取暖。人群集合起来之后,张队长开始早请示,首先是唱《东方红》:

"东方红,太阳升,中国出了个毛泽东,他为人民谋幸福,呼儿嘿哟,他是人民的大救星。共产党,像太阳,照到哪里哪里亮,哪里有了共产党,呼儿嘿哟,哪里人民得解放。"

在上海的时候,我听说在东北人们上厕所小便时得带一根棍子边敲边尿,这未免太夸张了,但是天气冷得使村民们吐在地上的吐沫立刻冻成冰坨子。我们唱歌时呼出的热气立刻就变成了白霜,凝结在我们的头发、眉毛和睫毛上。

我们的贫农户长后来我们称他为老户长,他给我们每人发了一把铁锹。张老九上前说:"我是打头的,今天咱们的活儿是填丰产坑。"我想那个"丰产坑"居然要这么多人来填,一定是一个奇大无比的坑。我们几十个人排成一行,扛着铁锹像军队似地出发了。

等我看见时才知道,"丰产坑"原来是一个个很小的坑,头一年秋天上冻之前挖的,开春时用粪填上,然后把种子直接播在里面。我们到地里时一堆堆冒着热气的粪已经运到地里等着我们了。我们用铁锹铲着粪在地里来回跑,填在坑里。因为天气太冷,所以速度非常重要,一旦粪堆冻起来就得用镐刨松了。马车载着热气腾腾的粪不断地送进地里,我们就来回奔跑着填坑。很快我就满头大汗,于是把帽子摘了。张老九喊道:"嘿。你还要不要耳朵啦？没等你明白过来耳朵就没啦。"他过来给我把帽子戴回去。不到一个小时,我的手心和手指上开始起泡,血水渗出来。没多久我们就开始放慢速度,那活儿实在是看着容易干起来难。

两个小时后我们回去吃早饭。在六个月漫长的冬天里,当地的老百姓都是每天只吃两顿饭节省粮食。饭后我们把手包扎一下再继续干。尽管手很痛,我们都咬牙挺着。

几小时之后我们开始歇气。大家席地而坐,所有的男女村民都掏出一个烟荷包。我们在上海时听说东北有"三大怪",其中的一怪就是"十八岁的姑娘叼个大烟袋"。这话一点不假,大多数人都抽烟袋,烟袋锅有紫铜的、黄铜的,甚至还有极少数银的。有的人用纸自己卷烟。

我在张老九身边坐下看他卷烟。他先掏出一沓纸条,取出一张放在左手上,然后将拇指和食指伸进烟荷包里捏出一撮碎的烟叶,均匀地撒在纸条上卷烟。手卷的烟一头粗,另一头细。他先将粗的那头拧几下,然后用舌头将细的那头舔一下粘上。他转向背风的那面,划着一根火柴,用两手捂着挡住风。接连几口抽着后,深深地吸了一口,闭上眼睛,憋了十几秒钟,才"啊"的一声吐出来,然后往地下连吐了好几口吐沫。最后他像从梦里醒来一样睁开眼睛,看着我说:"咋的? 要不要来一口?"说完他把烟荷包扔给我。

我向周围看了一圈,另外四个男生毫无表情地坐在那儿看着我。出于好奇心和礼貌,我把烟荷包从地上捡起来说:"行,来一口吧。"

张老九递给我一张纸。我刚把纸摊平,突然觉得被电击了一下,在我左手心里放着的小纸条居然是从毛泽东选集里撕下来的。在城市里,损坏任何跟伟大领袖有关的东西都是极其严重的罪行,所以人们在处理纸张的时候都非常谨慎小心。如果不小心有一点闪失,就可能坐几年甚至几十年牢,少数的人甚至被判死刑。我还以为我是看花了眼。

看见我愣在那儿一言不发,张老九拍拍我的肩膀说:"咋的啦? 不会卷吗? 看咱帮你卷。"

我摇摇头说:"不用了。"

"不要咱帮? 那你自个儿卷吧。"张老九鼓励我道。

我又摇摇头指着手里的那张纸条,恐惧地说:"不。"

张老九大感不解地问道:"你倒是咋的啦?"

"不能用这个纸,这是我们伟大领袖的红宝书。"

"哦!"张老九笑了。"怕啥呀? 你们城里的大学生读'毛选',前读后忘。咱贫下中农读'毛选'把它都给抽进去,这不是就永远不会忘了。"

"别开玩笑了。"我反驳道。

"开玩笑?"张老九大笑起来,露出他那口被烟熏黄的牙齿。"你给我听着,小伙子。"他开始背诵起来:"伟大领袖教导我们,'我们都是来自五湖四海,为了一个共同的革命目标走到一起来了。'怎么样? 都在这儿呐,小伙子。"他指指心窝那儿。

我对他的记性非常佩服,因为我不知道背诵了多少遍才记住毛主席的《为人民服务》,但是我还是很害怕。"在上海损坏'毛选'会进监狱的,你不怕吗?"我压低了声音,对着他的耳朵悄悄地问道。

"蹲监狱? 蹲啥监狱啊?"张老九还是不明白,他爽朗地笑起来。

周围所有的男人和姑娘们都夹着烟卷晃着,边吐烟圈边吐唾沫。真的,所有的烟都是用红宝书的"圣经纸"卷的。我目瞪口呆地看着那几十个村民们,他们都在笑着。

尽管他们那种毫不在乎的态度使我放心了,但我还是不敢用张老九从红宝书上撕下来的纸条,因为对一个刚从上海来的知青来说,那实在是天大的政治风险。我总算在口袋里找到一张废纸。看那些村民们卷烟似乎非常容易,自己卷起来就难了,不仅因为是第一次,还因为手冻僵了。有几次都快卷上了,一下子又散开。试了好多次总算将就着卷成一支,两头细,当中大肚子。因为风太大,我借张老九的烟来对火。我抽了一大口,然后往里吸。刚到喉咙口我就一下子梗住了,大约有十秒钟既不能呼也不能吸。最后总算咳出来了,接连咳了足足两分钟。我满脸憋得通红,像猴子屁股似的,眼睛里充满了血丝,眼泪直淌。那生烟叶儿劲实在太大,我觉得整个呼吸系统里就好像撒了辣椒面似的。

"嗨,悠着点儿,大侄子。"张老九笑得卷起身子像个大虾米,他的那双眯缝眼就像消失了似的,"这可是咱自己种的蛤蟆烟,劲儿可大了。刚开始你得小点儿口抽。"

那蛤蟆烟不仅有劲儿,抽到嘴里味道还特别辣,难怪那些老乡们抽完一口得往地下吐好多口唾沫。

"我们准备往丰产坑里种什么呀?"

"苞米。"

"我们这儿种不种人参呢?"

"啥呀?"

"人参! 就是那个能治百病的中药。"

"不种。"

"不种? 我们学校里的工宣队告诉我们人参是吉林省的三件宝之一啊。"

"咱这儿可没那玩艺儿,那是在长白山,离这好几百里地呢。听说那玩艺儿贼贵,咱可没见过。谁买得起啊。再说那玩艺儿又不能当饭吃。"

"我们这儿有貂吗?"

"貂?"

"是啊,貂。就是那种毛皮特别漂亮的小动物,那不也是吉林省的三件宝之一吗?"

"没有,咱这儿可没有,那玩艺儿长在树林子里头。不过咱有这个。"张老九把他的帽子摘下来用手捋着狗皮,他那光头上的汗热气腾腾的。他把我的国防绿帽子摘下来戴在自己头上,然后把他的狗皮帽扣在我头上。狗皮帽的里子上积了厚厚的一层油垢,我的额头上觉得黏乎乎的。

"那咱这儿有没有乌拉草呢?"

"没有,不过咱有这玩艺儿。"张老九笑了。他脱下手工缝的棉乌拉鞋,没有穿袜子。在太阳底下可以看见他的光脚上积了一层厚厚的污垢。他从棉乌拉里面掏出一大把玉米穗上的壳,气味比我们往

120

丰产坑里填的粪还要臭。

我大失所望，有一种被欺骗的感觉。姑且不说昂贵的人参和貂皮，那儿连乌拉草都没有。用玉米穗壳来替代实在不值得一提。面对现实，我原来梦想的那个令人兴奋而具有异乡情调的新世界开始破灭。我开始怀疑是否要在那个村子里长久地待下去，更不用说是在那儿生根、发芽、开花、结果干一辈子了。

第二天一大早我们又被敲那段铁轨的响声吵醒了，噪声比第一天更讨厌。因为我们都是腰酸背痛，手像火烧般地痛，所以起床比第一天更困难，但我们还是挣扎着爬起来。两个星期下来我们居然用双手填了上百万个丰产坑。

填丰产坑的时候，我们还是很关心中苏边界的武装冲突，但是却听不到任何消息。乡下既没有报纸，也没有收音机或广播喇叭。待在一个消息闭塞的村子里简直是一种折磨，充耳不闻使我们开始胡思乱想。一个星期后张队长总算从公社里带回了我们的第一批信件和几张过时的旧报纸。谢天谢地，"苏修"没有胆量越过边境。

我们在第三天吃完了所有的剩饭，终于在第四天尝到了第一顿高粱饭的滋味。高粱饭的颜色通红，就好像上海人喜爱的红豆饭，看起来让人食欲大增。但是吃到嘴里就不是那回事了，非常难嚼，更难以下咽，怪不得是"粗粮"。我们的主食还有玉米面和小米。邻近村子里的一位知青随口说在上海小米是喂鸟的鸟食，一位阶级觉悟很高的人把这句话报告到公社领导那儿。那位知青因此被批斗，因为贫下中农是他的老师，而他把老师说成是鸟。在当地的方言里，老乡们把男性生殖器隐晦地称为鸟，所以那句话特别犯忌。此后在东北生活的十三年里，我将要吃整整三吨粗粮。

最大的问题是，我们连素菜都没有，更不用说鱼和肉了。东北气候寒冷，六个月漫长的冬天什么也不能种。当地的乡亲们将头年秋天收获的白菜和土豆储藏在三米多深的地窖里过冬吃，因为我们头年秋天还没到那儿，所以连一片菜帮子都没有。我们总算在附近的学校里买到三百斤萝卜，但是对一个十四个人的"集体户"来说实在是杯水车薪。女生们用大量的盐把萝卜腌起来希望能多吃几天,但是盐放多了把本来像苹果那么大的萝卜变成乒乓球那么小,所以一个月就吃完了,大家只好用盐拌高粱米饭。后来我们一直到六月初总算才尝到素菜的味道。在此后的十三年里,每年的冬天只有两样菜,白菜和土豆,中午白菜晚上土豆,或是中午土豆晚上白菜。

许多年之后,我那喜爱吃玉米和土豆的妻子曾问过我,为何不喜欢这两样食物,我只好直言相告,"亲爱的,你知道吗?如果你连续十三年老吃这两样东西,你还会有食欲吗?"其实我是一个从来不挑食的人。在东北待了十三年后,每一顿饭对我来说都像国宴一样好吃,包括玉米、土豆和白菜。我只能说我对这三样东西并不情有独钟而已,不仅因为我在那十三年里吃得太多了,更因为那三样东西会勾起那些埋藏在我心底的酸甜苦辣的回忆。

我们刚到村子里的时候,生产队派张老十给我们做饭,我们付给他工分。几天之后我们决定自己做饭。对我们这些新手来说,烧柴禾做饭也是一件苦差事。柴禾添多了会冒浓烟,添少了又烧不开那口奇大无比的锅。自从女生开始做饭,每天早上敲铁轨之前我们总是先被炊烟呛醒。那些可怜的女生做完一天饭后眼睛都是被熏得通红,最初的几个月我们的饭不是夹生就是烧焦的。

我们男生负责挑水,那是一口将铁管打入地下,上面用杠杆和活塞抽的水井。一天我经过水井帮女生挑水,因为当时的温度是零下二十多度,我的手刚刚抓住铸铁的井把,手就被粘住了。我挣了几下,但是挣不脱。我意识到如果硬挣的话,就会把手心上的皮撕下来。我心里开始怕了,那个女生赶紧跑去找人帮忙。两分钟后,喂马的老乡提来一桶水,浇在井把手上。铸铁的把手上立刻就结了厚厚的一层冰,提高了井把手的温度,总算把我的手缓解下来。我的手心被严重冻伤,好几个星期才愈合。

因为我们劳动量大,消耗热量太多,所以饭量大增,下乡几个星期后,我发现从上海带去的碗太小了。于是我到公社的供销社去买了一个搪瓷碗,几乎像小脸盆那么大,碗底上写着"抓革命、促生产",

旁边画着镰刀和锤子。我每顿都吃一大碗高粱米饭或玉米面窝头，可惜没得添，吃完以后还总是饿。

清明过后我们开始春耕播种，那是农村中每年的第一件大事。因为早上地还冻着，所以我们在午饭后开始。被刺骨的寒风吹了一个月以后，下午暖洋洋的太阳晒在身上很舒服。大家先到队部集合，打头的张老九发给我们每个知青一根柳木棍子。我们一共有六张犁，每张犁五个人，共三十个人，我被分配到张老四的那张犁上。在乡下赶车的叫车老板，所以我们也叫他四老板。

两匹马先拉着犁在土里犁出一条长长的垄沟，翻上来的土是湿润的，散发出一股土壤的清香味。马重重地喘气，打着响鼻。因为我们是新手，所以只能跟犁。我和同班同学小唐一起踩格子，我们的活是跟着犁在翻上来的新土上小步走，踩出一溜小坑。张老九是村子里干活最好的老把式之一，他把种子精确地播在一个个的小坑里。回程时，四老板在播完种的垄旁再犁出一条垄沟把种子覆盖起来，我们在新垄沟的另一边踩格子。四老板的儿子"大吃"才十来岁，他牵着一头驴，驴拉着一个石头滚子把播完种的垄台压平。所有的活都是同步进行。

踩格子的活看起来很容易，但是在狭窄的垄台上踩有点像走平衡木似的。当然我们不用担心从垄台上摔下去，但是垄台上的新土并不平，一脚踩歪了就会扭着脚腕。拉犁的马是大步走，我们俩得跟在后面小步快走，手中还拄着柳树棍，就像两个缠小脚的老太太在跑步。

两个小时后该喂马了。张老九喊道："歇气啦！"我们十多个男的转过身走几步，就像消防队的水龙头似地撒起尿来。所有的女生都往相反的方向走。东北的大平原一望无际，没有任何遮挡的东西。我们男的撒完尿就在光秃秃的柳树丛边席地而坐伸懒腰。

张老九问道："今儿个咱们吃点儿啥呀？"

我以为听错了，赶紧问："吃什么？"我们配给的粮食少得可怜，而且还没有素菜，放下早饭的碗我就开始感到饿，整天没有一刻是不饿的。一听到吃我马上就来劲了,空空的肚子开始叫,口水也淌出来了。

大吃自告奋勇地说:"咱去瞅瞅。"他转身就往二队的地跑去,那儿也有几张犁。

张老九转向我们知青喊道:"嘿!还不赶紧去捡点儿柴禾生堆火?"我们蹦起来到柳树丛里捡了些干树枝,我划了根火柴,点着了树叶,再堆上树枝。很快火苗就蹿起来了,我们大家围上去烤手取暖。

大家正在火边聊天,我突然发现面对我的那些老乡不出声了,眼睛望着远处的地平线,有些下巴都搭拉下来了,有些喉结上上下下地使劲咽口水。我往两边一看,我旁边的人也都转过身眺望着。我也转过身看他们究竟在看什么。那些女生已经在远处站住,虽然我们还是能够辨认出谁是谁,但是看不清楚细节。她们其中几个站成一排人墙,另外几个蹲下去。过了一会儿人墙后的那几个站起来了,她们交换位置后,让原先站着的几个方便。老乡们全神贯注,静静地看着,好奇地想像着城里的姑娘脱了裤子会是什么样子。

那些乡亲们正在做白日梦时,大吃回来了。他带回来一帽子玉米。打头的张老九拨开人群让大吃进来。大吃把玉米倒在火堆里,我们用柳树拐棍搅动着。

我问道:"好样的,大吃。你给他们多少钱呐?"

大吃拍拍口袋说:"钱?咱哪儿来的钱啊?这不要钱。"

"怎么会不要钱呢?"

"咱们今儿个种麦子,麦粒儿太小。咱向他们借了点儿苞米。赶明儿他们种高粱咱们种豆子,咱们再送他们一点儿豆子不就得了。"

一会儿玉米就开始爆了,香气使人馋涎欲滴。大吃小心地从火里扒出几粒,扔在嘴里尝了一下,点头说:"嗯,熟了。"我们赶紧把柴禾抽出来,用干土把火灭了。

张老九挥挥手说:"弟兄们,吃啊。"

我们十几个人围成一圈趴在地上。我左手支着下巴,右手挑玉米粒,然后把热的灰吹掉,扔进嘴里。我觉得那是我一生中吃过的最好的爆玉米,饥饿确实是可以创造奇迹的。我们正吃得起劲,女生们回来了。她们看见我们突然哈哈大笑,好像不认识我们似的。我往四周一看才知道我们每个人的脸上都是黑灰,就像一伙留着胡子的土匪。

张老九下令道:"都别吃了!给她们留点儿。"

女生们还犹豫不决地站在那儿。

张老九挥挥手,指指那堆灰说:"过来吧,别装了。这可香了,都尝尝。"

爆玉米的香味实在使人难以抗拒。我们散开后,女生们小心翼翼地走近灰堆。她们灵巧地把玉米粒挑出来放在手绢里,然后撤到柳树丛的背面慢慢地受用。

"九叔,你能让我试试播种吗?"我问打头的张老九。

"不,你还不行,这一年的收成都靠播种,你先用这个练吧。"他把麦种倒回麻袋里,然后往播种筐里装了一些干土。

我抓起一把就开始练习播种,砂土从我的手指里漏下去。张老九把我手的姿势纠正一下,让指缝朝上。我又试了一下,觉得好多了,于是我在地里来回走动练习。练了几天以后,张老九认为我行了,于是点头同意,提拔我干播种的活。

播了几天种之后,我开始在四老板的身上下工夫。我到公社的供销社买了一盒迎春烟,用来贿赂四老板。我求他让我试试,他终于同意了。第二天我们提早了一个小时,天刚蒙蒙亮就起来了。我问四老板我可不可以骑那匹大公马。

"这匹不行,它是瞎子,你骑那匹吧。"他把灰色的公马牵过来。

我问道:"咱没有马鞍子吗?"

"什么马鞍子,咱可没那玩意儿,骑光马才舒服呢。"他把马龙头上的缰绳递给我。

我从左面蹦着趴到马背上,右腿一甩就骑上了马背。它一开始走得很慢,我用脚踢踢它的肚子,它从走变成小跑。四老板从后面跑上来把他的鞭子递给我。我在空中挥舞了一下鞭子,还没有打上去,它就开始四蹄腾空地奔跑起来。我的帽子也掉了,只觉得耳朵边风声呼呼作响。四老板在后面把我的帽子捡起来。

我们到地里的时候,天边才变成橘红色。四老板把马套上,然后在麦田旁边挑了一条长长的荒地。他把鞭子放在我左手里,把我的右手放在犁把上。开犁好几天了,犁头被土摩擦得像镜子一样锃亮。我模仿四老板喝了一声:"驾!"那两匹马原地不动地看着我,好像在说:"你算老几啊?"我举起鞭子在空中挥舞,马才很不情愿地拖着犁往前走。在四老板手里,犁好像很听话,可是到我手里就不听话了,好像在欺负我这个城里来的学生。我觉得犁好像长了眼睛,我不想让它往哪儿走,它偏要往哪儿走,在我身后留下了一条像蛇似的歪歪扭扭的沟。

四老板跟着我走,他拍拍我的脖子说:"别老盯着犁头,往前看。"

我抬起头,可是犁头还是到处乱跑。四老板上前几步把手放在我的手上帮我扶犁。我们在一起犁了好几圈,他突然松开手。我当时的感觉就像父亲从后面撒开手,让我自己在自行车上蹬。我抬起头,挺起胸,跟着马走。我直直地犁了十几米后,犁头突然又歪了,就像我从自行车上摔下来一样。马继续往前拉犁,我急得不知所措。四老板喝了一声:"吁!"那两匹马听话地停卜来。我把犁放回正道继续练习。一个小时以后,我有点摸到了窍门。如果犁头往左走,我应该把犁往左倾,如果犁头往右走,我应该把犁头往右倾。这听起来好像跟直觉相反,但是在实践中必须那么做。当我看见乡亲们往地里走过来时,我装出一个很有经验的车老板的样子,虚张声势地在空中挥着鞭子。突然我觉得脸上像火燎地痛,原来我把鞭子抽在自己的脸上了。我还是装成没事似的,继续自豪地往前走。

喂马需要个把小时,所以我们休息的时间也比通常的十五分钟要长。第一件事是先用烟叶卷烟,然后大家就躺着伸懒腰,吐烟圈。性幻想是对付疲劳和无聊的最好方法,男人们到一起就是讲荤段子和互相取笑。

"四大红是啥?"张老九问道。

"杀猪的盆,庙上的门,大姑娘的裤衩,火烧云。"大吃应道。

又有人问:"四大嫩是啥?"

"小茄包,嫩豆角,大姑娘咋咋(奶头),小孩雀。"大伙都被逗得前仰后合的。

上面的两个例子恐怕是"四大"中最文雅的了。此外还有"四大白"、"四大黑"、"四大绿"、"四大抽巴(皱)"、"四大累"、"四大硬"和"四大软"等,加起来不计其数,四样东西中至少有一样是"荤"的。

如果有人说"我好了",无论说话的人是男的还是女的,所有在场的老爷们和男孩都会异口同声地答应,"好了我就下来了"。他们无不为自己的机灵和敏捷的反应而得意得哈哈大笑。

那些乡亲们非但能在如此艰苦的环境中生存,而且还能自得其乐,我不由得对他们油然而生敬意。他们是我的老师,我毫无贬低他们的意思。在我心目中,他们是我见过的世界上最善良可亲的人。但是因为他们缺乏教育,又没有娱乐可言,所以把丰富创造力和想像力用于发明那些荤笑话自娱。他们每天都讲那些笑话来调剂他们枯燥乏味的生活,那些荤笑话有一种神奇的疗效,不仅可以解乏,还能够提高士气。他们还随口撇村,如"我操"和"妈啦个巴子的"。其实他们撇村通常并不是在骂人,那些口头语也许是毫无意义的,就好像说话时的标点符号或停顿。

村子里有好几个没钱娶媳妇的老光棍。他们本来就够可怜的了,还成了大伙取消和讲荤笑话的对象。当年男人娶媳妇得花一大笔钱,男家得给女家送昂贵的聘礼,通常是一块手表、一台缝纫机,以及许多料子和衣服,此外还要请吃饭,加起来就是大几百元,相当于一个强劳力几个好年头的收入。当地所谓的婚宴其实十分俭朴,无非是白菜、豆腐和高粱米饭,不过得管够。因为全村几百口人都得请到,粮食消耗惊人。当时口粮的配给很少,所以是最大的负担。赴宴的客人们会送一些简单的礼物,如两条毛巾、一个热水瓶、一面小镜子或是一双袜子。只有最富有的人家,例如干部,才能杀得起一头猪请客。如果一家中既有儿子也有女儿,还可以用嫁女儿收的聘礼为儿子娶媳妇。如果家里是清一色的儿子,那么为所有的儿子娶媳妇几乎不可能。就连我自己都开始怀疑,如果我一辈子在乡下扎根的话是否能够娶得起媳妇。

我们这些知青也成了那些荤笑话的对象。有些荤笑话相当露骨,有的却比较含蓄。其实他们并不是要侮辱我们,而是在逗我们玩。起先我对他们在笑什么往往是莫名其妙,听多了以后,方才能理解那些乍听起来好像并不冒犯人的一语双关和隐讳用语的真实涵义。刚开始我对他们开的荤笑话感到很生气,但是我又不想用同样粗鲁的语言反唇相讥。我在城里长大的时候,父母亲和老师都不许我们骂脏话,因为那是"村话"。对撒村的惩罚往往是掌嘴、拧嘴唇或打屁股。下乡后我才充分理解村话是怎么回事。但是随着时间的流逝,我发现那些乡亲们并不认为知识分子的文明是一种美德。在某种程度上他们对城里人的文明很反感。根据我的观察,如果谁对荤笑话或粗话皱眉头,乡亲们就会不高兴。那些讲荤笑话最起劲的人反而倒是最受欢迎的。

起先我非常厌恶那个环境,并且拼命地想离开那个环境。当然我绝不愿意一辈子扎根农村说粗话,而且子子孙孙都说粗话。然而矛盾的是,正因为我想离开那个环境,我意识到我必须首先变成他们中的一员。如果我对那些荤笑话采取排斥的态度,或是批评他们不讲文明,那只会触犯那些乡亲们,从而使我在那儿待的时间更长,并加深自己的痛苦。反之,尽管撒村违反我为人的原则,而且在别的知青眼中留下很坏的印象,特别是在那些女生面前。但是如果我也像他们一样地撒村,也许能使我更快地离开农村。为了达到那个目的,骂粗话成了一种最基本的求生技能和必要的堕落。我必须入乡随俗,因为撒村仅仅是一种手段而已,并不是目的。当乡亲们跟我说荤笑话时,如果我太严肃的话,非但会使他们不快,还会使我自己更烦恼。动真气的后果实在是太严重了,一笑置之显然是明智的办法。更好的办法是干脆回敬一个荤笑话,来缓和紧张的气氛。与其设法容忍,还不如把那些脏话作为生活的一部分,因为我反正得在那儿至少生活几年。

　　此外,毛主席让我们下乡是去接受贫下中农的再教育。毛主席教导我们,尽管农民的脚上有牛屎,他们的思想却是最干净的,对此我是同意的。所以我们知识青年应该把自己改造成农民,而不是把农民改造成知识分子。我们的任务不是去把农民变成彬彬有礼的绅士,而是去适应、接受并融入农村的环境。为了加快学习的速度并尽快离开农村,我必须全心全意、速成地接受再教育。

　　骂脏话毕竟不是什么高深的学问,如果他们会骂,我也一定能够学会。几个月后,我对撒村已经习以为常。我开始理解乡亲们为什么老是骂骂咧咧的,因为我发现说粗话真的能够发泄我自己的沮丧和烦恼。我会和他们一起开怀大笑,用同样荤笑话来自卫,或是用粗话来回敬他们。正如我所预料的,他们非但没有生气,反而认为我能跟他们打成一片,这使我感到非常高兴。在他们淳朴的头脑中,知识分子也是人,也跟他们一样要行周公之礼,做而又不说是伪善和虚伪的表现。接受了他们的再教育后,我开始和他们认同。最重要的是,他们吃苦耐劳、知足而朴实,除了骂脏话之外,他们确实是世界上最可敬的好人。

　　因为我干活从不藏奸,又能够被动地跟大家一起说荤笑话,所以大部分的乡亲们都很喜欢我。有一天,张队长请我到他家去吃晚饭。他告诉我:"咱家的大公鸡死了,今儿吃鸡。"

　　我不知道那公鸡是怎么死的,两个多月没沾荤腥了,我也顾不得那么多了。回家的路上我顺道到公社的供销社里买了两瓶酒。

　　张队长家住三间土坯房,东屋是卧室,厨房在中间,西屋顶西北风,所以堆放杂物。虽然外面天还亮着,屋里已经是漆黑了,我等了分把钟才看清小油灯上豆大的火苗在颤抖着。想必张队长的房子是勉强凑合着盖起来的,房梁很细,檩子比我的胳膊粗不了多少,被泥土屋顶的重量压得弯弯的,好像随时都会塌下来。除了墙上的一面长方形的镜子之外,他们家好像没有任何值钱的东西。那镜子是他们的结婚礼物,上面用大红油漆写着他们的名字,镜框上还别了十几个毛主席像章作装饰,都是我们知青送的。镜子的两边是一副大红纸对联,"听毛主席话,跟共产党走"。除此之外,就家徒四壁了。他们的炕上放了一张大约半尺高,二尺乘三尺的小炕桌,此外就没有任何家具了。

老张家的屋子里充满了霉味、尘土味、炊烟味、蛤蟆烟味、人的体臭和大小便的臭味,跟厨房里飘进来的一大股炖鸡的香味混合在一起。我深深地吸了一口气,开始淌口水。张大嫂端过来一脸盆刚从井里打上来的凉水放在炕上,张队长把我拽过去洗脸。他用手捧起水来,像马打响鼻似的洗起脸来,洗完脸他递给我一条毛巾擦干。他们全家和客人都合用同一条毛巾,那毛巾当年新的时候应该是白的,但是已经用得漆黑,发出一大股馊臭味,擦在脸上黏乎乎的。

他家四岁的女儿、两岁的儿子和吃奶的儿子裹着被子待在炕上。因为他们买不起衣服,所以小孩都是光着身子,中午暖和就光着屁股在院子里玩,凉了再回屋里待着。

"孩子们过来,叫胡叔。"

两个大的异口同声地叫:"胡叔。"

张队长把他的大儿子拽过来,揪着他的小鸡鸡说:"揪一下、长一寸。"儿子咯咯地笑了。

张队长又揪了一下,这下该长两寸了。他问道:"告诉胡叔,这是啥玩艺儿呀?"

"我的小鸡儿。"那孩子刚刚开始呀呀学语言,毕竟才两岁,口齿算是很清楚的,把我们都逗笑了。

张队长又揪了一下,这回可该长三寸了。他张开嘴,比划着把手往里一放说道:"咱吃一口。"一边装着津津有味地嚼什么东西。

"我说大哥呀,咱们今儿晚上是吃真的鸡,可不是这小鸡儿。"我调侃道。

"咱把小鸡儿给割了吧。"张队长用食指和中指像剪刀似地剪了两下。

"哦,不能割呀,爸。"那小子看起来很害怕的样子。

130

"咋不能割呢?"

"我得留着。"

"留鸡儿干啥呀?"

"打种。"

"打几个?"

"打俩。"他伸出两个手指头,看起来就像他爸的剪刀似的。

"好小子。"张队长咧开嘴笑了,露出那口歪歪斜斜的牙。他的儿子才那么点大,居然如此聪明,张队长感到异常骄傲。更重要的是,他有个儿子为他传宗接代。在重男轻女的中国,那是最值得炫耀的。

那小子也感到非常自豪,他扑到张队长怀里高兴地笑着,好像又成功地表演了一场。张队长到底跟他的儿子排练了多少次呢? 我不禁猜测起来。

张大嫂端进来一碗热气腾腾的鸡,放在六寸高的炕桌上,还有一小碟黄豆酱和一把大葱。我赶紧把我的鞋踢了,盘腿坐在炕上。张队长夹起一块鸡奖励他的儿子,"行,小子,好样的"。他的女儿看着冒热气的鸡,张着大嘴流口水。

"过来呀。"我向孩子们招招手。

"他们都吃过了",张大嫂说。她把大孩子撺下炕,赶到厨房里。孩子们哭了,我知道张大嫂显然是没有说真话。她善意的谎话使我觉得嗓子眼里有东西梗着难以下咽。

我们正要开始吃,我突然闻到一股怪气味。张大嫂把吃奶的孩子从炕上抱起来,原来那小的在炕席上拉了一摊稀屎。当地的老乡根本不用尿布,连老式的可洗尿布也没有。张大嫂推开门,拉长了腔唤道:"瑟! 瑟! 瑟! 瑟! ……"一条大黑狗应声蹿进屋子蹦到炕上,把我吓了一大跳。我还没弄明白是怎么回事,那狗像舔冰淇淋似地把炕席上的屎舔得一干二净。张大嫂把孩子的屁股掉过去,那狗两舌头也就给舔溜净了。

张队长把两个酒盅放在炕桌上斟上白酒,然后举起酒盅来说:"两座山到不了一疙瘩,俩人能到一疙瘩。来,咱哥俩一口给干了它。"

我把酒盅放到嘴边一仰头都干了。然后我们俩把酒盅底朝上给对方看,表示谁也没有耍滑头。

"快,趁热吃鸡。"张队长用筷子指指碗,然后又把我们的酒盅给满上了。"来点这个。"他拿起两根葱,递给我一根。他把葱往酱里蘸一下,一口就咬去三寸。我正想学他蘸点酱,突然看见酱里有东西在蠕动,葱到了碟子边上就停住了。他看着我笑了,"嘿,井里的蛤蟆酱里的蛆,都是干净的,没事儿。"他用筷子在酱里搅了几下,挑出几条肥大的白蛆,磕在地上,炕下的鸡马上就把蛆都吃了。我把葱蘸了点酱,咬了一口,辣得我直淌眼泪。

几盅酒下肚后,张队长的话匣子打开了。"大兄弟啊,你是好样的,干活不藏奸,大伙儿都挺得意你的。你和那帮家伙不一样,能跟咱们打成一片,但是你可得小心点儿。那天我到大队去开会,书记在会上说小宽一队有人教知识青年唠埋汰嗑。他挺当真的,说是你们应该接受咱的再教育,不是在一块瞎扯鸡巴蛋。他还说有的青年学得贼快,我想他是说你呢。我猜有人在背后说你坏话,不是老李户长就是你们那个小马户长。这算啥鸡巴事儿呀,咱不明白。来,喝!"

我们俩又干了一盅。

"老李户长在边上你可得瞅着点儿。他腰里可揣着张党票儿,不正经干活,成天尽瞎折腾。谁家有点儿啥事儿都给记下,报告到公社去。那帮当官儿的在上边咋能知道咱村儿里的事儿呢?都是那个姓李的给捅上去的,墙那边长着耳朵啊。还有那个短操的小马,难得上地里干一次活儿,贼拉的隔棱子,成天就是在会上瞎扯她咋学毛泽东思想。那帮干部成天就是吃香的喝辣的,吃饱了撑得慌,就瞎操一气。他们俩到了一块,你可得在后脑勺上长个眼睛,防着点儿。"

"谢谢大哥了,我会小心的。"

"其实咱不该跟你说这个,但是你够哥们意思,咱瞅着那事儿就来气。咱不想让你吃亏。这可是正经事儿,咱也只能帮哥们这点儿忙。"

春耕还没完,我这个强劳力就被调到稻田里去育秧了。因为下水田干活的时间比较短,有些人认为那是个美差,其实不然。尽管已经是四月了,夜里的气温仍然是降到零下。一大早全村的强劳力抬着一桶六十度的烧酒往水稻田进军。我们到了地里先搜集一些干草和树枝升起一堆火,并把水面上的薄冰砸开。然后大家轮流用一个公共的茶缸从桶里舀满满的一缸烧酒一饮而尽。十分钟后,酒劲开始发作。喊完"一!二!三!"我们十几个人一起跳进上面还浮着冰的水里。大家都没有水靴,还不到一分钟,我就觉得有成千上万的针在扎我的皮肤。那种刺骨的疼痛慢慢地变得好像医生不用麻醉在锯掉我的脚。我真想立刻跳出来,但是别人都在干,他们边干边放开嗓子骂粗话、咧开大嘴笑,我只好忍着,生怕他们说我是孬种。很快我的下肢就完全失去了感觉,就好像不存在了。如果医生那时把我的腿锯掉的话,也许我真的就感觉不到。我们在水里干了十五分钟才上来。大家在火边休息半小时恢复感觉后,再喝烧酒跳下水。

收工时,我的脚和小腿上全是裂口和伤口。我小腿上的皮肤发烫,绷得紧紧的,就好像要爆发的火山一样。晚饭后,我想上厕所去方便一下。脱下裤子刚往下蹲,这下我的腿可真的是起火爆炸了。鲜血从裂口和伤口里飙出来,把裤子和地上的土都染红了。我只好站起来穿上裤子,走回屋里找到一根绳子。我拖着沉重的双腿往地里走,就像是假肢似的。我终于找到了一棵歪斜的树,把绳套拴在一个树杈上。我在那儿站了一会,然后把另一端绳子反套在我的双腋下。我脱下裤子,就那样吊在树上排空了大便,一下子觉得轻松了好多。

说起我们的卫生条件,上厕所实在是相当严峻的挑战。我们刚到村子里时只有一个厕所。厕所的四面是土垒的墙,角上留一个口出入。厕所里是平平的土地,连个坑都没有。因为三月份还是地冻三尺,没法建新的厕所,所以我们男女生只好轮流共用一个厕所。在早上高峰的时候,如果我们其中一个男生先进去,其他几个也可以跟着进去，都完事了才让给女生。但是女生通常比我们起得早，所以我们得等她们九个都完事了才能进去。厕所里的情景实在是很不雅观，地上都是血迹斑斑的手纸。进厕所之前我们必须先干咳几声照会一下。如果里面传出几声高音的咳嗽就表示里面已有异性，非常简单。

上厕所无非是两件事，用我们的暗号来说，一号是小便，二号是大便，大便是一桩非常艰难的事情。厕所里的土墙上倚着几根粗木棍，蹲下之后，就需要用木棍来驱赶那些入侵者。西方人将狗称为人类最好的朋友，它们是比较冷静的。我很小就听说"狗改不了吃屎"，现在总算真正理解了这句话的意思。它们总是最先赶到现场，纵身跃上墙头占据最有利的战略位置，等待最佳的时刻出击。马上你就会听见东一声、西一声的猪叫。再过一会儿你就会听见到处都是猪叫，而且还可以听见猪在门口拥挤地争吵。有时一头比较勇敢的猪会冲进厕所，这时你就得使劲地抢棍子把它赶出去。村子里有一头奇大无比的黑公猪，足有四百多斤重。尽管有棍子狠狠地揍，它好几次用鼻子把我兜屁股拱翻，我光着腚四肢着地，脸扎在被尿浸透的稀泥中，真是所谓的狗吃屎，狼狈不堪。每次被它攻击之后，我都发誓要把那畜牲当场宰了就地正法，可是张队长愣是不让，因为那是我们村的种猪，传宗接代全靠它呢。那些老母猪也同样的可恶，揣羔子的时候奶头都拖在地上，乡亲们管它们叫"两排扣"，真够形象的。你还没来得及拽上裤子呢，所有的猪、狗就都一哄而上，把现场打扫得一干二净。

有一天，留在户里做饭的女生去如厕，执行比较费时的二号任务，她不知道有一个老乡那天正留在场院里晒粮食。老乡突然内急，也去如厕，但是他不知道我们咳嗽为号的规矩，于是发生了短兵相接的遭遇战。只听见那老乡"哎哟我的妈呀"一声惊叫，赶紧退出厕所。下午他到地里跟大伙一块干活。

"嘿，弟兄们，你们知道吗？"他神秘地说，"今儿个头晌我上外头去，看见×××在里头蹲着呢。"他故意停下来。

"快说，快说，你都瞅见啥啦？"大伙好奇地、迫不及待地问道。

"咱瞅着她的屁股了。"然后他又停下卖关子了。

大伙等不及地问:"啥样的啊? 啥样的啊?"

他老兄坐下来,不紧不慢地伸出两个手指说:"给我来根大的。"

大吃赶紧用蛤蟆烟卷了一根又粗又长的大炮递过去,再给他点着了。他狠狠地抽了一大口,憋了一会儿气,然后吐出一串浓浓的烟圈儿。

大伙催他:"快点儿,说呀,说呀。"

他慢慢地睁开眼睛。"哎哟我的妈呀! 那家伙,白花花的大屁股,白花花的大屁股。"

所有的人笑得前仰后合,足有一分钟,眼泪都出来了。这件事成了后来几年最热门的话题。解冻之后好多个月,我们终于才有了第二个厕所。

当地老乡们的卫生条件就更糟了,他们连手纸是什么东西都不知道,公社的供销社根本不卖手纸。聪明的乡亲们发明了一种便后清洁的方法。乡下有的是高粱秆,他们在厕所里放一大把高粱秆备用。蹲下方便的时候,他们就把高粱秆的皮扒掉,露出芯子,既软又吸水,便后只要边转边擦几下就行了。尿布则是闻所未闻的奢侈品。

农村里根本没有口腔保健。多数村民很早就掉牙了,也没有镶假牙来对付难嚼的粗粮。乡亲们看见我们早上刷牙都觉得非常新奇,特别是那些孩子们,总是围着看我们刷牙。

英文里有个词 lousy 是从 louse(虱子)派生出来的,可是又有"糟糕"的意思,如果一个美国人说天气很 lousy,他根本不知道这词真正的含义是什么。直到如今,我一听到那句话就会有过敏反应,因为我真正地理解那句话字面的含义。幸运的是,我现在已经无须使用它的字面含义,并希望我这辈子再也不要用到它的字面含义。

到村子里几个星期后,我们开始觉得全身发痒,怎么挠也止不住。有一天队长分配我和马倌铡草喂马,其他人都下地干活。那天比较热,马圈里又没有窗户,我出了很多汗,觉得全身奇痒难忍。午饭后还有一点剩余的时间。因为在别人面前挠私处是非常不雅观的事情,所以我一上午都拼命地忍着。现在我是一个人在屋子里,终于可以狠狠地挠一阵了,但还是止不住痒,我想大概是碎草屑钻进裤衩里去了吧。我挪到窗户跟前,将裤衩撑开,并没有发现碎草。但是凑近仔细一看吓了我一跳,我发现几百个像芝麻粒那么大的灰色小虫子沿着接缝处爬。我的头皮上有一种麻酥酥的感觉,还觉得好像有人用一把小毛刷子在我的全身挠痒痒。我光着身子突然抖起来,浑身的汗毛都竖立在鸡皮疙瘩上。我又仔细检查了我的阴部和腋下,发现阴毛和腋毛里藏满了那些小虫子,恶心得我直想吐。我赶紧用梳子拼命地梳,但是因为好几个月没有洗过澡,阴毛都乱七八糟地缠结在一起了,稍一用劲就拔下来好多根,非常疼。因为梳子齿间的空隙太疏松,还是无法将那些小动物梳篦出来。我只好用剪刀把阴毛全部齐根剪掉,然后把所有的内衣都换掉,用塑料布包起来事后再作处理。晚上他们四位收工回来后,我把我的发现告诉他们。稍一检查,发现我们所有人的衣服、铺盖和毛发中都长满了不计其数的虱子。

从此以后,我们五个人每天晚上收工后都光着身子坐在炕上,围着一盏火苗如豆的小油灯抓虱子。每抓到一个,就把它放在两个指甲中挤压,然后就是一声轻微的爆炸。每抓到一个虱子都是非常开心的事情,给我带来一种复仇的快感。最高兴的就是抓到一个吸满了我的血的大家伙。在销毁之前,我会把它放在手心里端详一会儿,就像动物捕捉到了猎物一样。它吃得如此之饱,小小的肚子就像一个随时都可能爆炸的气球,即使在昏暗的油灯光下都会发亮。在听见一个肥大的虱子被挤爆的一刹那,我会感到极大的满足,并有一种难以言表的成就感。很快我的两个拇指上的指甲就会被我自己的血液染红。

虱子特别小,即使在光天化日之下用肉眼也很难看见,所以我们只好用火攻。方法是用两手把一条线缝绷直,凑近油灯的火苗,循水平方向匀速地移动,然后我们可以听见一连串轻微的爆炸声。现在说起来容易,但是需要大量的练习和丰富的经验。如果线缝离开火苗太远,或是移动得太快,那就会因为热量不够而功亏一篑。反之如果线缝离火苗太近,或是移动太慢,衣服就会烧起来。几个星期之后,我们都成了灭虱专家。为了减少虱子的攻击,我们干脆裸体钻进被窝里睡觉。俗话说,秃子脑袋上的虱子,明摆着。为了消灭头发里的虱子,我干脆剃了个大秃瓢。

跳蚤咬人最凶,一咬一串大包,奇痒难忍,只好拼命地抓挠到淌血为止,以疼止痒。跳蚤特别小,还会蹦,所以非常难抓,得在手指头上吐口唾沫去粘,成功率极低。

虱子和跳蚤都会传染疾病,其中最严重的就是伤寒。我们在地上和炕上撒农药,可是过不了几天它们就又回来了。许多女生们甚至不得不将六六粉和敌敌畏撒在头上消灭头发里的虱子。因为农药用得太多,我们开始有中毒反应,头疼欲裂,视力模糊,伴以呕吐和皮肤过敏瘙痒。在虱子、跳蚤和农药两者之间究竟哪一个害处小一些呢?我们很难说清楚。所以我们如果实在痒得受不了了就撒农药,农药中毒受不了了就停药,等着虱子、跳蚤回来咬,反正一头是快刀,另一头是毒药。

乡亲们可不像我们那么大惊小怪,他们总是说:"没事儿,虱多不痒,债多不愁。"

长虱子的主要原因是个人卫生不好,并不是因为我们懒惰,而是因为我们生活的环境实在太原始了。我在乡下的那三年里从来就没有洗过一次澡,我们既没有自来水,也没有浴缸和烧热水的燃料。只有男人们才能在夏天跳进水坑里涮一下,据说多数当地的妇女一辈子就从来没有洗过一次澡,也没有内衣裤。当地女人的棉裤连续穿九个月也不洗一次,吸透了身体里排出的液体,老乡们开玩笑地说,开春的时候她们的棉裤不用扶也能够站起来。可叹如此人生。

乡下几乎没有医疗服务可言。内用药只有两种,其一是"面起子"(苏打粉),用于治疗胃酸过多和各种与消化系统有关的疾病,其二是止痛片,用于治疗其他所有的不适。止痛片可以内服,也可以研成粉末卷在烟里抽进去。我们从上海出发时带了许多药,但是因为我们一开始给老乡太慷慨了,所以存货很快就光了,只好写信让家里再寄。

外用药则是烟斗里掏出来的烟袋油和尿。有一次我在割麦子的时候割破了手指头。张队长让我往手指上撒尿,我觉得简直不可思议。他拽着我的手走了几步离开人群,转身掏出家伙就往我的手指头上撒开了。回到集体户后我把手指用水洗了一下搽上红药水。幸运的是我的手指没有发炎,也不知道究竟是张队长的尿还是我的红药水的功劳。

东北最致命的病是克山病,最先在黑龙江省的克山发现,由此而得名,土名是"攻心翻"。克山病是由缺氧和一氧化碳慢性中毒引起的。因为冬天太寒冷,当地的老乡们过冬时把所有的窗户缝都用纸糊起来。为了取暖,他们在室内做饭,消耗大量的氧气,并因缺氧而产生一氧化碳。当地人治疗克山病的土方法是将大蒜瓣塞进病人的肛门,治愈率当然是非常低的,许多病人不治身亡。

为了给农村人口提供医疗服务,"赤脚医生"应运而生,其实他们都是一些只上过几年学的农民。经过几个星期最基本的医疗训练,他们就背着药箱成了江湖郎中。他们在生产队之间巡回,既是医生,也是护士和助产士。因为他们人数太少了,又缺乏药物,经常会"难为无米之炊"。如果他们治不好,许多老乡不得不求助于巫术。

我们公社就有一个赤脚医生坐镇的卫生所,我只在那儿看过一次病,算是幸运的。一天晚上,我的肚子突然剧疼起来,胃舒平和止痛片都不管用。我的哥们只好到马圈去找喂马的更倌,他们套了牛车送我上公社。从村子到公社的距离才2公里,但是老牛拉破车实在太慢,觉得好像有20公里。土路上坑坑洼洼的,拉车的老牛左扭右摆,车子又颠,把我在车上簸来簸去。半夜时分我们总算到了公社卫生所。

"谁啊?"听到敲门声,屋内一个男人不耐烦地问道。

"小宽一队的。"

"黑灯瞎火的,咋的啦?"

"咱队上一个青年病得可邪乎了,快开门!"

"来啦。"

一个睡眼惺忪的中年人边扣衣服边打开门。老更倌把我背进屋子放在检查床上,被单上有好几摊显然是体液的污渍。

"小伙子,哪儿不舒服啊?"他问道。

"肚子疼得要命。"我有气无力地回答。

他让我松开裤带,检查了一下,又用听诊器听我的肠鸣音。

"吃药了吗?"

"吃了。胃舒平和止痛片,但是都不管用。"

"咱这儿也就是这些药。"他摇摇头,耸耸肩。

"你们有抗菌素吗?"我问道。

"早就没了,得等到下个月再进货。对不起了。"

"那咋办呢?"我实在忍不住了,难受得边哼哼着边在床上翻来覆去。我抓住一个脏枕头抵住肚子,把身子蜷成一团求他,"嘿,你倒是想个办法呀。"其实他也跟我一样束手无策。

他突然想起一个主意。"小伙子,我来试试看,如果是肠胃痉挛就行,要是阑尾炎我可就没招了。不行的话就得等到天亮,也许得送你到县医院去。"

我听了倒抽一口冷气。梨树县城还有一百二十里地,除非能够搭公共汽车、卡车或其他的现代交通工具,最快的马车也得跑一整天。如果是阑尾炎的话,我不知道能不能坚持到县城。

"你有啥招呀?"我问道。

他从药箱掏出一个米黄色的小布包,打开后见里面是一排针灸的针。我原先从来没有试过针灸,也不知道是否有效。但是想到要上梨树县城实在使我不寒而栗。因为没有其他的选择,我只好点点头。

"你可忍着点痛啊。"他警告我。他点燃了打火机烧针头消毒,然后用酒精棉球给我的耳廓消毒。把我的一个耳垂揉了一会儿,然后一下子把针扎进去。

"哎哟。"我疼得大叫起来。

"挺住,挺住,我还没完呢。"

老更倌两手把住我的头,我的两个哥们各按住我一条胳膊,不让我动弹。他开始用两个手指捻那根针,那种疼痛就像触电一样。他不停地扎、捻,直到我的两个耳朵上都扎了十多根针。我头疼得好像要爆炸,满头大汗,头发都湿透了。几分钟之后,我的腹痛居然奇迹般地减轻了。我也不知道是针灸的功效,还是腹痛被针灸的剧痛压倒了,管他呢。

"这得多少钱?"

"五分。"

我掏出五分钱,又给他好几支"迎春烟"表示感谢。

水稻的秧苗到五月底已经长大,可以插秧了。我的活是往水田里挑秧。稻秧非常重,我得轮流换肩,直到两个肩膀都红肿起来,扁担一放上去就像火烧一样。在两尺宽的田埂上走也是险象丛生。尽管田埂看起来比平衡木宽多了,但是那只是一种错觉。我有好多次踩空了摔倒在水田里成了落汤鸡。

我们的女生是稻田里的主力军。她们每天得弯着腰十几个小时,把秧一行行整齐地插到稀泥里。她们的手在水里泡得变了形,手指头上的皮都被土磨破了直淌血,但是她们还是坚持着干。后来我们这些受到特殊照顾的知青终于得到了配额,买了一批水田靴。不幸的是,当地女孩子的腿还是浸泡在水里。有时她们就把自己的靴子让给经期的乡下女孩子穿,我对她们的那种无私奉献,帮助乡下姐妹的精神由衷地钦佩。

在随后的两个月里,那些年轻的女同胞把稻田里的草拔了三遍,还要撒化肥和农药。为了使城里人能够吃到大米饭,这些纤弱的女孩子居然能够如此坚强,任劳任怨,实在是可歌可泣,而城里人又有几个真正知道种出一粒大米需要流多少汗水。据说许多女生因为在冰凉的水田里劳动而得了妇女病。尽管她们轮流做饭,但是只有一个女生可以留在集体户,而她们的生理周期又不能跟值班顺序完全同步。

六月初,男劳力开始下旱地锄草、铲地,这是一年中最忙的季节。四月份播下去的种子现在已经是寸把高的苗了。铲头一遍地有两个目的:一是除草,二是间苗,就是剔除瘦弱的苗,把强壮的苗等距离地留下,听起来是挺容易的。

开铲的那天,张老九把我们几个知青叫到一边,教我们怎么铲。他非但是近视,还是眯缝眼。因为苗实在太小了,我们不禁怀疑他是否能看得见。出乎意料的是,他挥舞锄头十分精确,就像一个外科医生那样游刃有余。在他身后,所有的杂草都倒下了,剩下强壮的苗等距离直直地排成一行。看起来简直不费吹灰之力。

轮到我自己铲就完全乱了套。都说城里人五谷不分,那话一点不假。即使仅对付一谷也极不容易,因为我连杂草和苗都分不清楚。在我看来,它们都长得一样。即使我能够分辨出来,我的锄头也不听话,我不想让锄头上哪儿,它却偏上那儿去。我想把一棵最强壮的苗留在最理想的地方,除掉周围瘦弱的苗,结果却不小心偏偏就把那棵好苗给铲掉了,留下一个空白。如果苗和草混杂在一起那就更麻烦了。好多次我铲掉的是苗,留下的是草。干了好几天后我才能分清苗和草,几个星期,甚至几个月后才能赶上老乡们的速度。

在中国的农村向来是日出而作,日落而歇。六月里夏至前后的白天是一年中最长的。我们生产队的许多地离村子好几里远,我们得早上四点就起身,到地里的时候天才蒙蒙亮,刚能干活看见。整个上午只可以歇气一次。

我们的午饭是用牛车送到地里的,大约上午十点就能远远地看见出来了,但是得走一个多小时才能到。因为我们早饭本来就没有吃饱,所以这一个多小时像度日如年一样慢。用乡亲们的话来说,等午饭就像不育的夫妇"盼儿女似的"漫长。大家都是边铲地边扭头看,争取正好铲完一条垄在地头迎接牛车。有好多次我们铲完一条垄的时候牛车已经近在咫尺了,张队长突然喊道:"再来一条!"尽管大家都十分不愿意,但还是只好撒野地干,争取尽快铲完最后一条垄,忙乱中不是铲掉了苗就是拉下了杂草。张队长跟在后面检查,一边踢我们的屁股,一边骂骂咧咧地把我们拽回去返工。

午饭休息一小时,饭后我们得一直干到日落,当中只休息 15 分钟。等我们回到家已经是九点钟了。大家在半个小时里洗一把脸,再吃晚饭,争取在十点钟以前上炕,还可以睡六个小时。

早上起身变得越来越困难了。因为我们实在太缺睡眠了,敲我们窗外屋檐下吊的那段铁轨的声音震耳欲聋,就如丧钟一般。无论身体多疲劳,心中多不情愿,为了不在农村扎根一辈子,我必须爬起来,这一点我非常清楚。但是说起来容易,做起来太难了。大多数时候连震耳欲聋的钟声也吵不醒我。因为实在太困太累了,我想恐怕真的炮弹掉下来也不能赶走我的疲劳和惰性。我酸痛的身体就像灌了铅,或是一摊粘在炕上的稀泥。张队长每天早上都破门而入,揭开被子就使劲搧我们的嘴巴子,愣是揪着头发把我们从炕上拽下来。我总是先到井边打点凉水浇在头上清醒一下,几次以后,就连凉水疗法也不奏效了。穿上衣服往地里走的时候,张队长总是跟在后面踢我们的屁股,让我们醒过来,因为我们其实还在做梦,走路是在梦游。我觉得在任何地方随时都能倒下睡几天甚至几个星期。我们在没有尽头的垄上铲地,就像小白鼠那样在转盘上绝望地奔跑,永无休止。张队长每天总是最后一个离开田地,然后每天又那么早就起身,简直不可思议。

因为实在太累了,我在仅有的几个小时的睡眠时间里连做梦的力气都没有。即使偶然做个梦,多数还是噩梦。有时破天荒做个美梦,又总是被那震耳欲聋的钟声吵醒,把我气得要命,真希望张队长当时就嘎嘣一下倒在地上死掉,那样我就可以一直睡下去,做平时不敢奢望的各种美梦,并且永远也不要再醒过来。

早上起床的严峻考验使我想起了《半夜鸡叫》,那是高玉宝写的《高玉宝》中的一章,是我们当年在学校时必读的政治课教材。

在日本占领的满洲,高玉宝在姓周的地主家当长工,因为地主剥削长工非常残酷,所以长工们都叫他"周扒皮"。

在乡下的每一天都是以鸡叫开始。为了让他的长工多干活,周扒皮半夜到鸡窝去学鸡叫,于是公鸡都跟他叫起来。为了惩罚周扒皮,长工们在半夜之前就起来躲在鸡窝旁边。当周扒皮偷偷摸摸地到鸡窝边学鸡叫时,长工们一拥而上,用棍子把"偷鸡贼"痛打了一顿,周扒皮还吃了满嘴的鸡屎。从此长工们总算可以一直睡到鸡叫才起身。

《我要读书》是《高玉宝》的另一章,也是在学校必读的。高玉宝是农民的儿子,他父母没有钱送他上学。他看见富人的孩子上学十分羡慕。老师非常喜欢正直好学的高玉宝,于是就同意让他免费上学。班上有钱的孩子捉弄他,还把他打了一顿,高玉宝短暂的学业很快就结束了。

我们在吉林乡下那些最长的日子里所经历的一切,和高玉宝的遭遇倒确实有几分相似,张队长当然要比周扒皮好多了,他没有在半夜学鸡叫,而且他比大多数人更辛苦。尽管如此,我们得远在鸡叫之前就起身,走个把钟头路,到地里时天刚蒙蒙亮。更不用说鸡鸣要比震耳欲聋的敲铁轨的声音悦耳得多了。

尽管我们像高玉宝一样渴望学习,我们却因史无前例的"文革"的爆发而失学。即使老师的心像菩萨一样慈善,也不能让我们上一天学。我们的生活实况,使我实在难以想像世界上居然还有三分之二的人生活在比我们更深的水、更热的火中,在等待我们去解放他们。

当时我对张队长恨之入骨,因为他对我们就像牲口一样。我们的马、骡、牛和驴都过分劳累,而且根本吃不饱。为了让它们干活,农民用鞭子抽它们,当时毛驴拉碾子的情景至今还历历在目。为了使毛驴子转圈拉碾子而不头晕,农民把毛驴的眼睛用布蒙上。石碾子非常沉重,所以毛驴拉了一会儿就会慢下来,看碾子的农民过一会儿就用鞭子抽打毛驴。每抽一下,毛驴马上就会加快速度,而且在接下来的几圈里,通人性的毛驴经过被打的地方时都会加快脚步。但是毛驴的记性太差,再过几圈后就会逐渐慢下来偷懒,于是农民又用鞭子抽打,毛驴拉碾子的游戏就这样周而复始地玩下去。

不幸的是,可怜的毛驴不可能无休止地按那种速度拉碾子。后来连鞭子也不管用了,于是毛驴拉碾子的游戏总是以过累的毛驴赖在地上而告终。然而人就不一样了,毕竟是一种高等动物,尽管干的是牛马活,但是我们有思维。当时我心里明镜似的,为了这辈子不当牛作马,如果有来生的话,下辈子也不当牛作马,无论多病多累,我也得咬牙起来挺着干。现在回想起来,我得感谢张队长把我从炕上拽起来,踢我的屁股,因为光靠我自己的意志根本无法从炕上爬起来。

中文里有"鞭策"这个词,现在人们用来表示鼓动或勉励的意思,但是极少有人会想到其字面上的意义。在那段艰苦的日子里,我开始充分"体"会了鞭策的真正涵义。当年秦始皇用鞭子抽打劳工建造万里长城,我想鞭策一词也许就起源于那时叩。使我吃惊的是,思想上的胁迫远比鞭策更厉害。我们披星戴月两个多月,才把所有的地铲了三遍。我觉得自己好像是一个永动的机器人,按设定的程序在两个多月里重复同一个动作。当时我居然能有那种力量和决心,直到如今我都觉得不可思议。除了张队长之外,我想我的脑子里一定有一条无形的鞭子,不断地鞭策我,使我鬼使神差般地坚持下来。

我牙牙学语时就能背诵一首古诗:"锄禾日当午,汗滴禾下土。谁知盘中餐,粒粒皆辛苦。"在那段艰苦的日子里,我才真正理解那首诗的涵义。

我们集体户有九个女生,其中小马很少下地干活。除了贫农老户长之外,小马是我们的小户长。她并不是我们选出来的,而是在出发前就由我们的党员李老师指定的。尽管小马干活并不卖力,她在政治上非常成熟,比我们所有的人都精明多了。上高中时她才16岁,但是她已经知道如何在政治上向上爬。每个新学期开学时,她总是用精致的画报纸把我们班担任共青团干部的一个男生的所有的书都包起来。当时学校严禁学生谈恋爱,异性之间流露感情也是犯忌的事情。但是因为匿名做好事达不到目的,所以她才有勇气公开地为男同学包书。

144

　　小马是我们班的语文课代表,笔头很厉害。她写了好几篇文章,宣扬接受贫下中农再教育和学习毛泽东思想的重要性。她的文章很快就得到我们公社和梨树县革命委员会领导的重视。因为我们集体户所有的同学劳动都很卖力,功劳当然也成了她这个户长的。

　　她刚下地劳动不久,就被我们公社的党委提名为"学习毛泽东思想积极分子",从此就开始了几乎脱产的在县里巡回"讲用"的生涯,参加每一次"毛泽东思想讲用会"。她在公社、县和地区的"讲用"会上发表了许多感人的讲话,说她决心在农村扎根一辈子,生根、发芽、开花、结果。她还代表我们县的知识青年到上海去向上海市革命委员会的领导和知青的家长汇报知识青年在农村锻炼的收获。

　　中国人形容懒人是"三天打鱼,两天晒网",其实那还不算太懒,因为那个懒骨头打鱼毕竟还是超过了晒网的时间。小马可就不一样了,她是"三天下地,七天耍嘴皮子"。尽管她几乎不下地干活,但是每天都挣 10 个工分,相当于我们生产队里最强的劳力。

　　当然,要是没有李老户长给她撑腰的话,小马户长也不可能那么出名。老户长是个铁杆的共产党员,但却不是个好庄稼人。每到农忙的时候,李老户长的心口疼的老病就犯了,趴窝躺在炕上动辄就是几个星期,甚至几个月,直到农忙过了才出工。但是只要有出去宣传的任务,他的病就不治而愈,跟着小马户长到处去开"讲用"会。

　　有一天烈日当空,我们在地里铲地。那些垄长得见不到头,我们的活也是永远干不完。过了个把钟头铲了几条垄之后,我们也懒得计数了。大家看着往上升的太阳,就盼着张队长喊"歇气儿啦!"突然在远处的地平线上出现了一个微小的身影慢慢地向我们走来。过了一个小时,那人影才到了一公里长垄的那一头。

　　"同志们!"小马户长在远处喊道,"回来开会!"

　　地里的劳力都往回走。

　　"不,光是知识青年!"

　　所有的农民都羡慕地看着我们往回走。我们回到集体户的土坯房时,李老户长和一个干部模样的人在等着我们。老户长的精神好极了,胡子刮得溜光,身上穿着他最好的衣服,那是他出去开"讲用"会时才穿的行头。我们简直不敢相信自己的眼睛,因为我们刚到他家去探视过,头天晚上他还躺在炕上,身体弯得像个虾米,哼哼唧唧的说他心口疼。我们都以为他病得好像都快不行了。现在他看起来一下子年轻了二十岁,想必是吃了什么灵丹妙药,居然神话般地痊愈了。

"这是老陈同志,县里来的记者。"小马户长介绍道。那人带着绿军帽,身穿蓝色的中山装,下面配一条绿军裤,脖子上居然还挂着一台照相机。毕竟是城里来的,他抽的是"洋烟卷",上衣的口袋里还别着一支钢笔。

"快点! 快点!"老户长催道,"赶紧去洗一把,把破衣服给换了。"

我们拥到井边洗了把脸,赶回屋里换了最好的衣服,然后跑回老户长身边待命。

"把脸都给刮了!"老户长指着我们几个男生吆喝道。我们又赶紧回屋里去胡乱地把胡子刮了。老户长就像一个化妆师,把我们每个人都仔细地检查了一遍,翻翻这个的领子,拽拽那个的衣襟。最后他终于满意地点点头,然后命令道,"还不去拿锄头?"

"锄头?"我们都愣住了,"我们不是回来开会的吗?"

"快去给我拿来!"老户长发火了。

我们赶紧回去拿了锄头,扛在肩膀上,就像一班士兵似地跟在老户长后面。村子里的孩子可炸了锅了,成群结队,好奇地跟在我们后面。

走出去三里多地后,那位记者站住了。他四周观察了一下,然后点点头道,"就这儿吧。"他把照相机固定在三角架上,然后把我们像戏台上的群众演员和道具似的摆弄起来。

乡下的孩子们哪见过这阵势? 全村的男女老少从来没有人见过照相机,我们在那儿摆姿势简直赶上马戏团了。他们小心翼翼地挤上来,有的居然还站到照相机前面瞪着镜头。这可把老户长惹火了,他一下子蹦起来,向孩子们冲过去,用木头锄杠把那些孩子一顿揍。

"都给我滚犊子！你们这些王八羔子操的小杂种！谁敢回来,我把他的腿给打折了！"那些孩子们抱头鼠窜,跑进苞米地的青纱帐里躲起来。老户长转过身来,满脸堆笑,一个劲地赔不是,"对不起,记者同志,这帮欠收拾的小崽子。"我们大家再继续摆姿势,那些孩子们忍不住又围过来。这回老户长可真急眼了,他从地上捡起土坷垃就砸过去,把孩子们撵到土坷垃的射程之外。我简直无法相信,眼前这个生龙活虎、脾气暴躁的老户长,头天晚上还半死不活地躺在炕上。

飞扬的尘土落地之后,记者又把老户长放在中间,把我们像道具般地布置在他的周围。他摆出不同的姿势让我们模仿,又教我们如何握着锄头,拿着毛主席语录的红宝书。他纠正我们的胳膊和腿,让我们昂首挺胸,一直到他满意为止。他一边摆弄我们,一边有一搭无一搭地说一些并不滑稽的笑话,脸上装出笑容来逗我们笑。然后他让我们保持姿势别动,照了整整两卷胶卷。等他完事儿的时候,我的脖子都僵硬了,半天都回不过头来。

几天之后我们收到一份报纸,上面有一篇报道小马户长和老李户长英雄事迹的文章,还配着一帧照片,图文并茂。文章说老小两位户长如何带领我们刻苦学习毛主席著作,还说他们俩如何把那宝贵的精神食粮化为力量,在农田里战天斗地。那两位英雄人物真的是非常上照,看起来简直就是电影明星,哪像靠大地讨生活的庄稼人?我们这些傻帽成天撅着屁股干活,最后功劳都记在投机家的名下了。

老户长还得了一张照片的原件。他把照片镶在镜框里,挂在炕头的墙上。他非常喜欢媒体的曝光,并且对小马户长感恩不尽,因为那位上海来的姑娘让他这个庄稼人变成明星。

照片中在我旁边的是小蒋,他具有表演的天才。他父母都是演员,曾经演过话剧。小蒋在男生中最聪明,人也长得最帅。他的举一动都像一个白马王子,很受女生的青睐。当我们情窦尚未全开的时候,他已经有一个漂亮的女朋友。那女孩不顾父母的极力反对,毅然跟小蒋私奔到吉林,跟小蒋的妹妹在邻近的小宽三队待了好几个星期。女孩的父母把女儿的失踪报告到上海当局,通过当局与梨树

147

县联系。最后他们找到了小蒋的女朋友,并把她送回上海,但是没有控告小蒋拐骗少女。

小蒋博览群书,他能够背诵共产党宣言,还能如数家珍地高谈阔论起莎士比亚的戏剧。他还朗读英语教科书里的"披着羊皮的狼"和"点金术"的故事,我们都特别钦羡他,因为我们大多数都是学的俄语。小蒋本来说中文口齿就不清,因为我当时还没学过英语,所以无法判断他的英语发音是否地道。奇怪的是,他的英语听起来似乎要比中文流利得多。除了记日记之外,他还常写东西,并把他的手稿念给我们听。他画一手好画,随便到什么地方随身都带着纸和笔。在田间休息时,他就把他见到的一切都画下来,如我们的土房子、马车、各种农具、牲畜庄稼和下地干活的情景。

因为他说他的腰有病,所以他是我们集体户里最不受老乡们欢迎的一位。他平时走路、干活和一举一动的样子都特别怪,但是因为他出身于演员之家,所以我们都怀疑他是在做戏。因为他的腰不好,队里分配他到稻田里看鸭子,防止鸭子吃稻种,那活通常都是让十来岁的半拉子干的。他总是带一条小板凳去稻田,在树荫下坐着看书、写他的故事。他每天才挣 4 个工分,比女生还少。他跟我们待了不到两年就回城了。尽管他的性格跟我迥异,经过一场饥饿危机的考验,我们俩成了莫逆之交。

在那些一年中最长的日子里,我们消耗了巨大的体力,饭量当然也会剧增。当地老乡的平均口粮约每人每月三十斤(去皮的),因为我们集体户全是成人,所以知青的口粮是每月四十斤左右。现在听起来四十斤粮食很多,但是在当时,那点粮食仅能维持我们不饿死而已,因为我们的劳动强度实在太大了,而且除了粮食以外几乎没有任何副食品。除了与张队长分享的那只死公鸡之外,我有好多个月没有沾到任何荤腥。到村子里后,有三个月我们几乎没有任何素菜,直到六月份新鲜素菜才上市。我们几乎没有油,所有的素菜都是用清水煮的。偶然用一次油,我们也不敢用油瓶倒,只能用一个小刷子蘸点油在锅上蹭一下,意思意思。只有过年过节,我们才能往生锈的大铁锅里倒上几滴油。除了做饭之外，那口大铁锅还用来煮猪食。

一开始饥饿的问题还不太严重，因为我们集体户的女生有九个之多，男生只有五个。因为女生的劳动强度略轻一些，吃得比较少，所以我们可以沾她们的光。尽管大家都不能吃饱，但是还不至于饿死。因为男女生的口粮是一样的，我们的小马户长认为女生吃了亏，所以她就煽动女生提出要分饭。她的理由非常简单，而且根本无法反驳，毛主席教导我们，男女都一样，妇女能顶半边天。因为毛主席的话句句都是真理，是放之四海皆准的真理，一句顶一万句，我们哪敢跟她争呢？然而现实是残酷的，因为我们的胃是不平等的。平均主义的问题在于，女生只根据她们自己的胃口大小做饭，这下可把我们哥几个给饿惨了。我们口头抗议几次无效后，曾经妄想过绝食抗议，但是马上就放弃了那个荒诞的念头，因为我们本来就一直处于半绝食状态，已经饿得无法再用绝食作为抗议的武器了。

我饥肠辘辘地躺在炕上琢磨着，突然醒悟过来。两个素昧平生的东北人第一次见面，为什么首先就要问对方家里有几口人呢？对啊，每个人都有一张嘴，每张嘴都要吃饭。人口不就是这个意思吗？我小时候最先学的汉字之一就是"口"，那是一个四方形，饭不就是从口里吃进去的吗？那是何等形象、简单而精确？我不禁为发明象形文字的祖先们天才般的想像力感到骄傲。再说不光是人，东北的猪不也都是论口而不是论头的吗？所有这一切顿时都变得如此合情合理。

因为小蒋被分配到稻田去看鸭子，所以不像我们其他四个男生那么饿。他知道我干活最不藏奸，所以也最饿。吃饭时他有时会把我拉到外面，主动地把饭分给我几勺，但是我总是不好意思接受，因为小蒋并不是不饿，他也是皮包骨头，只是不像我那么饿而已。有时吃完饭他会剩几口，然后把饭推给我，"你看，我是在那边吃的，这边没动过。我没病，这是干净的。如果你不嫌弃的话就吃吧。"他说话的口气是如此真诚，几乎是在求我接受他的施舍，有时候他干脆就往我碗里放一两勺饭。其实人饿急眼了哪里还顾得上剩饭是否干净。

乡亲们老说，不干不净，吃了没病，哪怕是掉在地上的一个饭粒儿，我都会立即捡起来吃掉。当时我情愿死于食物中毒，也不愿意眼睁睁地饿死，这点道理连傻瓜都明白。小蒋的盛情难却，我分享过几次他的饭，但是下咽时总是觉得非常困难。

小陈和小李是跟他们的姐姐一起到我们村插队的。分饭的头几天，两位姐姐还把自己的饭分给弟弟吃。用不了几天，小陈和小李开始意识到，我们三个没有姐妹的哥们已经到了崩溃的边缘。他们通过姐姐跟其他的女生斡旋，最后女生们总算同意结束分饭。此后的日子虽然略微好过一些，我们却仍然不能彻底摆脱饥饿的折磨。

西方人说饥饿是最好的厨师，我认为这句话远没有充分体现饥饿的威力，就看你饥饿到什么程度。饥饿不仅可以把任何可食用的东西变成佳肴美味，还能把许多无法下咽甚至根本不可食用的东西变得可以食用。当时我只要咽下任何可食用的东西，甚至在饿急眼的时候咽下不可食用的东西，都会使我的消化系统反复产生极度快感。我曾经在喂牛马的槽里偷过豆饼吃，当时心里觉得非常愧疚，因为那些牲口至少跟我一样饥饿。在夏天歇气的空隙时间里，我们到玉米和高粱地里去找"乌米"吃。所谓"乌米"就是得了黑霉病的穗子，样子看起来极其恶心，味道更是令人作呕。但是据说里面黑粉状的细菌孢子是从淀粉转化而成的，所以我就闭着眼睛憋着气，像吃药一样吞下去果腹。

饥饿甚至还能够"逆转"人类进化的过程，把我们这些农民从务农"退化"到狩猎和采集的史前阶段。我们在出工和收工的路上随手采集各种无毒的野菜，空口咽下去充饥。因为我们自己的粮食都不够吃，所以我们每天都有任务，得在回家吃饭的时候上缴一草帽的野菜喂猪。我们在休息的时候捉田鸡。我还试过吃黄鼠狼的肉。尽管我不知道如何剔除产生臭气的腺体，但是为了那一点蛋白质，我还是捏着鼻子把黄鼠狼吞下去。不幸的是，一年中只有短短的几个月才能弄到野菜、"乌米"和小动物。

长期的饥饿、长时间高强度劳动和原始的环境使我们分外想家。

下雨天我们在室内干活,如铡草、搓绳子和编筐等。我们哥们五个就坐在炕上把南京路和淮海路上所有的店都一家家地数过来。每数到一家餐馆,我们就会一边回忆那家餐馆里的特色菜和点心,一边咽口水,可惜我们只有在下雨天才可能有时间来一回精神聚餐。下雨天做的另外一件大事就是往家写信,因为怕家里不放心,我们总是报喜不报忧,对艰苦的事情总是轻描淡写地一笔带过。

在乡下最开心的事情就是读亲友的来信。如果天气好的话,邮差每个星期会往公社送一两次信。偶尔村子里会有人到公社顺便把信捎回来,到我们手上时,报纸和信件都已经过时好多天、甚至几个星期了,但这还是我们惟一的信息来源。久而久之,我们开始不知道外界发生了什么事情,有恍如隔世的感觉。

从公社到县城有一条土石公路,天好的时候隔天会有一趟公共汽车经过。当地的乡亲们叫它"大捷克",因为最初的车辆是从捷克进口的。当汽车经过时,农民和知青都会停下手中的活看,想像路那头的城镇是什么样的。大部分的农民从来没有去过梨树,一些人曾经到过十几里外的孤家子镇,全村只有张老九的父亲老六头年轻的时候曾经到过"奉天"(沈阳)。

我们在乡下没有任何娱乐可言,连八个样板戏都没有。我开始理解为什么那些荤笑话是农村生活中不可或缺的一部分。一天辛苦下来,农民们吃完晚饭就早早上炕睡觉,好节省灯油。他们所梦寐以求的就是老婆、孩子、热炕头。人们认为,中国农村人口之所以增长那么快,部分是因为缺乏娱乐。除了传宗接代之外,黑灯瞎火的确实什么也干不了。

我能够感觉到村子里的一些姑娘对我们知青感兴趣,特别是小李,因为他和大部分老乡一样长得矮小粗壮。我觉得张老十的女儿小胖对我不错。铲地的时候,她有时会悄悄地跟我说,"嘿,胡哥呀,我妈今儿个做鸡子儿了。能不能给我捎半拉垄帮子?晌午饭咱俩分着吃啊。"鸡蛋的诱惑实在是无法抗拒,在我的消化系统里顿时掀起轩然大波。于是我们俩就垄挨着垄,我顺手给她铲半边垄帮子。中午牛车到地里时,小胖就会把她的饭端到我旁边,往我碗里拨两勺炒鸡蛋,那味道简直像天堂里的佳肴。午饭后,小胖会给我卷一支蛤蟆烟,然后大家一起吐烟圈。抽完每一口烟后,比赛谁的唾沫吐得远、吐得准。

当时城里人都很少能见到鸡蛋。小胖家里很穷,炒鸡蛋是很罕见的奢侈品。当时小胖才十多岁,她父亲有严重的胃病,"面起子"(苏打粉)是惟一的药,她下面还有两个弟弟。小胖挺聪明的,本应该到学校学点更有用的东西。但是为了帮着养家,她那么小就下地干活,我心里十分难过。即使没有鸡蛋,我也还是会尽量帮她一把,因为那种活对成年的男人都够重的,更不用说她还是一个少女。她性格很开朗,笑起来像个假小子,边干活边唱"二人传"。她和城里的女孩不一样,非常淳朴,更不做作。我很喜欢她,也很珍惜我们之间的友谊。但是她除了说些小女孩的话之外,跟我实在没有什么共同语言,我完全把她当成一个小妹妹。

因为大家在一个集体户朝夕相处,一些男女生之间自然会产生浪漫的关系。我在暗中喜欢集体户的一个女生,当时她才十六七岁。因为她的父亲是右派,所以我们都是自身难保。最先引起我注意的是她的那对大眼睛。后来时间长了,我发现她的性格善良、单纯。但是我总是有意识地控制那种感情,因为我意识到我实在是太穷了,根本无法在那个村子里养家糊口。此外,我们的家庭出身都那么糟糕,两个人都离开那个村子的可能性当时看来是微乎其微。我是否愿意在村子里待一辈子,自己养猪、养鸡、种菜呢?

老乡们跟我们在同样的艰苦环境下过日子、干活,如果他们能生存,我们应该也能够生存。因为他们比我们更勤劳,在那儿待的时间更久,所以应该比我们过更好的生活。我丝毫都没有看不起那些正直的乡亲们,但是我在全国最大的城市的法租界里长大,因为这两个完全不同的世界的差别实在是太大了,所以我比那些祖祖辈辈在那儿生活的人更觉得村子里的环境艰苦。投胎在城市和农村实在是天壤之别,那是不公平的,我心里也觉得很内疚,还为我的自私感到羞愧。我非常希望能够做点什么来改变那个环境,使大家都能过上更好的日子。但是我觉得毫无希望,孤立无援。我得经常提醒自己,我的任务是接受再教育,是被改造的对象,而不是去改造那里的人和环境,不能本末倒置。当一年的工作接近尾声时,我意识到我并不需要花一辈子时间去学习种田。毫无疑问,我可以在一二年的时间里就成为一个出色的农民。但是然后又怎么样呢?我是否要一辈子重复同样的事情呢?除了种地之外,是否还有更好、更具有挑战性的工作呢?哪怕是不同的工作来换一下环境呢?尽管当时我有各种梦想,但是我根本不敢梦想这一辈子还能够回到学校上学。

经过六个月的辛勤劳动之后,庄稼开始抽穗了。中秋节即将来临,我们终于可以第一次休息半天。一天前,一头黄牛的腿奇怪地受了伤。它可怜地躺在牛圈外面,疼得直叫唤。于是队里派人去找兽医,还专门为他做了一顿好饭,有炒鸡蛋、小鸡炖蘑菇、两瓶六十度的烧酒和一条"大生产"烟,村民们都聚集在窗户外面等消息。兽医是个瘦子,四十多岁了,有点瘸。酒足饭饱之后,他用袖子擦擦嘴唇上的油,边打嗝,边在一张纸上签字,准许我们把那头黄牛宰了。窗外的人群顿时欢呼雀跃。在当时,未经许可任何人都不得屠宰耕畜,因为那是破坏"抓革命、促生产"。我们集体户里的一些人怀疑那头黄牛是被阶级敌人破坏而致残的,因为学校里向我们灌输的就是那种意识,而张队长对此却不以为然。久而久之,我们对这种意外的巧合也就习以为常了,因为一些老弱的牲畜似乎总是在重大的节日前夕病倒或受伤。

生产队抽了五个壮劳力去宰牛,我是其中之一。我们先在地上挖了一个坑,把牛挪到坑的上面,脖子对着坑,坑里放一个铁桶准备接牛血。然后我们用粗绳子把牛腿绑住,用两根木杠压着牛,杠子一头一个人。

张老九用牙齿叼着一把一尺多长的锃亮的杀牛刀,慢慢地走近那头牛,在牛周围绕了两圈。大吃把一大碗六十度的烧酒递给他的九叔。张老九脱下他的褂子,光着膀子,接过那碗酒,用双手将酒碗举过头,嘴里念念有词。他把手指头蘸了一些酒弹洒在地上。周围的人都憋住气,静静地看着他。他把刀从牙齿之间拿下来,别在腰间的草绳上,然后把酒端到嘴边,头一仰,一饮而尽。然后他看也不看,把酒碗往后一扔,大吃接个正着。他的肌肉好像鼓了起来,胆子也大了。他把刀从腰间拔出来,绕到牛的后面。我小时候听大人说,牛在被杀之前会哭,这回我可真的看见牛在哭。张老九用一块布捂住泪汪汪的牛眼,飞快地一刀将牛的喉管割断。

下午四点钟,那头牛已经变成一堆肉,颜色鲜红,还有点温热。村子里每人分到二斤牛肉。我们参加宰牛的五个人分牛骨头、牛血和内脏。抓阄的结果我分到了一整个牛肝。

为了节约粮食,我们过节只吃两顿饭。四点钟吃完第二顿饭后我们就分到了牛肉,集体户的女生们开始算计第二天过中秋节该如何吃牛肉。她们计划每人半斤牛肉,其余的腌起来慢慢吃。除了在张队长家吃的死公鸡和我们在水稻地里抓的田鸡之外,我已经有半年没沾过荤腥了。我向男生们建议当天就把我们名下的牛肉吃光,大家一致赞成。于是不顾女生们的强烈抗议,我们把十斤牛肉和一个牛肝扔进锅里煮上了。小李上公社去买六十度的烧酒。

我们在牛肉里放了大量的大蒜和辣椒调味。因为牛太老,所以牛肉很不容易煮烂。过一会儿,我们中间的一个人就会用一根筷子去扎牛肉,看看烂没烂,坚硬的牛肉还是岿然不动。到六点钟我们实在等不及了。我们先把牛肝捞出来下酒,转眼就都没了。然后我们就开始进攻半生不熟的牛肉,因为牛肉太老,我们嚼得太阳穴生疼。还不到七点钟,我们每人奇迹般地消灭了四斤牛肝,二斤牛肉,还喝完了最后一滴汤,就好像饭后吃点小点心一样。

当时我最大的梦想就是有钱买肉让我"管够造"。回想起当年之勇,现在看看纽约柯尼岛上一年一度的吃热狗比赛简直是小儿科。我敢打赌,当年小宽村子里的任何一个人,男女老少全算上,个个都能在一半的时间里比柯尼岛的冠军至少多吃一打热狗。我们吃牛肉的故事无非是让各位看官理解我们当时究竟饥饿到何种程度。

　　我同学的姐姐在安徽插队落户，生活比东北还惨。除了极少的粮食之外，淮北主要是种红薯，成天上顿、下顿地吃红薯，不是红薯干就是红薯面。一天家里收到她的一封信："爸爸、妈妈，给你们报告一个好消息，一个坏消息。好消息是，生产队里的牛死了，今天大家都可以吃到牛肉了。坏消息是，牛死了，明天我们就得自己下地拉犁耕地了。"

　　因为我们少不更事，寅吃卯粮，第二天过中秋节我们只好吃斋，对此我们毫不后悔。正好土豆已经成熟，我们几个男生从生产队的地里偷了一些土豆，又从集体户的油瓶里偷了几勺子豆油，用新鲜的土豆做了一盆土豆色拉，味道跟我们在上海吃过的土豆色拉差远了。下午吃晚饭的时候，我们请张老九过来跟我们一起喝酒。

　　看见我们的土豆色拉，张老九满腹狐疑，"这是啥鸡巴玩意儿啊？"

　　我盛了一碗放在张老九面前，"这是土豆色拉，吃吧。"

　　张老九眯着眼睛看着我，不敢动筷，好像是毒药似的。

　　我舀了一大勺子放进嘴里，"尝尝吧，可好吃了。"

　　张老九看着我咽下去，终于鼓足了勇气。他小心翼翼地用筷子夹了一小块，刚放进嘴里，马上就皱起了眉头。既不敢嚼，更不敢下咽。含在嘴里几秒钟后，他终于忍不住了，呸的一口吐在地上，然后不停地吐唾沫，"啥鸡巴味啊？"他那种尴尬的表情把我们逗得前仰后合，嘴里的饭都喷出来了。

　　转眼就到了九月，庄稼终于成熟等待收割。人是一种非常奇怪的动物，我们非常贪婪地希望有尽可能多的食物，但是面对六十多公顷土地，就觉得好像淹没在大海中一样，希望少收割一些。开镰割地的第一天，我看着无边无际的土地发愁，真不知道我们何时才能完成这个看来几乎是不可能完成的任务。东北在九月底之前就开始下雪了，我们在跟时间赛跑，在大雪封地之前就得把庄稼收回家。我们每天的劳动时间都很长，白天割地，天黑之后把庄稼拉回家，在场院上垛起来。我们得弯着腰把庄稼一棵一棵地割倒，好多天以后，我们好像才割完了巴掌大那么一块。一个月之后,站着的庄稼似乎比我们割倒的还要多。九月底之前,第一场大雪覆盖了地面,使我们的任务更加艰巨。十个星期之后,我们终于割倒了最后一棵庄稼,极目远眺,可以看见几十里之外的地平线。整个生产的周期接近完成了,大家都松了一口气。我充分体会到大自然的伟大,更使我惊奇的是,我们坚定不移的决心和辛勤的劳动居然能够征服大自然。

在收割的季节里,最苦的活就是沤麻。麻的纤维可以用来搓绳子、捻麻线。麻割倒之后,我们将麻秆捆成捆,扔在一个大水坑里腐烂。两个星期之后,麻已经处于半腐烂的状态。男人的工作是把麻捆从水里捞上来,妇女们把麻皮扒下来在水里洗干净,成为银白色而且发亮的长长的纤维。在九月份跳到冰冷的水里本来就够受的了,喝六十度的烧酒也没有多大的作用。在水里分把钟后,睾丸就会剧疼,我和那些乡亲们都不得不跳出来。最糟糕的是泡在已经发黑的臭水里。沤麻的水是非常好的肥料,但是对皮肤有害。麻科的植物会释放一种毒素,使皮肤过敏,荨麻疹就是因此而得名。那天晚上,我全身都起了疹子,奇痒难忍,只好拼命挠,直到把全身都挠出了血,几个星期后才好。

十多年后,我得知我们种的线麻和大麻是同一科。当时我们精神极度压抑,地里现成的大麻有的是,都扔进大水坑里腐烂掉了。如果我们当时就知道抽大麻可以缓解精神压抑的话,一定会抽的。所以无知有时是一件好事。我们只是种了一些蛤蟆烟,据说抽烟可以驱赶蚊子和小咬。

在收割前后,盗窃集体地里粮食的现象非常猖獗。少则几穗玉米,多则成口袋地偷。当时农民之间有一条严格遵守的、不成文的规矩,即左邻右舍地里的东西不偷。当地老乡甚至连门都懒得锁,倒也不完全是因为他们互相尊重各自的私有财产,而是因为他们穷得一贫如洗,实在没有什么东西值得偷。但是因为缺粮实在太严重了,偷盗集体地里的粮食则完全是另一回事。

为了防止粮食被盗,队里让我夜里看地,白天只干半天活。因为

156

要我巡逻的地无边无际，一个人根本无法跑得过来。更何况我自己就在那些宵小之徒的严密监视之下，对付他们的办法，就是自己也得像贼一样行动诡秘，声东击西。为了掩盖自己的行踪，我进出都是钻窗户或翻墙。有好几次我发现在玉米或高粱地里被黑影子跟踪，我得不断地突然改变方向，甩掉后面的尾巴。据当地的农民说，歹徒专挑在玉米或高粱地里杀人、强奸，故有"挨操跑不出高粱地"之说。我有一个电筒，但是却几乎不用，因为怕暴露了自己的位置。野外还有狼之类的野兽，虽然我随身携带一根棍子和一把尺把长的刀，心里还是怪害怕的。

尽管看地是一桩危险的事情，却也其乐无穷，因为我可以随意吃我看管的任何东西，巡逻几圈之后就该吃宵夜了。我收集一些草、树叶和树枝，生几堆篝火，来迷惑跟踪我的尾巴。然后我就在几堆火之间巡回，烤土豆和玉米，同时还可以取暖。烤土豆和玉米的香味使人馋涎欲滴。当时我是如此饥不择食，而一切又都是那么新鲜、甘美的绿色食品，实在是我终生最难忘的美味。

一天夜里下暴雨，我从地里溜回来，睡了一整夜。我还在梦中，突然被摇醒过来。

"你昨晚干鸡巴啥去了？"张队长怒气冲冲地朝着我的脸喊道。

"没干啥呀。"我感觉出事了，于是含糊其辞地说道。

"跟我走！"张队长把我从炕上拖下来拽到地里。

到地里我顿时就傻眼了，几百穗玉米被盗，剩下的空壳在风中摇晃。因为夜里雨太大，脚印都被冲走了，连一点痕迹都没有留下。

"月黑杀人夜，风高放火天。我跟你说多少次了？"

"对不起，我偷懒了。但是你光告诉我月黑夜和风高天，没说过下雨啊。"我还想跟他耍嘴皮子，让他消消气。

"少废话。"张队长狠狠地踢了我屁股一脚。"你现在就给我找回来，要不你这个月就别想有工分了。"

"一个月的工分！他妈的！那可是三百分啊！"如此严厉的惩罚可把我吓坏了。"你让我怎么找啊？"

"那还不容易？你给我一家家地翻,看是谁偷了。"张队长说。

"那能行吗？我又没有搜查证,怎么可以抄人家?"我一口回绝了张队长,因为当年红卫兵没有搜查证就抄我们家,那事还记忆犹新呢。更何况我家庭成分不好,哪敢抄贫下中农的家呢？

"啥鸡巴搜查证啊?"张队长愣眼看着我命令道:"跟我走。"

我们俩从离地最近的一家开始,挨家挨户地搜查。奇怪的是,那些无辜的村民们对我们的搜查根本不在乎,因为他们非常想证明他们的清白。

最后我们到了东头的一家,当家的脸上堆笑让我们进屋,看起来很不自然。我们很容易就在他家的柴禾垛里搜出两麻袋玉米棒。

"这是哪儿来的?"张队长问道。

"咱家自留地种的。"那当家的指指窗外。

"你干啥把它藏在柴禾垛里?"

"我想搁哪儿就搁哪儿,你管得着吗?"

"你种了多少条垄的苞米啊?"张队长问道。

"十五条。"

"跟我来。"张队长命令道。

我跟着张队长到他家的自留地,把所有的茬子数了一遍。张队长让我假设每一棵玉米结两穗,算一下总数。不出所料,算出来的结果是多出来了。在我们科学的铁证面前,那当家的不得不坦白玉米是他偷的,惩戒是加倍罚还给队里。我对张队长天才的侦探手段和推理佩服得五体投地,使我保住了三百个工分。

在粮食垛边看家禽和家畜也是得罪人的活。除了鸡之外,有的老乡故意把猪放出来。那些猪待在谷垛附近,伺机发动进攻。如果没人驱赶,它们会一寸一寸地推进,等到相当近的时候,它们会一拥而上,大嚼一顿。张队长放出话去,在场院里死伤的禽畜,生产队概不负责。我当时是几个看场院的之一,张队长准许我用合理的武力保护队里的财产。

有一头白猪羔特别讨厌,胆子特别大,而且死皮赖脸的。我一不注意才几秒钟,它就不知从什么地方窜出来。它把我实在惹火了,有一天我决定教训它一顿。我照例巡逻一圈之后,就到谷垛后面躲起来。不出所料,那猪崽子似箭一般地向谷堆窜过去,我捡起一块土疙瘩就打在它的屁股上。我想大概是把它的腰椎给打错了位,它拖着两条后腿往外逃。还没等我再教训它一顿,一个黑影不知道从什么地方窜出来营救那小猪,原来是李老户长。他心疼地把小猪抱起来,狠狠地瞪着我。他往地上吐了一口痰,用鞋底狠狠地跺了几下,然后从我和张队长面前走过去。

"好! 活该。"张队长高兴地喊道,"不过你可得小心点儿,那个老杂种一定会想法整你的。"

后来我才发现,张队长大大地低估了事情的严重性。

收割结束后,我请假回家探亲。因为我的上海户口已经被迁走,所以成了一个没有任何身份证的农民。为了旅行,我得让公社给我开一份介绍信证明我的身份,但是介绍信不是随便就能得到的。我给上海的哥哥写信让他给我发份电报,几天后电报来了:"母病重,速归。"我把电报和申请书一起交上去,居然批准了。于是我搭上一班"大捷克"上四平坐火车去上海。

到上海的火车从哈尔滨始发,因为是年底,火车从哈尔滨发车时就已经严重超载了。当火车开进四平站时,月台上一片混乱。车还没有停稳,人们就用胳膊肘、肩膀和膝盖顶着往车门挤过去。车上的人花了几分钟才把车门推开,但是下车的旅客出不来,因为门口挤满了人,双方僵持着,所有的人都在拼命地喊叫。车上的人只好从窗户里往外挤,我这个二十岁的小伙子硬是顶着车里把我往外推的人,从窗户钻进车厢,许多没有我幸运的人只好在月台上看着开走的列车兴叹。

车厢里拥挤得连落脚的地方都没有。我挤过几排椅子,希望能够找到一个在上海之前下车的人,不幸的是,少得可怜的几个在上海以前下车的位子早就被在哈尔滨上车的上海知青预订好了。车厢里的空气让人窒息,浓浓的烟、人的体臭味和大小便的臭味混合在一起,因为小孩子根本没法上厕所。每隔几个小时,坐在我旁边的旅客会挤出去上厕所。我真没想到把屁股放在暂时腾空的硬座椅子上居然会那么舒服,哪怕是短短的几分钟。我站了整整三十六个小时,决定先在南京下车去看我的外公和外婆。

我在火车上遇到两个上海知青老乡,他们也想在南京下车。他们在南京没有亲戚,又没有钱住旅馆,所以我就把他们带到我外公外婆家过一夜。回到上海后,母亲接到小舅舅的一封信,信中说家里一双袜子不见了,他怀疑是我带去的那两个知青偷的。直至今天,我还是不知道那双袜子究竟是被偷了还是不见了。当时,一双尼龙丝袜非常昂贵,相当于一个工人月工资的十分之一。最使我难过的是,即使那双袜子确实是被偷走了,任何人都可能是小偷,为什么断定是我的知青朋友偷的呢?我觉得那是一种侮辱,但是我又无法证明他们俩是清白的。当年知青处于社会的最底层,只要发生什么坏事,知青总是主要的犯罪嫌疑人。当知青的痛苦在于,人们总是先假设我们是有罪的,除非我们能够排除所有的不合理怀疑,证明我们自己的清白。

回家的感觉是酸甜苦辣,五味俱全。刚从一望无际的东北大平原上回来,上海的街道突然显得狭窄拥挤了,但一切又是如此的熟悉和温馨。上楼之后,我先在家门口停下来,让我哥哥递给我一身换洗的衣服,然后直奔公共澡堂子。我先理掉了像囚犯般的一头乱发,然后跳进大池子里泡了一个多钟头,把八个多月积累下来的污垢先泡松,然后使劲搓全身的每一寸皮肤,搓下来一团居然有一个乒乓球那么大。回家之后,我烧了一大壶开水,浇在换下来的衣服上,然后把洗衣盆放在炉子上再烧开。搓衣服的时候,水面上漂起了一层灰色的小动物,那种感觉才是真正的"lousy"。

知道我要回家,母亲特意买了两斤肉,做了我最爱吃的镇江狮子头,为我接风。她把菜端上桌子时,我简直不敢相信我的眼睛。我们家最大号的砂锅,还没有我在乡下吃饭的碗大,一锅狮子头好像还不够塞牙缝似的。平时家里吃饭的小碗,更是小得像酒盅儿,所有的一切都像是小孩子玩家家似的。妈妈和哥哥各吃了一个狮子头，我几分钟就把其余的都一扫而光，还是不过瘾。然后我又到附近的熟食摊上买了一个猪头，因为那是最便宜的解馋的东西，还沽了一斤最便宜的土烧酒。一个人自斟自饮，不到一个小时，就把整个猪头给消灭了。肥肉经过食道时竟是如此顺畅，产生一种无法形容的快感。妈妈和哥哥都看得目瞪口呆。

在上海探亲的两个月里，我只见到父亲两次。我离开上海后不久，父亲就被送到上海郊区位于东海之滨的一个"五·七干校"接受改造。对那些白领的知识分子来说，劳动强度非常大。他们在那儿种水稻、棉花和自己吃的素菜。因为他们的平均工资非常高，所以让他们种田是赔钱的事，但是改造他们的思想的代价是无法用金钱去衡量的。

我哥哥没有下乡。因为他在1967年曾经得过溃疡而胃出血，所以让他暂缓下乡。但是胃溃疡并不属于可以免于下乡的疾病，居民委员会就到我们家反复地动员他下乡。他们每天都到我们家动员，还向我父母亲的单位汇报，进一步、多方面施加压力。哥哥从下乡的朋友和同学那儿听到了许多可怕的故事，他觉得有必要采取一些措施逃避下乡。当时年轻人装病逃避下乡是很普遍的，最常见的方法是用针刺手指，然后把血挤到尿里去化验。但是因为用那个办法的人太多了，当局采取了严密的防范措施来抓那些装病的人。医院会派一个护士跟着"病人"进厕所取尿样化验，防止有人做手脚。

哥哥从他的哥们那儿听说中药麻黄能够提高血压。他服了一些麻黄后到医院里去看头疼，检查的结果是高血压，他把医生的诊断送到居民委员会。一天，居民委员会的一位大妈叫我哥哥到她家去谈话，到那儿以后，他才发现问题严重了。屋子里坐了一个穿白大褂的女人，他们让哥哥松开裤带子躺在床上放松。这个突然袭击可把哥哥吓惨了，他躺在床上想着被发现装病的后果，他将因抗拒毛主席上山下乡伟大指示而被戴上"坏分子"的帽子，然后被流放到最坏的地方去。卧床休息十五分钟后，穿白大褂的女人量了哥哥的血压，但是什么也没说,他们就让哥哥走了。回家之后,哥哥一下子就瘫在床上,心狂跳了好几个小时,惶惶不可终日,生怕他装病露馅了。出乎意料的是,他们居然再也不来动员他下乡了。当时他还不知道,人受到严重惊吓后血压是真的会升高的。

因为他的"高血压"和当时一条不成文的"二丁抽一"的规定,哥哥得以留在上海。其实待在家里也不是件容易的事,他没有工作,没有学上,完全是无所事事。我哥哥这一待就待了整整六年。

在上海探亲时,我见到许多从全国各地回上海的朋友和同学,大家在一起喝酒、交流经验。几杯酒下肚后的那种腾云驾雾的感觉居然如此之好,我几乎成了一个"酒鬼"。酒精能够使我暂时地忘记艰苦和令人不快的事情,还让我的舌头放松一点。问题是,究竟喝到什么程度才算好,既可以使我觉得飘飘然,但是又不会让我醉倒。在大家一起打赌比赛时,喝酒太容易过量了。有一次我烂醉如泥地倒在街上,被人送到医院。当我醒过来的时候,觉得无地自容。我反复地说我出身于书香门第,不是流氓,如果让我上学的话,我一定能够成为一个知识分子。若不是当时醉到那种程度,我是绝对不敢把那些埋在心灵深处的真言吐露出来的。那些医生和护士既怜悯又厌恶地看着我,直摇头。好在当时我一贫如洗,很难有钱买醉,只能偶尔为之。"文革"结束后,我酗酒的毛病也就不治而愈。

从外地来的人都必须到派出所去报"临时户口",我自然也不例外。有一次同学们在我家聚会之后,有人上我家敲门,进来的是管我们街道的户籍警老韩。

"跟我走一趟。"他命令道。

"怎么回事啊?"我大惑不解地问道。

"别装傻了,你知道你自己干了什么,别以为我不知道。"

"你说什么呀?"

"你装什么蒜?如果你没做见不得人的事情,为什么怕跟我去?"老韩反问道。

"我没干坏事,怕什么?"

"你不怕,为什么不跟我走?"

因为我心里很坦然,所以就决定跟他去,否则他还以为我心里有鬼。到了派出所后,老韩坐在一张桌子后面开始审问我。

"你给我老实交待,棉袄罩衫在哪儿?"

"什么棉袄罩衫?谁知道你在说什么呀?"我一下子让他问糊涂了,根本不明白是怎么回事。后来我才知道,我和同学聚会的那天,隔壁邻居家丢了一件棉袄罩衫。

"不知道?"老韩边吼边拍桌子。

"不知道。"

"我们知道是你干的,我有证据!"

"那你把证据拿出来啊。"

"大胆!"老韩又狠狠地拍了一下桌子。"我给你一个坦白交待的机会。我们党的政策是坦白从宽,抗拒从严。我们从来不冤枉一个好人,也绝不放过一个坏人。如果你再抵赖,那你这一辈子后悔就晚了。"

"我跟那棉袄罩衫毫无关系。我敢说十遍,我根本不知道你在说什么。"

"你的态度极其恶劣!我可以马上就逮捕你。"老韩把一副手铐重重地砸在桌子上。那可是一副锃亮的真手铐,让人不寒而栗。

"如果是我偷的,那就从严处罚,你倒是把证据拿出来啊。"

我话还没说完,嘴巴上就重重地挨了一巴掌。"我现在就给你看!"老韩把我推进办公室后面的小房间,把纸和笔扔在桌子上,顺手把门砰一声关上。

那间小屋的窗户上装着铁栅栏。我坐在椅子上强忍着眼泪,脸上火辣辣的。我根本就没偷过东西,我心里最清楚,他也知道,我越想越气,开始踢门。那扇门上包着厚厚的铁皮,踢得我脚都疼了,也没人理我。

在那个年代知青是小偷和流氓的同义词。当时确实有少数知青在乡下偷鸡摸狗,互相斗殴或与农民打架,但是大多数的知青还是好的。即使因为饿急眼了而偷点吃的东西，为了果腹和生存而偷一口吃的，并不像因为贪得无厌而盗窃那么值得谴责。尽管如此，所有的知青都被看成是作奸犯科的小偷和流氓。我们的社会地位如此之低，人们真的叫我们"臭知青"。只要谁家丢了东西，首先怀疑的就是我们知青。每逢冬天，大批的知青回家过年，居民委员会就召集大家开会，让大家当心门户，因为我们这些"臭知青"回城了。无论到哪儿，我们都是低人一等。

可笑的是，仅仅几个月前，当我们响应伟大领袖毛主席的号召上山下乡时，我们还都是英雄。誓师大会上别在我们胸前的大红花、革命的歌曲和口号、喧天的锣鼓声和挥舞红旗夹道欢送的人群还历历在目。现在我们只是回家探亲小住，居然成了不受欢迎的人。发生任何坏事，无需证据我们就已经成了罪犯。我觉得自己上当受骗了，就好像一个被男人玩弄后又被抛弃的女孩。

我在那小屋子里坐了好几个钟头，眼看着日落。我觉得老韩已经早把我给忘了。最后老韩也该下班了，他打开门，又盘问我棉袄罩衫到底在哪里，我还是顽抗到底。他看实在是诈不出什么，只好再命令我把那天到我家聚会的所有同学的名字都写下来。因为我没有什么可隐瞒的事，姑且遵命。他把我放走后，一切也就毫无下文了。

那些没下乡的只好在城里晃，即所谓待业青年，他们的社会地位跟知青不相上下。当时灯泡紧缺，我哥哥好朋友家走廊上的灯泡不见了。房子里的邻居向派出所报案，于是哥哥自然就成了头号犯罪嫌疑人。也是那个老韩把哥哥带到派出所连唬带吓地审讯一番。因为哥哥曾在街道里帮过忙，所以还没有被打，也没有被拘留。最后当然也是不了了之。

我不愿意在上海做一个不受欢迎的人，所以决定提前回村。刚过了年我就乘火车到我该去的地方。当时我发了誓，只要我还是个"臭知青"，我就永远也不回家，因为那种被排斥的感觉，使我在自己的故乡成了外人。我带着在上海装的半导体收音机，准备回乡打持久战，也许打一辈子。

哥哥和一些朋友到火车站为我送行。上海的老火车站分成两部分，长途的快车从南区出发，短途的慢车从北区发车。但是到哈尔滨、昆明和乌鲁木齐的三趟长途快车终点特殊，例外地放在北区发车。因为这三趟车的乘客主要是知识青年，所以被称为"强盗车"。

我们到那儿时，车站已经是人山人海。因为边远地区消费品严重缺乏，所以大多数知青都携带大量的行李，装满了外地买不到的东西。每一位乘客可以凭火车票买两张送客的月台票，离火车站好几条马路之外，就有人问我们有没有多余的月台票，我们也是沿途问过去。我们主要是问那些外地的旅客，因为他们也许在上海没有亲友为他们送行。我们很幸运地搞到了足够的月台票，我哥哥和朋友们可以帮我把行李搬进月台。我的行李里装满了大米、挂面、药品、衣服、肥皂和厕纸等，都是那些留在村子里过冬的同学的家长托我带的。等我们上车时，行李架上、座位和桌子下所有的地方都已经堆满了行李。我们想跟人论理，夺回我头顶上行李架的领空权，结果是白费劲，只好把行李放在脚下。车厢里到处都在为争夺行李架而动武，拳头硬的说了算。

汽笛拉响后，车上和车下的人立刻号啕大哭起来，高音喇叭播放的"大海航行靠舵手"把哭声压倒。当上海站从我们的视线中消失之后，另一轮行李架争夺战爆发了。有些女生显然是靠她们膀大腰圆的兄弟，在上车时夺到了地盘，而一些身体较弱的男生只好认输。现在轮到他们把那些女生的行李扔到地上，把自己的行李放上去，那些女生只好哭。

我回到村子里的时候，所有的庄稼都脱了粒，第一年艰苦劳动的结果已经公布。在一年中，队上根据每个人的劳动力强度、质量和工作态度给工分。每两个月生产队会召开会议，大家民主评定谁该得几分。通常张队长会先提议一个分数，如果没人提出异议就算通过了。如果有反对意见，全体社员就会辩论，那个人究竟该得几分。最强的劳力每天可以得到 10 个工分，妇女和半拉子从 8 到 5 分不等。非常幸运，我从来没有低于 10 分。尽管我一开始干活赶不上那些强劳力的社员,但是因为我的劳动态度好,愿意干艰苦的活,如在水田里育秧,所以他们还是给我 10 分。

工分制从表面上看是合理的,但是并不能真正调动大家的积极性,甚至还有负面的影响。无论一个人干活多快多好,也不能超过上限 10 分。即使他能够在一半的时间里干完,他也会慢慢地磨蹭,等大家一起干完,反正一整天都是交给生产队了。

许多村民缅怀当年把土地包产到户那段好日子。邓小平说:"不管白猫黑猫,抓住耗子就是好猫。"为此邓小平在"文革"中被批判。我在村子里时,生产队偶尔会把某项任务分给某些人,凡是遇到这种情况,他们一定会把活干得既快又好,早点干完好回家料理自留地。

1969 年我干了八个月,共挣了 2 400 个工分。那年因为夏天缺雨,向国家交完公粮和廉价的征购粮,再扣除种子、化肥和农具的费用之后,每分的价值才 3 分钱。我一年的总收入是 72 元。幸运的是,买下第二年的 650 斤带皮的口粮之后,我还剩 5 元钱零花一年。而那些女生们辛辛苦苦劳动了一年之后,居然还倒欠生产队钱。

因为我们集体户都是成人,所以口粮的定量比农民多,他们才每人 400 斤一年。我们的定量听起来不少,可是根本不够吃,因为除了粮食之外我们几乎没有任何副食品,而且劳动强度高,饭量特别大。

如果一个每天挣 10 分的强劳力一年出工 364 天,总收入 110 元,那才仅够买两口人的口粮。如果是有两个孩子的四口之家,那么还要倒欠生产队 110 元,在当年那可是一笔天文数字的巨款。

当时人们缺衣少食,特别是缺乏粮食,当然,农民们还是能够把口粮赊回家。

但是即使在当时的中国,吃饭也不是不要钱的,追讨"三角债"的运动很快就开始了。所谓"三角债"就是农民欠生产队的钱,生产队又欠国家的钱。入夏后,有一天上午我们正在歇气,突然听见村子里狗吠人号。就在光天化日之下,大队的干部到村子里把欠债人家所有值钱的东西都收走,猪、鸡、蛋,以及只有极少数的人家才有的手表、自行车或缝纫机。收走的东西都放在公社的供销社变卖抵债。

社员们都千方百计地把"值钱的东西"藏起来，但还是被搜出来，因为左邻右舍都住在附近，实在没有什么隐私可言。

李眯缝眼是全村最穷的困难户，除了炕上的两床破被子之外一无所有。他是个好人，就是智商低一些。他干什么都慢，乡亲们都喜欢跟他逗乐子。从远处一看就知道哪块是他家的自留地，因为他家地里杂草长得非常茂盛，而庄稼又细又黄。有时乡亲们实在看不惯他家的地撂荒，就去帮他锄草。他种的烟叶只够抽几个月，一年剩下的时间他就讨烟抽，或是捡别人的烟屁股过瘾。因为没有钱，他把希望寄托在一头小猪羔上，想养到年底卖钱。李眯缝眼听说公社来讨三角债，赶紧把小猪羔放出去，于是那些干部就绕着房子撵，院子里顿时猪嚎、孩子哭、大人叫骂声大作。

"唉！"李眯缝眼拼命地求那些干部，"把小猪羔子给我留下吧，太小啦，现在卖不出钱来，冬天卖了咱给你多还点儿。"

那些干部根本不理他。他们终于把小猪羔给逮住了，用绳子捆上，放在筐里抬走。

李眯缝眼他老婆气得解开棉袄，捶胸顿足地大骂："我操你的妈！我操你十八代老祖宗！你们这帮狼心狗肺的杂种操的！谁吃了这猪就给我活活地噎死！你们都给我倒地上摔死！你们家的房子都失火烧了！你们出去就让车给压死！你们家老婆都养汉子，生孩子都给憋死！你们家孩子都掉井里淹死！你们家闺女挨操跑不出高粱地！你们都让雷劈得死嘎嘣一下子！"

我非常同情贫苦的乡亲们，想不到那些干部讨债居然那么铁面无情。我突然有一种冲动，想用自己的钱把李眯缝眼的小猪羔买回来，但是马上就打消了那个念头，因为全村到处都是鸡飞狗跳的。即使我有足够的钱帮助李眯缝眼，我怎么能帮助全生产队、全大队、全公社的人呢？

乡亲们仅有的一点值钱的东西都被收走抵"三角债"，到年底之前就再也不会有现钱了。每年春天，村子里每家都要做一缸酱，供一年的烹调之用。除了黄豆之外，做酱还需要盐。乡亲们都不买精盐，而是买喂牲口的粗盐,才八分钱一斤,极便宜,但是许多人家硬是连买盐的钱都没有。做酱的时间很重要,天热了以后,霉过头的黄豆就会发臭腐烂掉。于是一些乡亲们就向知识青年们借钱买盐。尽管我也几乎是一贫如洗,但还是借给老张家两户,一家二元钱。另一位插兄小李则借钱给了李家的人。我认为那些人姓什么毫无关系,反正都是贫下中农。除了帮助他们之外,我既没有其他的不纯动机,也没有想到莎士比亚的"不要借钱给人,也不要向人家借钱"的训诫。其实我根本没指望他们还钱,也并不指望他们用其他的方式来报答我。对我来说,他们是世界上忠厚的人,我觉得我有一种义务,在力所能及的范围内帮助他们。当时我万万都没有料到,我那无私的"善举",后来居然成了一条罪状,在政治上给我带来麻烦。

乡下燃料十分短缺。煤炭是由国家统一调配的,我们知青根本没有资格买。除了庄稼的茬子和玉米瓤子之外,我们得在春天用十二齿的大耙自己搂柴禾。我们十四个人到一大片不适合种庄稼的草甸子上耙干草。因为南甸子离我们村二十里,我们得带着窝头或粘豆包到地里。中午开饭时,我们生一堆火,把冻得像石头似的干粮和行军壶里的冰化开将就着吃。西北风刮在脸上就像刀割一样,我们的脸和嘴唇被冻得麻木了,连话都说不出来。每个人的肩膀上都拽着大耙来回走,一天下来相当于走八十里地,还不算从村子到甸子的来回路程。我们呼出来的气在眉毛、胡子、头发和皮帽子上结成霜,大家都成了老头子和老太婆。我们花了整整十天的工夫,总算才勉强搂够了一年的柴禾。

到了五月份,一些人家的粮囤子里已经所剩无几,青黄不接的季节开始了。一家人里只有下地干活的劳力才能吃一点粮食,女人、老人和孩子只能吃水煮的野菜、榆树叶子和榆树钱儿,一大锅上面洒一小撮玉米面,算是勾一点薄芡。向亲友借粮是很普遍的事情,但是每次只能借一两碗,对一个饥饿的家庭来说,实在是杯水车薪。玉米还没熟透,许多人家就开始啃青苞米。新鲜玉米的味道固然鲜美,邻居们都会对此不以为然,认为他们不会过日子,因为啃青只会使粮食更不够吃。一穗青玉米还不够塞牙缝的，留到秋天熟透了可以成倍地满足食欲。其实人人都知道这个道理，但是等到秋后人就已经死了。

当时政府通过统购统销严格控制粮食供应，农民每年只能定量留口粮。大部分的余粮都得交公粮，或按较低的价钱卖给国家。自留口粮的品种也由政府决定，我们每人每年只能留十斤黄豆、十五斤麦子和十斤稻子。其他的都是玉米、高粱和少量的小米。

中国人过生日都要吃面条，因为长长的面条象征长寿。但是我们那点麦子实在禁不起 14 口人一起吃 14 次，所以只有过年过节才能吃上一碗面条。

黄豆更是极其珍贵。每一口人得留下 5 斤豆子做酱，3 斤做豆腐，剩下 2 斤撑死也就是能榨出 4 两油，平均每个月才三钱，都留到过年过节。因为我们平时做菜几乎从来不用油，所以大铁锅总是生锈。

抗战时东北难民怀念家乡，"松花江上"有一句歌词就唱到"漫山遍野的大豆高粱"。我们确实种了许多大豆，但是几乎全部被出口换外汇。有一次我问张老儿，为什么我们自己不能多留一点细粮和黄豆呢？

"那可不行。那是违反中央政策的。"

"那咋不行呢？毛主席他老人家住在北京中南海，离咱这儿上千里地，天高皇帝远的，他怎么会知道我们留了多少口粮呢？更不用说其中有多少是黄豆、麦子和稻子。"

"妈啦个巴子的！你没看见那个老杂种吗？"张老九指指我们集体户的李老户长。"他可是个运动健将，村子里放个屁他都给捅到上边去。大队往公社，公社往县里，县里往省里，省里往中央，那不就报告到毛主席那儿去了吗。那是政治犯，可不是闹着玩的。我还有老婆和俩孩子，我掉了脑袋谁养活他们啊？你？这太不值了，爷们，你太年轻了。"

"那咱们张队长呢？他不也是党员吗？"

"嗯，他和他们不一样。不是因为他是我侄儿我就说他好，你都瞅着了吧。"

　　尽管我们都是一贫如洗,大队还是隔三差五地召开"忆苦思甜会"。李老户长常控诉在"黑暗、万恶的旧社会"生活如何苦,地主如何残酷,而现在"光明的新社会"生活如何幸福。此外,干部们还反复地教育我们知青和农民,我们是全世界最幸福的人,世界上还有三分之二的人在水深火热之中受苦受难,解放全人类是我们义不容辞的义务。为了使我们深信不疑,报纸上常见到美国无家可归的人在垃圾筒里捡食物的照片。为了让我们更加珍惜我们的幸福生活,忆苦思甜会后让大家吃糠和野菜做的忆苦饭。大家生怕被人说忘本,所以就全部都吞下去。

　　政治学习时,我们每个知识青年都得表态,坚决做一个(上海产的)"永久牌"(自行车)。尽管没人敢承认自己其实是想做(天津产的)"飞鸽牌",所有的人心里都想越快离开那儿越好。有路子的人可以"走后门"去参军,政治上既光荣,钱又挣得多,或者是调回城里。可是大多数的人别说是后门,连窗户都没有一扇,只好听天由命。

　　男生还好办,身体好,在艰苦的环境里比较"抗糟"。因为生理上的差别,女生就明显地处于劣势。一些堕落了的干部觉得机不可失,就向那些任人宰割的女生下手。通过许诺招工、入党或上学的机会,他们胁迫那些"城里的小妞"让他们奸污,有的干脆就强奸女知青。大部分的女生会抵抗、拒绝,但是也有少数抗拒不了诱惑,或是被迫就范。一些知青里的流氓也乘机欺负女生。强奸或侮辱女知青的事情被汇报到中央,于是国务院在1970年春天发布了第26号文件,严惩对女知青性侵犯的罪犯。

　　申冤的日子终于来临。一天所有的知青和一些农民被召集到公社去开公审大会。操场上搭了一个台子,上面悬挂的横幅上写着"坚决打击破坏上山下乡的阶级敌人"。一个县公安局的干部简短讲话之后,武装民兵把被告人押上台,主要是当地的干部,还有一个知青,他们被控奸污女知青。他们都剃光头,五花大绑,每人脖子上挂了一块大木牌,名字上打着红墨水的叉叉。

其实公审大会根本就没有什么审判。既没有法官、检察官、辩护律师和证人，也没有交叉询问、开场白和结束语，更没有听证的陪审团。高呼口号之后，县公安局的那位干部宣读早已准备好的判决书。为了保密，受害者的名字被略去。那几个当地干部被控强奸女知青，最多的判 25 年徒刑。那个男知青被控奸污女知青，有时还同时奸污不止一个。他最严重的罪行是居然把女知青的阴毛拔下来，夹在毛主席语录里做纪念品。他被判 20 年徒刑。据说我们邻县的一个知青因为强奸女知青被判死刑。

我们并不为公审大会缺乏完善的司法程序而担心，我们完全站在受害的知青姐妹们一边。当时犯罪不能赶在风头上，如果强奸女知青是打击的重点，强奸当地的妇女也许没事，或是判很轻的刑，贪污也许更没事。如果正赶上重点打击贪污的风头，也许贪污一小笔钱就会被判重刑或死刑，而强奸就可以从轻发落，无论受害者是城里人还是乡下人。我并不想批评司法上的变幻无常，而且完全理解杀一儆百的道理。据我所知，世界上没有一个司法系统是绝对公平的。只要不冤枉无辜，犯了罪就应该受到惩罚，至于轻重则是另外的问题。

第二年春耕开始时，我被提拔去跟马车，即所谓"掌包的"。我的顶头上司是车老板，我们俩一人管两匹马耕地。我可以每天骑马，那感觉就像唐吉诃德。铲地时，我的任务是用犁耥地。我还跟车去为我们集体户买盖房子的木材。

当时木材短缺。我们下乡时每人有 180 元安家费，但是没有木材的指标，我们等了一年多才等到。我跟李老户长赶了一挂马车，上一百多里地外的郭家店去买木材。

我们住的是为马车、牛车、骡车和驴车服务的大车店。除了停车和喂牲口之外，旅客还可以有一席之地栖身过夜，住宿费是每人每晚三分钱。大车店里有一铺 30 米长的炕，男女老少都睡在统铺上面，既没有被子，也没有枕头，用大衣一盖就凑合着睡。

从五湖四海来的车老板到一块儿就比赛讲荤段子。有两个最能

"白乎"，旁边围了几十个听众。他们俩居然讲了好几个钟头不重样，直到其中一个没词儿了败下阵来，再上一个。

因为我们是农民，没有粮票，所以下"馆子"吃饭得易货贸易。我们每人带一个粮食口袋，到"馆子"把粮食倒在秤盘里，按分量换窝头或高粱米饭，再贴分把钱。

在木材堆栈里挑拣木头是非常重的活。屋梁的木头有一尺半粗，六米长，老户长和我俩人得用吃奶的力气才能抬起来。因为指标有限，为了多买一点木材，我在高中里学的数学派了大用处。木材的体积是根据每根木材小头的直径计算出来的。我自己验算了一遍，发现检材员的计算有些问题。

老户长走到检材员跟前说："嘿！伙计。你少给咱木材啦。"

"妈巴子的。你可别扯啦，咱干这个二十多年了，哪能算错呢？"检材员根本不买那账。

"你妈啦个巴子的。这小伙子可是在上海念过大学的学生。"老户长得意地指指我，"就你那两下子，还想跟人家上海来的大学生比划？你才是扯呢。"

我把验算的结果给检材员看。"我告诉你吧，爷们。你少给咱二分木头。这根橡木你点了两次，那根桦木的小数点差一位，对不对？"

他一开始不相信，又点了一遍，他不得不服。

"我还没完呢。这些松木特直，两头大小差不多，你不能用所有木材大、小头的平均比值来算松木的体积。正确的比值应该是 1：1.15，而不是 1：1.3。所以你还得给咱添三根木头。"

我把两根小头一样粗的木头并排放在一块，一根松木，另一根桦木。"你瞅瞅，爷们，这桦木的大头比松木的大头差多少？"

他看着两根木头点点头，然后往四周望了一圈，悄悄地对我说："行了，我再给你添三根，你可别再瞎嚷嚷。"

我争来的那三根木头使我们可以做一点简单的家具，两张桌子和几张凳子。真没想到我在学校里学到的知识居然还能够派上用处。

有了木材总算可以盖房子了。第一件事就是脱土坯，那是乡下最累的活，我们请老乡们来帮忙。男生的任务是挑水，然后把草和泥和在一起，女生们用锹把泥传送给两个抹模子的老乡。湿的坯晾在太阳底下晒，下雨时就得赶紧把坯垛起来盖上，天晴了再铺开晒。我们拼命干了五个星期才脱了五千块坯。同时，村里的木匠给我们做房架子和门窗。

三个月后，所有的准备工作都已就绪。那天早上全村的人都出动帮我们盖房子。男的负责起房架子、垒坯，女的和孩子们给递材料。到太阳下山时，我们的房子居然立起来了，所有的墙壁、房顶、门窗和炕都完工了，烟囱也冒烟了。因为我们的房子是纯土木结构，连房顶都是泥的，必须在一天内完成，否则一下雨就全泡汤了。我们没有玻璃，只好用纸糊窗户。几个星期后房子才干，我们终于搬进了自己的家。一共五间房，九个女生两间，中间是厨房，我们哥五个住一间，剩下一间做仓库。

房子落成后的几个月里，我们放弃了所有的休息时间，围着房子打了一圈土墙，把家禽家畜挡在外面，院子里好种菜。当地人说"脱坯、打墙，活见阎王"，是"四大累"之二，其他二累则是生孩子和性交。

新盖的房子得过一年才能干透，所以头一个冬天特别冷，缺柴禾就更冷。三九天时，我们的房子成了一个大冰箱，所有的墙上都凝结了一层寸把厚的、白花花的冰霜。我们睡觉的时候得把所有的衣服和被子都盖上，还戴着皮帽子。早上醒过来的时候头发和眉毛上都是白霜，大家都成了鹤发童颜的老头和老太太。

为了改变农村的落后状况，知识青年也做了一些贡献。许多人担任教师、会计、赤脚医生和记工员。我做的一件好事是让全村和公社广播网连线。生产队向每户收钱后派我到县城去买铁丝和喇叭。张队长还派了一个老乡帮我拉线。我们在二公里的地里挖了十几个坑埋架线杆，然后再往每一家拉线、装喇叭，三天后完工。当我把开关推上时，全村都可以听见公社的广播。有些农民还到喇叭后面看，是否里面藏了个会耍口技的小人儿。其实当时的广播节目极其枯燥

173

乏味,早、晚各一个小时。"早请示"和"晚汇报"之后是新闻,全是政治宣传。文艺节目都是伟大旗手江青编排的八个革命样板戏。不过广播也还公布重要的通知,天气预报是最实用的,农民可以根据天气来安排生产。

在乡下偶然也能看到一场电影。电影放映队把设备放在马车上巡回,到哪儿只要立两根木杆支块白布就行了。除了八个样板戏之外,还有描写抗日战争的"地雷战"、"地道战",以及描写国共内战的"南征北战",合称"老三战"。

通常放电影都在 10 里地外的国营农场,因为他们那儿有电。我们平时没有任何娱乐可言,所以都愿意为一场电影来回走 20 里路。等我们走到的时候,好的位子早都让农场的职工占了,其实也就是每人屁股下垫一块土坯。剩下的地方在银幕的反面,大家都站着,看着游击队员们用左手向日本侵略者开枪、扔手榴弹。

下乡时,我们村只有在第二年秋收后看过一场电影。因为村里没有电,生产队派了几个最壮的劳力蹬脚踏发电机。换班的时候,银幕就暗下来,画面成了慢动作,配音也低了八度。

我在乡下看过惟一的外国电影是《列宁在 1918》,让乡亲们大开眼界。电影里有几个接吻的镜头,成了几个星期里最热的话题。"我操!你瞅人那大鼻子,一见面就啃脸蛋儿。"他们还模仿电影里的台词,"会有的,都会有的。面包会有的,女人也会有的!"当然最后那句是他们即兴而编的。

第二年的年成还不错,每个工分值 7 分钱。我一共挣了 3,300个工分,年底分红有 231 元。扣除留下一年口粮的钱,居然还剩 150元。村子里大部分人家也都能把口粮领回家。

遇上一个好年头,有些人家能够杀得起猪,我们也宰了一口。我们的年夜饭是"管够造",有酸菜肉馅饺子、血肠和猪肉炖粉条子。一年下来,我们只是在端午和中秋节沾过荤腥,所以特别馋肉,一下子就干了两大碗。嚼肥肉的油从食道里往下淌的时候极度快感"油然而生",就像一块干旱了一年的地逢甘雨一样。另外我还吃了一百多个饺子。吃饺子非常奇怪,不知道什么时候是饱,好像总有再吃一个的余地。那样的美餐当然不能没有六十度的烧酒,两盅下肚之后就忘数了,脑袋晕乎乎的,好像在腾云驾雾。饭后跟老乡们打扑克,一起抽自己卷的蛤蟆烟。一年辛苦下来,确实也该犒劳一下自己了。

因为常年吃素,我们的消化系统已经无法对付一顿吃那么多蛋白质和脂肪,饭后不久我们的肚子就开始出问题了。我上厕所去了十几次,最后觉得连肠子都拉出来了。女生比我们有节制得多,所以好像没什么问题。我觉得特别可惜,因为一年里惟一的一顿有营养的饭就那样被拉光了。

过了半夜我们吹灯上炕。好像才刚睡着,突然我在梦中听见有人敲门。

"起来! 起来!"我们的小马户长喊道。

"干什么啊?"我没好气地问道。

"大家都出去捡粪去。我们要破旧立新,过一个革命化的春节。"小马户长郑重其事地宣布。

大年初一是我们一年中惟一的休息日。我气极了,差一点儿叫她"滚!"。但是我没那个胆子,因为那样会在政治上给我带来很大的麻烦。"大过年的,明天捡不行吗?"

"庄稼一枝花,全靠粪当家,过年也得抓革命促生产。"

即使我们心里不愿意,还是得强迫自己从炕上爬起来。因为女生都走了,我们脸都没来得及洗,抓了一把锹、一个粪筐就追上去,还没到二队我们就赶上了。论捡粪,一年中实在是没有任何一天比大年初一更好了,因为没有人会在大年初一捡粪。而且天寒地冻的,粪都成了冰疙瘩,捡起来干净利索,没几下我们就捡满了一筐粪。我们每到一个生产队,就把粪倒在公家的粪堆上,算是新年的礼物。不知不觉九个生产队绕下来,已经是下午了。

我们回到集体户时,张队长正在等我们。

"你们上哪儿去啦?"张队长问道,"我老婆给你们下饺子了。"

"我们捡粪去了。"

"啥呀？捡啥粪呀？别扯了。"张队长还以为我们在逗他。

"真的，我们把粪都送给小宽大队的每一个生产队了。"我们从实招来。

"可别糟践人啦。粪哪天不能捡？偏挑个大过年的捡粪。你们这一整年都得倒邪霉啦。"

"我们是给兄弟生产队送革命化春节的礼物去啦。"小唐敲边鼓道。

中国人过年有很多忌讳，不能剪头，不能洗澡，不能扫地。过年捡粪实在是最不吉利的事情，因为平时捡粪都是最脏最臭的事。

"这是谁的馊主意啊？"张队长挠挠头，往地上吐了口唾沫，做个怪脸。

"你说还能有谁呢？"我反问道。

"妈啦个×的。"张队长骂道。

我们互相看看，只好耸耸肩膀。我们的小户长实在精明，大家都被她操纵、利用。世界是一个舞台，我们这些男生和女生仅仅是一出精心排练的政治闹剧中跑龙套的群众演员，小马户长才是主角。一年下来她几乎没有干过活，但是聪明人是不用干活的。在大年初一捡一次粪的政治效应要远远超过一年的辛勤劳动。在那个年代，谁能想出革命的主意，就归功于谁。

脱粒打场结束了，年也过了，县里在东辽河两岸五十公里之内动员了成千上万的农民修建水利工程。我是生产队里被抽中的十二个壮丁之一，我们用泥和草搭了一个窝棚栖身。誓师大会上，八万个人在刺骨的寒风中集合。县革委会主任把毛主席的"愚公移山"从头到尾念了一遍，来鼓舞我们的士气。

我们的任务是，学习愚公移山的精神，把河底的土挖出来加固河堤。我们既没有推土机，也没有任何工程机械，全靠手挖肩挑。工地十分壮观，高音喇叭里不停地播放着毛主席的语录歌，"下定决心，不怕牺牲，排除万难，去争取胜利。"

我们几万人就像黑色的蚂蚁一样，在河边的斜坡上来来回回，用筐把土运上去。因为天气太冷,河床冻得铁板一块,我们得先用炸药把土炸松。有时候一个眼不响,整个工程都停顿下来。每次发生那种情况,总是派地主富农出身的人去排除"哑炮"。那是一项有生命危险的工作,有时就造成伤亡。因为毛主席教导我们要"一不怕苦,二不怕死",死人的事是经常发生的,死伤个把人没什么大惊小怪的。

每天晚上大家都得集合在油灯下学习毛主席的"愚公移山",照例总是由我来念"愚公"的英雄事迹。乡亲们一开始还抽抽蛤蟆烟,过一会儿就开始打盹,很快所有的人都睡着了。其实他们即使醒着,也不知道我念得对不对,我总是东跳一段,西跳一段,不一会儿就连我自己也睡着了。有时候干部来抽查,就把我们每个人都摇醒,于是大家又继续学习。干部走了还不到两分钟,所有的十二个人就又呼呼大睡了。

小窝棚里浓浓的蛤蟆烟味和人的体臭味混在一起,空气令人窒息。为了足部保暖,大家的鞋子里都垫鞋垫。每天晚上,大家都得把鞋垫拿出来,放在炕席地下烤干。因为我们从来不洗脚,十二双鞋垫臭气熏天,我常常半夜里被熏醒过来,把鼻子伸到外面去换气。

两个月后我们终于完成了任务,河床变深加宽了,河堤也高了几尺。我们简直不敢相信,每个人在大自然面前如此之渺小,可是大家团结起来居然有如此巨大的力量。我开始懂得我们的祖先在两千多年前是如何建造万里长城的,除了当时还没有发明的炸药以外,先人和我们用的是一样原始的工具,先人和我们具有同样的自我牺牲精神和坚强的毅力。

因为我干活卖力气,第三年队里提拔我当拖拉机手。那年大队里有一个考拖拉机驾驶执照的名额,我根本就没有去争取,因为大家都不相信我会在乡下待一辈子。如果我进城,拖拉机驾驶执照对我就没有多少用处,但是对一个一辈子在农村的人却是一笔受用不尽的财富。拖拉机手、电工和兽医是当时农村里最好的工作,处处受优待。当我们给别的生产队干活的时候,他们总是用细粮、酒、肉、鸡和

蛋招待我们,而且是免费的,用当地的话来说是"吃香的喝辣的"。他
们之所以"贿赂"我们,是希望我们把油门加大一点,发动机开快一
点,地犁深一点。

我毕竟读过十年书,我的中文和有限的理科知识足以理解拖拉
机的说明书。我很快就学会了换机油和齿轮油、研磨气门和调整点
火时间。我还把自己知道的毫无保留地传授给其他驾驶员。

尽管当地的农民把拖拉机手当成人上人,其实我们的工作还是
很辛苦的。我们常常出去运输,装卸化肥、盐和化学品是最苦的差
事,因为微粒的化学品难免会从衣领漏到脖子上和背上。溶解在汗
水里后,把皮肤渍得像火烧一样,再加 200 多斤的麻袋一压,皮肤都
蹭破了,把我的脖子、肩膀和背腌得像鲜红的火腿肉。每次扛完化学
品几天后,背后的皮就像巴掌那么大一块块地蜕下来。

大概因为我们大年初一大清早就出去捡粪,犯了忌讳,第二年的
收成果然糟糕透了。其实那年并没有什么大的自然灾害,主要是人
为的。毛主席号召全国"农业学大寨",为了响应毛主席的伟大号召,
东北的官员命令当地的农民像山西省大寨的农民一样,在秋收后就
把庄稼的茬子刨出来,那样到春天就可以提早春耕。他们提出的口
号是"不种五月地,不插六月秧"。吉林的农民向来都是把庄稼的茬
子留在地里,一直到春耕开始时才刨出来,这种耕作的方法是世世代
代经验积累的成果。所有的农民都反对那种蛮干的方法。他们告诉
上头的干部,西北的经验不一定适合东北的自然条件,但是干部们对
反对的意见置之不理。

我们村有一个富农姓于,外号叫"嘎牙子鱼"。他知道在秋天就
把茬子刨出来会造成表土流失,而把茬子留在地里可以防止春天的
沙尘暴把肥沃的表土刮跑。"嘎牙子鱼"是个非常出色的庄稼人,因
为他特别勤劳,省吃俭用存钱买了一些地,还雇了长工帮他种。解放
后土改时,他的地被没收,分给了贫下中农,此后他就一直处在群众
的监督之下。因为成分高,他根本不敢向干部提出反对意见,生怕被
斗。为了保护他的自留地,他把茬子上面的秆割掉,把根留在地里保

护地表的肥土。在地面上,谁也看不出他违反了公社的命令,于是许多农民也悄悄地学他的样。

村子里不知道谁告了密,把下面的阳奉阴违捅上去了。为了压制下面的反对意见,公社派人把"嘎牙子鱼"用绳子绑上押到公社。批斗会在公社总部旁边小宽五队的场院里举行。木头搭的台上悬挂着三条标语,"工业学大庆!"、"农业学大寨!"和"全国人民学解放军!"。几个年轻的民兵把"嘎牙子鱼"拽上台去,他的脖子上吊着一块大木板,上面写着"反动富农",旁边的名字上画着红墨水的叉叉。一个民兵从后面踹了"嘎牙子鱼"的膝盖一脚,他顿时就跪下了。

批斗大会由公社武装部主任主持。"同志们! 我们的伟大领袖号召我们学大寨。我们必须字字句句地执行,理解的要执行,不理解的也要执行。我们必须先执行毛主席的指示,然后在执行的过程中理解他老人家的指示。毛主席教导我们千万不要忘记阶级斗争,我们的伟大导师、伟大领袖、伟大统帅、伟大舵手是绝对正确的。阶级斗争无处不在,阶级斗争必须天天讲、月月讲、年年讲。伟大领袖毛主席还教导我们,与天奋斗其乐无穷,与地奋斗其乐无穷,与人奋斗其乐无穷。阶级敌人非常顽固,你不打,他就不倒。与天奋斗,我们必须只争朝夕。大寨人秋收后就刨茬子,春耕时他们就抢在时间的前面,我们必须紧跟毛主席的指示学大寨。'嘎牙子鱼'是阶级敌人,他非但不想学大寨,还想拖我们的后腿。秋收之后他不把茬子刨出来,故意把茬子留在地里,明年开春的时候我们就得浪费时间刨茬子。'嘎牙子鱼'破坏学大寨是阶级斗争的新动向。毛主席教导我们,凡是敌人反对的我们就要拥护,凡是敌人拥护的我们就要反对。所以我们应该打倒'嘎牙子鱼',再踩上一只脚,叫他永世不得翻身,我们必须把他扫进历史的垃圾堆。"

"打倒反动富农嘎牙子鱼!"台上的一个人高呼口号。

"打倒反动富农嘎牙子鱼!"台下的人都附和着喊起来。

"嘎牙子鱼不投降,我们就叫他灭亡!"

"农业学大寨!"

台下的人都齐声跟着高呼口号。

批判大会结束后，公社的干部到村子里来强迫我们执行上级的命令，他们对村民的反对根本置之不理。秋天刨茬子是事倍功半。首先，秋收刚过，茬子的根还没死，所以我们得刨得很深才能把茬子刨出来。如果让茬子留在地里待一冬，开春时根须已经腐烂，一镐就能刨出来。其次，秋天土地开始上冻，从坚硬的冻土里刨茬子特别费劲。

我们的艰苦劳动非但付之东流，还酿成了更大的灾祸。开春后，违反自然规律的蛮干开始产生恶果。不出所料，几场沙尘暴刮走了好几层肥沃的表土，使土地的肥力大大下降。此外，因为春耕提前了，许多庄稼的幼苗受到霜冻。到铲地的时候，侥幸活下来的苗稀稀拉拉的，又瘦、又矮、又黄。

除了庄稼受灾之外，那年又爆发牲畜口蹄疫。当生产队的第一匹马出现口蹄疫的症状时，兽医把它处死后深埋在离村子几里地外的大坑里。因为有人馋肉，居然把死马挖出来吃肉，我们也不知道是谁那么缺德。盗墓事件之后，口蹄疫很快就蔓延开了。我们生产队的马在一个星期内死亡过半，包括我常骑着下地的灰骒马。每次一匹马倒下，村民和我们都一起哭、骂，因为要把马群恢复到原来的规模得好多年的时间。因为缺乏耕畜，铲完一遍草后，我们没法耥每一块地，许多地都是杂草丛生。

1971年夏天，共青团开始吸收新鲜血液。团章里说共青团是共产党的"后备队"。从某种程度上来说，入团是工作积极的象征，是可以客观地衡量的，但是入团的主要标准是看一个人对共产党和毛主席的政治态度，那是完全主观的。

从我申请到吉林开始，我从来就没有希望在村子里待一辈子。因为家庭成分不好，我离开农村的希望非常渺茫。我有两种方法可以增加上调的机会。比较费劲的是埋头苦干，在这一点上我已经尽了最大的努力。另一条省力的捷径就是像我们的小马户长那样在政治上努力。我十分清楚，入团可以使我更快地离开农村。基于现实

180

的考虑和自私,我决定申请入团。

我去找我高中的同班同学,我们集体户惟一的团员小唐。他欣然同意当我的入团介绍人。

真正地写入团申请书远比我想像的难得多。第一稿才不到一页,我只是含糊地说我愿意加入我们青年自己的组织,为共产主义贡献我的青春。小唐只瞥了一眼就直摇头说不行。

"这也太短了,你得重写。"

"那得写多长呢?"

"至少五页,"小唐伸出五个手指。

"我没有那么多可说的,写什么呢?"

"你家成分不好,你得批判你的父亲,并且跟家庭划清界限。否则连门都没有。"

我从心底里觉得我父亲是一个好人。中国人讲究孝,即使他做了一些不对的事情,一个儿子怎么能够批判自己的老子呢?然而在小唐的耐心开导下,我不得不几易其稿,不断地在政治上上纲,最后他总算勉强地点了头。三十多年后,我无意中找到了最后的草稿,我无法相信我居然写过这样的东西:

> "我的父亲出身于一个封建的知识分子家庭,曾祖父和祖父都是代表地主阶级利益的没落文人,父亲从小就生活在这种腐朽没落的封建家庭,受的是一套封建士大夫的家庭教育。当时如果说我祖父是个封建遗老的话,那么我的父亲就是一个典型的封建遗少。从家塾、中学一直到大学,都是闭门深造,脱离阶级斗争,脱离劳动人民,19岁大学毕业,到抗战爆发时已二十三岁。当时的中国社会正面临着被日本军国主义瓜分和宰割的危险。在中国共产党领导下的广大工农群众、革命知识分子和其他革命分子所组成的抗日民族统一战线站在抗日战争的最前线,艰苦奋斗,浴血抗战,革命的、抗日的青年和知识分子纷纷突破国民党反动派的封锁,到毛主席所在的革命圣地延安去寻求

革命的真理,而父亲在这个中华民族生死存亡的关头投靠了以汪蒋为首的国民党卖国集团,贪生怕死,甘当亡国奴,在抗日战争爆发的前夕,全家都逃难到重庆,躲在大后方。'延安还是西安',主席对这个问题作过最英明的论断。不少知识分子和革命青年出身于剥削家庭,但是在抗日战争时期背叛了自己的家庭,走上了革命的道路,加入抗日民族统一战线。而父亲却继承了反动腐朽的阶级立场,走上了与人民为敌的道路。在抵抗还是投降,延安还是西安这两个立场和原则面前,他可耻地选择了后者,选择了反革命的道路,为国民党反动派效劳,当了为国民党的反动统治帮闲的反动文人。从抗日战争到全国解放,父亲对人民犯下了一系列不可饶恕的罪行。他的这一段历史是肮脏的、可耻的。"

这件事在我心里埋藏了三十多年,公诸于众是一件极其痛苦的事情。现在看着那些泛黄的稿纸,我真想把自己的手指头剁掉,并向父亲赔礼道歉。我居然曾经是这样一个无耻之徒,如今我仍为此感到羞愧而无地自容。

生产队召开村民会议,讨论应该选谁加入共青团。张队长主持会议。

"乡亲们,咱们今天来决定谁该入团。我们的伟大领袖毛主席送他们来接受再教育,因为咱是老师,咱最知道谁是好学生。咱应该选好样的入团,为青年树立个好榜样。"

"小胡!咱提小胡!"张老九马上举手喊道。"小胡干活没说的,从来不耽误工。他学得贼快,讲哥们义气。谁家有点啥事儿他都肯帮忙,东家脱坯,西家打墙的。他跟咱们同吃、同劳动。小胡是好样的,我提他。"

张老九话音刚落,一个社员跟着喊:"对!小胡是好样的。"

"我也选小胡,他活干得好,应该入团。"另一个社员喊道。

"对!小胡!"大家异口同声地喊道。

"行,小胡就这么定了。还有谁不错?"张队长问道。

"我提小马。她是学习毛主席著作积极分子,她努力学习毛泽东思想。"李老户长提名了。

"我操! 你别扯鸡巴蛋了!"张老九可不听那个邪。"她压根儿就不跟咱们在一块儿干活,咱在地里都见不着她,咱不知道她成天都在干啥鸡巴玩意儿。她咋能入团呢? 没门儿!"

"她活学活用毛泽东思想,那不是更重要嘛。"李老户长争辩道。

"别的,你少跟咱扯这个,"张队长反驳道,"咱队里有三百多口人得吃饭呢。如果大家都像小马那样学习毛泽东思想,那咱吃啥呀? 喝西北风? 这可不是闹着玩的,咱都得饿死。人都死了,还咋学毛泽东思想啊?"

"对啊!"坐在后面的一个社员喊道,"咱要是不下地干活,连吃屎都赶不上热乎的。你不也是庄稼人吗? 你知道天上是不会掉饺子下来的。别扯鸡巴蛋了,行不行?"

一屋子人哄堂大笑起来,有的开始起哄。

"不早啦,明儿个还得下地干活呢,咱回家吧。"一个社员站起来往外走,大伙儿都跟着出去。

"我操! 咱还没完呢!"老户长抗议道。

"你操? 哼! 操你自个儿不就得了。"张老九喊着顶回去,大家又哄堂大笑。

"他妈啦个×的,我就操你。你瞅着,瞧我整你。"老户长气急败坏地骂着。他往地上吐了十几口,狠狠地踩脚把唾沫抿开。他举起锃亮的烟袋锅挥着,然后转身看着我。他的脸红得像猪肝,冒着汗珠子。尽管他好像是在骂张老九,我知道他是冲着我来的。不出所料,他果然狠狠地整了我一把。

夏天是农忙,地里照例是看不见李老户长的,因为他总是在农忙时犯心口痛的毛病。两天后,我们正在干活,李老户长突然跑到地里,叫我们所有的知青和张队长去开一个"重要会议"。回到集体户后,我们发现公社团委书记和小马坐在女生的房间里等我们。

"慢着，慢着。这是咋回事啊?"张队长问道。

"公社领导对评选团员非常重视。他们发现你们评选的结果有问题，今天我是纠正问题来了。"公社团委书记说。

"有啥问题啊?"张队长问道。

"嗯。乡亲们对共青团的性质不够了解，所以他们给整差了。"

"那我马上让他们回来。你告诉他们错在哪儿，咱好纠正。"张队长建议。

"慢着。现在是农忙季节，公社领导特别交代我，别麻烦在地里干活的乡亲们。咱得抓革命，促生产。"

"那咱就等他们今儿个晚上回来再说吧。"

"不行，公社领导让咱今天就解决。"

"咱不是要乡亲们投票吗?"

"是啊。算上我这不就是有三个贫下中农了吗？领导说这就够了。"

张队长知道反对也是白费力气，只好坐下来听听团委书记到底说点啥。

"知识青年同志们，"团委书记看看我们，"咱们推选谁参加共青团是一项非常严肃的政治任务。共青团是我们伟大的共产党的后备军。一个共青团员必须是青年的榜样，入团最基本的要求是要有较高的政治觉悟。团员并不是十全十美的，谁没有缺点呀？我们伟大领袖毛主席教导我们'政治是统帅，是灵魂'。一个人只要能够活学活用毛泽东思想，所有其他的缺点都能够克服，都没关系。如果一个人在政治上落后，那样的人活干得再好也白搭，不能入团。强调埋头苦干，忽视政治将把我们拉回资本主义道路上去。你们投票的时候脑子里必须牢记政治。你有啥说的啊？老李大叔。"团委书记转身问李老户长。

李老户长慢条斯理地在木头炕沿上把黄铜烟袋里的烟灰磕出来。被手摸了几十年的烟袋锅锃亮，光可鉴人。他掏出一根铁丝来通烟袋杆儿，再使劲把里面的烟袋油吹出来。然后他把两个手指头伸进烟荷包里,捏出一撮烟叶放在手心里,用两手把烟叶搓碎后,仔细地装在烟袋锅里。他用一根蒿草搓的火绳把烟点着,使劲抽了一大口,憋了几秒钟后慢慢地吐出来。他不紧不慢地故弄玄虚使我紧张起来。最后他从炕里往外吐了好几口痰,射程足有二米多远,这才胸有成竹地开始讲演。

"咱团委书记说的可是太对了。俗话说一俊遮百丑。公社领导查了小胡的档案,他爹有严重的政治历史问题。为了表示他对党和毛主席的忠诚,小胡必须跟他的反动家庭划清界限,批判和揭发他爹的罪行。但是小胡不能跟家庭划清界限。虽然小马同志也有家庭问题,但是她能够跟家庭划清界限,批判她的父母。这就说明她是忠于党和毛主席的。虽然小马没有下地干多少活,但是她能够活学活用毛泽东思想,并且在学习毛主席著作'讲用'会上交流学习心得。因为她肩负着更重要的政治任务,当然没有时间下地干活。咱们都知道,小马多次被上级指定为学习毛泽东思想积极分子。她给咱集体户带来了荣誉,是咱集体户的骄傲。她把我们领向共产主义,而小胡是把我们拽回资本主义。"

我顿时觉得好像被李老户长当头猛击了一棒,眼前直冒金星。我开始意识到事态的严重,这回他可真是要把我置于死地了。

没想到李老户长还没完呢:"去年小胡借钱给贫下中农。同志们,他并不是关心咱贫下中农,而是想用糖衣炮弹来拉拢、腐蚀咱贫下中农。去年我看见小胡在张十老二家喝酒。那天我还看见小胡在嘎牙子鱼家里,跟他两岁的小孙女儿抢包子吃。我们的伟大领袖毛主席教导我们,'谁是我们的敌人? 谁是我们的朋友? 这个问题是革命的首要问题。'张十老二是什么人? 啊? 他是个坏分子。嘎牙子鱼又是什么人? 啊? 他是个富农。他们都是阶级敌人,小胡是跟阶级敌人穿一条裤子。"

在当时,毛主席语录是最大的王牌,而老户长引用的那两句又正好是击中要害。当时我觉得好像被老户长捅了一刀,成了的砧板上的一块肉,任他宰割。

　　我记得好像是到老于家去过。他们让我尝尝新玉米面做的包子，让他们家的小孙女递给我的，我怎么会在光天化日之下从一个两岁的小姑娘手里抢包子呢？我当时简直气糊涂了，真想跳起来为自己的清白辩护一番。可是我马上就意识到我已经被李老户长"将死了"，因为接受富农的包子本身就是犯了严重的政治错误，甚至比抢劫富农家的东西还糟糕呢。

　　是的，张十老二确实曾邀请我上他家喝过两盅。因为他家的墙要倒了，我帮他家脱坯，他请我们喝酒无非是表示感谢。村子里无论谁家动土，大家互相帮助是传统，我们的房子不也是全村的乡亲们帮着盖的么？当年谁家能有钱雇人修房子？坏分子和贫下中农一样，也得有个住处。喝两盅酒本来并没什么大不了的，问题出在请我的人是个坏分子。李老户长一下子就击中要害。

　　是的，我确实借过钱给困难的老乡。因为每家都在春天做一缸酱吃一年，酱里最重要的原料是盐，没有盐豆子就会烂掉。那些农民实在太穷了，连买盐的两元钱都没有。如果我不帮忙的话，他们只能看着一堆生蛆的烂豆子叹气，一年都没有酱吃。关键问题是，我家的成分高。无论我做什么事情，即使没有任何杂念，也还是会被人认为有不可告人的政治目的。

　　对了，我突然想起来，我看守粮食垛的时候曾经用土疙瘩打过李老户长家的小猪羔子。我并不想伤害它，只是想教训它一顿。张队长曾经警告过我，他说李老户长可能会报复，但是我绝对没想到会有如此严重的后果。其实我根本没错，是李老户长故意把小猪羔放出来吃集体的粮食。

　　李老户长心狠手辣，对我如此恶意的陷害、中伤，使我大为震惊。他居然悄悄地收集我的黑材料，准备秋后算账，使我感到十分恐惧。李老户长居然能够如此娴熟巧妙地颠倒是非，用他的三寸不烂之舌，把一些琐碎的小事上纲成性命攸关的政治事件，使我愕然。李老户长是个文盲，居然有如此雄辩的政治口才，我想他一定操练过无数次，并且能把每个字都背下来，真让我佩服。我不得不承认我根本不是他的对手,姜到底还是老的辣。

李老户长又把他的烟袋仔细地清理了一遍,重新装了一锅蛤蟆烟,点着了的烟袋锅开始吱啦作响。他狠狠地抽了好几口,每抽完一口就往地上吐好几口唾沫。过完了瘾后,他把烟袋锅在鞋底上磕几下清理烟灰,然后才不紧不慢地用小农特有的狡黠口吻继续下去。

"同志们,咱们得提高警惕啊!"李老户长提高了嗓门。"这可是活生生的阶级斗争。小胡在地里干活确实挺不错的,但是光干有啥用?这并不能弥补他在政治上的落后。他光知道低头拉车,不知道抬头看路。同志们,你们想想看,小胡在把车往哪儿拉?他在把车往资本主义道路上拉。他拉得越欢,就离共产主义越远,离资本主义越近,这不是明镜似的吗?如果资本主义复辟了,那咱们就得吃二遍苦,遭二茬罪,千百万人头就会落地。同志们,你们得知道这是多么危险啊!咱们宁可要社会主义的草,也不要资本主义的苗。"

尽管老户长对我的指控如此毒辣,逻辑推理如此荒谬,我根本不敢冒着杀头的风险去反驳,因为当时本来就是一个指鹿为马的年代。

咱们可绝不能忘记过去!伟大的革命领袖列宁教导我们,"如果忘记过去就意味着背叛。"李老户长只看过一次《列宁在1918》,居然能过目不忘,而且还能够引经据典,真使我佩服得五体投地。

震惊之余,我不得不佩服李老户长,一个文盲的村民谈起政治来居然能够如此巧舌如簧。显然老户长只是传声筒,他妙语连珠的讲演都是小马户长捉刀的,真不知道小户长花了多少时间辅导老户长,老户长又下了多少苦功勤学操练。即使这一切都是小户长教的,老户长的政治悟性绝对是出类拔萃的。

"所以我投小马一票,不同意小胡。"就像法官下判决书,老户长把他那锃亮的烟袋锅像法槌似地砸在炕沿上。

"妈啦个巴子的!待会儿!你可把我给整懵了。小马光学习毛泽东思想,不下地干活,不打粮食吃啥呀?全村三百多口人都他妈喝西北风去?"张队长反问道。

整个屋子里鸦雀无声,因为讨论的话题实在太严肃了,涉及的切身利益太重大了。

"那咋不行啊,张同志。我们敬爱的林副统帅教导我们,毛泽东思想是我们的精神食粮。一天不吃饭没事儿,还饿不死,但是我们绝对不能一天不学习毛泽东思想。"李老户长辩驳道,"根据马列主义辩证法,精神可以变物质,物质可以变精神嘛。"

"是啊,老李大叔说的太对了。我们真的可以把精神化为力量。在毛泽东思想的武装下,什么人间奇迹都可以造出来。我也投小马一票,我不同意小胡。"团委书记附和着李老户长,然后他转向我。"小胡啊,我们今天开会的目的也是惩前毖后,治病救人,就像我们伟大领袖毛主席所说,犯错误总是难免的,你只要能够认识错误,改正错误,共青团的大门总是敞开的,勇于改正错误的同志才是好同志嘛。"

他们俩一唱一和,侃侃而谈,长篇大论如此流畅,而且在政治上无懈可击,他们俩的配合又是如此默契而天衣无缝,简直使我无话可说。过了好久,我终于忍不住而打破了沉默:"团委书记、李老户长,谢谢你们对我的帮助。我确实还有许多缺点,我将尽力改正。我想我还不符合入团的要求,所以我撤回我的入团申请,什么时候够格了我再申请。"

我表面上装着没事儿似的,但是心里却是受了重创。他们俩狼狈为奸,尽管他们对我发动进攻是意料中的事情,可是他们在政治上的狠毒和无情还是出乎我的意料,我觉得整个事件就像偷袭珍珠港一样。圣经里说,富人上天堂比骆驼穿针眼还要难。在1970年代的中国,对我这样一个家庭出身不好的年轻人来说,加入共产主义青年团要比骆驼穿针眼更难。

不出所料,小马的入团申请顺利地被批准。我不得不认输,不入团事小,因为我确实不符合入团的要求,所以我也并不感到遗憾。但是我得认输,因为我在政治上太幼稚。我当时申请入团的动机确实不纯,所以李老户长和小马户长不让我入团还是帮了我一个忙。

我问张队长为什么老李户长对我如此憎恨。

"妈啦个×的。他姓李,你咋不明白呢?你借钱给咱老张家的人,老于家又是我姑父,他老婆姓张,是我爹的妹子。那个老犊子对咱们家恨之入骨,所以他也恨你。"

我曾经听说过张、李两姓之间的矛盾,但是没料到会如此严重地殃及我这个无辜的局外人。

张队长接着说:"还有,这年头干活好有啥用?你瞅瞅,我这一天累得要死得啥了?啥都没有。你得这疙瘩好使才行,"他拍拍他的脑袋。"那个老王八犊子喜欢小马,因为她在外边帮他出名,他好出去开会,成天吃香的喝辣的,连锄杠都不用摸,一天还挣十个工分。哥们,咱得意你,大家都得意你,可是咱就这点儿能耐,也帮不上你的忙。咱这笨嘴笨舌的,哪是他和团委书记的对手啊?咱得靠干活吃饭,当干部的甭干活,成天就像裤兜里的鸡巴,乱支。这叫啥鸡巴世道啊?"张队长叹了口气。"别生气了,哥们,你是不是团员咱都是哥们儿。其实你不跟他们掺乎进去咱更在意你。"

我们下乡的第三年,一些大学复课了,开始从工人、农民和解放军中招生。这个消息对我来说并没有什么意义,因为招收工农兵学员的惟一标准是政治上必须可靠,他们必须出身好。我根本不可能通过那种严格的政治审查。

一些工厂也开始招工,工厂的标准要比大学松得多。当然,在两个人条件相当的情况下,首先考虑出身好的。我们集体户的第一个名额是女的,因为招工的单位是纺织厂。一个姓李的女生的父亲是上海的产业工人,尽管她的表现并不是女生中最出色的,生产队还是理所当然地推荐了她。

第二个名额是男生,去长春拖拉机厂。我们集体户五个男生都不是出身"红五类"。当时离开农村的诱惑力简直无法抗拒,为了上调而钩心斗角,在背后做小动作的大有人在。在与我们相邻的大宽,一些知青为了上调而不择手段。一个男生没有入选,于是就坦白他和一个入选的男生一起偷了生产队的黄豆,结果是两败俱伤,让一个家庭出身普通的男生坐收渔利。

为了决定谁该去长春拖拉机厂,张队长召集全村开会讨论。毫无疑问,我是五个男生中劳动最出色的,但是我的家庭出身也是最糟糕的。尽管如此,我相信乡亲们一定会推荐我。问题在于,即使他们推荐了我,我还是会在政审的过程中被无情地淘汰掉,这样一来就会浪费一个宝贵的名额。我反复地考虑了自己胜算的机会之后,决定打破沉默,主动提名让我高中的同班同学小唐先走,因为他是我们集体户中惟一的共青团员。所有的老乡都附和我的提名,原因当然是显而易见的。

小唐对我的提名千恩万谢。他走了以后,我的排名又提升了一位。剩下的就是卖力干活,耐心等待机会。

随着我们中的一些人离开农村,新的知青接踵而来。夏末的一天,我开拖拉机到公社,看见一大队卡车和几百个年轻人。他们看起来非常干净、整洁,就像我们当年刚到小宽那样。他们在那儿用上海话交谈,我听起来觉得如此熟悉、悦耳,但是他们根本就没有注意到我在那儿。出于好奇,我走近一个小伙子,用标准的上海话问他是从哪个区来的。他转过身来四处搜寻,看是谁在用他的母语跟他讲话。他瘦高个,满脸稚气,娃娃脸上刚长出一点淡淡的绒毛胡子,头发修剪得整整齐齐的。当他意识到那个熟悉的乡音出自我的口中,他吃惊地倒退了两步。沉默了几秒钟后,他张大眼睛,用颤抖的声音问我:“侬……侬也是上海人啊?”他惊恐的表情对我简直是当头一击,我才意识到三年插队落户的生活已经把我变成了一个完全不同的人。因为我们的变化是逐渐的,大家天天互相看惯了,所以没什么可以大惊小怪的。我仔细地看了一下自己不禁自惭形秽,一具满是污垢的皮囊包着肌肉发达的身躯,褴褛的衣服又脏又臭,满脸胡子拉碴,还光着脚。当时许多城里的犯人被流放到边疆的“劳改农场”服刑。我也曾经见过他们,觉得自己跟他们并无多少区别,我猜那小伙子以为我就是一个释放留场的劳改犯。我只好默默地点点头,算是回答了他的问题,然后跨上拖拉机扬长而去,我不想做任何解释,因为实在是一言难尽。我自言自语地说,没多久你就会变得跟我一样,也许变得更快、更糟糕。

　　跟大多数的知青一样,我从上海回村时带了一个半导体收音机。当时知青收听短波是很普遍的,但是得绝对保密,因为"偷听敌台"是非常严重的政治问题,如果被抓到很可能被判刑,坐许多年牢。在城里,因为受到功率强大的电台干扰,所以收听效果极差。因为我们远离城市,所以在乡下收听敌台的效果不错,有时还非常清楚。当时我最喜欢听的是"莫斯科广播电台"、"英国广播电台"、"澳大利亚广播电台"和"美国之音"。晚饭后如果有时间的话,我总是要出去"散步",找一片玉米、高粱地或是树丛钻进去。因为怕被别人听见,所以必须用耳机。每次听完之后,我总是把收音机拨回中波调到"中央人民广播电台",生怕别人打开我的收音机,发现我在"偷听敌台"。所有的这一切都必须万分小心,无论听到什么我都不能告诉任何人,必须绝对守口如瓶。

　　1971年9月中的一天,晚饭后我照例出去散步。钻进玉米地里后我把收音机调到"美国之音"。前奏音乐结束后,我简直不敢相信自己的耳朵,毛主席的接班人林彪乘飞机9月13日在外蒙古坠毁身亡。我换到莫斯科广播电台、日本广播电台和英国广播电台,所有的电台都在广播同样的新闻。不久我们几个都"散步"结束回家了,我看了看小陈和小李,他们脸上的表情都有点奇怪。他们也打量着我,想必也有同样的感觉。我们互相心照不宣地挤挤眼睛。

　　接下来的几个星期里,细节开始明朗起来。据说林彪企图暗杀毛主席,发动军事政变,但是被毛主席发现了。林彪和他的老婆、儿子及一些党羽登上一架三叉戟飞机出逃,飞机坠毁在外蒙古。

　　我们同时密切地注意着国内的新闻。原来林彪的名字每天都会在各种新闻媒体上出现几百次,现在突然销声匿迹了。在"文革"期间,国家高级领导人的名字在新闻中出现的顺序改变,或是突然从新闻中消失,是中国政治舞台上的晴雨表。种种迹象表明,中央政府里确实发生了什么事情。然而村民们还是完全蒙在鼓里,每天的"早请示"和"晚汇报"仍然照常,我们还是在一起,以祝福毛主席同样的心情,祝愿我们敬爱的林副统帅"永远健康,永远健康,永远健康"。果然不出所料,1971 年 10 月 1 日没有再搞建国二十二周年的国庆游行,这是 1949 年建国以来的第一次,这进一步证明了我们在"敌台"上听到的消息是真的。

10 月初,我们从"敌台"听到林彪死掉的消息已经快一个月了,我们大队的王队长到我们集体户来。"我今天上公社开会,传达了一个可怕的消息。"他悄悄地说,"不好啦,上边出事儿啦。"

我们当然都知道他说的是什么事,但还是装糊涂地问他:"快说呀,出啥事儿啦?"

"出大事儿啦。"

"到底是多大的事儿啊?"

"不行,那我可不能说,这事儿可得绝对保密。我要是说出去就……"他伸出舌头,闭上眼睛,用手指头做出抹脖子的样子。我们还是一个劲儿地缠着要他说出来,他实在推不过去,眼睛往四周扫了一圈,看有没有外人偷听。"咱就这么说吧,听到那个消息的时候,就像炸弹爆炸了,我当时脑袋瓜子嗡的一下。"他模仿着爆炸的声音,"你们自己猜吧,这事儿该有多大。"

王大队长来过之后,公社广播站的"早请示"和"晚汇报"停止了。过了几天,张队长到大队去开会。他回来后告诉我们不用再"早请示"、"晚汇报"了。所有的村民们都糊涂了,都开始猜测"上边"出了啥事儿。

9 月 13 日过去一个多月后,所有的知青和农民都被召到大队去开会,一共好几千口人。大队党委书记在群众大会上宣布了那个具有爆炸性的消息。

"生产队员同志们,知识青年同志们。我们伟大的导师、伟大的领袖、伟大的统帅、伟大的舵手教导我们千万不要忘记阶级斗争。毛主席的英明教导是绝对正确的,是放之四海而皆准的真理。他老人家说的话句句是真理,一句顶一万句。毛主席他老人家是正确的,阶级斗争到处存在,我们必须天天讲,月月讲,年年讲阶级斗争。阶级敌人到处存在，就连毛主席他老人家身边都有。同志们！我们必须提高警惕，绷紧阶级斗争这根弦。阶级敌人总是伪装革命。根据党中央传达的最新消息，林彪就是一个最大的野心家和阴谋家，他是一头披着羊皮的狼，他是一颗在毛主席身边埋藏了几十年的定时炸弹。他成天挥舞着红宝书，骗取毛主席的信任。我们伟大领袖毛主席非常英明，早就识破了。可是毛主席等着那个林秃子自我暴露。林秃子知道毛主席会识破他的阴谋。他密谋杀害我们的伟大领袖毛主席，篡夺无产阶级专政的领导权。毛主席他老人家高瞻远瞩，及时揭露了林秃子的阴谋。9月13日，林秃子知道他的末日快到了，他带着他手下的走狗登上一架三叉戟飞机投奔苏修，半路上飞机在蒙古人民共和国坠毁，他的臭老婆和儿子也死了。"

听众都感到万分吃惊，简直不敢相信，台下沉浸在如死一般的寂静中，既没人鼓掌，也没人像平时那样挥舞红宝书高呼口号。过了很久人们才开始窃窃私语，还有一些人开始把有林彪站在毛主席身边的像章摘下来。

"同志们，"党委书记继续说道，"毛主席的接班人居然是最大的野心家和阴谋家，我知道这很难相信。但是毛主席叫咱干啥，咱就得干啥。毛主席的指示，我们理解的得执行，不理解的也得执行，通过在执行的过程中理解。"

这时台上有人高呼口号："打倒大野心家、阴谋家林彪！"

台下的群众举手跟着喊。

"我们必须把他打倒，再踩上一只脚，叫他永世不得翻身！"

台下的群众跟着附和。

回家的路上，村民们还是不敢相信那是真的。

"妈啦个巴子的。毛主席咋不早点儿告诉咱们呢？那咱就不用祝愿那秃子永远健康了。我操。"张老九愤愤地说道。

"上边让咱们把'早请示'、'晚汇报'停了，我就知道出事儿了。但是我咋也没想到那秃子是坏人，我还寻思是别人呢。不知道下一个坏人是谁。"李老户长揣测道。

"可别扯了,你老是祝愿他永远健康。"一个老乡讥笑道。

"那能怪我吗?上边咋不早点儿告诉咱们呢?那咱们早就能停止祝愿他永远健康了。我操。"李老户长在地上吐了一口。

我跟着他们边走边听。他们是贫下中农,说两句没事,我家成分太坏,不敢担任何政治风险。三公公在垂危时预料林彪的事,现在终于应验了。

没过多久,小宽大队成立了一个"打狗队",从九个小队各抽一名知识青年。因为我在我们队五个男生中身体最棒,行动最敏捷,所以就光荣入选了。我们九个人拿着棍子、砍刀和梭镖,从一个队到另一个队,挨家挨户地打狗。"打狗队"到我落户的一队时,我就回避一下,让别人去打。

一开始我们总是说服农民自己动手,但是大多数农民都不忍心下手把自己的狗打死。有的人会把狗交给我们,让我们下手,打死之后我们就把死狗的肉和皮还给主人。大多数的农民选择把狗放出去,如果被我们找到,打死狗的肉和皮就归我们。我们当时饥饿不堪,食物里几乎没有蛋白质,狗肉让我们大快朵颐。

但是真正动手是一件非常血腥、残酷的事情。俗话说狗急跳墙,所以打狗也是一件极其危险的事情。我们当中有人被狗咬,我有好几次是有惊无险。除了狗之外,我们还得对付老乡。狗的主人常常用自己的身体保护狗,有的农民干脆拿起铁锹或是镰刀要跟我们拼命。有几次老乡跟我们叫骂,推搡实在太厉害了,我们只好撤退。虽然我们费了很大劲,许多狗还是逃过了那一劫,因为东北平原实在太大,还有漫山遍野的玉米高粱,到处都可以躲藏。

当时我并没有觉得打狗有什么不对,因为我们是奉命干的。即使我不参加,狗还是要打的。后来我太太总是怀不上孕,我开始怀疑,我们的不育是否因为我当年犯下不可饶恕的罪行而受到报应。也许是因为我杀戮了许多无辜的生灵,所以上帝惩罚我。尽管我们后来有了两个健康的孩子,打狗的野蛮行为在我心里还是留下了无法磨灭的阴影。

　　第三年的收成很快就算出来了,比我们想像的还要糟得多。因为上级让我们过早刨茬子,导致肥沃的表土层被沙尘暴刮走,生产队又因为口蹄疫而损失了一半的牲口,所以每个工分才值1分5厘7。一个最强壮的劳力一天挣10个工分,才值1角5分7厘,还不够买两张8分的平信邮票。一年辛苦下来,一个强劳力才挣56元,还不够买一口人来年的口粮。全村所有的人家干了一年没有一家不欠国家钱的,得将来许多年才能还清,真是不可思议。

　　入冬后,小李和小陈回上海探亲。因为我曾发了誓,只要还是"臭知青",就不回上海,所以我就留在乡下过冬,为周围100里地范围内的生产队玉米脱粒。一个月后,我回生产队保养拖拉机。回到集体户就好像掉进了冰窖,我出门的一个月里,女生们从来没有烧过我的炕。棕褐色的泥土墙和高粱秆编的房顶上积了几寸厚的冰霜,整个屋里一片雪白。

　　虽然我像爱斯基摩人在冰冷的屋子里冻得发抖,一条振奋人心的消息突然送来了暖流。我们集体户有两个到长春铁路局的名额,都是给男生的。户里惟一的团员小唐已经抽到长春拖拉机厂,小李和小陈在上海探亲,我又是男生中干活最卖力的一个,所以我想这次一定能轮到我了。生产队开了一个社员大会,张队长提名让我走。

　　"咱同意!"几乎所有的社员都举手赞同。

　　"慢着,我不同意。"李老户长跟我真是冤家路窄。"我想这次不该让小胡走。咱一共才有俩名额,到底该谁走,首先得从政治上考虑。小胡干活是不错,但是他家成分太高。我知道上边是咋挑人的,他们不知道你是谁,他们也不管你活干得咋样,他们光看你的家庭出身。你爹当官儿,是工人、贫农,你就行了。你爹是地主、反革命啥的,他们就把你给刷下来,除非你腰里揣了张党票、团票。你信我的话,小胡连门儿都没有,咱白瞎一个名额干啥呀?我提小李和小陈。"

　　我顿时就觉得血往脑门上冲,耳朵里都能够听见自己的心跳。就像当地人说的,我又没有推他家孩子下井,也没有在他家柴火垛上放火,为什么这个铁杆的党员老是跟我过不去呢?尽管如此,我还是不得不承认,李老户长在政治上确实有眼光,他反对并不是没有道理。经过无数次的政治运动,他看问题真是一针见血。

"我操!老李大叔。你可不能这么整小胡。"这回张队长可是当仁不让了。"小胡干活不藏奸,那俩比他可差远去了。现在小胡呆在这儿打苞米,那俩还在上海猫冬呢。咱眼前搁着一个好样的不要,偏要把那俩从上海找回来,这也太不公平了吧。白瞎一个名额就白瞎呗,算个鸡巴啥。"

"你不信我的话,后悔的日子在后面呢。"李老户长摇摇头。

"咱不捋那胡子。乡亲们,该谁走?"张老九喊道。

"小胡!"大伙异口同声地喊道。

"大家都同意,就一个反对的,通过了。"张队长宣布道。"下一个,该谁走?"

我长长地出了一口气。尽管我知道我前头还面临着巨大的障碍,但是有个机会总比没有强。

小李和小陈不相上下。老李户长和李家的人希望让小李走,因为一笔写不出两个"李"字。其他的人同意小陈走,我也投了小陈一票。张队长以李老户长之道还治李老户长之身。因为小陈的父亲是职员,而小李的父亲是小业主,对比之下小李在政审过程中被淘汰的可能性较大。为了避免糟蹋一个宝贵的名额,双方达成协议,让小陈走。大队把我和小陈两人上报到县里审批,同时又发了一份电报到上海让小陈立即赶回来。

张队长上来祝贺我。"哎哟我的妈呀!这可太棒了,哥们。你先上火车头当个小烧,慢慢儿地升个副司机,最后再熬上个司机。你走了咱会想你的,到时候咱来找你搭个便车啥的,你可别说不认识咱们。妈啦个巴子的,呜!"他学着火车汽笛的声音。我感谢了张队长和所有的乡亲们,并且许诺,如果我能到铁路局的话,一定让他们免费搭乘便车。因为我家的成分远比小李家坏,我知道上边批准我上铁路局的机会非常渺茫,所以只有耐心地等待政审的结果。

三天后,我正在保养拖拉机,张队长在旁边看着,李老户长皮笑肉不笑地走过来。"我告诉你们不行,你们愣不听那邪,啊?"

"咋回事啊?"我焦急地问道。

"我刚从公社回来,五七办主任小宋告诉我,你的名字根本没有上报到铁路局,在县里就被刷下来了。傻眼了吧?听我的话就对了,瞅瞅,一个名额就这么给白瞎了,你们尽他妈的瞎扯鸡巴蛋。我想咱俩现在赶紧上公社去找小宋吧,让他把小李的名字报上去,兴许还能赶趟。"

老户长幸灾乐祸,还在没完没了地说,我觉得他好像闷在很远的一口大缸里,瓮声瓮气的。我在手心里搓了一把蛤蟆烟叶,卷了一支大炮,狠狠地抽了一大口憋了几秒钟。因为烟的劲太大,把我呛得咳了起来。尽管这一切并没有出乎我的意料,面对现实总是痛苦的。我觉得一股冷气突然袭来,顿时全身冰凉。我孤身一人离家几千里地,无亲无故的,真是叫天天不应,叫地地不灵。

1969年乘船离开上海时,我觉得好像被扔进海里,连个救生圈都没有。家庭成分不好,就好像绑在腿上的一坨铅,把我往下拽。三年来在逆境中孤军奋战,现在总算可以看见岸了,只要再游几下就可以上岸了。突然一只无形的手又把我的头按进水里,把我从岸边推向深渊,让波涛把我吞噬。

我还觉得自己好像是一窝小猪羔中最小的那一个,生下来就先天不足。我的兄弟姐妹们都跟我抢奶吃,给我留下最后一个奶头,用当地的话来说就是个"小末末哑"。他们奶吃得多,越长越大,于是把我越甩越远。因为我一开始就没有抢到第一口奶,所以永远也赶不上趟。

"我爹在国民党的中央银行做事跟我有什么关系?为什么要惩罚我?"我对大长号。"你们知道我干活多卖力吗?这也太不公平了。"雪花落在我的脸上。"难道我就得在这个鬼地方待一辈子吗?你说呀!说呀!"

我也不记得怎么到了一望无际的野地里,旁边没有人回答我的问题。东北大平原人烟稀少,连回音都没有。洁白的积雪中只有一条狭窄的小径通向供销社。

"嘿,小伙子。是什么风把你给吹来了?"售货员上来招呼我。

"给我来两瓶那玩意儿。"我指指货架子上一斤装的六十度烧酒。

"家来戚啦?"

"没有。"

"有啥好事儿啊?"

"没有。先给拿一瓶来,快点儿。"我不耐烦了。

"给你,小伙子。"他把一只碗和两瓶酒搁在柜台上。"来根葱啊?"

"好吧。"

他把一根葱放在柜台上。当地的"鸡腿葱"有寸把粗,光葱白就有尺把长。我把葱在鞋底上磕两下,把土磕掉,然后把外面的一层皮扒了。象牙色的葱白实在漂亮。我打开一瓶酒,倒一半在碗里,看起来清澈、冰凉。那是货真价实的东北高粱烧酒,不是玉米、地瓜烧的冒牌货。那个碗又脏又油腻腻的,也不知道有多少人用它喝过酒,不过我已经顾不上那么多了,反正酒精是杀菌的,我只好自我安慰。我倚在柜台上,从碗里呷了一大口。我把酒在嘴里含一下,用舌头品尝着辣味,然后慢慢地咽下去。一股滚热的东西从食道进入胃里,使我感到非常舒服。然后我一口咬了一寸多长的大葱,冲得我直淌眼泪。我憋住气,不让葱的辛辣味钻进鼻孔,然后慢慢地把葱汁嚼出来,酒和葱刺激了我麻木的神经。我用蛤蟆烟叶卷了一支大炮,点上后狠狠吸了一口,憋了好久才吐出来。我很快就干掉了半瓶酒,心里觉得好过多了。我把碗还给售货员,往家走去。现在我的耳朵滚烫,手和脚也都是热乎乎的。雪花落在脸上,使我觉得放松而且舒服。

张队长住在村子北头,回集体户得经过他家。昏暗的油灯光从窗户里映照出来,我走到他家窗前停下。玻璃上结了一层冰,花纹十分好看,我把嘴凑到窗前呵了几口热气,一会儿玻璃上的冰融化了一小块,我瞟进去发现他们还没睡。我敲了一下门,听见他家的大黑狗叫,他老婆过来开门。

"快进屋吧，"她招呼着我，"上炕里坐，外头可冷了。"她把我肮脏褴褛的大衣和狗皮帽接过去掸掉雪，然后用热水瓶给我倒了一碗水，还加了一勺白糖。"快趁热喝了吧。"

"谢谢你，大嫂子。"

我喝糖水的时候，她给我卷了一支烟，小头开着让我自己舔上。她用一把小铁铲从火盆里掬起一点热柴灰送到我的烟头前，我赶紧吸了几口把烟点着。

"妈啦个巴子的，可把咱给气死了。"张队长摇摇头，"咋这么操蛋呢？咱心里跟你一样难过。你要是不够格的话，那就没一个够格的。咱就不信这邪。"

"我说，大哥呀，我知道你已经帮了我最大的忙了。我得好好谢谢你。"我把酒瓶子放在炕上。

"孩子他妈，还不赶紧给煎俩鸡子儿去？"张队长转身吩咐道。"兄弟，别让这事儿把你给撂倒了。你要是在这儿待下去的话，咱给你找个漂亮的大姑娘。你饿不着，我吃个虮子，就给你留条大腿。"他想法安慰我。

鸡蛋一会儿就炒好了，热腾腾的端上桌子直冒香味。我深呼吸了一下，开始淌口水。张队长的孩子们瞪着大眼睛看着。

"去，去，去。孩子他妈，你把他们带走，行不？"张大嫂过来把孩子们拽开，我听见他们在厨房里哭泣，心里觉得非常愧疚。

张队长把两个小酒盅放在炕桌上，斟满酒，"来，咱一口干了它。"

我们仰起头把酒一饮而尽，然后我们俩把酒杯底朝上，表示谁也没藏奸。

"来，来，来，吃鸡蛋。"张队长往我碗里夹了一筷子。

"哦，谢谢。你也吃啊，我自己来。"

我夹起一块鸡蛋放在嘴里。通向厨房的门半开着，他家那俩孩子从门缝里盯着我们看，我顿时觉得嗓子里有东西梗着，好像鸡蛋比平时吃的窝头和高粱米饭更难以下咽。我又斟满酒，喝了几盅后，我的舌头开始有点儿不听使唤了，但是心里的气好像是暂时消了一些。

"你没事儿吧,哥们?"张队长问我。

"没问题。这些我一个人都能喝光。"那时我已经记不清喝了多少了。

我们俩很快就把两瓶子酒喝光了。我还记得张队长送我,我有点儿东倒西歪的,勉强对付回了家。屋子像冰窖一样,但是我已经不在乎了。我和衣倒在炕上,好像全身的血液都在沸腾,那种感觉棒极了。我身上暖和和的,当火车司机的梦想也全忘了。过了一会儿我开始觉得天旋地转,刚想挣扎着爬起来,一下子又倒在炕上,把胃里所有的东西都吐出来了。我觉得好像腾云驾雾到了山边的一条小溪旁,冰凉的溪水从我的全身淌过去。后来我就什么都不知道了。

第二天早上,张队长把我摇醒了,睁眼一看发现自己躺在一摊已经结冰的污秽不堪的呕吐物中。我还没来得及为自己的狼狈相道歉,张队长二话不说就把我从炕上拖起来。我挣扎着从冰冷的炕上爬下来,脱掉吐脏的大衣,然后到厨房里舀了一点凉水让自己清醒过来。

"这也太欺负人了,咱就不信这邪。走!咱上大队去跟他们说理去。"

"算啦,大哥。谢谢你一片好心帮我的忙,但是说理是没有用的,你白费这个劲干啥呀?因为我家成分高,所以我生下来就注定要倒霉的。就像你生下来长了一块记,正好就在你脸上,藏都藏不起来,也除不掉。我这一辈子是没有希望了。如果有来生的话,那就等下一辈子吧,下次投胎的时候我可得小心点。"

"不,这事还没完呢。你不去争取一下怎么会知道呢?如果不行那就拉倒。哥们,再争取一下他们也不能把你咋地。跟我走。"

我披上小陈的国防绿大衣,张队长拽着我往三里多外的大队部走去。此去实在事关重大,我的意识已经完全清醒了,但是头脑还在宿醉之中。我觉得头重脚轻的,走起路来东倒西歪,就好像梦游似的走到了大队长老董家的门口。老董是一个很受人尊重的庄稼人。

"你们俩咋这么早啊?哦,小伙子,你的脸色咋那么难看啊?出啥事儿啦?"老董问道。

"妈啦个巴子的！县里头瞪两眼就把咱这哥们给刷下来了，这扯不扯，我就他妈的咽不下这口屌气。"张队长骂道。"要是像咱哥们这样还不够格，那咱整个大队没一个够格的。"

"是啊，我知道，我也同意，小胡确实干活实惠，应该先让他走。但是咱有啥用呢？那是他们上头决定的，"老董往上指指房顶，"咱也帮不上忙。"

"好吧，那你就跟咱上公社去告诉他们，如果咱这哥们被刷下来，那咱大队就把报上去的提名全部都给撤回来，谁都别走了，名额都白瞎了咱也不在乎。他们这也太欺负人了。"张队长建议道。

"咱哪能那么干呢？"

"董大叔啊，咱从来没求过你，这次你咋地也得帮这个忙。要不我就撂挑子不干了。"张队长把董大队长拽出屋子就往公社走。

公社的"五·七办"主任小宋是一个年轻的复员军人，我们到他家的时候他正出门往外走，到县城去补交提名，替换那些被刷下来的。

"等会儿，别着急，大侄子，这忙你可得帮我的。"老董指着我说，"你瞅瞅这小伙子，他是咱大队最棒的一个，但是他们愣把他给刷下来了。你告诉我这是咋回事啊？"

"嗯，这我可不能说，政审是保密的。"小宋摇摇头就想往外走。

"你少跟我扯这个，大侄子，快说。"老董拽着小宋的袖子把他拖回屋里。

"大叔，这可干不得，别让我把党票给丢了。这可不是闹着玩儿的。"

老董可不管那个，"你要是不帮这个忙，就别认我这个大叔。你就是丢了党票，不还是我的大侄子吗。妈啦个巴子的，我告诉你，要是小胡再被刷下来，我就把所有的提名都给撤回来，因为他们没一个能赶上小胡的。"

"慢着，大叔，您别生气，我给你瞅瞅。不过你得答应我，跟谁都别说是我告诉你的。"

小宋从他的书包里掏出一大沓文件,翻了一阵后,找到一个棕色的大牛皮纸信封,面上有我的名字和照片,我的心顿时跳得像打鼓似的。对了,那就是我的个人档案,那些神秘的纸在严密保管之下,任何非党员都不许看,当时那几张纸决定了一个人的命运。小宋慢慢地翻开我的档案,里面好像有十几页纸,他从一条狭窄的缝隙往里瞟了一眼。

"反动党团骨干,金融特务的嫌疑问题以及海外关系。"小宋照着档案念道。"还有呢,不过这点就够喝一壶的了。"

就是那二十个字,活活地把我给刷下来了。

"我不管那里边说的啥,我也不管他爹是干啥的。他爹的事跟他有啥关系?这小伙子是好样的,咱大队数他最棒。你去告诉县里的那帮杂种操的,他们要是再把小胡给刷下来,咱就把所有的提名都给撤回来。"老董动火了。

"大叔,我可不能把你说的话告诉县里,不过我一定尽力帮小胡的忙。"

"这可是你说的啊。如果他们还是不同意我就死也瞑目了。"老董拍拍小宋的肩膀,让他快去赶"大捷克"。

我们仨往回走的时候,我真不知道如何感谢他们,我只是说了一句心底里的话:"董大叔、张大哥,我无论到哪儿都不会忘记你们的。"

"别客气,小伙子,我们相信你。你是当之无愧,靠自己干出来的。"老董拍拍我的肩膀。

回家之前,我先到邮局去看看有没有信,居然有一封是小唐从长春拖拉机厂写来的。

"果威兄:

到工厂已经好几个月了,我被分到财务科工作。今天早上劳资科的人来预支出差费,他告诉我要到梨树县去招工。我告诉他你是跟我一起插队的铁哥们,干活特别努力,现在在开拖拉机。我托他帮你的忙,但是我们厂不在小宽招工。他说只要你的材料报到他手上,他就收你。当年你提名让我出来,现在我能帮忙一定在所不辞。他住在县招待所,姓刘,你应该去找他。祝你一切顺利,我们长春见。

国华

请代我问张队长和大家好。"

看到这封信我热泪盈眶,世上毕竟还有好人,看来我的抽调还有一线希望。我立刻赶回村里,把信给张队长看。

"妈啦个巴子的! 这可太棒了。你得去,现在就动身。拖拉机本来就该保养了。"张队长二话没说就批准了。

我发动了拖拉机就往梨树赶。从小宽到县城得开七个钟头,强劲的西北风好像有零下 40 度,吹透了衣服,把人都冻得像冰棍一样。到招待所登记时,正好碰到小宋。

"嗨,哥们,我把你的档案又送上去了。县里'五·七办'管事的是我当兵那前儿的上级,我告诉他你干活不藏奸,是咱公社最好的。他说他能帮忙就一定帮忙,但是他也没把握,因为铁路局招工的还得政审一次,如果他们把你刷下来,他也没办法,最后是人家说了算,我可是使足劲了。"

我对小宋千恩万谢,然后拽他上馆子吃晚饭。我身上还有几块钱,我们要了好多肉,还喝了好多烧酒,身上顿时觉得暖和多了。饭后我到县招待所登记处查老刘的消息,他已经住进来了。我走到他的房间,里面乌烟瘴气的,许多人在里面抽烟打扑克牌。

"请问长春拖拉机厂的刘同志在吗?"

"我就是,"一个四十左右的中年人起身应答道,"请问您贵姓?"

"我免贵姓胡,你们厂的小唐是我最好的朋友。"

"哦。请进,请进。请随便坐。"

"没事儿,我就在这儿站着吧。我的衣服太埋汰了。"我指指我的油渍麻花的拖拉机手工作服。

"嘿,没事儿,你就坐下吧。"我实在是盛情难却,只得坐了。"小伙子,你在村子里干啥呀?"

203

"我在开拖拉机。我希望能够到你们厂工作,因为我忒喜欢拖拉机。"

"等你到咱们厂时,你看见拖拉机就该腻了。"老刘笑着说。

"我来想请你帮我个忙。我是小宽公社的,因为我家成分高,县里把我给刷下来了。咱公社的'五·七办'主任又把我的提名上报到县里一次,这回他们同意把我的材料交给招工的单位。只要我能通过招工单位的第二轮政审,县里就没有意见。"

我长满老茧的手上都是机油,老刘打量着我这个真正的拖拉机手,赞许地点点头。

"小伙子,好样的。咱们厂就想招像你这样的。上次我们招了六十多个上海知青,小唐算是好的。有些实在不咋的。县里尽挑家庭成分好的材料给我们,咱也不知道他们是啥样的人,根本见不着人,也没法跟乡亲们了解,我手上惟一的东西就是他们的档案。档案只告诉我他们的政治背景和家庭成分,根本不告诉我他们本人表现咋样,那顶啥用啊?现在我看见你本人,你已经是拖拉机手了,知道咋摆弄拖拉机,我相信你到咱们厂一定能够干得好。可惜我们不在小宽公社招工,我们在靠山公社招,我不能问县里要你的材料,那是违反纪律的。我刚到这儿就收到一大把条了,都是让我帮忙的,我不能从后门招工。如果谁的爹是革命干部,那就又当别论,我也许不得不通融一下。但是你家成分高,情况就不一样了。如果为你走后门让人家知道了,那我的麻烦可就大了,这事儿政治风险太大。但是如果你能够想法让县里把你的档案交到我手里,我可以带回厂里让领导批。虽然你家成分高,我可以跟他们说我见着你了,而且我相信你能成为一个好工人,这总比闭着眼睛招来的好。"

"这样吧,如果我有幸能够上调到你们厂,我发誓一定不会让你失望的。我一定尽力而为,当一个好工人。就是去不了你们厂,我还是得谢谢你帮我忙的一片好意。"我向老刘再三感谢后道别。

接下来的问题是,我如何才能通过靠山公社把我的档案交给长春拖拉机厂。我问小宋能不能把我介绍给靠山公社的"五·七办"主任。他同意去试试看。第二天,小宋把我介绍给靠山公社的老尹,我请他们俩在街上的小饭馆儿里吃午饭。我要了一只烧鸡、熘肝尖、葱爆肉、酸菜熬白肉片、猪肉炖粉条子和六大碗大米饭。我还在县城的供销社里买了两瓶最好的高粱酒和两条最好的"大生产"烟。那些东西花了我整整二十块钱,相当于我下乡第三年收入的一半。如果走不了的话,我可真不知道来年该怎么活下去。我倾囊而出,把自己推上了破釜沉舟的不归路。在当年,为了走后门达到某种目的,人们有时不得不"诉诸武力",当然攻城克池势如破竹的武器首推酒和烟,酒瓶的形状像手榴弹,一包香烟就像满满的一梭机关枪子弹。几盅酒下肚之后,老尹开始放松了,于是小宋开始为我说情。

"老尹大叔啊,你得帮我个忙。小胡是个好样的。他干活从来不藏奸,咱公社就数他棒,就是他家成分高点儿。我第一次给他递材料的时候,县里就把他给刷下来了。这回我又给他递了一次,县里头说了,只要铁路局接收,他们就没意见。可是我就不知道他能不能通过招工单位的第二次政审。他在长春拖拉机厂有个铁哥们,他已经跟老刘谈过,人家老刘说了,只要小胡的档案送到他手里就没问题。你瞅他现在就在开拖拉机,上拖拉机厂那可是再好不过了。但是问题是拖拉机厂不在咱小宽招,是在你们靠山招。如果你把长拖的名额让一个给我,我就给你一个铁路局的名额,也许两三个,反正最后有的名额会白瞎了。你回去打听打听,你们那疙瘩的上海知青有谁愿意上铁路局。要我看啊,铁路局比长拖还强。你找到了愿意去铁路局的,咱俩把档案一换,这不就妥了?"

老尹打量了我一下问道:"你敢肯定他们长拖能批你? 咱可不想白瞎一个名额呀。"

"尹大叔,我敢肯定。我已经跟他们谈过了,他们说愿意接收我,不信你可以去问老刘,"我拍着胸脯说。"如果他们把我刷下来,那就是我命该的了。"

"那你叫我上哪儿去找一个愿意去铁路局的呢?"老尹问道。

"嘿,尹大叔,那还不容易? 人家讲了,'火车一响,黄金万两',在铁路上干活那可是铁饭碗儿啊,有的是人想去。"小宋在旁边为我敲边鼓。

"好吧,我明儿个回去取候补名额的材料,如果我能找到一个愿意上铁路局的那就妥了。"老尹也拍拍胸脯。

"那我该怎么谢你呢?"

"别客气啦。"他拍拍我的肩膀。

我从挎包里掏出那两条"大生产"烟,递给他们一人一条。他们都客气地说不必破费啦,我坚持说那是我的一点心意,他们也就笑纳了。我在县招待所里耐心地等待,两天后,老尹回到梨树,给我带来了好消息。

"小胡,你运气不错。我找到一个,他爹在铁路上干,他喜欢上铁路,愿意跟你换。咱俩去找小宋要你的档案。"

小宋一个人呆在他房间里打盹。我拉过一张椅子,老尹和小宋隔着一张桌子面对面坐下。老尹拿出一个棕色的牛皮纸信封晃了一下,小宋一言不发,他从书包里倒出一大沓牛皮纸信封,然后从最底下抽出最厚的一个。他用右手将信封从桌面上推过去,老尹伸出左手来接,同时将他右手里的信封推给小宋。我觉得空气好像凝结住了,我的心也停止了跳动。他们俩互相打量了几秒钟,然后同时放开右手,用左手取回对方的信封。我长长地出了一口气,突然才发现自己大汗淋漓。我从来没有觉得那么累过,好像刚刚只身漂流过大海。

我回到村子里时,小陈已经从上海赶回来了。"嘿,大阿哥,谢谢侬提我的名,阿拉阿姐全告诉我了。"他掏出一包红"牡丹"烟,递给我一支。

我点上烟,深深地吸了一口。那是上海最好的香烟,那种久违的香味使我分外想家。

"对不起,听说侬被县里厢刷下来了。侬做生活比我卖力交关,实在太可惜了。"

"不过,我想还有点希望。"

"哪能一桩事体啊?"小陈大惑不解。

　　我告诉他我收到了小唐的信，然后又到县里面去活动了一番。他半信半疑地看着我，拍拍我的肩膀说："希望阿拉两家头全走好运。"我们俩拥抱了一下。

　　接下来的一个星期好像度日如年，特别使人心焦，我觉得时间好像在东北的严冬里冻结了。喜讯终于在 1972 年 1 月 8 日早上通过我安装的小广播喇叭传来，通知二十多个知青到大队去。我们到了之后，每个人都收到一个信封，我用颤抖的手把它撕开。

　　"胡果威同志：

　　　　经过贫下中农的推荐和组织领导的批准，你被分配到我厂工作，特此通知并向你祝贺。报到日期是 1972 年 1 月 15 日。~~我们将在 15 日上午 8 点派车到你们公社~~（此处被划掉，因为我不是靠山公社的知青）。欢迎你来我们厂工作。

　　长春拖拉机厂革命委员会（大红公章）"

　　我们终于可以离开小宽到吉林省的省会长春去了。小陈和我紧紧地拥抱在一起，我们又和其他在场的知青握手道贺。我马上打了一个电报到上海去报喜，然后小陈和我把钱凑在一起买了几瓶六十度的土烧酒庆贺。那天晚上我们邀请了张队长和另外几个平时处得好的哥们，此外我们还邀请了李老户长，尽管他因为小李没能走成还在生气。我们房间的墙上结了寸把厚的霜，就像一个大冰窖，但是除了李老户长之外，大家都是兴高采烈。我们边喝烧酒，边抽用蛤蟆烟叶卷的大炮，边感谢我们的贫下中农老师给我们的再教育。我当时的感情是又喜又悲。喜的是我很快就要到长春的工厂去学更难更新的东西了，收入也比农村高，而且是旱涝保收。当我天天在地里像牲口般地干活时，极度的劳累和单调使我产生了强烈的想离开农村的欲望。然而眼看就要走的时候，心里的一种说不出来的悲伤似乎又压倒了喜悦。

　　在那三年里，我学到了许多只有在强迫之下才可能学到的东西，那段经历使我变成了一个完全不同的人。我开始真正地体会到，在中国广大的农村里，生活和劳动的条件是如何艰苦。然而那些勤劳的乡亲们，只要有老婆、孩子和热炕头，就心满意足了。那些乡亲们对社会作出如此巨大的贡献，但是他们期望的回报却如此之低，而且连他们的那种最低的生活要求都经常得不到满足。尽管他们缺乏生活最基本的必需品，却很少听见他们的怨言。当地里的庄稼被天灾或人祸毁灭的时候，他们居然能够从原地爬起来，从头来过，难怪说是"庄稼不得年年种"。在变幻莫测的大自然面前，他们中每一个人都是如此之渺小，但是他们居然用自己的双手征服了大自然。

我出生在中国最大的城市本身就是一件非常幸运的事情。尽管我似乎应该在农村扎根一辈子，但是乡亲们还是认为我只是一个"飞鸽牌"。当时我觉得三年简直就像无期徒刑一样漫长，然而乡亲们祖祖辈辈生活在那片土地上，而且还没有希望离开那片土地。他们大多数都是文盲和半文盲，到一起就说荤笑话和骂脏话取乐。然而他们都是好心人，而且是世界上最纯洁的人。当极"左"思潮席卷全国的时候，他们仍没有放弃做人的原则。我们理应向他们学习，并且我们也确实是全心全意地接受他们的再教育，他们亟须用我们的知识来改善他们的那种艰苦和原始的生活条件。当时我真希望我也能多贡献一点我的知识，回报他们对我的再教育。但是因为我们知青受到政治上的限制，允许我们做的实在是微乎其微。眼看我就要撇下那些乡亲们去长春了，我不禁自问，该学的我都学到了吗？当然没有。但是经过三年的时间，我已经到达求学曲线上的一个临界点，即使我留在乡下待一辈子，可学的东西已经所剩无几了。在长春迎接我的挑战和诱惑毕竟是难以抗拒的。

在剩下的一个星期中，乡亲们轮流请我和小陈到他们家里去吃饭，无非是家常便饭，窝头、高粱米饭就白菜和土豆，当然是"管够造"。我们一起喝酒，抽手卷的蛤蟆烟，喜悲与共。我把所有的褴褛不堪的破衣服都送给了乡亲们糊纳鞋底的"袼褙"。我当时完全是一贫如洗，竟连一条可以在城里穿的裤子都没有。一位好心的大嫂帮我把那条统一发的橄榄绿棉裤的里子拆下来做成外裤,再把一条破烂不堪的裤子补上,缝进去权充里子。我又把乡亲们欠我的大约十元钱全部一笔勾销。

1972年1月15日早上,我向小宽一队和乡亲们告别。张队长拿了十个热腾腾的煮鸡蛋到集体户来,硬揣在我的挎包里:"上长春挺老远的,你个人在道上吃一半,那一半留给小唐。你给我捎个话,乡亲们都挺惦记他的。你们俩该回小宽来过年,就待在我那儿,咱家挺热乎的。"然后张队长摸摸我的手,看我上道够不够暖和,突然我们俩都哭了。

然后我上李老户长家去向他告别。他躺在炕上哼哼,脑袋瓜子疼,心口疼的老病又犯了。我让他别起身,并告诉他我到长春后一定去给他找治心口疼的药。他祝我一切顺利。

村子的场院里已经聚集了一大群人,就像我们三年前刚从上海来的时候那样站着。不同的是,他们已经不像当年那样瞪着大眼睛瞅我们,现在他们的眼眶里噙着泪花。他们把我简陋的行李装上拖拉机,我最后一次用摇把将拖拉机打着了火,单缸的发动机轰鸣起来。我想再看一眼我们的土坯房、周围炊烟缭缭的烟囱、我们集合开会的场院、我那心爱的大灰骟马子死在里面的马厩、我们饮水的井,还有周围一望无际的东北大平原,可是我什么都看不见。我还想最后再开一次拖拉机,可是热泪盈眶的我连前面的路都看不见。

我跟每个人都握了手,然后登上拖拉机。我的副驾驶员松开离合器后,孩子们开始追赶。我们停下好几次,直到他们跑不动为止。所有的一切渐渐地消逝在地平线上。

第五章　东　方　红

　　长春是吉林省的省会,那时大约有两百万人口。1930 年代日寇侵华时首先占领了东北三省,建立了伪满洲国,并将中国的末代皇帝溥仪扶持为傀儡政府的皇帝。长春市不少大建筑均建于伪满时期。1945 年,苏联进军东北与关东军作战,所以苏联的遗迹也到处可见,从火车站到南湖的主干道就叫斯大林大街。

　　在 1950 年代中苏密月期间,苏联人帮助中国建造了长春第一汽车制造厂,于是长春就成了中国的汽车城,就像美国的底特律。成千上万的技术人员和工人从上海调到长春,成为建厂的技术骨干。一汽出产的绿色的"解放牌"卡车在全国的公路上称霸达三十年之久。此外一汽出产的"红旗"轿车成了中央首长的交通工具。

　　长春拖拉机厂(以下简称"长拖")是当时全国最大的拖拉机厂之一,也是建于那个基建高潮的年代。长拖生产的"东方红"28 马力柴油拖拉机,是苏联 1940 年代的过时产品,当时年产量约 7,000 台。长拖是一个非常庞大的企业,有直通的铁路专用线、自己的医院、成片的职工宿舍楼、托儿所和幼儿园、从小学到高中的子弟学校、一个可以容纳一千人开会和放电影的俱乐部、一个足球场和一支阵容强大的足球队、好几个篮球场、两个可以容纳 500 人的大食堂、自己的卡车运输队，还有四辆接送孕妇和幼儿服务的专用大客车。当时在这样的一家大厂工作是铁饭碗，工厂几乎能够满足职工从摇篮到坟墓的所有需求。

经过几天的入厂教育，我们开始分配工作。因为有小唐的帮忙，我有三种选择。第一种是非技术工种，如车队的装卸工和食堂的炊事员。非技术工种的好处是无须学徒，起薪就是每月 39 元。第二种是半技术工种，例如总装流水线上的装配工或零件车间的机加工，学徒期为一年，起薪每月 33 元。第三种是技术工种，如电工、机修工和工具车间的机床操作工，学徒期三年，起薪才每月 17 元。我决定当个技术工人，尽管我知道在学徒的三年里生活会很艰苦，学一门手艺对我具有不可抗拒的诱惑力。我很幸运地被分配到工具车间当车工。

工具车间为全厂供应专用的模具、夹具、量具和刃具。在生产流水线上，每个工人一年到头每天都是用专用机床生产同一种规格的零件，而工具车间的工人则用万能机床生产几千种不同的工具，用来加工各种不同的拖拉机零件。我被分到模具工段，我们几乎每天都用不同的工具和材料生产不同的模具。为了保证品质，工具车间的设备都是昂贵的精密设备。我非常幸运，分配到一台 1950 年代从西德进口的精密万能车床，全厂还不到十台。

我的师傅姓赵。开始的几个星期，我的工作就是看他干活和递工具，下班时擦机床。当车工必须站着干活，坐是不允许的。一开始我非常不习惯，几个钟头站下来腿酸脖子痛，几个星期后才渐渐习惯。

我的宿舍就在厂房的三楼，十个人住一间大约 20 平方米的屋子。虽然条件并不好，但是比乡下强多了，有暖气、电灯和自来水。此外每个星期还可以在厂里的浴室里免费洗两次澡。

但是如厕是一个大问题。尽管我们每一层楼都有现代化的厕所,二楼和三楼的厕所都被无家可归的年轻夫妇们占领了。他们把厕所打扫得干干净净,进去住家过日子。白天我们可以在楼下方便,厕所非常干净,因为有"牛鬼蛇神"精心打扫,他是我们厂原来的副总工程师。

夜里下楼上厕所有无数的艰难险阻,因为所有的走廊和楼梯都是漆黑一团。当时电灯泡供不应求,装上一个转眼就被偷走了,就连我都因为要看书而偷过几次灯泡。因为无法下楼,大多数人干脆开了门掏家伙就撒,走廊里到处都汪着一摊摊臭烘烘的尿。有的人则在三楼从旋转楼梯扶手中间的空处往下撒,楼上常常可以听见楼下过路的人喊:"嘿!哪个杂种操的!谁他妈的撒尿谁烂鸡巴头子!"有好几次我自己在楼下,就被三楼撒下来的尿浇着一身,所以后来上下楼都得靠墙走。唐诗曰:"飞流直下三千尺,疑是银河落九天。"我们则把它改成"飞流直下三层楼,疑是黄河落九天。"每到冬天所有的窗户都关上了,臭气熏天的走廊就像有人洒了浓缩的阿莫尼亚,熏得人睁不开眼睛。

夏天的时候,我们就用"油杯"来方便。那是拖拉机上的一个零件,形状就像一个茶杯,容积大约有百把毫升,绝对装不下满满的一膀胱尿。我们全宿舍公用一个"油杯",就放在窗台上。我们经常得撒到一半先憋住,把快满的尿从窗户里倒出去,然后再继续撒。有时憋了一泡大尿,中间就得刹车两三次。我们后来经验特别丰富,可以在黑灯瞎火的夜里,根据手中掂的重量,和耳朵听尿溅的声音,精确地判断杯中的尿是否就要水漫金山了。

除了尿臊之外,冬天的宿舍里还充满了患严重脚气病人的脚臭。为了保暖,大家都在临睡前将鞋垫放在暖气上烘干,严重地污染房间里的空气。大多数人还随地吐痰,最恶心的就是每吐一口还要用鞋将黏痰在地上抹平。尽管环境如此恶劣,我还是不断地提醒自己,厂里毕竟要比农村强多了。我离开小宽的时候,那些乡亲们确实以为我是去天堂了。

因为住房严重短缺,许多夫妻不得不在中间用布帘子隔开的"母子间"里凑合。大家住得如此之近,夜深人静的时候,什么声音都能互相听见,天知道那些夫妻是如何行周公之礼的。尽管毫无隐私可言,人们却照样传宗接代。据说有的男人半夜方便之后竟然睡错了床。

绝大多数新婚夫妇甚至连"母子间"里的一席之地都没有,只好仍旧呆在单身宿舍里。好在同屋的都非常体谅他们,每当有谁的老婆或女友来访,大家就知趣地回避个把钟头,好让他们匆忙地行一下周公之礼。

春节很快就到了,我和小唐一起回小宽去看乡亲们。我们俩摇身一变成了要人,村民们轮流请我们到他们的陋舍去住,屋子里充满了熟悉的蛤蟆烟味、酸菜味、炊烟味和人体的气味。他们用一年省下来的肉、禽、蛋、饺子和大米饭来款待我们。我还特意去看了李老户长,把长春买的药送给他,他十分感动。因为我已经离开小宽了,不必再去溜他的须。那是我第一次看见他流泪,他说我其实还是一个好人,并叫我不要忘了他。我还听说我们的小马户长将被推荐为工农兵学员,到上海的一所医学院去上大学。

我回到厂里后,赵师傅在旁边看着,让我自己上车床练习操作。我们的车工组一共有八个人,赵师傅的手艺并不是最高的,但是因为他是党员,所以他是我们的组长。我们组手艺最高的王师傅出身地主,所以没有带徒弟。当时当师傅的先决条件不是手艺和经验,而是要政治上可靠。

赵师傅是一个很谦虚寡言的人,他对我非常好,但是却并不十分热衷于教我手艺。中国有一句话,"师傅领进门,修行在个人"。靠手艺吃饭的人都认为同行是冤家,赵师傅磨刀的时候常常把我支开打杂,而且也没有怎么教我看图纸,因为他书念得不多,自己看图纸都有困难。我只好靠自己琢磨、练习和看书,当时可看的书实在少得可怜。

1972年4月14日是我进厂后第三次发工资,我请了一个月的假回家探亲。在回上海的路上,我决定到南京停一下去看外公外婆。

我4月16日清晨到了外公外婆家,才听说我的二姨妈和她的女儿也到南京来探亲。我正在吃早饭时,二姨妈和我的表妹走进来。她穿着一身军装,看起来还像一个小女孩。

母亲有两个妹妹。因为我外公1949年失业在家赋闲,没钱送两个女儿上中学,所以在南京解放后不久就送她俩参加中国人民解放军。二姨妈随军南下到了云南后就待下来了,并在云南遇到她未来的丈夫,一个解放军的高级军官。当时我姨父已经33岁了,姨妈才20岁,根本还不准备结婚。他表示看上我姨妈后,党组织就为他做媒,做我姨妈的思想工作,劝她嫁给我姨父。经过几个月的攻心战,她终于同意了。后来我听姨妈说,在要举行婚礼的那天,她后悔了。

"实在是对不起,我不想结婚了,"姨妈哭着跟她的排长说。

"怎么不结婚了呢?你不是同意了吗?"

"我实在太年轻了,我觉得毫无准备。"

"可是我们的政委都三十多了,他可不能老等下去呀。他为人民作了那么多贡献,现在需要你去照顾他的生活,这是组织上对你的信任,你应该觉得光荣。"

"那是他的问题,他可以找个年龄比较大的呀。"

"他说他就喜欢你。"

"可我对他一点都不了解。我尊敬他,但是不爱他。"

"什么爱不爱的呀?那是小资产阶级情调。你可以先跟她结婚,然后再慢慢地了解他,建立革命的感情啊。"

"不行,我得先跟我父母亲商量一下,看他们是什么意见。"

"我们可是一天都不能等。为了今天晚上的会餐,我们把猪都杀了。无论如何你今天就得跟他结婚。"

排长的语气如此强硬,就像军令一般,姨妈是个战士,必须服从命令,于是他们就那么结婚了。他们生了四个女儿,我在南京遇到的是老二,就是我小时候母亲打算用我去换的那个女儿。

1969年,成千上万的中国知识青年上山下乡,对西方人来说,到乡村去享受田园的风光是件非常浪漫的事情。当时越南战争正打得不可开交。美国许多年轻人不愿意到越南去当炮灰,想方设法逃避兵役,而中国的年轻人不愿意下乡,都争先恐后地想当兵,因为当兵是那时最好的出路。要是中美两国的青年能够易地而处就好了。我姨夫是解放军的高级军官,于是我姨妈的三个大女儿都"走后门"当兵去了。

1972年我姨父到上海去做胃切除手术,于是我的表妹请假到上海探望她的父亲,顺便到南京探望我们的外公外婆。我记得曾经在照片上看到过她,那是一张1965年取消军衔时照的合家欢。在照片里,他父亲穿着一套呢子礼服,领章上有两条杠三颗星,军衔是上校。他跟我姨妈坐在前面,后面站了四个女儿。二表妹挺漂亮的,梳着两条辫子,但是当时她还太小,我对她丝毫没有任何幻想。

这次她走进来的时候,我简直不相信我居然还有一个如花似玉的表妹。她算是那种在街上极难遇到的,让你想"看三眼"的女孩子,从远处见到之后,你特别想到近处再仔细地看一眼,等她走过去之后,你还会情不自禁地回头再看上一眼。她长着一对美丽的大眼睛,浅桃红的脸,梳两条油黑的长辫子。在"文革"期间,全中国几乎所有的男女老少都穿着不分性别的臃肿的深色毛制服,所以军装,特别是裁剪比较合身,能显露女性曲线的女式军装,是非常热门的。像她那样一个穿着军装的漂亮姑娘,当然更引人注目。我暗暗地对自己说,"嘿!这小妞可真漂亮。"

我的母校上海市第五十四中学是"高干子弟"云集的地方,因为我曾经被他们毒打过一顿,又因为他们凶残地殴打学校的老师和同学,我对他们有很深的成见,认为他们是一群有优越感、自高自大、粗鲁和凶狠的"八旗了弟"。

但是我的表妹跟他们截然不同,她非常谦虚、平易近人、彬彬有礼。尽管她在我这个表哥面前有点害羞,她跟我说话的态度是平等的,非常热情而友善。如果我事先不知道她是谁的话,我绝对不会想到她是一个军队高干的女儿。我之所以喜欢她并不仅仅是因为她长得漂亮,而更是因为她平凡的举止和态度。她给我的第一印象如此之深,是我从来没有过的一种感觉。那已经不光是喜欢,而是一见钟情。也许这就是情人眼里出西施吧。

因为我曾到过南京,我们俩又都是在休假,所以我就成了她购物和观光的向导。东北是中国的重工业基地,几乎没有轻工业,日用品极其匮乏。我离开长春之前,许多同事托我到上海去给他们捎东西。因为当时买紧俏商品都要凭票凭证,我看着那张长长的购物单据直发愁。我们一起到南京最热闹的新街口,那儿商店里的东西可比长春强多了。没想到她随身也带着一张购物单,比我的还长,为她在云南的战友们捎东西。好在她买东西根本无需票证,营业员对她特别客气。对我来说,那简直是天赐良机。我只要挑选东西,付钱的时候让她递上去就行了。还没到上海,我一天就超额完成了采购的任务。

4月份是南京最好的季节,树上一片新绿,到处都是鸟语花香。中山陵是当地最出名的游览胜地之一。

"你看,这尊孙中山的铜像原来就矗立在新街口。1966年红卫兵要把铜像砸了,周总理下令把铜像迁移到他陵墓的旁边。"

"孙中山是坏人吗?"她问道。

"不,当然不是坏人。要不然周总理怎么会出面保护他的铜像呢?"

"那么红卫兵为什么要把他的像砸了呢?"她大惑不解地问道。

"因为孙中山是国民党的创始人。"

"国民党不是反动派吗?"

"那可不一定。"

"是吗?"她听了大吃一惊。

"对啊。孙中山是一个伟大的革命家,1911年他领导辛亥革命,推翻了满清王朝。1925年他去世的时候,推翻北洋军阀的北伐战争还没有成功,所以他的铜像面对北方,表示他还是壮志未酬。"

"那么国民党里也有好人咯?"她将信将疑地问道。

"我可从来没有说过国民党都是坏人。比如孙中山的夫人宋庆龄也是一个革命家,她原来担任国家副主席,一直到现在,台湾海峡两岸的人民都很尊敬她。"

"哦,对了,对了。"她若有所思地点点头。

我们一起拾级而上去看孙中山的灵柩和刻在墙上的总理遗嘱。

我指着大理石棺材上方拱顶上的青天白日标志,"你看,这就是国民党的党徽。"

"是吗?"她饶有兴趣地往上看着,"但是这看起来和电影里面的国民党党旗有点不一样唉。"

瞻仰完国父遗容之后我们到中山陵后面去看九层的灵谷塔。树阴覆盖着弯弯的小路,啼鸟之声处处可闻。走渴了我们在路边的小摊停下来。我还没来得及掏钱买汽水,她用胳膊肘把我推开,把钱递过去。

"请您收我的钱吧,"她跟售货员说。

"是,解放军同志,"售货员笑着向她敬了个礼。

她顿时脸红起来,我觉得她那桃红色的脸颊特别美。灵谷塔就像镶嵌在紫金山上的一颗宝石。塔并不高,我们很快就爬到了顶层,极目远眺,郁郁葱葱的山峦就像一幅油画。中山陵上的蓝黄二色的琉璃瓦就像万花筒一样反射着下午的日光。

"这座塔有多高啊?"她随口问道。

"不知道,但是可以算出来。"

"真的吗?"她觉得很惊奇。

"当然咯,"我自信地说。

"那怎么算呢?"她好奇地问道。

"你看着,"我从口袋里掏出几个硬币,挑出一个一分钱的然后把胳膊伸出去。"你看着表,一秒一秒地倒计时。等秒针到 12 的时候你说'开始',硬币落地的时候我就说'停'。你告诉我几秒钟硬币才落地,然后我就告诉你塔有多高。好吗?"

她眨眨那双漂亮而好奇的大眼睛,点点头,把表从手腕上取下来握在左手里,开始倒计时,"5、4、3、2、1,开始!"然后挥一下手。

　　我松手放开硬币。当时中国的硬币都是铝的,非常轻。尽管只有一点微风,硬币还是被刮得无影无踪。她盯着表却老也等不到我的"停"。

　　我转过身向她道歉:"对不起,硬币太轻,被风刮走了。"

　　她从口袋里掏出一把硬币,挑出一个面值最大的五分硬币递给我。当时我有点犹豫该不该拿,因为我是一个月才挣十七元钱的学徒工,五分钱对我来说也是一个不算小的数字了。她把那枚五分的硬币塞在我的手里说:"用这个吧。"

　　硬币还是温热的,我攥在手心里等着她倒计时。听到一声"开始",我把硬币顶着微风扔出去,希望能够在硬币被刮走之前先抛出一段距离。结果一样,我还是没有叫"停"。

　　我只好耸耸肩说:"对不起,又被风刮走了。"

　　尽管有一点失望,她轻描淡写地说:"没事。"

　　"不过我可以告诉你怎么算。如果我们有一个足够重的小铁球,我们就可以知道它落地的时间。然后我们用时间的平方乘以重力加速度再除以二,就能计算出高度了。"

　　"请原谅我书念得太少了,1966年我刚念完小学六年级,没有学过这些东西。什么是重力加速度啊?"

　　"呃,东西往下落的时候,速度越来越快。地球就像一块巨大的磁铁,能把所有的东西都往下吸。"

　　"那什么是平方呢?"她又好奇地问道。

　　"平方就是自己乘以自己,比如二乘以二等于四,三的平方就是九。"

　　她惊异地看着我说:"哦,你可真聪明啊!"

　　"我并不聪明啊,这只是基础物理,在高中里学的。但是后来我们就不能念书了,"我叹息道。每每想到不能上大学我就非常伤感。假如没有"文革"的话,那时候我已经应该大学毕业了。让我哭笑不得的是,我竟然在一个小学毕业生面前成了一个博学的人。

　　"你这么聪明,我觉得你应该上大学,"她真诚地说。

"哎,我想我是没有希望了,因为我爸是一个阶级敌人。"

"他干什么了?"

"他在 1949 年前加入过国民党。"

"听说他人很好,而且还很有学问。你刚才不是还说过,国民党并不都是坏的,对吗? 即使你爸是坏人,那跟你有什么关系呢?"

"可惜事情不是那么简单。你们家成分好,我想你很可能有机会念大学。"

"我想大概不行。成分好的并不是都能上大学,除了成分好之外,还得会拍领导的马屁,我最讨厌那种人。我情愿不念大学,也不做那种人。再说我连中学都没有上过一天,怎么能够跳过中学直接去上大学呢? 我还是希望能先上中学。"

在南京的时候,我的小舅舅从五·七干校回南京来看他的二姐,我的二姨妈。1969 年我的小舅舅曾怀疑跟我一起到南京的知青同伴偷了他的一双袜子。小舅舅 1962 年从南京大学毕业,南大是华东的一所重点大学。他是学历史的,因为他在一篇文章里没有歌颂农民起义的领袖李自成,所以小舅舅被贬到苏北的农村去"走五·七道路"。他有两个女儿,因为农村里既没有任何娱乐活动,也没有幼儿园,他的小女儿因为骑猪玩摔下来而脑震荡,后来在学习方面一直有障碍。

我们都问小舅舅好。尽管当时我已经不是"臭知青"了,但和一个刚开始学徒的工人并没有什么多大的区别。我那漂亮的表妹第一次到南京,又穿着军装,自然成了大家注意力的中心。

"哦! 解放军指战员,"小舅舅看到象征她的地位的四个兜军装惊奇地喊起来。

"啊呀,其实我才是排级,是最低的。"她羞红了脸。

"你今年多大?"小舅舅问道。

"刚满十八。"

"参军几年啦?"

"三年。"

"那你十五岁就当兵啦?"

"是啊。"

"你现在工资多少呢?"

"52块一个月。"

"天哪!"小舅舅大吃一惊,"你比舅舅挣的还多。你念了几年书?"

"六年。"

"二姐啊,"小舅舅转向我二姨妈,"你的女儿比大学生挣的还多,真是难以置信。我已经工作十年了,而且我还有两个孩子。"

我不由得倒抽一口冷气。我当时才挣17元一个月,真不知道这一辈子工资还能不能翻三倍。自从1958年以来,老百姓已经有十多年没涨过工资了。我厂里的师傅们几乎全是二级工,每月工资才39元4毛6分,而且得四年才能熬到二级工,此后工资似乎永远停留在那儿,所以大家都说"二级工万岁"。当人家问他们挣多少钱的时候,他们都会骄傲并打趣地说"三千九百四十六大分",听起来好像多多了。

在南京待了三天之后我和表妹一起乘车到上海,妈妈见到我们非常高兴。因为我回家了,家里还有远方的客人,她要为我们做一顿丰盛的团圆晚餐接风。第二天早上,妈妈早上三点钟就起身出去买菜,他让我七点钟到菜市去接她,帮她把菜提回家。我表妹起得很早,自告奋勇要跟我去菜市接妈妈。我们到菜市时妈妈还没有完事,她在一条长队里等着买黄鱼。从1966年"文革"开始,我们已经有六年没有尝过黄鱼的味道了。我们往妈妈那儿走的时候,卖菜的售货员一眼就看见了穿军装的表妹。

"解放军同志,请到前面来。"她满脸堆笑地向我的表妹招手。

表妹站在那儿,脸都羞红了。排队的家庭主妇们同时掉过头来,还在那儿交头接耳地议论,她一下子成了所有人注意的中心。当时我们确实非常窘,因为我们前面还有许多人。妈妈知道那时的规矩,她拽着自己侄女的胳膊往柜台走去。

售货员问我的表妹:"要几条啊?"

妈妈指着我们三个人说:"三条。"

售货员从柜台下面拖出三条特别大的黄鱼放在称盘里,然后她又加了一条,"来四条吧,正好三斤。"

妈妈还在找钱,表妹掏出一张崭新的十元票子递给售货员说:"请收我的吧。"

许多年来,我口袋里从来就没有装过一张十元的票子。所有的家庭主妇们都瞪大了眼睛羡慕地看着我们。表妹低下头,转过眼睛,匆匆地离开了柜台。妈妈看着菜篮子里的四条大黄鱼简直不敢相信。

"啊!这么大的四条,没有你根本就别想买到。"妈妈用惊奇的眼光看着表妹。"每个人只许买一条,比这个小多了。你得走后门,或者是解放军才能买到这么大的鱼,而且想买几条就买几条。毛主席号召全国人民学习解放军,所以你就能受优待。"

"姨妈,这样太不公平了,我应该跟大家一样。明天我还跟你来,但是我不穿军装了,让我太难为情了。"

"那你得两点钟就起来,而且还不一定能买到一条小的。"

"那我情愿不吃鱼。"

妈妈把四条鱼用油炸得又酥又脆,上面浇了糖醋的汁。下午我领着二姨妈和表妹,带着一条黄鱼到医院里去探望我的二姨父,他在长征医院住院。一位年轻的女兵开着一辆老式的电梯把我们送到六楼,楼上挂着一块牌子,"高干病房,非请莫入"。走廊里一尘不染,非常安静,看起来根本就不像医院,而像一家豪华的旅馆。开电梯的女兵把我们领到一张桌子前,后面坐着另一个女兵,她长着一对漂亮的大眼睛,皮肤洁白细嫩,就像一个剥了壳的鹅蛋。她身后的墙上挂着一条大标语,"团结、紧张、严肃、活泼"。看见我们后,她那张严肃的脸上立即堆起了活泼的笑容,问我们找几号病房,然后打电话到房间里去。俄顷,另一位女兵出来把我们领进去,那是一间既宽敞又明亮的双人病房,军装上罩着白大褂的护士们在走廊里走来走去。我所见到的所有女兵都好像参加选美的佳丽,都是精心挑选的。

我的二姨父是一个不苟言笑的人。他戴一副金丝眼镜,军装的上衣口袋里别着一枝金套的派克金笔,看起来像一个知识分子。尽管连小学都没毕业,据说他在那些基本上是文盲的老战友中算是一个秀才了。他手腕上戴的欧米加表更显示他的富有和身份。他点了点头向我打招呼。二姨妈问了他几句话,他简单地以是、否来回答,或是干脆点头或摇头,并不主动说话。我们只好默默地呆坐在那儿。

与二姨父邻床的也是一位从昆明来的高级军官,他的妻子刘阿姨坐在他的床边。她老是盯着我看,使我觉得非常不自在。我尽量不向她那儿看,可总是觉得她有点儿不对劲,她的左眼从来不眨。

过了一会儿开晚饭了,菜很丰富,有红烧肉、清蒸鱼、虾仁炒蛋、凉拌黄瓜、新鲜的豌豆、番茄蛋汤,还有大米饭、肉包子、饺子和麻酱凉面。对我一个靠17元度日的学徒工来说,那简直就像国宴一样丰盛。我们带去的那条黄鱼还是温热的,散发着令人垂涎欲滴的香味,更是锦上添花了。

"我吃不下这么多,拿去和李副政委一起吃吧。"

护士把食物放在一个大托盘里端到李副政委的房间,我们都跟着,一个穿两个兜军装的勤务兵开门让我们进去。那是一间单人套间病房,外面的客厅里有一张长沙发、两把扶手椅和一张大茶几。

李副政委是一个秃顶的矮个子。他的军装扣子开着披在肩膀上。两条空的袖子晃来晃去。他脚上穿着一双黑帮白底的布鞋,后跟处的鞋帮踩下去趿拉着,像一双拖鞋。他们告诉我他还不到六十,可是看起来像是七十开外的人了。他的夫人很年轻,也许刚过四十,还很有风韵,想必年轻的时候是个美人儿。

"你好,这小伙子是你姐的儿子吧?"李副政委的夫人问道。

二姨妈答道:"对,这个是小儿子。"

"你好。"她伸出手来跟我握手。她的手非常细软,显然是一双不用干家务的贵妇人的手。"请坐,请坐。外面挺热的,我给你们来点茶吧。"

二姨妈赶紧推让道："谢谢，不用了。我们一会儿就走，别麻烦了。"

"没事儿。"她转身吩咐勤务兵道："还不给客人倒茶？"

二姨妈把温热的铝饭盒推到李副政委的面前说："这是我姐姐做的鱼，你尝尝吧。"

李副政委把筷子扎进酥脆的鱼里，夹起一块放进嘴里。"嗯。"他一边嚼一边把鱼刺吐在地毯上，然后赞许地点点头："这鱼可真他妈不错，你姐做菜的手艺不错。还有那肉丸子，那叫啥来着？"

"狮子头。"二姨妈提醒他。

"我操，"他拍拍头，"现在脑袋不好使了。你上次带来的那个狮子头也挺香的。"

"你爱吃就行。"

李副政委转向他夫人道："孩他妈，咱明天请他们吃晚饭吧。"

"你就交给我安排吧。"

一会儿，两个护士端着茶跟着勤务兵进来。精美的带托茶杯里，琥珀色的茉莉花茶发出令人心醉的清香。因为妈在等我们回去吃饭，我们坐在那儿喝了一会儿茶就告辞了。

回家的路上，二姨妈告诉我李副政委是列为中国十大军区之一的昆明军区政治部副主任。他出身贫穷，才十二岁就参加红军成了"红小鬼"，参加了二万五千里长征。战争结束时他才三十多岁，还是单身一人，于是党组织就在大学里为他找了一位新娘，据说还是校花。解放初期，农民出身的高干娶城里姑娘的非常普遍，有的甚至把老家的黄脸婆休了讨个城里的老婆。

李副政委和我二姨家一样也有四个孩子。五十年代初期，军队里的干部是没有工资的，实行"供给制"。高级军官可以为每一个孩子雇一个保姆，当时李副政委家和我二姨家都同时雇了三个奶妈，工资由军队发。五十年代中期，军队实行军衔制，李副政委授衔少将。

出于好奇，我向二姨妈打听起刘阿姨来。

"刘阿姨的眼睛是怎么回事呀?"

"她少一只眼睛,那是只玻璃的假眼。她差一点就送命。"

"送命?"我大惑不解地问道。

"是的,她差一点就没命了。为了夺权,昆明的造反派之间武斗挺厉害的。1967年底,各派宣布要停火,并同意开个联合大会放下武器。集会的地点就在我们住的军区大院对面的国防剧院,刘阿姨跟我一起去看热闹。人越来越拥挤,这时突然听见枪声。看热闹的人都四散逃命,我也拼命地跑。我在人堆里绊倒了好几次,总算安全地逃了出来,刚进军区大院的大门,我看见几个男的抬着一个女的往隔壁的政治部门诊部跑。我一看是刘阿姨,她中了一枪,脑袋上都是血,一只眼球当啷在外面。我永远也忘不了那种惨相。菩萨保佑,子弹只差一寸就打到她脑子上了,她那条命是捡来的。"

那种话题实在是扫兴,我们都闷声不响地走回家。

第二天是个星期天,我和二姨妈夫妇、表妹,我妈妈和哥哥,六个人一起到延安饭店。一个女兵在延安饭店门口欢迎我们,她的皮肤也像剥了壳的鹅蛋那样洁白细嫩。两个全副武装的卫兵在门口向我们敬礼,枪托在地上撞击得铿锵作响。我们经过一个大院子,当中有一个椭圆形的花坛,里面是盛开的月季花。饭店大堂的门口还有两个全副武装的卫兵,他们的眼睛凝视着前方,对我们好像视而不见,但是当我们进门时还是向我们敬礼。宽敞大堂的花岗石地面一尘不染,光可鉴人,一条长长的红地毯通向电梯。在我们的右边有一个小商店,我匆匆地瞥了一眼,明亮的玻璃架子上陈列着进口的洋烟和洋酒。我们走进镶嵌着木板的电梯,里面还有一个年轻漂亮的女兵,她按下电钮把我们送到顶楼。电梯到顶楼后,又有两个年轻漂亮的女兵把着门让我们出来。

我们跟着她们走进一间宽敞的餐厅,里面整齐地放着几排十个人的大餐桌。最后她们领我们走进一间包房,宽大的玻璃窗正对着美丽的夕阳。包房的一边是一张餐桌,上面放着八个淡蓝色的盘子和仿象牙筷,还有洁白的餐巾。包房的另一边是一张大茶几,周围放着几把扶手椅。茶几上放着一个插着新鲜玫瑰花的花瓶,还有茶具和一听昂贵的"云烟",那云烟相当于我三天的工资。李副政委和他夫人先到,大家互相问候之后坐下。李副政委拿了一支云烟,然后把香烟听推到我们面前说:"别客气,自己抽吧。"我和哥哥看看母亲,她摇摇头。趁母亲不注意的时候,我悄悄地抓了两支藏在口袋里。

过了一会儿就开始上菜了。四个年轻漂亮的女兵站在旁边为我们服务。先是八个冷盘,有熏鱼、薄火腿片、海蜇、醉鸡、松花蛋、五香牛肉片、凤爪和酸辣白菜。

一个漂亮的女兵捧上一瓶毛主席和周总理在国宴上用来招待尼克松和基辛格的茅台酒。打开瓶盖,整个餐厅里顿时就充满了令人陶醉的香味。她为我们满上酒盅,大家碰杯之后,我一口就干掉了。跟东北的廉价烧酒不同,茅台的味道香醇无比,入口之后,随着酒往下走,一股热气从丹田顺着脊椎升到头上,使我觉得飘飘欲仙。

一开始我很注意我的吃相,每次夹一样吃一小口。二十分钟后,第一道热炒上来了,冷盘里还剩了很多菜。那些女兵们往下撤冷盘的时候,我让她们都给我,她们把剩菜按样分开,倒在一个干净的大盘子里放在我的面前。我如狼似虎地把剩菜一扫而光。那八道热炒不停地上来,我都数不过来了。那些菜的分量给得如此之慷慨,我真希望我没有吃早饭和中饭就好了。主菜是茄汁对虾,八对大虾在一个硕大无比的盘子里,摆放成一条鱼的形状。自从1956年我念小学一年级,就再也没有见过对虾了,那久违的海味如此之鲜美,简直是天堂里吃的东西。

宴会的高潮是汤,海参锅巴鸡汤。一个女兵把一个大砂锅放在餐桌上,揭开盖子,里面的汤还在滚着。她把盖子拿走,做手势让我们往后退一点。另一个女兵端上一大盘现炸出锅的大米饭锅巴。她慢慢地靠近盛汤砂锅,然后小心翼翼地把油炸的锅巴倾倒在滚烫的鸡汤炖海参里。锅巴在汤里吱吱作响,随着热气往上冒,屋子里顿时香味弥漫,大家不禁同时喝起彩来。女兵们把汤分在小碗里,味道鲜美无比。

多少年来,我饥肠辘辘的时候只好勒紧裤腰带,今天我吃得实在太饱了,不得不到厕所去松一下裤带子。当时中国的厕所都是既脏又臭的,延安饭店的厕所则完全不同,非常宽敞明亮,两扇窗户俯瞰着南京西路,四周的瓷砖一尘不染,光可鉴人,洁白的便池和马桶里也没有污垢。厕所里非但闻不到一丝臭味,里面居然还点着香。我掏出一支云烟,点上火深深地吸了一大口,才有生第一次真正地体验到"饭后一支烟,快活似神仙"的意境。

回到餐桌后,我简直不敢相信,桌上放着一整只燉鸡,还有一只足有三斤重的红烧蹄膀。撤下八个冷盘之前,我们的主人李副政委夫妇就停筷了。他们只是尝了一点对虾,啜了口虾仁锅巴汤,吃惊地看着我一盘又一盘地往下吞。我看着全鸡和蹄膀已经是力不从心了。但是听说吃不完的剩菜都会被倒了喂猪,我又毫不迟疑地大嚼起来。我和哥哥按三比一的比例把鸡和蹄膀一扫而光,一直吃到嗓子眼。那是我一生中享受过最过瘾的一次美餐。

因为我在上海长大,自然就成了我表妹和二姨妈的导游,以尽地主之谊。昆明是在边远地区的一个小城市,表妹对上海所有的一切都感到新奇。我带他们去人民广场旁边的国际饭店,原名是花园饭店,人民广场是旧上海的跑马厅。

我吓唬我的表妹:"当心点,你得抓住你的帽子,否则一抬头就会掉下来的。"

她小心地在那栋外国人盖的24层楼房下抬起头,当时那可是中国最高大的建筑物。

"哦!"她惊奇地叫起来,"做上海人可真好啊。"

"唉,这跟我没什么关系,我已经不是上海人啦。我不能待在上海,我只是一个东北的臭学徒工而已,养活自己都够呛。"

"我想情况不会一直这样吧。我在云南的医院附近有成千上万的上海知青,他们劳动非常辛苦,可是收入很少,那是不公平的。你现在已经进工厂了,我想你一定干得很好,他们才把你从农村抽调上来的吧?"

"我希望当兵。每个人都看着你多羡慕啊。"我指指过往的行人，"当兵是最好的出路，你真是天之骄子啊。"

"其实我只是比较幸运而已，既不是因为我聪明，也不是我工作比别人更努力。我相信你将来一定会比我更有出息的。"

我们顺着南京路逛到外滩。在黄浦江边一个废弃的码头上有一个照相店，位置特别好，可以把外滩所有的大楼都照进背景里。我们买了票，让摄影师给我们照相。照完后，我把从朋友处借来的照相机递给二姨妈，让她给我和表妹照一张合影留念。她迟疑了一下，转身向她的母亲求教，二姨妈应允地点了一下头，然后按下了快门。照片印出来之后，她看见照片脸就红了，我觉得她也挺喜欢我的。尽管我还是一个学徒工，她对我并没有偏见。她认为光凭出身来看一个人是不对的，这对我是一种安慰。

我已经有两年多没见过父亲了，准备到"五·七"干校去看他。那个农场在离上海五十多公里外的奉贤县海边，上海市出版系统所有的"牛鬼蛇神"都在那儿接受再教育，改造思想。父亲去干校已经三年多了，每两个月放假回上海一两天。那天晚上我们正在吃饭，一个戴着"工宣队"袖章的年轻人跑上楼来。

"这里是胡家吗?"

"是的。"

"胡邦彦在楼下，他爬不上来，需要你们帮帮忙。"

我马上奔下楼。只见父亲拄着拐杖，气喘吁吁的，坐在后门口的一张从楼下的邻居家借来的凳子上。我抱了他一下，真想大哭一场。可是我还是强忍住了，因为我不想在一个工宣队员的面前掉眼泪。我谢谢那个年轻人，告诉他我一个人就可以把父亲弄上楼。

我毫不费劲地就把父亲背上了楼，他瘦得皮包骨头，大概只有80斤。我把他放在一把椅子上，父子俩抱头痛哭起来。父亲在两年中的变化之大，使我震惊，那场触及人们灵魂的大革命真的把他改造得面目全非。他穿着一件褪色的破旧蓝中山装，配一顶蓝色的军式帽子，脖子上围了一条白毛巾，已经被汗渍得发黄了，脚上是一双士兵和下地干活的农民穿的那种国防绿"解放"胶鞋。他那张晒得黝黑的脸上布满了深深的皱纹,眼镜的一条腿断了,用胶布黏着,表示他还是一个念过书的人。1972年他还没满57岁,可是满嘴的牙全掉光了。因为没有假牙,他闭上嘴的时候脸短了一寸多。他的脸颊深深地陷下去,好像用力吸进去似的。两年前他的头发还是花白的,现在已经全白了。他的腰就像虾米一样弓着,使他的身高至少缩短了一尺。我完全不敢相信,那个老头真是我父亲。虽然还不到六十,他看起来就像一个八十岁的耄耋老翁。我发誓,如果在街上看见他,我绝对认不出他是我父亲。

"爸爸,他们怎么让你回来了呢?本来我想过两天去看你的。"

"我今天早上昏倒了。"

"你怎么了?"

"前天一个垃圾箱着火了,有人浇了一桶水扑灭了,但是他们说那是阶级斗争的新动向。因为我是'牛鬼蛇神',又抽烟,所以有重大的嫌疑。他们把我拽到工宣队的办公室审问我,逼我老实交代是怎么纵火的。"

"纵火?"我听了几乎跳起来。如果他们在父亲写的东西里找茬,断章取义无限上纲,指控他写反动文章,那倒还不算离谱。没想到他们居然指控父亲是纵火犯。

"他们说我是主谋,还逼我交代有几个同谋。"

"主谋?同谋?"这可实在是太侮辱人了。小小的一个垃圾箱,难道还需要好几个人去纵火?

"他们白天黑夜地逼着我坦白写交代,今天早上我实在顶不住昏倒了。一开始他们说我装死,后来干校卫生所的护士检查了,说是真的,他们才把我送回来到医院检查身体。"

父亲不断地停下来喘气,他的声音越来越弱,几乎成了耳语。因为没有牙,父亲说话含糊不清,有的音也发不准。

"你什么时候回去呢?"

"那得看我能请到几天病假。"

"大姨父，你感觉怎么样?"我表妹递给父亲一条湿毛巾，用手心摸摸他的额头。

父亲用毛巾擦了一把脸，然后把毛巾翻过来又使劲擦，毛巾的两面都黏了一层厚厚的油垢。"哦! 我现在已经感觉好多了，亲人解放军。"父亲跟表妹打招呼道，"你是老二吧，对吗?"

表妹点点头，脸又红了。她用手指摸了父亲的脉搏，又看看他的舌苔。"他们怎么可以让你待在那儿? 姨父，你病得很厉害啊。我们那儿当兵的小伙子们生龙活虎的，在医院检查身体一住就是好几个星期，有的甚至好几个月呢。你明天就得去看医生。"

"吃过晚饭了吗?"母亲问道。

"没有，我连中饭都没有吃过。饭太硬了，我没法嚼。我要求食堂给我们做点粥或者烂面条，我们那儿有好几个人像我这样，但是食堂根本不睬我们。我得把馒头在水里泡软了才能咽下去，馒头又不是每天都有，每次我都得买几个存着，现在天气热了，昨天我买了三个，很快就馊了，今天早上我就是吃的馊馒头。有时得连着一两天吃馊馒头。"

"那你们吃什么菜呢?"我问道。

"我只能吃豆腐乳，不用嚼，进嘴一抿就化了。"

母亲用肉汤给父亲下了一碗烂面，加了青菜泥，还剁了几个虾米提味。父亲根本不嚼就囫囵吞下去了。喝完最后一滴汤后他感叹不已，"啊呀! 太好吃了，真是神仙过的日子。"

"明天早上谁去挂号啊?"哥哥问道。

我自告奋勇:"我去。"

"那你得早点睡觉，明天得起大早呢。"

"我没事儿。"

我们一直聊到十一点，然后我把闹钟调到四点整。第二天起床外面还是漆黑一片，天冷嗖嗖的，只有几个家庭主妇提着篮子匆匆地往菜市赶去。到医院时，关着的大铁门外面已经排了长队，我耐心地等着。七点刚到，大铁门开了，排队的人就像潮水般一拥而入。我听见女人的尖叫声,有的人被挤到旁边,有的被推倒在地上。我一个二十来岁的小伙子,毫不费劲地就挤进去,保住了我在队伍中的位置,我们在四个小窗口前面等着。八点钟小窗口开了,我付了五分钱挂到了号。过了一会儿,哥哥用借来的自行车把父亲推到医院。他像八十岁的老翁,拄着拐杖,摇摇晃晃的,每一步只能迈几寸,相当于脚的长度三分之一的距离。候诊室里挤满了病人,有的在呻吟,有的在喊叫,希望引起别人的注意。墙壁和地板非常肮脏,气味令人作呕。我让父亲坐在我带来的折叠小板凳上等着。

一直到十一点来钟才轮到父亲。医生是个中年男子,他问了父亲几个问题,测了他的脉搏和血压,然后让撸起上衣听他的心肺。父亲简直是骨瘦如柴,一根根肋骨就像搓衣板。医生检查一分钟就完事了。

"你的情况还不是太糟糕,"医生说道。他在父亲的病历上写了点什么,然后给开了一天病假。

"医生啊,"父亲央求道,"您看,我连路都走不动,请您能不能给我多开两天?"

"呃,医院里是有规定的,我们通常一次就只能开一天,你是知道的。干校里有自己的卫生所,我们不能越过卫生所的权限。算了,这次我给你三天吧。我最多就能给这么多,下不为例。"他在一划上又加了两划,然后在病假条上签名盖章。

"谢谢您,医生。"父亲鞠着躬退出门外。

"医生怎么会知道你在干校呢?他根本没有问过你在哪儿工作。"我大感不解。

"他们在我的病历上做了记号,标明我是关在'牛棚'里的,我得在干校里劳动改造。通常我只能请到一天病假,这次三天已经是开恩了。"父亲心满意足地说。

表妹见到我们回家愣了一下。"你怎么这么快就回来了?他们没有把你留下来透视拍片子、做心电图、超声波、化验血和尿啊?"

"没有啊。医生就看了我一分钟,给我开了三天假。"

230

"才三天啊?"

"是的,起先他只给我开了一天,我求了他才给加了两天。"

"姨父,我认为你得卧床休息三个月。真的。"

"下次你能跟我一起去告诉医生吗?"

"我才是个小护士,医生怎么会听我的呢?我不能告诉医生该怎么做。"

"嗯,其实我想你什么都不用做,只要跟我去,站在我身后就行了,我想医生就会给我多开几天假。他们也许会觉得我跟别的牛不一样,因为我有一个解放军的亲戚。"

"如果真是那样的话,那我一定跟你去。"

三天之后,我又起了个大早,到医院挂了号之后赶回家,用自行车把父亲推到医院。当护士出来喊号的时候,她立即就注意到我那穿着军装的表妹。

"解放军同志,请到前边来。"她招招手。

"不是我,是我的姨父要看医生。"表妹指指我父亲。

"过来啊,老同志。"

已经有整整六年没有人叫过父亲同志了,那声同志听起来实在是悦耳。那护士走过来,搀扶着父亲到医生的诊室,让父亲坐在椅子上等候,我们不用排队伍就成了第一号。医生进来后,护士把父亲的病历递过去。医生就是三天前给父亲看病的那位。

表妹搀扶着父亲,挪到医生的写字台边。医生好奇地打量着表妹和父亲,猜测两人之间究竟是什么关系,我站在旁边好像根本就不存在似的。他打开病历仔细地研究了两分钟。

"哪里觉得不舒服啊?"医生客气地问道。

"我的腿不行,站不住也走不动。"

"上次我给你开了三天,现在好一点了吗?"

"太谢谢您了。可是我的腿还是不行,今天早上穿衣服的时候,我觉得衣服重得不得了,差一点把我压垮了。"

"嗯,我最多只能给你开三天,除非上面特批,这是医院的规定。"

"医生同志,我能不能说句话?"表妹问道。

"当然可以了。"医生点点头。

"这位老人是我的姨父。我也在医院工作,根据我在过去三天的观察,他病得非常厉害。我知道您十分为难,但是如果您能给他多开几天病假,我们将非常感谢您。其实毛主席的指示是,'广大干部下放劳动,这对干部是一种重新学习的极好机会,除老弱病残外都应该这样做。'尽管他并不残废,难道他还不老弱吗?"表妹指指我的父亲。

医生又把表妹从头到脚打量了一遍,他握着笔在纸上想了一会儿。当年毛主席号召全国人民学习解放军,尽管表妹刚满十八岁,她已经是一个穿四个兜的干部了。当时军队里的女兵凤毛麟角,大家都知道,大多数的女兵都是高干的女儿,只有少数是靠长相和才能,被选去照顾高级将领或参加文工团。再说表妹讲得也有道理,毛主席确实说老弱病残者除外的,尽管当时具体执行政策的时候年龄和健康状况往往是被忽视的。

"让我去请示一下。"医生走出去后过了两分钟又回来,把一张纸放在桌子上,"这儿,这次我给你开了两个星期。"

"太谢谢您了,医生同志。您真好。"表妹连声道谢。

"实在太谢谢您了。"父亲睁大了眼睛简直不敢相信,跟着千恩万谢,感激涕零。

我把父亲扶到外面,放在自行车的后座上,三个人边推边谈。

"我该怎么谢谢你呢?亲人解放军。"父亲真心诚意地说,他实在是大喜过望,天知道他已经有多久没有休息过两个星期了。

"姨父,但愿我能够帮你再多开几天。你病得实在太重,身体太弱了,还应该再多休息几天。他们对你这样,我看了心里真难受。"

"我该怎么表示感谢呢?"父亲问道。

"其实什么都不用。你一再告诉我中文有多么重要,我才小学毕业,中文实在太差了,也许你可以帮我改错别字和病句。"

"没问题,我们一言为定。你多给我写信,我改了以后再寄还给你。"父亲满口答应。

"真的吗?"她高兴得跳起来,就像一个小姑娘。

我们到家里看见有客人在等我们,就是四天前才把父亲送回家的那个年轻的工宣队员。父亲心里顿时一沉,是不是纵火的案子还没完,那小伙子要把他押解回干校继续审问?

小伙子看到父亲立刻站起来把他扶到椅子上坐下。"老胡同志啊,"他清清嗓子,"这是您的行李。队长让我转告您,您接受再教育表现非常好,现在您可以从干校毕业了。您先休息一个星期,然后到出版社报到。"

"太谢谢您了。一定,一定。"父亲如释重负,高兴得眼眶都湿了。

"不用谢我,您应该感谢党和毛主席。老胡同志,您多保重身体。"小伙子起身,彬彬有礼地向父亲告辞。

父亲居然在一天里两次被人称为同志,我们都高兴得吃惊,父亲更是不敢相信那一切都是真的。

"我实在是太幸运了,干校里还有比我更老、更弱的人呢。"他自言自语地念叨着。

在家休息了几天后,邮差上门来了。他的车技高超,半时根本不下自行车,总是把信扔在每家门前的水泥台阶上完事。但是这次可不一样,他一直登上三楼,小心翼翼地把一封上面贴了外国邮票的航空信放在写字台上。那是父亲的弟弟,我的三叔从美国寄来的。我们已经六年没有三叔的音信了。当时美国还是中国的头号敌人,我们都感到既吃惊,又害怕。父亲的手颤抖着,拆开那封信。

"大哥:

　　六年未通信,家人常在念中。尼克松总统年初访华,中美关系正在改善。离家已逾廿载,我想现在可以回国探亲了。弟已从加拿大多伦多中国领事馆获得签证,并已经购得机票。弟将先赴北京、西安、延安访问,五月八日抵沪,盼早日聚首。

　　　　　　　　　　　　　　　　　　　　　　三弟

若需中国无有之物,望即赐示,又及。"

我们互相对视后会心地挤挤眼睛。显而易见，他们把父亲从干校释放回家，是因为三叔要回国探望他了。一个星期过得很快，父亲的身体还是非常虚弱。我借了自行车把他推到公共汽车站，扶他上车之后，我就径直骑到目的地等他，然后再把他推到出版社。那是父亲第一天报到上班，社里让他读报，学习毛主席著作，好让他跟上形势。中午时分，工宣队队长找父亲谈话。

"老胡同志，最近怎么样？"

几天之前，父亲还是个阶级敌人，还是一桩纵火案的重大嫌疑人，现在他突然成了工宣队队长的同志，那封海外来信居然能如此扭转乾坤。

"我感觉好多了，谢谢您，队长同志。"

"不用谢我，你应该感谢党和人民。我们重新审查了你的问题，尽管你的历史问题的性质是属于敌我矛盾，但是你的态度还比较好。因为你有认罪和悔改的表现，组织上决定把你的历史问题作为人民内部矛盾来处理。"

"谢谢党和人民对我的宽大处理，我一定继续不断地改造思想。"

"腿怎么样？好点了吗？"

"好点了，谢谢你。"

"小儿子怎么样？听说他从农村上调到长春的工厂去了，祝贺你啊。你们多久没见面啦？"

"两年多了。现在他正好在上海探亲。"

"是吗？老胡同志啊，你一定得跟他多聚聚。他什么时候走？"

"5月15号。"

"哦，那你就在家休息到15号吧。你的腿需要好好地养养。"

"您对我这么关心，太谢谢您啦，队长同志。"

"老胡同志，用不着谢我，你应该感谢组织上对你的关怀。你在干校劳动很努力，大家对你的评价都很高，你应该好好休养一下。家里都好吗？"

"都挺好的，谢谢您关心。"

"哦,对了,你兄弟姐妹都好吗? 最近有什么消息吗?"

"不错。我正好刚刚接到一封我弟弟从美国写来的信。"父亲早有准备,他从口袋里掏出那封信,用双手恭恭敬敬地递给工宣队长。

队长读了信问道:"真的吗!? 你们多少年没见面啦?"

"从 1948 年到现在。"

"他在美国干什么?"

"他是哥伦比亚大学的教授。"

"哦,哥伦比亚大学! 那可是美国最名牌的常春藤大学之一啊,我真为他感到骄傲。许多热爱祖国的华侨知识分子在海外取得了卓越的成就,你弟弟就是其中之一。不管他们在什么地方,他们为中国人民带来了荣誉和尊敬。他们是中国人民的骄傲。"

"太谢谢您了,队长同志。"显然,如果队长同志预先没有准备,是绝对说不出常春藤大学那种话来的。

"美国总统尼克松访华之后,中美两国之间的关系有所改善。目前我国的形势一片大好,不是小好。东风继续压倒多数西风,我们一天天好起来,敌人一天天烂下去。你应该告诉你弟弟,我们在工农业各条战线上取得的伟大成就。我们的党和人民欢迎爱国的华侨回国参加社会主义祖国的建设,我代表党和人民,邀请他回国,我们的政策是来去自由。"

"太谢谢您了,队长同志。我一定向他转达您的邀请。"

"老胡同志啊,我们的形势一片大好,这是毫无疑问的。但是在史无前例的无产阶级"文革"中,错误总是难免的,这可是一场触及人们灵魂的大革命啊。我知道你在运动中也受到了革命群众的批斗。因为运动的规模席卷全国,革命群众的热情无限高涨,所以这也是不可避免,而且是可以理解的。尽管他们的出发点是遵循毛主席的指示'惩前毖后、治病救人',一部分人的行为过火了。当然我们之间可以坦率地谈论这些事情。但是,"工宣队长的语气突然变得严肃起来,"内外有别。党和人民相信你,你一定会多讲光明的一面,不要讲阴暗面。"

"是,队长同志,我感谢党和人民对我的信任。"

"老胡同志,我建议你在家休息的时候,在百忙之中再反复学习伟大领袖的矛盾论,你将会从中得到启发、方向和智慧。"

"是的,我一定好好学习。"

"老胡同志,这是一封介绍信。在你弟弟到上海之前,你可以到华东医院(上海最好的高干医院)去把假牙配好。另外这还有一些布票,给你和家里的人做几件新衣服。我国人民的形象是非常重要的。"

"谢谢您的关怀,但是我怎么可以收下呢?"

"不要客气啦,拿着吧。你不用感谢我,你应该感谢组织上的关怀。回家休息去吧。我相信你会知道怎么照顾你自己的。"工宣队长一语双关,看着父亲的眼睛,紧紧地握了握他的手。

想当年,家人的久别重逢并不一定是一件欢乐的事情。在"文革"期间,海外关系是烫手的山芋,人们都是避之惟恐不及。但是我们不能够告诉三叔不要回来,况且他的行程都已经定了。母亲对海外亲友来访可能带来的后果特别担心。家里对是否应该让三叔到我们家来,以及我是否应该留在上海见三叔展开了激烈的辩论。

"我想我们不能让老三到我们家来,"母亲对父亲说。

"如果他要来的话,我怎么能够拒绝呢?"父亲为难地说。

"我不管,我们绝不能让他进我们的家门。"母亲的态度非常坚决,"你已经把两个孩子害苦了,我不能再让你弟弟害他们了。"

父亲有苦难言,因为他的"历史问题",我们哥俩受尽了歧视。但是作为一个正直的人,父亲怎能拒绝一个二十多年没见过面的弟弟到家里来呢? 一笔是写不出两个胡字来的。父亲把脸埋在手掌里掩饰他的感情,他既不想让步,又不想跟母亲争吵。在国外有个亲戚本身就够理亏了。

"你倒是说话呀! 你到底让不让他来?"母亲逼着父亲表态。

"工宣队的领导批准我跟他见面,让我告诉他祖国的大好形势。"

"我是问你到底让不让他到我们家里来。"

"让他来啰。如果他要来的话,叫我拒绝我说不出口。"父亲终于鼓足勇气表了态。

"没门! 我绝对不能让他来。让美国的亲戚到家里来还了得? 所有的邻居都要来围观了。你儿子是待业青年,如果老三来的话,他的前途不是就完了吗?"

"我知道,实在对不起。但是我们总得有个地方见面吧?"

"那你就到他的旅馆去见他,或者让他到你姐姐家去。"

"如果他要到我们家来看看,让我怎么说呢?"

"你就说我们家太远。"

"他万里迢迢从美国到中国来,我怎么好意思说远呢? 再说我怎么能够当着自己姐姐的面跟我弟弟撒谎呢?"

"那就告诉他说不方便,我想他会领会你的意思的。"

"不行,我说不出口。他是我的亲弟弟,血浓于水嘛。"

"如果你要弟弟不顾家的话,那我就走。如果他踏进我们的门槛,我就跟你离婚,两个孩子都归我。"母亲拽过我的膀子。

父亲转过身去,他的肩膀不停地抽搐着。他是个坚持原则而正直的人,在多年的政治运动中他已经受尽了迫害,现在还要叫他在家庭和兄弟之间做一个痛苦而两难的抉择,而兄弟本身就是大家庭中的一员。为了保护自己的家庭,他就要做违心的事情,为什么本来应该是欢聚的盛举,居然会带来如此的恐惧和麻烦?

接下来的许多天,父母亲之间争吵不断,有时当我们的面吵,有时关起门来吵。最后父亲不得不让步。

此外母亲还向我施加压力,使我的探亲假非常不愉快。

"我想你最好在他到上海之前回长春,"母亲建议道。

"为什么? 妈,他8号就来了,我的探亲假要到15号呢。"

"我们老了,没有什么前途啦。你还年轻,见了他可能会影响你的前途。"

"妈,你觉得像我这样的人这辈子还有前途吗? 你得了吧。我根本就没有什么前途可言,所以也就没有什么可以被他影响的。所有的一切都已经在我的档案里头了,我见还是不见他有什么区别呢?"我反问道。

"不过,如果今后人家问起你的三叔,你至少可以说你从来没有见过他,那样就不会影响你了。"

"妈,现实生活并不是你想像的那样。尽管我并没有见过他,我的档案报到县里政审第一轮就被刷下来了,不就是因为我有海外关系吗?你真的以为不见他就没事啦?你想得美吧。妈,我这辈子随便到哪儿档案就跟着我到哪儿。"

"那我们姑且不谈见不见他有什么区别,但是我敢肯定,不见他总不会更糟糕吧?"

"妈,你知道他是我嫡亲的叔叔啊。我又不是专程从长春赶回来见他的,我是正好在上海,我不想为了避开他而改我自己的行程。我为什么不能见我自己的叔叔呢?为什么啊?如果见了他事情会更糟糕的话,那么糟就糟吧。他们总不见得把我从工厂开除吧?即使开除了,我还可以回到村子里去种田,不可能再坏了。如果见我的叔叔是犯了死罪,杀头不就是碗大个疤吗?那又怎么样呢?"我的感情冲动起来。"再说,他们在东北怎么会知道我在上海见到我叔叔了呢?"

"孩子啊,"我二姨妈打断了我的话,"这你就不懂了,你太幼稚了。我在人事部门工作了二十多年,根据我的工作经验,这种性质的事情都会被汇报上去,记录在你的档案里面。这里的居民委员会马上就会报告到区里,区里又往上汇报到市里,全国的党组织随时都是有联系的。我认为见你三叔真的会影响你的前途。母亲总是爱自己的孩子的,她是为了保护你。你应该孝顺她,听她的话才对啊。"

"即使他们汇报到长春,那也不一定就会影响我的前途啊。政府总是说多数的华侨是爱国的,有什么理由怀疑三叔是不爱国的呢?尼克松访华才几个月,他就决定回祖国来探亲,那就说明他非常想念亲人,热爱自己的祖国,难道不是吗?如果他是爱国的,我见他有什么错的呢?"

"不,你可不知道啊,"二姨妈摇摇头,"中美两国之间已经有二十多年没有外交关系了,我们知道美国是怎么回事? 我们根本不可能知道他爱不爱国。因为美国是帝国主义国家,还是我们的敌人。拿不准的事情最好不要做。"

她的那番话似乎真有点道理。既因为美国对中国的封锁,更因为中国当时的锁国政策,我们对国外的事情完全一无所知,那种无知和排外的宣传,使全国都变得互相猜疑并极端仇外。问题就出在这儿。

"但是我们是中国人啊,对中国人来说,家庭是最重要的。对亲人故意避而不见,在良心上是说不过去的。我怎么能够六亲不认呢?"我转身对母亲说。

"我不想跟你争论,我是你妈,我告诉你得在 5 月 8 号之前回长春。"

"但是,妈,我们有两年多没见面了。你说你想我,我也想你啊。你为什么要叫我缩短探亲假呢? 我想跟你在一起,他来就来吧。"

母亲突然忍不住大哭起来。

"能不能谈谈你对这个问题的看法呢?"父亲转向我表妹。

"我想你们两个都对,我认为见与不见都不应该有什么区别,但是在现实生活中可能真的就会有区别。我知道这是一个令人左右都为难的决定,一个是你的母亲,另一个是你的叔叔。自从我国政府邀请尼克松总统和基辛格来华正式访问,中美两国的关系正在改善,我认为见你叔叔应该没有什么问题。其实这并不是一个对还是错的问题,但是不幸的是,现在即使是对的事情也并不一定就能够做。你是一个大人了,前途是你自己的,你应该自己拿主意。"表妹转向我说。

我这位年轻的表妹竟能够富有哲理地处理一个如此棘手的问题,使我感到非常意外。尽管她并不认为见我叔叔应该有什么麻烦,但是我又想到更深的一层。那不仅是一个进退两难的问题,而是一个三难的问题。母亲坚决反对我见三叔,二姨妈也认为我见三叔可能会带来麻烦。如果我执意要见三叔,那就不仅会得罪母亲,还会得罪母亲的妹妹,她恰恰又是我表妹的母亲。当时我对表妹感情已经超过了一般的好感,如果得罪一个将来有可能成为我丈母娘的人,那显然是很不妥的事情。此外,当时结婚必须通过严格的政审和党组织的批准,如果有一方在军队服役就更严格,尽管当时婚事还连八字都没一撇,见我的三叔完全有可能把我婚姻大事给毁了,最终,我不得不违心地放弃了与三叔见面的机会。

当然我还是能理解母亲当年为什么那么不近人情。现在看来,母亲的那种过分的反应和多余的顾虑是完全不可理喻的,但是当时人们的那种恐惧心情却是一种自卫的本能,我现在回想起来仍心有余悸。

多年后,三叔告诉我他第一次访华的见闻。中国政府对他那次探亲做了极其周密的安排,他第一站先到延安,那是毛主席领导的革命的摇篮,在抗战八年中,红军在那儿从几千人成长壮大到百万雄师之众。三叔被带到一个人民公社劳动了两个小时,他一个从美国回来的华侨,居然能用扁担挑水,使那里的贫下中农大为惊诧。在飞机上,那些空中小姐是他一生中见到过的最漂亮的,她们穿着军装式的制服,以专业的水平为他表演革命的歌舞。三叔与他的兄弟姐妹们团聚,大家都非常谨慎,既不主动问,也不主动说,彼时无声胜有声。当他最后步行通过罗湖桥进入香港时,才如释重负地喘了一口气。当时还有一个女的跟他同时出境,他居然还与那个素昧平生的女人拥抱了一下,庆幸都能平安地离开中国。然后他又遇到一个刚从湖南探亲后出境的人,那老兄悄悄地告诉三叔,他里面连短裤都没穿,因为家里的亲戚实在太穷了,他把一切可能留下的东西都留下了。

五一劳动节之后,表妹的假期满了。尽管我非常喜欢她,我总是告诉自己不要有非分之想。我仅仅是工厂里的第一年学徒工,她已经在军队里提干,当上了护士,享有一切军人的优待和政治上的特权。我为自己寒酸的地位而异常自卑,因为在中国人看来,男的应该比女的更成功,挣更多的钱。此外,我的父亲是反动党团骨干,而她的父母都是中共党员,我们两家实在是门不当,户不对,中间好像有一道无形的鸿沟把我们隔离开来。然而她对我的态度又使我对她亲近,她跟五十四中学的那些趾高气扬的高干子弟很不一样,她很谦虚,也很礼貌,并没有一个出身于特权家庭的孩子的那种优越感。她对我的家庭并没有偏见,而且非常大方,出门总是抢着付钱。尽管我们的家庭背景迥异,但是我们都因为"文革"而辍学,在这一点上我们又是同病相怜的受害者。

她走之前的那天晚上,我鼓足了勇气告诉她我想跟她谈谈。我们俩坐在父亲的小书房兼卧室里,我送给她一本影集,里面装着我们在一起拍的照片。她也回送给我一本影集,比我的那本大,并且还考究得多。我早已把想说的话在心里排练了好多次,我想告诉她我爱她,还想亲吻、拥抱她,可是两人面对面时,我的舌头却不好使了,原来的勇气也荡然无存。我们俩就是那么几乎相对无言地对坐了两个小时,她老是翻来覆去地看我送给她的影集,我则装着看她送给我的影集。

第二天早上我和哥哥到火车站去为她送行。她登上了那列开往昆明的"强盗车",车上挤满了知识青年,月台上更是人山人海。汽笛拉响后,高音喇叭里放着"大海航行靠舵手",顿时车上车下哭声震天。我觉得哥哥也在暗恋着她,我想我们俩都在控制自己的感情,生怕让对方知道心中的秘密。多年后,哥哥承认他确实暗中喜欢过她,但是因为他当时是一个在家"待业"的失业青年,地位还不如我这个刚进厂一个月才挣17元的穷学徒工,所以他更没有勇气向她表白。

母亲是过来之人,她觉得有点蹊跷,但还不肯定,于是她问我是不是喜欢我的表妹,我没有否认。她劝我死了那条心,因为我们两家的差距实在是太大了。她说:"你别癞蛤蟆想吃天鹅肉了。"我问母亲能不能帮我问问她的妹妹,母亲一口拒绝了,她生怕让二姨妈为难,因为即使她心里反对,也会碍于姐妹的情面不好意思说出口。

1972年5月7日正好是毛主席发表五·七指示的两周年,我再次登上了那列北上的"强盗车"去长春。车厢里又挤又脏,使我全无睡意。我当时的心情坏到了极点,好不容易才回家一次,为了故意回避从美国回来的三叔,我不得不缩短自己珍贵的假期。在我看来,六亲不认是非常不道德的。回长春之后,我还得对同事们撒谎,为什么提前一个星期返厂,撒谎又是不道德的事情。

同时我又在思念我那漂亮的表妹。百无聊赖之中,我取出纸笔写了第一封以"亲爱的表妹"开头的信。因为我深知我们之间有一道几乎无法逾越的社会鸿沟,当时我根本没有指望她给我回信,但是我回到长春之后还是把信扔进了邮筒。

三个星期后,我收到一封云南来信,地址是中国人民解放军第××医院外事科。我的心顿时跳了起来,等不及洗手,就用粘满机油的手把信拆开了。信的开头是"亲爱的表哥"。她告诉我她是一路哭回家的,因为她想念在上海和南京见到的亲人,我们共同的外公外婆、我的父母、哥哥和我。她说她根本没料到我会给他写信,因为我比她聪明,尽管我还是个学徒,却是比她努力得多才争取来的。她还说她怕我瞧不起她,因为我生在中国最大的城市上海,而她是一个从云南的边远山沟里出来的"乡下人"。尽管当时看起来她要比我成功一些,她认为今后我一定会比她更有出息。

她工作的医院离云南的省会昆明还有五天的汽车路程,我给她的信得走七到十天才能到她手里,她的回信又得走七到十天,于是我立即给她回了第二封以"亲爱的表妹"开头的信。对一个正在恋爱的小伙子来说,两三个星期的等待实在是太漫长了。第二封信还在途中,我在接下来的那个星期里又写了第三封以"亲爱的表妹"开头的信,平均每天写一两页。在那个星期里,我也接到了她给我的第二封以"亲爱的表哥"开头的信。从此我们就开始了写情书的马拉松竞赛,平均每周一封,有时两封,总是有一两封在途中交叉,所以我们得把信编上号。从1972年到1982年的十年里,我们每人写了大约五百封情书,平均每周一封,所有的信都按顺序存放在鞋盒子里。每封信平均七页,每人总共写了三千五百页,其中最长的一封信是42页,当然是我写的。因为当时太穷了,邮资对我是很重的经济负担,有时一个月一元,在我每月17元微薄的薪水中占了相当可观的比例。为了避免信超重，我总是用最薄的描图纸来写信。

我写信非常认真，因为那是拴住几千里外的亲爱的表妹的心的惟一手段。当时我的薪水还不到她的三分之一，家庭的政治背景又差。我知道当时有许多人会幸灾乐祸地希望我们吹了，还有许多条件比我好得多的单身汉会渴望把我挤掉取而代之。

我和赵师傅的师徒关系很快就结束了。从上海回长春后才几个星期，那天我正在看赵师傅干活，他用锉刀把成品最后抛光一下。突然我听见一声惨叫，赵师傅被飞快转动的机床卷进去了，接着又挣扎出来倒在水泥地上，衣服的一条袖子被每分钟几百转的机床卷进去了，光着一条膀子。所有的这一切都发生在不到一秒钟的时间里。我马上冲上去，他的脸上血肉模糊，已经面目全非。他的鼻子被打扁了，左臂骨折，四颗牙齿没了，下巴骨碎了，额头上伤痕累累，后脑颅骨开了口，我把自己的工作服垫在他的头下面，有人飞奔着去找救护车。我们把他送进医院，医生为他动了四个小时的手术。车间派我到医院去照顾他，一个星期后他出院了。我把他送到大连他丈人家，他在那儿修养了好几个月。回厂后，他被调到塑料模具小组，从此就再也没有上过机床。

没有师傅后，我开始自己倒班，自己琢磨着学手艺。因为我读过十年书，比我同事的平均文化程度高很多，我学得很快。不到一年的时间，我非但能够在工程师和技术员规定的工时之内超额完成任务，还学会了看复杂的三维图纸，根据图纸想像出成品的形状。三年满徒之前，我已经能够做最复杂的模具，而且干得跟八级工一样好、一样快。

当时中国通过经济援助的方式，向全世界的许多社会主义和第三世界国家输出革命。我们｜援助阿尔巴尼亚建造了一座拖拉机厂，相当于我们厂的翻版，只是规模略小一些，所以没有工具车间。我们车间负责向他们提供工具，那在当时是一项非常严肃的政治任务。作为礼尚往来，中国从阿尔巴尼亚进口了大量的香烟，因为烟味极浓，我们称之为"阿凶"。

　　尽管我并不是党员,我总是少数几个被选中的工人之一。援阿的模具用料讲究,精确度要求也高,所有的成品都必须经过最严格的试验和检测。因为援阿的政治任务事关重大,我总是万分小心。尽管我当时是全厂最出色的车工之一,我认为并没什么了不起,因为我比同事们的文化程度高,活比他们干得好是理所当然的,而且我觉得我的工作还远没有达到我潜力的极限。

　　在当年,活干得好坏多少跟工资是毫无关系的。赵师傅离开后,车间调了党员老祝来当我们的车工组组长。他是一个参加过抗美援朝的退伍军人,七级工,每月工资 85 元,是我的五倍。他每天八小时都在车床上干活,但是却使人难以置信地不出活。车间总是让他干最简单的活,如螺丝和螺帽,但他还是撵不上趟。俗话说,“工欲善其事,必先利其器”。切削同样的材料,我可以用高速一刀切 10 毫米,他用低速一刀切 2 毫米都够呛。我磨一次刀可以用几天甚至几个星期,他老兄一天得磨好多次刀。尽管如此,老祝总是被评为“劳动模范”,让大家向他学习,据说是因为他的“劳动态度端正”。模具工段的段长陈师傅是个八级工,他对我很好。他认为干螺丝螺帽是浪费我的时间,所以如果没有难活,他宁可让我呆着。

　　出于政治原因,当年“先生、太太、小姐”等资产阶级的称呼都被取消了,无论什么行业,“师傅”就成了人们之间最亲密的称呼。尽管三年满徒之后同事们也开始叫我“胡师傅”,但是我从来没有当过一天真正的师傅。虽然我是大家公认的第一流车工,而且在完成工具车间最棘手的任务中起了举足轻重的作用,但是在六年的车工生涯中,我从来没有机会把手艺传给一个徒弟,因为车间的领导说我的劳动态度不端正,而且政治上不可靠。身为党员的老祝总是带着一两个徒弟,他的徒弟常常来向我求助。纠正他们从老祝那儿学来的坏习惯往往比从头教他们还困难。

　　作为车工组长,老祝总是带领我们政治学习,每周三次。他总是吹嘘他当年如何炸美国鬼子的碉堡,其实在日常生活中,他是一个最胆小如鼠的懦夫。因为胆小怕事,他从来不敢正面给我们提意见,但是却老在背后打我们的小报告。当他干活的时候,我们组的小王就说了:"你瞅那老东西,又炸上碉堡了。"

在机床上干活是很危险的。车工最常见的工伤是被飞溅的高温切屑烫伤,那几乎每天都发生。如果切屑掉在头上,随手掸去只是烧断一缕头发而已。如果切屑掉进衣领,就会一直顺着背后或胸前掉到皮带上的腰腹部,你还没来得及松开裤腰带,就已经烫掉一大块皮了。如果忘了带防护眼镜,切屑有时会直奔你的眼睛飞过来,你的眼皮会出于本能地立即闭上,把高温的切屑紧紧地夹在中间,正好在眼皮上烫出上下对称的两个伤口。

我干车工的六年里,眼睛曾经两次受伤。有一次磨刀的时候,一块微小的金属屑穿透了我右眼的角膜。厂里卫生所的医生敷衍了事地检查了一下,没有发现异物,简单地处置一下就把我打发走了。当天晚上我的眼球发炎了,因为眼压升高,我觉得脑袋就像要爆炸一样,于是厂里的救护车把我送到城里的医院里看急诊。那儿的医生给我的眼睛拍了 X 光片,发现在 2 毫米深处有一个像芝麻那么大的异物。值班的医生不是眼科,但他还是主动要求给我试试看。他用一根针扩大了我的创口,然后试着用强大的电磁铁吸。所幸打进去的异物是铁的,被吸了出来。他告诉我如果异物不是黑色金属,我的眼睛就可能瞎掉。那次眼睛受伤,毁了我的两边都是 1.5 的视力,从此我戴上眼镜成了"四眼"。

我在宿舍里的单身生活实在是难以忍受。当时中国处于无法无天的无政府状态,工人们每天都在怠工。他们在上班时间溜出来,到楼上的集体宿舍里夜以继日地打扑克、下棋、打麻将。我喜欢在安静的环境里看书、写东西,难免跟他们热闹的娱乐活动发生冲突,大部分时间我只好出走,找个角落以求耳朵根一时清静。我大部分的情书都是在车间里,在夜班机器的轰鸣声伴随下写的。尽管环境也很吵,却要比楼上宿舍里的那伙喧闹的赌徒好得多。当时中国是严禁赌博的,为了奖胜惩败,他们天才般地发明了他们的奖惩制度。输的人得钻桌子或喝自来水龙头里放出来的凉水,多寡根据输赢的多少而定。有时他们赌食堂的饭菜票,或者让败将请得胜之师到饭馆里撮一顿。在牌桌、棋盘和麻将桌上是人人平等的,无论你是车间党支部书记还是刚进厂的学徒工。

在宿舍里睡觉绝对是一场噩梦。有的时候他们会情不自禁地把一张扑克牌、一枚棋子或一方麻将牌拼命地砸在桌子上,扯开嗓子狂嚎“我赢了!”、“将!”或是“自摸!”,其声音之洪亮,能把我在睡梦中惊吓得从床上跳起来。我根本无须心惊肉跳地等待第二只鞋砸在地板上,因为总会有第三、第四乃至第无数只出现。他们玩饿了就到食堂里去跟夜班的工人一起吃宵夜,上夜班的也积极地参与那些娱乐活动,如是者通宵达旦。天亮尽兴后,他们就将臭脚丫子伸进我们的被窝里蒙头大睡,常常就在我的床上!

当时曾有一段相声叫“下棋”,描写下棋的和看热闹的口才,简直是淋漓尽致,但是跟我的那些同事们相比,又是小巫见大巫,相形见绌。人们说艺术来源于生活,又是生活的升华,我想并不完全如此,因为我的那些天才的同事们出口成章的“国骂三字经”,已经到了登峰造极、无以复加的境界了。相声只是给幼儿园的孩子看的洁本而已,贫两句就得“此处删去八十八字”。

因为大家的工资都很低,所以我的同事们干私活成风。他们用工厂的材料和设备做自己的东西,如菜刀、柴油炉子、擀面杖、编织的钩针、削土豆皮的刨子、家具,只要你胆敢说得出来,他们就做得出来。他们还比赛谁做的柴油炉子能够在最短的时间里烧开一壶水。每一件私活都是手工定做的,精工细作,品质超群,当然成本要比大批量生产的高得多,大家根本不在乎,反正自己不用掏一分钱。偷窃厂里的东西也非常猖狂,所有的柴油炉子里烧的都是免费从厂里挪用的。我必须坦白,自己也曾用工厂的材料做了梳子、叉子、台灯和台历,都送给了我的表妹。因为要给我亲爱的表妹写信,我还偷过厂里的灯泡,结果人赃俱获,被保卫科抓去,写检讨的态度好才没有被开除。

工厂食堂的饭菜实在是糟糕透了。我们每个月的口粮是 42 斤,其中只有 2 斤大米、4 斤面,其余的都是高粱米和玉米面。每个月只供应 3 两肉和 3 两油。尽管东北平原以漫山遍野的大豆高粱而著称,豆腐却是非常罕见的美味。

以我当时 17 元的收入,靠食堂的食物维生实在是件不容易的事情。每月初我用 10 元买饭票,其余的 7 元至少花 1 元买邮票,因为我写给亲爱的表妹的航空信都是超重的。我每月花 2 元买生烟叶,因为买不起卷烟。所剩无几的那点钱得存起来买衣服和其他的生活必需品。10 元饭票中有 5 元是花在饭上,剩下买菜的钱平均每天 1 角 7 分。早饭通常是一勺玉米面糊、一个窝头、1 分钱的咸芥菜丝或豆腐乳。中、晚两餐通常是 4 两高粱米饭或两个窝头,伴以 6 分钱一份的水煮白菜或土豆。那就花去了 1 角 3 分,每天剩下的 4 分存起来,偶尔吃一次豆腐,每份 1 角 2 分,每月吃一次 4 角一份的红烧肉,那就花掉了我 10 天的积蓄。红烧肉根本不到三两,因为炊事员吃我们的猪肉是免费的。大米饭或馒头得省到周末才能吃,我还得省下一些细粮票,等有朋友来的时候待客。

当时我最喜欢过二月份,因为二月份只有 28 天,到月底也许还可以剩下几角钱。但同时我也怕二月,因为春节往往是在二月,多出来的几角钱还不够过年吃一顿饺子。当然我最恨的是七、八月,两个大月连在一起,到月底连饭钱都没有了。偏偏我的生日是 9 月 12 日,发工资是 14 日,如果生日那天吃一个串荤的菜,13 日那天就只好买一分钱咸菜就三顿窝头了。

我们 1972 年到厂里的时候,所有的食堂里都只有桌子,没有凳子。后来厂里配备了一批长凳,都用钢条焊在桌腿上防止被盗,我有好多次被防盗装置绊倒在地,皮肉受苦。

在我就餐的二食堂,十来个窗口中总有一个窗口前排的队特别短。除非有急事,人们都不愿意排在那一行,因为里面卖饭的一定是民愤极大的"陈小勺"。食堂盛菜的勺本来就够小的了,陈小勺还要把勺子抖两下,然后再用勺底把盘子里的菜摊开,看起来好像多一点。许多饥肠辘辘的同事发誓,如果有机会,世界上他们第一个要宰的就是"陈小勺"。

除了人民公敌"陈小勺"之外,食堂里还有一位"一毛八",那是一位非常和蔼的中年女师傅。她的数学非常糟糕,总是算错账。有一次人家买了两个八分钱的菜,她随口就说出"二八一毛八",于是就得了那个雅号。她的窗口前排队特别长,一是因为她算账奇慢,二是因为有人想钻她不会算账的空子而占点便宜。方法很简单,一次多买几个价格相同的菜,如果"一毛八"算多了(那可绝对不是故意的),就纠正她的错误。如果她算少了,那可就捞到便宜了。当时人们实在太穷,哪怕几分钱也是好的。有时"一毛八"实在被搞糊涂了,她也有对策,把所有的菜都收回来,不厌其烦,一份一份地收钱。她的乘法不好,我想加减法大概还可以。当然"一毛八"之所以那么受欢迎还有另外一个重要的原因,她盛的菜要远比"陈小勺"的多,所以多排一会儿队还是值的。

有时上夜班,早上偶尔睡过了头,误了食堂的早餐,只好到外边的"馆子"去吃早饭。那所谓的"馆子"还远不如厂里的食堂,冬天只有水煮白菜,装在一个大澡盆里,味道像猪食。东北的猪也吃屎,我想如果有一泡屎的话,那猪一定会先挑屎吃,而不吃那水煮白菜。那样的"馆子"之所以能够存在下去,完全是因为它供应珍贵的大米饭和白面馒头。当时所有的东西都是配给的,细粮是一种奢侈品,吃细粮是一种特权,必须付出高昂的代价。为了买一碗大米饭,就必须花一角钱买一勺水煮白菜,相当于我日工资的六分之一,那简直就是明火执仗的抢劫。但是如果不强制搭配那昂贵的水煮白菜,一天的大米饭不到三十分钟就会被抢购一空。

因为实在馋肉,我还在国营商店里买过"高温肉"。所谓"高温肉"就是罹患囊虫病的病猪肉,肉里有成千上万个像黄豆大小的球状物,里面寄生的是猪绦虫的幼虫,故俗称"痘猪肉"。当时猪肉严重匮乏,政府办的食品加工厂就把"痘猪肉"放在高压锅里煮,然后贴上"高温肉"的标签,表示可以供人食用。因为"痘猪肉"看起来实在让人作呕,所以通常都被绞碎,加入颜料,做成色彩鲜艳的红肠。只有缺乏蛋白质实在急眼了的人才可能去尝试"高温肉",因为味道实在恶心透了。

当时有一首藏族人民歌颂中国人民解放军的歌,一开头是"不敬青稞酒呀,不打酥油茶呀,也不献哈达"。我的同事们非常富有创造性,他们把歌词改成"不是不抽烟呀,不是不喝酒呀,就是没有钱呀"!他们唱到此处声泪俱下,确实非常动人。因为粗粮非常不好消化,我的许多同事都得了胃溃疡,他们非常幽默,把胃溃疡说成是"胃亏肉",苦中寻乐。

鸡蛋也是严重短缺。多数的农民不愿意卖鸡蛋,他们更想用鸡蛋换粮票,每个可以换八两到一斤。在东北,产妇坐月子得吃鸡蛋。所以鸡蛋的黑市主要分布在妇产科医院附近。

我第一次换鸡蛋是极其难忘的经验。我去二(百货)商店附近的产院,站在离大门几米远的地方,吹着口哨,装出一副若无其事的样子。果然不到一分钟,一个人走过来凑着我的耳朵说:"馋鸡子儿了吧?"我跟着他顺着产院后面的一条小巷子到一间民房,一个男孩在外面放风,监视居民委员会巡逻的老奶奶们。

关上门后,他从床底下拖出一个大篮子,鸡蛋埋在铡碎的谷草里防碎。我小心翼翼地把手伸进谷草,摸索着拣出鸡蛋来。我的鼻子里好像已经闻到了炒鸡蛋的香味,口水也淌了下来。我把每一个鸡蛋都从左手换到右手掂分量,希望能挑出最大的。其实我也说不上到底哪个大,因为过了一会儿就看花眼了。尽管如此,我还是千方百计地想判断左手里的鸡蛋是否比右手的重一克。就是摆弄摆弄那些鸡蛋,已使我有很大的满足了。不幸的是,我一年只能换得起一次鸡蛋,每次只能换十个。就像我在小宽村子里那三年一样,我还是馋鸡蛋,而且我最大的心愿就是把鸡蛋吃个够,吃不动躺下为止。

小宽的乡亲们是另外一个供应我鸡蛋的来源。当时拖拉机零件在全国都非常紧俏,许多拖拉机因为没有零件而趴窝。因为我和小唐在拖拉机厂,那些乡亲们就来托我们走后门买零件。他们每次来采购零件都会带一大筐鸡蛋,约一百来个。因为我们俩并不管零件,所以我们还得用鸡蛋来贿赂供销科管零件的那些大爷们,自己剩下十来个鸡蛋权充"佣金"。那些乡亲们还是千恩万谢的,因为他们连鸡蛋该送给谁的门儿都摸不着。当然我们也得礼尚往来,请乡亲们下馆子"可劲儿造"一顿,那就谁也不欠谁的了。而那些当官儿的成天吃香的喝辣的,永远是礼尚无往而有来。

我们厂还用拖拉机零件为职工们换紧俏的商品,如白菜、土豆、地瓜(红薯)、大米、厕纸等,不过都是少量的。过春节或其他主要节日时,我们也许可以分到一斤肉或鱼,也许还有几个苹果。

在当时的社会里,权力就是金钱和特权的同义词,所以有的职业就变得特别吃香,于是方向盘、听诊器和切菜刀就成了三百六十行的龙头。当时中国的医疗几乎是免费的,而医生跟大家一样,固定工资微乎其微。因为医疗服务严重缺乏,人们不得不送礼给医生,以期得到较好的治疗和药剂。为了换取紧俏商品,有的医生会给身强力壮的人开许多病假。驾驶员也同样走俏,因为紧俏商品得靠他们运输。使人难以想象的是,许多向来被认为是低级的工作,如食品店的售货员、饭店里的厨师和服务员等,居然也热门起来。为了避免排队,得到更多更好的食品,送礼给售货员是非常值得的。当时的户口由公安机关控制,要把配偶从小城市迁移到人城市非得送厚礼不可。要想找一份好工作就得送礼给人事干部。当时根本无须努力工作,只要有关系就行,所以有的人干脆就在老百姓和当权者之间充当掮客,牵线搭桥,自己从中坐收渔利。尽管如此,我不得不承认当时中国的官员并不太腐败,因为一份很体面的贿赂也无非就是一篮鸡蛋、十斤大米、一条好烟,或是两瓶60度的烧酒而已。

我与亲爱的表妹恋爱公开之前,许多好心的师傅和同事为我做媒,因为东北的风俗认为一个男人到了二十多岁就是老大不小,该成家了。即使在我还没有女朋友的时候,我也总是礼貌地回绝他们,因为我实在无法接受他们介绍的对象。在当时,做媒与其说是一种艺术,还不如说是一种科学,因为衡量一个单身汉的身价是有客观标准的。如果你有党票,那么就可以加两分,共青团员也可以加一分。家庭出身好可以加一至两分,取决于你爹的官儿有多大。如果你的父母不当官,那么双亲中死掉一个就可以加一分,因为今后就可以少负担一个老人。如果你本人或家里有人是卖肉的、厨师、卡车司机或是医生,那又可以加两分。如果你是"文革"以后的大学毕业生,就可以加两分。但是如果你是"文革"前的大学生,那就是臭老九,理科的得零分,文科的反而会减一至两分。长相也许可以抵消一些负分,不过得看小伙子有多帅、姑娘有多水灵。因为我的家庭成分太高,对政治运动总是持消极或抵触的态度,又貌不惊人,所以我的得分是负好多分。就凭我当时的条件,他们给我介绍的门当户对的对象自然是一些别人扒拉好几遍后挑剩下来的,使我根本无法考虑婚嫁。最使我感动的是,我亲爱的表妹在我最潦倒的时候居然从来没有看不起我。

"文革"前在学校时我曾经对未来的妻子有过幻想。我想我一定能够考取大学,毕业后读研究生。我的导师应该是一位从美国回来的留学生,家中还有一位既聪明又如花似玉的女儿。因为我的成绩优异,深得导师的赏识,于是把掌上明珠的女儿许配给他的得意门生,我就成了导师的乘龙快婿。岂知"文革"爆发,高中都没得念了,遑论大学和研究院? 没想到我那漂亮的表妹居然不嫌弃我这个臭学徒,真如天上掉馅饼了。有道是,"秀才碰到兵,有理说不清"。想当秀才的我做梦都没梦到会爱上一个当兵的。"文革"一来,一切都被打乱了,导师被关进了"牛棚","如花似玉的女儿"早已成为泡影。这时居然杀出个如花似玉的女兵,真是"乔太守乱点鸳鸯谱"了,我想这就是缘分吧。

和亲爱的表妹跑了九个月的情书马拉松后,我收到一张 200 元的汇票和一封信,她托我为她的医院买一台照相机,据她说是因为在边疆地区买不到照相机,而且我爱摄影,所以懂照相机。个把月后,我终于觅到了一台上海产的海鸥 4 型双镜头反光相机,是当时最好的。多年后我搜集了一百多台照相机,那台相机仍是我最喜爱的珍藏。买到相机后我马上写信告诉她,当时我有一种预感,也许是她想送我那台相机,但是又不敢肯定,因为 200 元对我来说是一笔天

文数字,比我当时的年薪仅少 4 元。几个星期之后,我收到了她的回信:

> "亲爱的表哥:
>
> 　　我很高兴你能买到相机,但是我得向你道歉,因为我骗了你。其实这台相机并不是为医院买的,而是给你的,这样我们下次见面的时候就可以在一起多照一些相了。"

我真不敢相信那台照相机真的就是我的了。照相机在 1970 年代是非常昂贵的东西,是"三转(手表、自行车和缝纫机)一响(收音机)带咔嚓(照相机)"的大件之一,买来之后我一直不敢玩,现在终于是我的了,我把照相机从盒子里取出来,揭开镜头盖子,定好快门速度和光圈,对好焦距,然后按下快门按钮。那咔嚓一响,听起来非常悦耳。

显而易见,她也一定是爱上了我,因为一个普通的表妹是绝不可能送给表哥一件那么贵重的礼物的,我觉得终于到了向她求婚的时候了。我立即给她写了一封长信,说我对她是一见钟情爱上了她,并希望她能成为我终生的伴侣。我把信发出之后就开始焦急地等待回音。几个星期之后,我收到她的回信:

> "亲爱的表哥:
>
> 　　这封信特别短,因为我知道你一定在渴望我的回信。你总是说你配不上我,我认为我配不上你。尽管如此,我还是愿意跟你一起度过一生。这次我欠你好多页,只有以后补了。
> 你亲爱的表妹,琴"

当时我还是一个工厂的学徒工,我真不敢相信,我居然还能赢得一个中国人民解放军军官的爱。不过仅仅得到她的同意并不等于我们这事就成了,我充分意识到我们俩今后可能会遇到的障碍,而且我

252

完全没有信心,不知道能否通过她那军队医院里的党组织对我严格的政治审查。我知道确实有许多好心的媒人在为她找一个根红苗壮、钱比我挣得多、门当户对的对象,而且确实有好多个认识她的高干子弟是最佳的人选。在她的医院里和社交圈子中,有好多前途无量而年轻的参谋、干事还向她求过爱。然而她不是那种势利的人,把他们都一口回绝了,这使我非常感动。我们俩确定关系之后,就商量是否应该告诉我们双方的父母。最后我们决定还是暂缓一下,等我们见到他们时再当面告诉他们。

1974 年初,我们车间的一台精密坐标镗床坏了,造成停产,那台镗床的产地正好是我表妹的家乡昆明。当时所有的机床零件都十分紧缺,除了走后门之外,从正常的途径很难搞到。因为我的同事们知道我在昆明有亲戚,于是厂里的领导让我跟他们联系,看他们是否能够帮忙修复那台镗床,于是我给我的二姨妈和姨父写了一封信。他们很快就回了信,说他们能够帮忙,于是车间就派我到昆明出差修那台镗床。去昆明的途中,我在北京转车,同时到第一机械工业部去开介绍信。

到昆明后,进入戒备森严的昆明军区大院,进大门的时候,两边警卫的士兵向我们敬礼,枪托撞击在水泥地上铿锵作响。我二姨妈和姨父住在一幢西式的独立二层小楼房里,高高的围墙里有一个花园,里面有草、果树和一丛翠绿的竹子。那房子是在抗日战争期间盖的,原来住的可能是从沿海逃难到内地的富人,或是战时帮助中国空战和运输的美国飞虎队人员。昆明的气候宜人,四季如春,以"春城"著称。

到昆明时,我那亲爱的表妹还没回来,她的医院离昆明还有五天的汽车行程。我二姨妈领我参观了房子。我吃惊地发现,在他们二楼的主卧房里居然有一台电话机。三十多年后的今天,我仍然记得电话号码是 5688,说明当时昆明的电话还不到一万台。除掉学校、工厂、医院和其他政府部门的电话之外,在昆明的一百来万人口中显然只有屈指可数的几家能够有私人的电话。

安顿下来之后，二姨妈到我的房间里来，关上门，然后就直接谈起了我预料中的话题。

"告诉我，你们俩背着我干了些什么事情？你们以为我不知道吗？你这个小鬼，两年前在上海的时候，你妈跟我就看出苗头来了。"她的语气非常友好，使我放下心来。

"既然你已经知道了，那你是怎么想的呢?"我问道。

"你们早就该告诉我了。你是不是生怕我会反对？孩子，我已经跟你姨父谈过了，我们俩都没有意见。这事得你们自己做决定，我们当父母的不应该干涉。我知道你觉得我们会反对，因为你家庭成分不好。你父母的历史问题使你受到牵连，这是非常不幸的。如果我们不认识的话，我也许真的就会反对。但我们是亲戚，我也知道你父母都是非常正直的好人。尽管你现在在当工人，我相信你一定工作得很好，很努力。其实你干什么都没有关系，只要你对我女儿好就行了。因为你家的成分不好，我最担心的一点就是她医院的领导可能会不批准你们结婚。你姨父还有一些老战友，也许到时候他们可以帮点忙。如果他们还是不批准的话，大不了她就从军队复员，到了地方再申请结婚就容易多了。当然她的收入会减少，但是钱并不重要，重要的是你们俩的感情。你知道我们家没有儿子，如果你们俩结婚，你就成了我们的儿子。我们都老了，家里没有个男人真不容易。我惟一顾虑的是你们俩太近了，你们考虑过孩子的事情吗?"

"考虑过，姨妈。我们商量了，而且知道生孩子的风险。因为我们感情太好了，所以我们宁愿不要孩子。"

"现在谈孩子还早，你们到时候再决定也不迟。但是我得警告你，这儿可是军区大院，她回来的时候，你们在别人面前可不要太亲热，我可不想让人家风言风语的。"

我没有想到他们这么容易就同意了，更使我意外的是，他们并没有把我家的成分当回事。我在很长一段时间里简直百思不得其解，她父亲是一个老共产党员，怎么会不反对他的女儿跟一个国民党的儿子结婚呢？随着时间的推移，我对他逐渐了解多了，才开始悟出个中的原委。

当然，首先最重要的一点，我的二姨父是一个好人。他出生于山西的农村，山西省是西北一个贫穷的省份。他的大哥在 1930 年代初期参加了军阀阎锡山的军队，很快就升了个小官，于是就带钱回家供弟弟上小学。1937 年，就在日本发动全面侵华战争之前，他大哥让他也去当兵，因为那时在乡下生活非常困难。尽管他们同在阎锡山的军队里当兵吃粮，为了避掉任人唯亲之嫌，我二姨父被分在薄一波手下的那支部队。抗战全面爆发之后，薄一波把他手下的部队拉出去，组织了"牺盟会"和"决死队"，后来就改编成共产党领导的八路军。于是我二姨父就跟了共产党，而他的大哥还留在国民党那儿。

1949 年，他们哥俩的命运发生了天翻地覆的变化。因为共产党胜利了，我二姨父就成了中国人民解放军的高级军官，享有各种优待和特权；国民党战败后逃到台湾，他的大哥就成了"历史反革命"，解放后还坐了几年牢，刑满释放后被遣送回乡，在贫下中农的管制下劳动改造。因为他比我二姨父资格老得多，如果他俩在同一支部队的话，那么他一定是将军了。

他们哥俩截然不同的命运完全是阴错阳差。其实在他们当兵的时候，哥俩的政治觉悟并没有任何区别。除了打日本人之外，他们都是为了找个地方"吃粮"而已。当时有一句话，"好铁不打钉，好男不当兵"。因为他们当时实在太穷了，所以除了当兵之外别无选择。但是因为一些完全非他们所能控制的历史原因，兄弟二人在战争中各在一方，其中必定有一方是败者为寇。也许是因为他大哥的遭遇，使他意识到并非所有的"阶级敌人"都是坏人。在他的政治地位上，他并没有干涉女儿跟一个国民党员的儿子相好，允许我们俩"国共合作"，在当时的极"左"思潮下是极其罕见的。

在"文革"的时候，毛主席号召全国人民学解放军，于是许多军人作为军宣队被派到地方的单位去"支左"。我的二姨夫当时就在云南省的出版和印刷系统当军代表"支左"。"文革"时除了毛主席著作、诗词和语录之外，几乎就没有任何出版物，云南省出版局改名为"毛

主席著作出版办公室",简称"毛办"。二姨夫只上过小学,居然成了
"毛办"的一把手。

个把星期之后,我亲爱的表妹终于回家来探亲了。跑了两年的
情书马拉松,久别重逢当然是非常激动人心的。在我们上学的时候,
尤其是在"文革"期间,大家谈性色变。在我们所受的正统教育下,与
异性交往,特别是亲吻和两性关系,是作风不正派的表现。尽管我们
在写情书的时候往往以"吻你"结尾,可是两人真正到了一起,却完全
不知所措。一直到了第三天的晚上,我才鼓足勇气吻了她,那是我一
辈子的初吻。当着别人面的时候,我们装着只是表兄妹似的。

她带着我到处游玩,买东西。我们一起爬山,我们在西山龙门一
起野餐,俯瞰下去,五百里滇池奔来眼底。我们还用她送给我的相机
在一起照了许多相。她的探亲假很快就满了,她哭得泪人儿一般,好
像生离死别似的。

当时人口流动被严格控制,调动必须有名额,城市间的调动难如
登天。当时中国有许多"牛郎织女",每年只能见一次面。当时我们
还没有结婚,调动当然更是无从谈起,我们不知道还得两地生活多
少年。

我在昆明出差期间,我的大表妹(她的姐姐)也回家住了几天。
她也在军队里当护士,但是跟她的妹妹判若两人。她刚到的第一天
就说要跟我谈话。吃完晚饭后,她把我带上楼,随手关上门。

"妈妈告诉了我你跟我妹妹的关系。因为你是我的表哥,也许我
不应该像这样跟你说话。但是你也许会成为我的妹夫,作为当姐姐
的,我有责任让我的妹妹选一个合适的对象。所以我觉得我应该跟
你好好谈一下。"

我马上意识到她是非常严肃的,只好等着洗耳恭听。

"在我们这个革命的年代里,我们必须政治挂帅。毛主席教导我
们,政治是统帅,是灵魂。如果没有正确的政治观点,你干得再努力
也有可能迷失方向。你既不是党员,也不是团员。我知道你们家的
成分不好,那你就更应该靠拢组织。党教导我们,一个人的出身是无

法选择的,但前途是可以自己选择的。对于家庭出身不好的子女,我们要看他们的政治表现。我们应该重成分,但是也不能惟成分论,当然出身不好的子女身上总是不可避免地带有阶级烙印。但是我认为出身不好的子女并不一定都是坏的。你必须认真学习毛主席著作,积极参加各项政治活动,争取做一个可教育好的子女,为了达到这个目标,你必须与家庭划清界限。"

关于阶级成分的论调,我已经听过无数次了。因为我们俩的母亲是姐妹,她对我还算客气的,没有叫我批判我的母亲。她还善意地鼓励我做一个可以教育好的子女,潜在的前提则是,先笼统地假定出身不好的子女是坏的,但还可以教育好。那是我们俩第一次见面,她根本就不知道我是怎么样的一个人。我还没有机会给她留下任何印象,她居然已经对我形成了一个先入为主的成见,实在令我绝倒。1972年我亲爱的表妹到南京和上海探亲之前,她和四妹先到了南京和上海探亲。还好我四月份回去探亲时遇见的不是她,幸运地遇到了她的可爱的妹妹。我只好耐心地坐在那儿听她继续下去。

"关于你跟我妹妹的关系,为了你们今后的幸福,我必须告诉你我的想法。在我们的世界上没有无缘无故的爱,也没有无缘无故的恨。例如马克思和燕妮,他们之间是革命同志的关系。如果没有明确的政治观点,你们之间的关系是没有基础的。那种关系是不可能长久的,也是不可能幸福的。夫妻之间的关系是政治的关系和革命同志的关系。你们在一起的时候应该互相鼓励关心政治,光是谈情说爱是小资产阶级情调。你应该知道,老一代的革命前辈早晚会离开我们的。如果不学习政治,我们怎么能够接过他们的革命红旗继续革命呢?如果不努力学习政治,我们怎么能够做一个合格的革命接班人呢?帝国主义和苏联修正主义把希望寄托在我们第三代的身上,他们妄想在中国复辟资本主义和封建主义。他们想让我们吃二遍苦,受二茬罪。如果他们的阴谋得逞的话,那后果是不堪设想的。我们红色的江山将会变色。我们第三代任重而道远。回工厂之后,你应该努力工作,努力学习毛主席著作,积极靠拢党、团组织,经常向组织汇报思想，得到组织上的帮助和指点，做到又红又专。"

她那滔滔不绝的政治教育持续了两个小时。我仔细地听她说的每一句话，希望能够悟出一些道理来。尽管我心里并不同意她的观点，但是我根本不敢说一句话，因为她的观点在当时的情况下都是绝对正确的。在假作真来真亦假的时候，跟她争辩只会使她更强烈地反对我与她妹妹的关系。她的态度是如此之高傲，自以为是，而她的偏见又是如此之深，向她陈述我的观点是毫无意义的。如果我表示任何不同意见，那将会严重损害我的切身利益，并且还可能给我带来政治上的麻烦。

我和亲爱的表妹在一起的时候，我们俩从来不谈政治。我们从来都没有想到过政治应该是我们之间关系的一部分。惟一与政治有关的顾虑就是，如果我们的婚姻通不过政审那一关该怎么办。她姐姐比她大不到两岁，可是一开口就像我们在八个革命样板戏里看到的老政委。一个在现实生活中的常人，居然也会跟其他家庭成员以这种口气说话，那简直是不可思议。我真不知道究竟是艺术来源于生活，还是生活来源于艺术。她们俩出生在同一个家庭，同样地接受父母的教育，为人却如此不同，使我感到震惊。如果换了一个党支部书记像那样谈论政治的话，我会觉得那只是　种表演而已，因为我很难想像一个政治传教士真的会相信自己的说教。然而她是一个非常诚恳的人，所以我觉得她是真正地相信她的政治观点。多年后，表妹问起她姐姐怎么会有那种想法，她说她自己都无法相信，当年竟会那么天真无知。

与亲爱的表妹山盟海誓之后，我意识到必须做出点什么名堂，来改变自己那种低下而潦倒的社会地位。在某种程度上，我和她之间的关系成了我发愤图强的动力。在当年，许多婚姻就是因为门不当户不对而以悲剧告终。

在农村的时候，我有意识地与农民打成一片。很快我就被他们所接受，从而使我能更早地离开农村。现在我已经进了工厂，但是我从来没有想过要先和工人打成一片。其实那并不难，只要跟他们一起打牌搓麻将，一起骂粗话就行了。

我之所以没选择那么做，是因为在我面前有无法逾越的障碍。要从工人提拔成干部，我首先必须加入共产党或共青团。像我那样的家庭成分，我必须批判我的父母，跟家庭划清界限。因为我坚定地认为我的父母亲都是好人，只是被加上了莫须有的罪名，我不能违心地去做那种事情。

既然如此，剩下来惟一的选择就是走"专"的道路，那正是我的所长，但也是一条危险的道路，就如"俄罗斯轮盘赌"，因为只"专"不"红"，被扣上一顶"白专"的帽子反而更糟糕。但是我当时坚信读书无用的倒行逆施绝不会永远持续下去，所以我决定冒"白专道路"的风险。

为此，我给自己订了一个计划。工厂里的正常工作时间是从早上七点半到下午四点半，在六点之前我有足够的时间吃晚饭干杂事，从六点到十点的时间就可以学习。我平均每天给亲爱的表妹写一页信，其他的时间可以学数学和其他与技术有关的东西。

1972年尼克松总统访华之后，中国政府放松了控制，并开始与外界进行小规模的交流。1975年，市面上开始有英语课本卖了，长春的电台也开始了广播英语节目。我在中学里学了四年俄语，一直很想学英语。在纪录片里看见毛主席和其他中央领导人接见外宾的时候，我特别羡慕那些能够讲两种语言的翻译。

那时我刚刚满徒，开始挣33元一个月。我花50元买了一个还不错的半导体收音机和一本袖珍英汉词典，开始从头学习英语。学完国际音标和入门的几课书之后，我发现广播英语教材的政治性太浓厚，毫无实用价值，无非是"毛主席万岁"和"千万不要忘记阶级斗争"之类的口号，比我在"文革"前学的那点有限的俄文词汇更充满了政治性和火药味。

很快我就买了一套带唱片的"灵格风"教材，学习字正腔圆的"BBC"口音。因为我的工资太少了，买不起唱机来放唱片。我先跟我们厂广播站的一个女广播员套近乎，用广播站的唱机放唱片。但是那样很不方便,因为另一个男广播员小马是个党员,从他的表情看出他非常讨厌我。我们车间的一位姓张的技术员 1950 年代初期就从上海到东北了,他给了我很大的帮助。他把唱机借给我,使我在打基础的时候就跟唱片学,保证发音的准确。

尽管当时政府对学习英语已经开禁,可是人们对学习英语还是很不以为然。毛主席说过外语是国际阶级斗争的有力工具,但他指的显然不是我学的那种"灵格风"英语。此外,因为我们的寝室实在太吵闹,学习任何东西都不容易。我的室友们成天玩各种棋、牌和麻将,还吹拉弹唱,或者莫名其妙地大声吼叫来发泄,我必须学会在那种环境下生存的技巧。经过一段时间的锻炼,我能够完全忽视我周围发生的事情,把注意力集中在学习上,而听不见周围的噪声,无论是打雷还是喧闹。我甚至可以在跟别人对话的同时默读英语课文,很快对方就会发现我心不在焉,以为我已经精神失常。其实我是在做白日梦,虽然我的肉体还是在长春的一间污秽不堪的宿舍里,我的灵魂已经出窍,被"灵格风"的课文带到了伦敦。我觉得自己好像在参观白金汉宫,又好像是在皮卡迪利转盘和特拉法格广场上漫步。那种在太虚幻境中的漫游,使我可以暂时忘却现实生活的煎熬。

就连我自己的一些亲朋好友都认为我学英语是一件不可理喻而愚蠢的事情。例如我哥哥就曾多次严肃地建议我去看心理医生,我想他根本不可能理解再教育是怎样改变一个人的。当一根金属棒受力时就会被拗弯,力消失之后,金属棒就恢复原来的形状。当金属棒被拗得超过其弹性限度,而且时间过长,即使力量消失,它的形状也不会还原了。

在乡下种了三年地,又在工厂做了几年工,那种冗长而枯燥无味的工作使我脱胎换骨,成了一个完全不同的人。"文革"前可以上学的时候,我几乎从来不做课后作业,也很少温习功课。当时我根本没有想到过能有机会学习是多么幸运。只有在学习突然中止之后,我才意识到自己原来多幸运,而且学习有多重要。三年务农和后来的务工,把我从一个浮而不实、不求甚解的学生变成一个非常踏实而乏

260

味的书呆子。现在我已经可以忍受长时间的机械重复,读英语就像我当年在乡下成千上万次地挥镰收割庄稼一样。

对一个聪明的学生来说,一课书念几遍就应该可以记住了。对一个普通的学生来说,一课书至多也就是念上几十遍。即使是一个有智力障碍的学生,一课书念上几百遍也该够了吧。为了使我能够永远记得,我把每一课书都念上三五千遍,直至我能够把每一课书都像录音机那样背诵出来。就连白天上班的时候我也能练英语。需要计算的时候,我就用英语来说数字。看着车床走刀的时候,我就默诵我的英语课文。许多同事都认为我有严重的精神病,因为他们不知道我成天嘴里在念叨什么东西。在一年中,我以每星期一课的速度念完了"灵格风"第一册的50课。即使现在我还是能够背出那些课文,因为经过无数次的反复,那些课文已经成了我永远不可分割的一部分了。

除了务农和务工的锻炼之外,我学英语的动力还来自长春拖拉机厂的一位同事卢景义。他是64届高中毕业生,比我早四届,因为家庭成分不好而没考上大学。当时我们俩的宿舍在三楼同一条走廊的两头,每次经过他的宿舍,都会看见他在埋头苦读,一是英文,二是数学。初学英文时我自惭侥腹,一年后总算鼓足勇气向卢君请教,他向我推荐了原版的《牛津高阶英语词典》(Advanced Learner's Dictionary of Current English),他自己用的就是那本词典,已经从头到尾通读了一遍。我刚开始用原版词典感到非常吃力,每查一个生词,解释那个生词的词条中又会出现几个生词。假设每查一个生词平均又出现3个生词,继续查3个便又会出现9个,若再继续查下去,便是3的立方27,就如滚雪球,越滚越大,通常还没到27,就不得不打住了。因为实在太累,我曾多次想回到英汉词典,但是总算坚持住了,一直用到今天。用原版词典虽然吃力,却为我打下了用英语思维的基础。

无师自学了一年之后,我总算是遇到了一位恩师。1975年冬天我回上海探亲,顺便去探望我的远房二舅舅,他和我母亲已经出了五服,是我父母亲的媒人。他得知我在学英语,于是让我的二舅妈给她在长春的堂哥写了一封介绍信,让我管他叫大舅,其实那种牵强附会的亲戚关系已经远得连八竿子都打不着了。那个大舅姓王,是一个出色的化工工程师,他曾到美国路易斯安娜州立大学留学,学习甜菜制糖,1948年回国。"文革"期间,他被诬蔑为美帝国主义的特务,还被监禁了许多年,因为没有证据,他终在1975年被"解放"了。

回长春之后我去看大舅,随身带着"灵格风"第一册。他想了解我的英文程度如何,就让我念一段书给他听。我告诉他我不需要看书,一口气就把第50课背出来了。听完之后,他毫不迟疑地同意收我做他最后一个学生。后来他告诉我,他曾发誓再也不收学生了,因为教别人英文也是"文革"中他的罪状之一。

我意识到我学的"灵格风"在工厂里是没什么用处的,于是就花6元钱买了一套《机械加工实践》,那是美国辛辛那提的一家机床公司的技工学校用来培训工人的教材。在中华人民共和国建国初期的几十年里,外文书店里卖的外文原版书几乎都是盗版的。每家书店都有两扇门,从前门进去可以看见书架上堆满了翻译成各种外语的毛泽东选集、毛主席语录、毛主席诗词,还有马克思、恩格斯、列宁和斯大林的著作。后门里面堆满了各种外文的技术书籍、辞典和英语课本,如"灵格风"和"英语900句"。尽管那些书在当时对我来说还是价格不菲的,但是跟国外的价格比起来就太便宜了。

我能够拜大舅为师是极其幸运的,因为当时在长春他无疑是我梦想中能够找到的最好的老师了。我开始翻译《机械加工实践》,起先非常吃力,每星期只能译两三页。那时因为电力匮乏,工厂都是轮流休息,长春拖拉机厂的厂休日是星期三。为了白天能够上门向大舅请教,我每逢星期天总是换成夜班。当时我的英语就像一个刚刚学走路的孩子,大舅对我非常耐心。大舅妈对我也非常好,每次学完后都做好东西给我吃。很快我的英语学习就开始起飞,一年下来,我将《机械加工实践》的第一册翻译了一半,平均速度达到每天可以翻译两页。为了让大舅觉得我是个用功的学生,我每次去总是要比前一次多翻译一些，哪怕是多几行。如果到了星期五或星期六发现进度落后的话，我就是开夜车也得赶出来。

当时英语根本没有什么用处。长春拖拉机厂是苏联援助中国建造的，大部分技术资料都是俄文，我只有一次机会来试验我的英文。当时厂里为技术人员放映一部如何测试 Land Rover 吉普车的纪录片，该片被定为"内部放映"。每当银幕上出现先进国家城市面貌的镜头，就有一个男配音警告我们那是资本主义的宣传，并提醒我们世界上还有三分之二的人民生活在水深火热之中。那是我一生中第一次管中窥豹，瞥到除了东欧共产主义国家外发达世界的情况。

中国在联合国的席位恢复之后，乒乓外交开始了。中国的国家乒乓球队访问了美洲四国，其中包括美国。中国乒乓球队的出访被拍成电影公开放映，我第一次看见尼亚加拉大瀑布，还有摩天大楼和高速公路上飞驰的汽车。

我学习英语的道路是坎坷的。1975年底，毛主席发动了一场针对邓小平的"反击右倾翻案风"的政治运动。当时邓小平才平反不到两年，因为他提倡引进外国的技术，被指控为"卖国"。中国的大门刚刚打开一条缝，突然又关上了。我只好偷偷地学习英语，后来不得不转入地下，以至于完全停止。许多共产党员和共青团员对我存有戒心，说我学习英语是为了今后"投敌叛国"。

许多同事认为我是一个书呆子，像耍猴似地逗我取乐。"胡老×，瞅你那小×嘴儿，翻起洋字码子来可贼他妈的灵巧。"请各位看官不要为那种粗俗的语言皱眉头，承他们的情，那还是他们对我的爱称，虽说挺侮辱人的，但是政治风险不大，比"投敌叛国"之类的指控要好多了。常常有同事甚至教训我外国人是该怎么说话的，"操，看咱给你翻一个。"然后他会模仿那些革命电影中取笑外国人（特别是日本人）的语调用中文说，"操你妈×，我是你__大爷。"我只好笑嘻嘻地走到他面前，用我刚刚学来的牛津味的英文对他说："我操你这个白痴。"（I fuck you, idiot.）他们并不知道我是用我微薄的能力在反击，反而认为我说得挺逗的。

就连我自己的哥哥都认为我傻,不过原因不同而已,他认为我不应该选择英语。首先从政治上来说,美国是讲英语的国家,当时美国是中国的头号敌人。俄语同样也不好,因为苏联是两个超级大国之一,中国认为美、苏对中国国家安全都构成威胁。其次,英语是世界上最广泛使用的语言。解放前有许多人学过英语,要想学好英语脱颖而出几乎是不可能的。他说他曾经认真研究过,得出的结论是,法语最好,因为法语是联合国的五种工作语言之一。更重要的是,中国懂法语的人非常少,是冷门。根据他的理论,因为学法语的竞争不激烈,即使学得一般也可能出人头地。即便如此,除了我们俩在中学念的俄语之外,我哥哥并没有学法语或任何其他的外语。我并没有被他的押赌注策略说服。我根本没有经过任何思想斗争,就决定了宁可做巨人面前的矮子,也不愿在侏儒中充巨人。与其花时间琢磨究竟学什么语言最能事半功倍,还不如加倍努力,真正学好最吃力不讨好的语言。

1976年是中国近代史上灾难深重的多事之秋。在政治方面,周恩来总理一月八日逝世。哀乐在中国大地上回旋,使人们在悲痛之中又忧心忡忡。为了发泄他们心中的怨愤和不满,成千上万的百姓自发地在天安门广场集聚,悼念周总理。四月五日清明节,当时的北京市长吴德宣布戒严令。

天安门事件前夕,邓小平第二次被打倒。

当时有谣言,说周总理死后留下了一份遗嘱,但是官方的宣传机关矢口否认周总理曾留下遗嘱。不可思议的是,当时有成千上万份手抄的"总理遗嘱"在民众之间广为流传。因为是手抄本,不同版本略有出入,我也搞到了几份。说实在的,我根本记不清楚"总理遗嘱"里说了些什么,因为遗嘱里本来就没有什么值得记忆的东西。我猜想也许是人们自己编造出来的,因为当时大家都渴望政治上的变革。

因为当时的政治形势特别紧张,政府对此非常敏感,于是就在"天安门事件"之后立即在全国范围内追查"总理遗嘱"的来源,下令必须在72小时之内抓到散布谣言的罪魁祸首。我们厂的保卫部门立即全力以赴地追查，他们盘问了我所认识的每一个人，据我所知，每一个人都是从别人那儿听说的。他们追查的方法非常简单，先是来一番"坦白从宽，抗拒从严"的攻心战。他们先骗你已经有人坦白说是你告诉他的。只要最先被盘问的人中有一个坦白了，他们就用这真正的坦白强迫后面的人坦白。如果第一个坦白牵连出三个人，那么三个就会牵连到九个，这样顺藤摸瓜，很快就会像滚雪球一样引起一场雪崩。

我隔壁寝室里有一个上海人，他是党员，他指认我寝室的一个人是他消息的来源。在巨大的压力下，我的室友承认他曾经跟我谈论过"总理遗嘱"，那确实也是真的。接下来就轮到了我。保卫科把我找去，盘问我的那个家伙姓范，是一个年轻的党员干部。他像烟囱似的一支接一支地抽烟，眼睛充满了血丝，想必是好几宿没有睡觉了。

"你们寝室的人已经交代了，说'总理遗嘱'的谣言是你造的，是不是？"他明知故问道。

"不是。"我矢口否认他的指控，因为那是一个非常重大的政治问题，尤其对我这么一个家庭出身不好的人来说更是性命攸关的事情。

"那你就得告诉我，是谁告诉你的？造谣的是谁？"

"我记不得了。"尽管我可以说出我认识的所有的人，他们几乎都在一起谈论过"总理遗嘱"，但是我不想连累任何人，我想到我那儿就打住。

"如果你记不得的话，那就别怪我不客气了，谣言就是你造的，我马上就可以逮捕你。"

"我真的记不得了，反正那谣不是我造的。大家都在谈论这事，你知道，我也知道。我算老几啊？我就是一个小工人。你想想看，我呆在长春，在车床上干我的活，如果北京的周总理真的有遗嘱，我怎么会拿到第一份呢？"

"我不管有多少人在谈论这事儿！"小范喊道，"那些人当中总有一个是造谣的。你肯定是听谁说的，如果你不告诉我，那就是你自己，这还不容易。"小范把一副手铐砸在桌子上。

"慢着,我真的记不得了。我的记性不好,那也是犯罪吗?"

"闭嘴!你别耍滑,少跟我扯鸡巴蛋。你听谁说的,快给我招来,我就让你走。别自找麻烦好不好?这是我的工作,如果你想保护那个造谣的,那你就自己吃不了兜着走,那也行,我可不管是谁。"他在我眼前晃晃手铐,那可是锃亮的真家伙,让我汗毛直竖。当时我完全在无产阶级专政机关的铁拳之下,叫天天不应,叫地地不灵。

"等等,我告诉你。"尽管我说谎并不老练,我不想在政治上连累我的朋友们。当时我突然灵机一动。

"谁?"小范立即放下手铐,眼睛都亮了,拿起笔就准备记录。

"我是在火车上听别人说的。"

"他叫什么名字?"

"我不知道。"

"放你妈的狗屁,我马上就逮捕你。"他从桌子上拿起手铐。

"别,等会儿!"

"你到底说不说?"

"不,让我跟你解释一下。你看,我上个月回家探亲,你可以打电话到车间里去核对。从上海回长春的火车上,邻座的一个人在跟旅客们说'总理遗嘱'的事。他在天津先下车了,我不知道他是谁。"

"你少跟我耍心眼儿!"小范又拍了一下桌子。"你以为我是三岁的小孩儿啊?你别想拿这个来糊弄我。有人可以给你证明吗?"

"没有。大家从上海上车的时候,谁都不认识谁。大家坐车坐腻味了,就一起打打牌,互相敬敬烟,聊天玩。坐火车不就是那样吗?那家伙在天津下的车,我到长春下车时又跟大家再见,我上哪儿去找证人啊?"

"厂里有谁跟你一起去吗?"

"没有,我是自己一个人走的。"

小范看着我,我也直直地看着他,连眼睛都不敢眨一下。因为问题的性质实在太严重了,我又不想连累别人,所以非说谎不可。当时我心跳到了嗓子眼,我想如果他们当时有测谎机的话,我一定是通不过的。

也许是因为我编造了一个很好的借口，更重要的是，小范自己也知道根本不可能在亿万人中查到谣言的源头，因为几乎每个人都在谈论那件事。此外，他手中有那么多线索，他根本就调查不过来。在又盯了我几秒钟之后，小范还是放我走了。

临走时他还警告我："哪儿也不许去，就在宿舍里待着，有事情我们随时会来找你。"

"哦，好玄呀。"我赶紧走出审讯室，暗自庆幸，总算暂时过了那一关。

我们工具车间有个同事姓徐，他可栽了大跟斗。许多人都交代是从他那儿听来的，此外他还听"美国之音"，把从敌台听来的小道消息告诉一些朋友。他因此被抓起来，罪名是偷听敌台和传播谣言惑众。追查谣言的结果到底如何，我不知道，在我认识的人中也没有一个知道的，那事也许最后就不了了之了。

1976年7月6日，收音机里又播放哀乐，宣布毛主席的战友、中国人民解放军的创始人朱德逝世。根据中国迷信的说法，两个大人物连续死去，必然还会有第三个，大家不禁猜测下一个大人物将会是谁。

1976年7月28日凌晨3点42分，人们正在酣睡之中，一场里氏7.8级的大地震把中国的煤炭重镇唐山几乎夷为平地。地震的震波蔓延到北京，把几百万市民赶到夏天的雷暴大雨中避震。当时地震伤亡的数字是保密的，直到最近才公开，共有242,000人丧生，164,000人重伤。

许多地震的伤员被送到全国各地治疗，我们厂的卫生所也收了几十个。卫生所的整个二楼被封锁起来，有保卫科的人看守，生怕我们接触地震的伤员，也防止那些伤员跑出去。

1976年9月9日是我们家被红卫兵抄家的十周年忌日。我突然又听见高音喇叭里奏出熟悉的哀乐，这次是悼念毛主席逝世。厂里每一个车间都设了灵堂，在成堆白色花圈的衬托下供着镶黑框的毛主席遗像,让革命群众悼念他们的伟大领袖毛主席。年轻而身强力壮的党员和团员们更是哭得死去活来,许多悲痛欲绝而昏死倒地,得用担架给抬出去。各种娱乐活动都被严格禁止。每个人都必须戴工厂免费提供的黑纱和白花。

据说敌人企图在毛主席逝世之际乘虚袭击我们,全国进入特级战备。在我们厂的停车场上有一些高射炮,24 小时都有民兵值班,所有的民兵都进入特级战备状态,生产完全停止。因为我的家庭成分不好,所以不是基干民兵,没有资格上高射炮值班。但是上面命令我们每天 24 小时在厂里的宿舍待命。

在国丧期间,所有的娱乐活动都被禁止了。大家闲极无聊,早早就上床了。睡到半夜,宿舍的门突然被撞开。我们都从床上跳起来,以为苏联修正主义向我们扔原子弹了。

"不许动! 查户口!"好几条大汉对我们喊道。

我们穿着裤衩,不知所措地站在那儿,他们用刺眼的电筒仔细地照我们每个人的脸。"文革"期间查户口是家常便饭,尤其是中共中央在北京召开全国代表大会的时候,没有介绍信的外来人口都会被带走盘问,甚至拘留到大会结束。尽管我们都知道发生重大事件时会查户口,但是从来都没有这次凶狠。

"有没有生人?"

没有一个人回答。他们用电筒把我们的脸又挨个照了一遍才离开。既然都醒了,那就撒泡尿吧,一个老兄打开窗户,大家都轮流爬上窗台去甩一吊子。然后大家坐下来过一把烟瘾,骂几句脏话出口鸟气,又躺下睡回笼觉。正在迷糊当中,突然宿舍门又被撞开了,"这他妈的又是咋回事啊?"那几条大汉又把我们的脸用电筒挨个照了一遍,然后扬长而去,这就叫回马枪。这回大家的睡意全没了,为了防止敌机来空袭,夜里是不许开灯的,大家只好摸黑抽烟,几个烟头一亮一亮的,一直熬到天明。

第二天晚上,大家都靠在床上,等着再被折腾。不出所料,半夜里门又被撞开了。

"起来！快起来！有敌情！快！"

几条大汉把我们从床上拽起来。大家胡乱地穿上衣服，跟他们跑到保卫科。他们给我们每人发了一支上着刺刀的半自动步枪，还有十发子弹。我们登上一队卡车，到空无一人的大街上去巡逻。东北九月的夜里已经很冷了，车子开得飞快，我们在敞篷卡车里冻得发抖。我们先赶到净月潭水库边的树林里，据说阶级敌人在那儿生了三堆篝火给敌机指示目标，可是到了那儿连个人影都没有，更不用说是篝火了。然后我们又赶到南关大桥边上的伊通河岸，据说阶级敌人在那儿打了三发红色信号弹为敌机指引方向，可是到了作案地点之后，连个鬼影子都没有。巡逻完了回到厂里，没想到食堂居然还为我们准备了丰盛的夜宵，有大米饭、烧茄子和炒干豆腐，这可都是过年过节才有的佳肴。就连向来吝啬的"陈小勺"都突然变得慷慨大方起来，那简直是太阳从西边出来了。大家都饿了，狼吞虎咽地吃起来。当时我有一种世界末日即将来临的奇怪感觉，大家都豁出来了，好像在吃最后的晚餐，反正明天不过了。

接下来几天的晚上我们干脆都是和衣倒在床上，旁边放件大衣待命。反正我们不是查户口的怀疑对象，就是出去巡逻的英雄人物。有两次我们在同一天夜里居然扮演两个角色，既被查户口，又出去巡逻。我们接到所有的警报都是假的，那些"狼来了"的游戏把我们弄得疲于奔命，精疲力竭。

一天夜里，我们巡逻完毕后回保卫科去还枪，看见那个盘问我有关"总理遗嘱"谣言的小范，不过这次他的脸色可凶狠多了。他的眼睛里充满了血丝，太阳穴上血管直暴，一头乱糟糟的头发。他正在审讯一个50多岁的老工人，据说那老工人在厂里的建筑工地上偷了几块砖，准备回家修理鸡窝，不巧碰在巡逻民兵的枪口上了。

"妈啦个×的！我们敬爱的领袖毛主席逝世了，全国的革命群众都沉浸在无限的悲痛之中，悼念他老人家逝世。你这个杂种操的，你悲不悲痛？"

"我悲痛。"

啪！啪！……老工人还没说完就挨了小范的一顿大嘴巴子。鲜血从他的嘴丫子往下淌。

"你少跟我扯鸡巴蛋。你要是悲痛的话怎么会去偷砖？如果你爹死了，你会出去偷砖吗？说！你到底悲不悲痛?"小范为他聪明的问题感到非常得意。

"我悲痛。"那可怜的老工人进退维谷。如果他说悲痛就等着挨打，如果说不悲痛就更糟，即使不被枪毙，也会作为现行反革命马上被关起来。

啪！啪！……老工人又挨了一顿大嘴巴子。小范重复问了老工人几次同样的问题，又打了老工人几轮大嘴巴子后，开始觉得腻味了，想换点新鲜的花样。

"你！给我向毛主席他老人家请罪!"小范把老工人推到毛主席的遗像前。

老工人低下头，弯下腰，向毛主席他老人家赔不是。小范绕到老工人背后，冷不丁一脚踹在老工人的膝盖后面。

"跪下!"

老工人一个跟斗栽下去，跪在毛主席像前，一个劲地赔不是，说他该死，不应该在全国人民都万分悲痛地悼念毛主席逝世的时候偷砖。

"磕头!"小范抓着老工人的头发命令道。

老工人哪儿敢怠慢，开始在水泥地上捣蒜般地磕起头来。

"磕响头!"小范又从背后踹了老工人一脚。

老工人把头在水泥地上越磕越响，很快血就从他的额头上渗出来。他不断地磕了几分钟，我可以感到空心水泥预制板块的振动。我当时心里非常气愤，真想上去阻止，但是又不敢，因为我怕惹祸上身，被小范指控我同情阶级敌人。我心里正在犹豫，突然听见一声巨响。

"磕响头!"小范声嘶力竭地叫着，把老工人的头狠狠地按在水泥地上，整个房间都震动了。老工人的额头和鼻子都破了，鲜血直淌下来,在水泥地上汪了一大摊。

"你们把我毙了吧,把我毙了吧,"老工人开始转过来求我们,"如果偷几块砖该死罪,你们就在这儿把我给毙了吧。求求你们了,现在就把我毙了吧。"

我抓住手中的半自动步枪,怒火中烧,真想把一梭子弹都扫在小范身上,自己跟他同归于尽得了。我只好拼命地咬自己的舌头来抑制那种冲动,因为我意识到我的生命比那个禽兽都不如的畜生的狗命宝贵多了。我们大家都站在那儿,气氛如死一般地沉寂,我能听见所有的同事都在咬牙齿。

"怎么的,不服?"小范笑起来了。他生怕手上沾上血,于是脱下鞋子,用鞋底把老工人没头没脸地一顿臭打。老工人的脸肿得像一个快要吹爆了的大气球。

"你!姓范的!你感到悲痛吗?"老工人突然问道。

"我当然感到悲痛啊。"

"既然你悲痛,为什么还要打我?"

"操!我打你怎么地?我这是化悲痛为力量,你不服?"这回小范更是为他的机灵和善辩而得意。他一脚踢在老工人的裆下,拳头如雨点般打在老工人身上。

老工人忍痛在地上蹲了分把钟,突然爆发出一阵狂笑,就像一头受了致命伤的狮子在怒吼。"毙了我!现在就在这儿毙了我!你小子没种我就自己来。"他撕开自己的衣服,指着光着的胸脯。他突然向我们冲过来,想抢一支枪自己了结生命拉倒,可是脚下滑了一下,倒在自己的血泊之中。

我们大家都板着脸站在那儿,气氛紧张得一触即发。

"你!姓范的小子!有种你倒是毙了我啊?你那用悲痛化成的力量到哪儿去啦?你这个孬种。我反正已经五十多岁了,也活够本了。忍耐是有限度的,我受够了,不想再活了。你怎么不把我毙了呀?你这个小杂种还年轻,还能活不少年呢。今天不是你死就是我活,咱俩反正得死一个。小子你听着,你现在就毙了我,要不就打死

271

我。如果你给我留一口气,就一口气,小子你走着瞧,你就死定了。"

小范的脸色唰的一下变得死灰。"你瞅着,你是现行反革命,我马上去报告公安局来抓你。"小范嘴里嘟囔了几句溜了出去。那老工人躺在地上喘气,等小范带公安局的人来抓他。半个多小时后,他意识到那个外强中干的小范永远也不会回来了。他挣扎着从地上爬起来,打开门出去。我们扶着他,他把我们推开。他步履艰难地走出去,身后留下一条血迹。

我带着一颗沉痛的心离开保卫科。我居然眼看着那种灭绝人性的兽行肆虐而不敢挺身而出,心里感到十分羞耻。如果我是因为家庭成分不好而怕引火烧身,那也许还情有可原。使我不解的是,有些人并没有家庭成分的问题,眼看着那个根红苗壮的老工人为那么一点小错误而遭受毒打,居然也不出来阻止。使我震惊的是,我们每个人都变成了敢怒而不敢言的懦夫。"文革"居然还把下一代无产阶级接班人的人性中最丑恶的东西发挥得淋漓尽致,他们对他人的生命和尊严肆意践踏,这使我感到万分的恐惧和厌恶。

现在回想起来,我自己也应该对自己的行为负责。当人们看见我们全副武装地站在卡车里巡逻的时候,他们当然会恐惧万分。他们并不知道,那些荷枪实弹的人当中至少还有我一个人。

毛主席的追悼会在 1976 年 9 月 18 日举行,那天正好是我父亲在清理阶级队伍运动中被揪出来打入"牛棚"的九周年。全厂七千多个工人都在拖拉机停车场上集合,听高音喇叭转播追悼会的实况。奏哀乐之后,毛主席亲自挑选的接班人华国锋操浓厚的山西口音致悼词。然后随着他喊"一鞠躬、二鞠躬、三鞠躬",全中国人民都对着毛主席的遗像三鞠躬。

在全国举哀的九天里,倒也没有发生什么事情。追悼会后,必将发生重大的变革,无论是好还是坏。因为江青和她的党羽们看来好像还是控制着局势,我对前景丝毫不敢乐观,只有在心中默默地祈祷。

1976 年 10 月 6 日,毛主席逝世还不到一个月,我在收音机和广播喇叭中听到,逮捕了"四人帮",其中居然包括江青。

"四人帮"倒台后,全国形势十分紧张。电力供应中断了,长春拖拉机厂全面停产。空空荡荡的厂房夜里漆黑一团,就像一片坟地。因为市面上连蜡烛都没有,我们在宿舍里只好点自己做的油灯。我们的暖气也突然停了,管道里的水都没来得及排放。冬天的严寒把暖气里的水冻成冰,把所有的暖气片都冻裂了。第二年开春时,融化的水淌出来把宿舍和厂房都淹了。我们的宿舍好像冰窖,晚上我们得盖上所有的毯子和被子,穿着所有的衣服,戴着帽子和手套睡觉。白天我们出去到处找木头,到工厂铁路专用线上的车皮里偷焦炭,生火取暖。所有的公共交通都停止了,整个城市死气沉沉,彻底瘫痪了。

邓小平在 1966 年和 1976 年先后两次被打倒,1977 年又再次被平反解放。为了恢复在"文革"期间濒临破产的国民经济,新的领导班子提出了"四个现代化"的口号。在"文革"期间外语教学几乎完全停止,为了实现"四个现代化",教育重新得到重视,学校又开始恢复外语教学,特别是英语。在当时,国有企业负责职工的一切需要,从摇篮到坟墓。我们厂为职工的子女办了一所子弟中学,有上千个学生,但是只有四个外语教师,而且教师们本身也都没有完成正规的大学英语教育。因为师资严重短缺,子弟学校开始到处寻觅外语教师。

介绍我进子弟学校教书的是我们车间的老丁。其实老丁年纪并不大,当时才三十多岁。他在"文革"前考进吉林大学数学系,后来因为"文革"爆发而中断学业。因为他是个知识分子,所以被发配到长春拖拉机厂的工具车间当车工,接受工人阶级再教育,跟我成了师兄师弟。因为我比较好学,所以我们俩成了知心朋友。毛泽东主席去世后,工厂把老丁调到子弟学校教数学。他调动之后不久,就把我推荐给子弟学校。

1977 年春天,我到子弟学校去面试。与外语教研组的四位女老师简短地面谈之后,她们请我试教一堂课。她们给我一本教材,并给我一个小时备课。那是我一生中第一次上讲台,面对着五十多个中

273

学生,他们都目不转睛地盯着我看,后排坐着教研组长王老师。尽管我们家有世代教书的传统,父亲也曾经教过十多年书,但我还是紧张极了,眼睛不知道该往哪儿看才好。我还清楚地记得课文开头是"Labor Day. Labor Day. We are happy and gay."(劳动节,劳动节,我们大家兴高采烈)。当时我根本就不知道"gay"还有同性恋的意思。下课后,老丁请我到他的办公室去聊天。十分钟后王老师走进来:

"恭喜你,你教得太好了,我们就需要像你这样的老师。如果厂里领导同意的话,欢迎你明天就来上课。"

因为我事先就没有告诉车间领导,所以根本就不知道他们肯不肯放我走。此外,我离开车间还面临一个障碍:尽管当时全民都穿蓝色的毛制服,我是一个蓝领的工人,而不是干部。在当时,工人和干部之间有一道几乎无法逾越的鸿沟,工人归劳资科管,干部则归干部科管。因为我实在不想再当工人,所以我还是鼓足勇气去找车间党支部书记老马。我告诉马书记子弟学校希望我去教英语,他的态度并不积极,但还算客气。

"小胡啊,你应该安心干好你的本职工作。你是一个很好的工人,大家对你的印象不错。现在邓小平号召实现'四个现代化',我们车间就需要像你这样的工人来抓革命、促生产。如果让你走的话,我们这儿的编制就缺人了。你知道,这事儿我一个人也不能决定,我得让党支部开会研究一下,支部决定之后再告诉你。"

根据我过去的经验,马书记的套话只是一种婉言拒绝,所以我根本就没有寄多大的希望,还是回去该干啥就干啥吧。第二天我正在干活的时候,马书记笑着走到我的车床边上,居然递给我一支烟,拍拍我的肩膀。

"小胡啊,我听说你自学英语已经好久了,没想到你小子还真有两下子。昨天晚上我儿子说啦,你给他们上的英语课棒极了。虽然我并不愿意让你走,现在'四人帮'打倒了,子弟学校需要像你这样的老师。我已经跟支部的其他同志们讨论过了,我告诉他们你能够当个好老师。你也知道,谁家没孩子在子弟学校上学?所以我们都同意让你去子弟学校。"

尽管车间同意放我走,使我感到意外的高兴,但是调到子弟学校还有一个巨大的障碍。因为子弟学校的老师是干部编制,我还必须向劳资科申请,并得到干部科的批准,才能调到子弟学校。

"马书记,你能不能帮我跟劳资科打个招呼,让他们同意放我走呢?"我央求道。

"别担心,"马书记拍拍我的肩膀,"子弟学校已经跟厂里领导打过招呼了。因为你是工人,要转成干部得好长时间,也许得一两年才能等到名额,所以我同意你留在车间的编制上,正式批准下来之前,车间继续给你发工资,我把你借给子弟学校,算是以工代干。我已经跟学校说了,今天你就可以到子弟学校报到上班了。你现在去把书收拾一下就走,我想你是不会给我们丢脸的。哦,对了,如果我儿子不听话,你就使劲踢他。"

我简直不敢相信一切都如此顺利。对马书记的一片好心、信任和鼓励,我千恩万谢。多年来,我觉得好像自己孤身一人在汪洋大海里挣扎,每当我想换一口气的时候,就有一只无形的手,把我的头按捺进水里。毛主席去世后"四人帮"倒台,那只无形的手好像也消失了。

我马上收拾了一些书,兴高采烈地到子弟学校去报到。英语教研组原来一共有四位女老师,因为我是惟一的男的,"文革"时江青的八个样板戏中有一个是"红色娘子军",戏中惟一的男性是党代表,所以同事们就开玩笑叫我"党代表"。我们的教研组长王老师是学英语的老大学生,因为"文革"而中断学业。另外两个是"文革"期间学俄文的工农兵学员,因为中苏关系交恶,她们毕业后被分配教英语,所以她们得从头自学英语,现学现教。还有一个原来中文系毕业的,后来自学了一点英语。因此,我一进去她们就让我教十年级的毕业班。

当时的十年级分成快、中、慢三个班。教慢班简直是一场噩梦,因为慢班的学生连中文都几乎是文盲,遑论英文?我只好从第一册

275

的第一课"Long Live Chairman Mao"(毛主席万岁) 开始教。其实我根本无法教书，只是像警察那样维持课堂的秩序而已。我的学生们在课堂上旁若无人地大声喧哗、随意走动、骂脏话、吃、喝(包括酒)、抽烟(还好当时中国人还不知道大麻是可以抽的，总算是谢天谢地)，男女生之间还互相调情。有时课上到一半突然大打出手，桌椅横飞，窗户打破，血溅课堂。有些男生膀大腰圆，光是听见他们发育成人的低沉嗓音就够可怕的了。我根本就不是他们的对手，只好请体育老师来镇压。一学期到头，我们居然还在学"Long Live Chariman Mao"和 26 个字母。

大多数的学生被分在几个普通的中班，其实那些普通班的学生并不普通。总的来说，他们跟慢班的学生几乎是一样的文盲，惟一不同的是，他们比慢班的学生略微乖一些。

除了"毛主席万岁"之外，我还试着教他们一些有用的句子，如"早安"、"谢谢"和"再见"。许多学生用中文字注音来帮助他们记忆读音，对此我是坚决反对的。东北方言叫卷心菜"疙瘩白"或"大头菜"，前者和英语的"再见(Good bye)"很相似。我班上有个男生的中文词汇太贫乏，不会写"疙瘩白"，于是就用"大头菜"来代替注音。一天我让他说"再见"，他居然说出"大头菜"来，逗得全班哄堂大笑。他的努力和创造性既可嘉，又让人哭笑不得。从此，每次下课的时候全班都一齐喊"老师大头菜"。此外我还听到一个更离谱的故事，一个学生觉得英语里的"嘴巴(mouth)"跟"茅厕"很相似，但是又不会写"茅厕"，于是就用"厕所"代替。老师提问时，他忘记将"厕所"还原成"茅厕"，于是"嘴巴"就成了"厕所"。

看到"文革"把整个一代年轻人都毁了，我感到万分痛心。"文革"造成的损失几乎是无法弥补，也是无法逆转的，那些学生多数已经到了无可救药的地步。

教快班的学生则是一种享受。尽管是少数，而且起点非常低，但是他们非常好学，而且对老师特别尊敬。我自愿地为他们课后加班上补习课，此外他们有问题还可以随时到办公室来问我。我希望尽最大的努力去挽救那些年轻人的灵魂，因为我觉得那是为人师表者责无旁贷的事情。我就住在工厂的单身宿舍里，总是随叫随到，所以很快就成了学校里最受欢迎的老师之一。在那些渴望学习的眼睛里，我总算是看到了中国的前途还有一线希望。

尽管我的教书生涯并没有任何挑战性，却使我可以名正言顺地学习英语，无须再害怕同事对我的猜忌和风言风语了。此外子弟学校还给我提供了一个极其理想的学习环境，因为学校里数、理、化各学科的老师齐全，我可以随时向他们请教。老丁对我的问题总是不厌其烦地解答。因为数学不需要实验室，所以我又开始自学微积分。在一年的时间里，我把苏联数学家吉米多维奇习题集中的四千多题做了两千多题。因为我学习非常努力，"文革"时知识分子排行第九，为"臭老九"，所以同事们又给我起了个外号叫"老九"。"文革"后不带"臭"字的"老九"成了一种亲热的称呼，我欣然接受。

第六章　象牙宝塔

1977 年 10 月 13 日的天气还不算冷,头天下了一场雪,落地就融化了,夜间温度降到零下,又冻成了冰,溜滑的地面十分危险,所以我也就没有到图书馆去取报纸,待在办公室里批改学生的作业。我正在聚精会神地工作,办公室突然有人破门而入。我吓了一跳,以为又是体育老师把哪个不守纪律的学生拖进办公室训诫一番,没想到居然是我英语教研组的同事,欧阳老师。

"老九啊！你可得请我和杨老师出去好好吃一顿。"她手里拿着一张报纸冲进办公室。

"有什么喜事儿啊？你们俩订婚啦?"我随口问道。杨老师是欧阳的男朋友,在子弟学校教物理。我们是单身,都住在厂里的宿舍,因为子弟学校比较安静,参考书又全,所以晚饭后我们常到子弟学校一起学习,成了知心的朋友。

"订啥婚呀。"她挥挥报纸,放在我正在批改的一叠作业上。

那是一份《吉林日报》,头版上的一篇文章用批改作业的红笔圈着,标题是"国务院批转教育部《关于 1977 年高等学校招生工作的意见》",宣布将恢复高等学校的入学考试。那条消息简直像一声春雷,我当时觉得呼吸都停止了。邓小平再次主持工作后,各种迹象表明大学将恢复入学考试,但是历年的高考都是在夏天举行,所以我以为最早也要等到次年的夏天,没想到我望穿秋水地等了十多年的这一天终于来到了,而且比我想像的还要早。

在中国历史上,通过考试选拔人才已经好多个世纪了。1966 年大学停止招生,五年之后,少数的大学重新开始招收工农兵学员,选拔的标准主要是看家庭成分和个人的政治表现,有些从农村招收的学员几乎是文盲。刚开始时,选拔的过程中还有一场装门面的考试,尽管考试的成绩和最终入围的人选几乎没有任何关系。1973 年,辽宁省的一位名叫张铁生的候选人不知如何回答试卷上的问题,于是他就在试卷的反面给辽宁省的领导人写了一封信,说他因为忙于在地里劳动,没有时间复习,竞争不过"那些多年来不务正业、逍遥浪荡的书呆子们",抱怨考试被他们那群大学迷给垄断了。当时辽宁省革命委员会主任是毛主席的侄子毛远新,他把这张白卷作为攻击他的政敌的机会。1973 年 7 月 19 日,《辽宁日报》以《一份发人深省的答卷》为题,刊登了张铁生的信,批判考试是旧教育体制的复辟,并称赞交白卷的张铁生是"反潮流的英雄"。结果 1973 年的考试被宣布无效,此后大学入学考试被彻底废除。为了奖励敢于向旧教育制度挑战的"白卷英雄",张铁生被选拔上大学,后来还当上了中共中央委员。"文革"结束后,张铁生于 1976 年被捕,后来入狱,直至 1991 年 41 岁才获释。

高考恢复后,我终于有了通过自己竞争上大学的机会。"文革"爆发后的十多年里,高中毕业生无法凭成绩争取接受高等教育的机会,我意识到我将面临空前激烈的竞争。十多年积攒下来的人才,就像水库里蓄满的洪水。此外,所有的高等学府在"文革"期间经费大量削减,师资也遭受惨重损失,所以恢复高考后大学招生的人数也大大减少,导致竞争进一步加剧。尽管如此,我对自己仍充满了信心。因为我并没有荒废多少时间,而我的许多同龄人在"文革"中完全放弃了学习,所以我觉得自己一定能够接受挑战,在剧烈的竞争中获胜。恢复高考的消息公布后,绝大多数的人刚开始看书,希望在短短的两个月里完成我在过去三年多的时间里完成的学业,我的优势是很明显的。然而恰恰因为我的准备非常充分,反而精神紧张起来,给自己施加了巨大的压力。当时多数人认为,恢复高考是给我们那些在"文革"中失学的人最后一次机会,我反复告诉自己,无论如何必须搭上那最后一班车。

当时报考大学的年龄限制是 25 岁,外语专业的年龄限制是 22 岁。对超龄考生来说,如果成绩特别好,学校也可以破例录取。我特别喜欢英语,并且深信自己的水平比大多数考生领先很多,但是我犹豫不决是否应该报考英语专业,因为当时我已经 28 岁,超龄 6 岁之多。为了保险起见,我专门去省招生办询问我是否有资格报考英语专业,生怕因为超龄过多而被取消高考的资格。我在一间挤满了考生的房间里等了一个多小时,终于见到了一个 20 多岁的年轻人,后来人们告诉我他是一个工农兵学员。我告诉他我已经超龄,不知道是否有资格报考外语专业。

"你今年多大年纪了?"他随便问道。

"28 岁了。"我很不自在地回答。

"你学了几年英语?"

"大概三年吧。"

"那你单词量有多大呢?"

"四千多,也许有五千吧。"

"哦,就那么点儿啊。"他不屑一顾地说道。

"我学了"灵格风",还翻译了大半本有关机械加工的英语教科书。"

"哼,我听说有个 12 岁的孩子认得八千多个单词,你这把年纪了,词汇量是不是太小了点吧?"他看着我,脸上皮笑肉不笑的。"根据你的年龄和有限的词汇量,我想你没有资格报考英语专业。你回去好好学一年,明年再来试试吧。也许你可以报考其他的专业。"他以权威的口气把我草草地就打发走了。

他既然已经说不行了，我知道跟他争也没用。离开省招生办的时候我感到有点沮丧和失望，但是我觉得那也没什么关系，反正我还可以报考数学专业，于是我就报了名。当时我还觉得做对了，因为我是先到招生办去问清楚了才报的名。

我哥哥在上海考虑是否应该抓住那个机会。他在家当了六年的"待业青年"后，1975年被分配到中学当代课教师。当时教育还处于"文革"的混乱状态，学生必须定期到工厂学工、农村学农、部队学军。身为生物代课教师，他的工作就是带学生到上海郊区的人民公社去学农。参加高考对他来说是一个改变身份的好机会。然而使我震惊的是，他竟然没有报名。他给我写了一封短信，说他"宁可当一名观众看别人在台上表演"。当时他担心万一考不取的话就会很丢脸，而且也许连代课老师的饭碗也砸了。

因为受"读书无用论"的影响，大部分年轻人在"文革"当中放弃了学习。宣布恢复高考之后，大家又一窝蜂地开始学习。当时我已经自学了近五年，我觉得没有任何理由不通过那场已经盼望了十多年的考试。我开始全力以赴地从头复习中学的数学，直至微积分，此外还有物理和化学。我把所有的业余时间都用于复习，每天只睡三四个小时，一个月一眨眼就过去了。当大考接近的时候，因为情绪紧张，还有许多自己给自己施加的压力，我开始感到身体不舒服。大考前的几天，我开始失眠。我反复地告诉自己，绝对不能错过末班车。大考的前夕，我竟紧张得彻夜不眠，脑子就像一匹脱缰的野马似地到处奔腾，一会儿觉得好像是坐在吉林大学的教室里，一会儿又万分恐惧，生怕自己会落选。自学了五年，盼望的就是这一天，然而这一天真的到来时，沉重的思想负担又把我压得喘不过气来。

1977年12月的一个严寒的早晨，我们厂所有的考生都坐上厂里的大客车到长春第一汽车厂，考场就设在那儿。因为近一个月缺乏睡眠，头一天又一整夜都失眠，我觉得头疼得要炸。我吃了一些止痛片，又喝了一大杯浓茶提神。

第一门考数学，就是我报考的专业。1977年的高考与"文革"前不同，不是全国统一命题，而是由各省分别命题。拿到卷子后，我心里紧张得要命，手都抖了，嘴唇和嗓子干得直冒火。我的眼睛盯着封套，想透视到里面的内容。终于听见"现在开始"，我立刻撕开封套，先把试题从头到尾扫了一遍。在考卷的后面有很大的一组题目，上面用黑体字写着"超龄考生必答，适龄考生可答可不答"。因为我是个超龄考生，我想学校一定会用更高的标准来衡量我。我一秒钟都不敢浪费，马上就开始做最后那部分题目，有微积分、解析几何和非常刁钻的数学难题。我用了三分之二的时间才做完那部分难题，然后才非常匆忙地把前面每个考生都必须做的题目做完。铃响的时候，我连检查的时间都没有。当时我就有一种不祥的预感，因为我才勉强把前面那部分题目做完。

出考场之后，我跟其他考生对了答案，发现我前面的那部分考砸了，而那部分又正是所有的考生都必须答的。此外我还发现几乎没有人碰后面那部分的题，因为那些题目太难了。当时我不得不安慰自己，前面考砸了应该没事，因为我把后面的那部分的难题答得很好，那就说明我更应该会做前面的那部分容易的题目，只是因为时间不够而已。然而我没考好数学的前面那部分，情绪顿时一落千丈，因为我报考的是数学专业，相当于唱压轴戏时居然忘了台词。这一失手使我更加紧张，压力更大，严重地影响了我的竞技状态，导致我在后面所有的考试中表现都很一般。等所有的科目都考完后，我知道自己考砸了。

因为在"文革"中大部分学校都不教外语，所以除了报考外语的考生之外，"文革"后的第一次高考根本不考外语。我打听到报考外语的考生将在高考结束后的次日参加口试，我决定也去试一下，看能不能用我的英语给主考的老师们留下一个深刻的印象。现在回想起来，我当时的英语其实还很差，但是跟当时大多数的考生比起来算是出类拔萃的了。我先写了一份稿子，然后背诵了好几百遍，直至滚瓜烂熟，能够脱口而出。口试的考场门口并没有人检查证件，我毫不费劲就混进去了。

在第一汽车制造厂的考场共有60多个考生,他们都坐在一个大教室里,我静悄悄地坐在一个不显眼的角落里。我观察每一个考生的表现,有的连一句完整的话都说不出来,有的勉强能说几句。只有一个在一汽当翻译的考生,他的英语相当不错。同时我还发现他比我大一岁,因为在"你叫什么名字"之后,口试的第二个问题就是"你多大年纪"?口试接近尾声时,我感到非常自信,我的英语水平远远超过绝大部分的考生,而且至少跟那个在一汽当翻译的一样好。当四位主考问完了所有的考生之后,他们开始收拾记录。他们当时根本没有注意到我,也许他们以为我只是考场学校的校工而已。当他们准备离开的时候,我鼓足勇气,用颤抖的声音说:

"老师们,请等一等,我能不能也参加口试?"

"哦!实在对不起,我们把你漏掉了。你叫什么名字?"年纪最大的那位抱歉道,他好像是他们中领头的。

"不,你们并没有把我漏掉,其实我今天本来就不应该来的,因为我根本就不在你们的名单上。我没有考外语的笔试,不知道你们能不能抽一点时间,给我考一下口试?"

"你怎么没有参加笔试呢?是不是病了?"

"不是,因为我报考的是数学专业。其实我本来是想报考英语的,报名之前我到省招生办去了一次,他们说我报考外语专业已经超龄了。"

"你今年多大了?"

"28岁。"

他们互相看着,不知道该怎么回答我。几秒钟后,那个年纪大的挠了一下他那开始谢顶的头皮,很客气地对我说:"对不起,小伙子,因为你连笔试都没有考过,我想我们是爱莫能助。"

这时我觉得应该更主动一些。我改口用英语说:"老师们,我请求你们花几分钟宝贵的时间。我叫胡果威,是长春拖拉机厂子弟校的英语老师。我从1975年开始自学英语,已经学完了'灵格风'的第一册,还翻译了一本有关机械加工的英语原版教科书的一大部分。"
我把那些书放在桌子上,还把一叠几寸厚的翻译手稿在他们面前
摊开。

我想他们大概被我的英语打动了,那位谢顶的老师也改口说英
语:"那么你能不能给我们念一课'灵格风'的书呢?"

"没问题,当然可以啦。"我把书递给他说,"您能不能挑一课?"

他随手把书翻到当中,指着课文,递还给我说:"你就念这一
课吧。"

我扫了一眼,正好是第 25 课。我把书倒扣在桌子上,清了清嗓
子,胸有成竹,就像放唱片一样开始背诵。那课书大概两分钟长,教
室里静悄悄的,连一根针掉在地上都听得见。我背完之后,他们才出
了一口气。

"要不要再挑一课啊?"我问道。

"不用了,谢谢,一课就够了。"那位谢顶的老教师又改回了中文
说,"你能不能告诉我们你是怎么学英语的?"

"我是听着唱片学的,所有 50 课书我都念了,每一课都念几千
遍,一直到背下来为止。"

"嗯,挺有意思的。但是你连笔试都没有考,我们怎么帮你呢?"

"那个一汽的翻译比我还大一岁,但是他却能获准考笔试。既然
如此,我也应该有资格考笔试。但是省招生办的一位年轻人认为我
已经超龄了,按我的年龄,我的英语水平还不够高,所以不让我参加
笔试。根据我口试的水平,你们能不能让省招办重新考虑他们的决
定呢?"

"嗯,我们只能尽力而为。我们会把你今天在口试中出色的表现
向省招生办汇报。"

那位谢顶的老师记下我的名字和工作单位,我跟他们每个人都
握了手,对他们千恩万谢。

回到子弟校后,我还是不放心,不知道省招生办是否会仅根据我
未经批准擅自参加口试的表现而改变原来的决定。因为我实在太渴

望上大学了，我觉得还应该更努力地争取一下。于是我给北京的国务院招生办写了一封信，申诉我因为超龄而受到歧视。

过了四个漫长的礼拜后，省招生办给子弟校打了个电话，让我第二天下午一点钟到吉林大学外语系去参加一次专门为我一个人单独安排的笔试。吉林大学是吉林省的最高学府，我当时真是喜出望外，因为终于有机会把我三年寒窗的成果表现出来了，为此我激动得夜不能寐。

第二天下了一场大雪，所有的公共交通都停了。我早上 10 点钟就出发，在一尺多深的雪地里走了两个小时后，我终于在中午到达吉林大学。我在大门里面耐心地等着，当时正好是寒假，大楼里一个人影都没有。一点钟快到的时候，一个戴眼镜的六十开外的人走进门来。

我告诉自己，"一定就是他了。"

我跟着他上了二楼，看见他走进一间办公室，门上的牌子写着"系主任办公室"。到了一点整，我轻轻地敲了门。

"门开着，请进。"里面的人用英语回答，听起来是如此的悦耳。

我把门推开，用英语向他问"下午好"。

"我想你姓胡吧。"

"是的，先生。"

他很客气地纠正我："请不要叫我先生，叫我王老师就行了。"

无论在中文或英语中，"先生"这个称呼当时根本就不在中国人的词汇范围之内。

"是的，王老师，我可以进来吗？"

"当然了，请坐。"

办公室布置得挺雅致的，一张沙发，书架上放满了英语书，一张写字台旁边放了几把椅子。我拽了一把椅子到写字台前边坐下。他给我的第一个印象就是他的眼镜，厚厚的镜片就像啤酒瓶底，一看就知道他念过许多书，很有学问的样子。他的头发已经秃了，是电影里典型的知识分子形象。

他继续用英语说:"请告诉我,你是怎么学英语的?"

"我是长春拖拉机厂的英语教师。我出生在上海,1969 年响应毛主席的号召到吉林。我在梨树县的农村待了三年,因为工作努力,表现不错,被抽调到长春拖拉机厂当车工。1975 年我开始自学英语,粉碎'四人帮'后,我被调到子弟学校教英语。"

"听说你没有参加笔试,省招生办让我专门为你安排一场笔试。这是我们的毕业班期末考试的试卷。"他递给我几张纸。

我只扫了一眼,心里顿时就凉透了。试卷里尽是我从来没有学过的政治口号和术语,例如"敬爱的领袖毛主席将永远活在我们的心中"和"让我们继承毛主席的遗志,将革命进行到底"等。我当时就慌了神,不得不向王老师坦白,我根本答不出来,因为我从来没有学过那种英语。他似乎能够明白我的意思,于是就让我写一篇作文,谈谈我是如何学习英语的。他让我两小时后把作文交给隔壁的系办公室,然后就离开了。我在两个小时里写了整整三页单行纸,我自己觉得写得相当好。岂不知我当时已经犯下了一个致命的错误,因为我没有让省招生办安排另外一个已经考过笔试的考生跟我一起去考,那样才可能有个比较,我离开吉林大学的时候心里充满了希望,希望吉林大学能够破例录取我。

参加那次特殊考试后几天,省招生办来了个电话,让我去一趟。我当时喜出望外,以为我望眼欲穿等待的好消息终于要来了。到省招生办时,办公室里挤满了人,有的在查分,有的在打听消息。那个因为我超龄而不允许我报考英语专业的年轻人一眼就在人群中认出我来,他向我招手,让我到前面去。上访的人群分开了一条缝,我从中间挤过去。

"大家快来看啊,我们的人才来了。"他在一房间人的面前指着我,嘲讽地说道。

大家都转过身来。从他的口气中,我立即感觉到大事不妙了。

"他给国务院招生办写了封信,说他的英语是全吉林省第一(其实我根本就没这么写)。好吧,是骡子是马拉出来遛遛啊。咱们还真把他当成是个人才,是一匹千里马,还专门为他一个人,在吉林大学安排了一次特殊的笔试。现在结论出来了,咱们省最高的英语权威,吉林大学外语系主任王琨教授给他下了最后的结论,他的英语一般!"

整个房间里的人哄堂大笑,用鄙视的眼光盯着我看。当时我觉得无地自容,转身就向门外走,想立即离开那个地方。

"慢着,你给我站住!"他用拳头捶着桌子吼道。我顿时僵在那儿,转过身去。他拿起电话拨了几个号码,"请接保卫科。"

我不知道他想干什么,屋子里的人都静静地盯着我看。

"保卫科吗?"他轻轻地咳了一下清清嗓子,"这儿是省招生办,你们厂里的一个考生在我们这儿,他在这儿无理取闹,影响我们的工作,请派个人过来把他领回去。"

当时我的脑子一片空白,我想飞快地逃走,但是我的膝盖软软的,连气都喘不过来。我觉得好像在做一场噩梦,有坏人在追我,我想逃命,但是两条腿好像瘫痪了。我都不记得自己一个人怎么就进了一间小房间。当众受了如此的奇耻大辱,我真想变成一只老鼠,在地上挖个洞钻进去。我恨自己的英语才是"一般"。我无法推翻王教授给我下的结论,因为他完全是中立的,他的结论就像最高法庭的法官给我下的判决。我知道在那些旁观者的眼睛里我简直是个低能的蠢材。我觉得有千万根针在扎我的心,扎得直淌血。那个年轻人对我的当众侮辱就像在伤口上再洒一把盐。我知道我的大学梦已经完全破灭了。

过了很久很久,厂里的保卫科派了个年轻人来把我带走,就是那个小范,他毒打过那个在毛主席去世后偷了几块砖的老工人,真是冤家路窄。尽管我见到他并不感到意外,但是看到那个人渣居然在"四人帮"粉碎一年多后还在掌权,使我不寒而栗。不过那次小范好像客气些了。

才被那个年轻人当众羞辱,又看见小范对我那种玩世不恭的冷笑,使我变得完全麻木了。回到厂里后,我根本就不记得他们是怎么样训诫惩罚我扰乱省招生办的秩序。我只记得他们在我悔过之后把我释放了。

我拖着沉重的身子回到寝室时，门半开着，屋子里烟雾缭绕，一群人围着桌子打麻将，兴致正酣，大声喧哗。我悄悄地往里溜，只见一位哥们摸起一张牌，大叫一声"我自摸!"后正要把牌举起来砸下去，突然发现我进去了，就像见到了鬼似的。手一下停在半空中，然后手中的麻将牌和他的下巴像电影慢镜头似的一起掉下来。宿舍顿时安静下来，所有的人都回过头来，用一种奇怪的眼光盯着我看。受过那种奇耻大辱之后，我已经懒得向他们解释究竟发生了什么事情。我倒在床上用毯子蒙住头，强忍着眼泪。过了半夜，大家都入睡之后，我起身出去，到冰雪覆盖的拖拉机停车场里漫无目的地走着。

一月的寒风刺进了我的骨头，但是我已经感觉不到了。我躲在两排拖拉机中间，求得一点安宁。我不断地打自己的嘴巴子，但是我的脸已经被冻得麻木了，根本不觉得疼。我只能恨自己，怎么把那场大考给考砸了呢？一想到我已经错过了末班车，心里万分沮丧，痛不欲生。我将一辈子不能上大学了，原因是我的英语水平"一般"，这使我尤其感到羞愧。"一般"这两个字就像晴天霹雳一样，反复地在我的耳际回响。我充分理解"一般"这两个字，无非是"平庸"的一种隐晦的说法而已。

回顾过去，我必须承认我当时的英语确实还很差。但是王琨教授在1940年代曾经去美国留学，如果他认为"一般"，也许我的英语水平其实并不太差。如果我要求一个考过英语笔试的考生为我垫背一起考，有个比较，结果也许就完全不一样了。但是世界上是没有后悔药的。

恢复高考为我改变处境提供了最佳的机会，是千载难逢的机会。可是我居然考砸了，也许一辈子错过了末班车。我在"文革"中确实是被剥夺了上大学的机会，我还可以埋怨外因。望眼欲穿地盼望了十多年，现在终于有了一个可以跟我的同龄人公平竞争上大学的天赐良机，我怎么能够放过这个机会呢？除了怨自己，我还能怨谁呢？

我不断地咒骂自己："我怎么这么不争气呢？"

我又觉得自己是在游泳，不过这次不是在海里，而是在游泳池里。我的脚上并没有拽我下沉的沙袋，上面也没有手把我的头按进水里。旁边甚至还有裁判，以确保竞赛是公平的。作为一个游泳健将，我对自己充满了信心。别人都还没有下水呢，我就已经游了好几圈了，我的目标是夺取冠军，而且看起来只要再划几下水就到终点了。然而我的自信居然变成了恐惧，多年的苦练居然使我抽筋而沉到水底。我又觉得好像自己跳水太猛了，把头撞到游泳池的底上。我的失败完全怪我自己。

几天之后，录取通知书陆续到达，当然是与我无缘。在科举时代，人们将落选说成"名落孙山"。在"文革"期间，知识非但没有用，知识越多反而还越反动。然而我并没有自暴自弃，在那段动乱时期中坚持学习，当时像我这样的"傻帽"极少，所以我的家人和朋友对我的期望甚高。现在考砸了，我觉得无颜见江东父老。他们也许会觉得我并没有真本事。对我来说，"名落孙山"尤其惨痛，因为我的祖先们一次考不上还可以考无数次，直至考上为止，而我却可能错过了一生中最后的也是惟一的机会。

厄运接踵而来。高考发榜之后，子弟学校的校长让我到他的办公室去谈话。

"你没有接到录取通知，我为你感到非常惋惜。你学习非常刻苦，其实我心里确实感到你比那些幸运的考生更应该上大学，但是有的人跟我的看法不一样。我不得不跟你谈，希望你不要介意。你要知道，人们说'青出于蓝而胜于蓝'。我相信我们的学生要胜过我们的老师。但是如果连老师都考不上大学，学生自然就会怀疑他们是否能够考上大学。有些学生和家长已经跟我谈了他们的顾虑，我也跟你们教研组讨论过了，我很遗憾地告诉你，从明天开始，你将被重新分配去教初三。我必须跟你反复强调，这跟你教英语的业务能力毫无关系。但是作为一个学校的领导，我得为学生们学业的成败负责。请相信我，这是一个非常困难的决定。无论如何，我觉得我们的

师资是不错的。你应该继续学习,一次不取再考一次,希望你下一次
考出水平来。"

虽然我知道校长对我并没有恶意,但是在我高考落榜之后立即
被贬职,实在是雪上加霜。中国人最怕丢脸,尽管有时我曾希望自己
也是一个旁观者,就像我哥哥那样没参加高考,但是我从来没有后悔
过。考不取只能怪我自己,因为我是一个失败者,无论惩罚多么严
酷,我都得承受。

接下来几个月的日子是非常难过的。尽管我舔着自己心灵上的
创伤,设法忘记高考落榜的耻辱,但是那种创伤似乎永远也不会痊
愈,除非我能够上大学。当时我还住在工具车间的宿舍里,多数的室
友都对我很好,总是安慰我。但是有几个从来不念书的家伙对我的
落榜幸灾乐祸,他们好像生怕我不够难受。还指桑骂槐,拿我来开玩
笑取乐,我只好搬到子弟学校的宿舍去住,那样就可以不再受那些家
伙的嘲弄了。子弟学校的宿舍离我的教研室就两扇门,随时都可以
到隔壁念书。

我不想见到任何人,也不想人家看见我。6点30分开早饭,我总
是6点20分就到食堂,趁还没有人的时候把饭买回寝室吃。中午11
点30分开饭,我总是要捱到12点10分,那时炊事员已经开始抹桌
子扫地。我把中饭和晚饭一起买了,吃完中饭后,把晚饭放在热水锅
炉上面保温到晚上,省得再到食堂去第三次。我白天深居简出,当时
我最大的心愿就是变成一个隐形人,让周围的人把我忘却,或是躲在
一个茧子里不出来。我承认我确实是个懦夫。

一天中午,我又捱到食堂关门之前去买中饭和晚饭。进门之前
我先观察了一下,所有的凳子都已经被翻到桌子上,炊事员正在扫
地,于是我悄悄地溜进去。刚买完饭出门,突然被隔壁寝室的"四眼"
叫住了:

"这是我集体户的同学,姓李,他刚考取吉林大学外语系。"他指
着一位身穿灰色涤卡中山装的年轻人,胸前别着一枚白底红字"吉林
大学"的校徽。

"侬好。"那位年轻人操着上海话向我问好,并主动跟我握手。

"这是我们车间的小胡,他在自学英语。""四眼"介绍道,"你们交个朋友吧,今后你有什么问题,可以随时向他请教。"

"不敢,不敢,"那位年轻人谦虚道。

看来他们等我好久了,究竟"四眼"是故意让我难堪,还是真心要给我介绍一位老师?我无从知道。但是面对一个吉林大学外语系的学生,那是我心目中的天之骄子,我觉得简直无地自容。都是我自己不争气,又能怪谁呢?如果当时地上有个洞的话,我一定一头就扎进去。

从那以后,我连食堂都怕去了。我开始到附近的小馆儿去买饭,而且常常是有一顿没一顿的。跟我一个教研组的欧阳老师看出了我的心病。她正在跟物理组的杨老师谈恋爱,他们俩想把单身的集体户口从厂里迁出来,自己开伙做饭吃,但是当时在中国未婚的异性是不可以单立门户的。当老师还是有些意想不到的好处,我们的学生中有一位姓陈的女生,她父亲就是管我们那一片的乐群街派出所所长,他出了一个好主意:"再找个男的,俩男的在一起报户口不就行了?"于是他把我和杨老师的集体户口从厂里迁出来报到一起,杨老师是户主,我是家属。有了户口,我们一起从厂里申请了一个液化天然气罐,欧阳老师每天掌勺,我跟他们搭伙,从此干脆连食堂都不用去了。

现实是严酷的,但是又无法逃避。像鸵鸟那样把头埋在沙子里并不能解决问题。尽管我并没有给亲友们写信报告我落榜的消息,发榜几个星期后,他们开始来信了。有的问我有没有考取,有的干脆就安慰我,因为我没有给他们写信报喜,他们猜我一定是落榜了。接到我亲爱的表妹的信最使我痛苦。

"威:

很遗憾得知你没有考取。我对你学习刻苦深信不疑,并且觉得你比任何人都更配上大学。可以想象,面对现实是多么的困难,但是我觉得这并不是世界的末日。请你千万不要太难过,因为上大学并不是充实自己的惟一途径。我多么希望现在就能在你身边,跟你一起度过这段难熬的日子,可惜我在万里之外。希望你自己多保重。当年我跟你一见钟情,就是因为你不但聪明,还能吃苦。我现在还是爱你的,而且无论你是否上大学,我都会爱你一辈子。即使你不上大学,我相信你还是能自学成才的。我建议我们今年尽快结婚,那样你就可以调到昆明来,我们就可以在一起学习了……"

我的家庭成分不好,自己又是一个穷工人,对此我感到非常自卑。当时的中国社会还是以男人为主。尽管我非常爱我那亲爱的表妹,跟一个社会地位比我高得多的人结婚总是使我感到不自在。此外,如果我调到昆明去的话,就成了上门女婿,而中国的传统是应该把媳妇娶回家。但是从长春调到昆明对我还是有不可抗拒的吸引力,因为那儿没有人知道我的过去,也没有人会注意我,我可以悄悄地休养生息,卧薪尝胆,韬光养晦,一切从头来起。

在那个年代里,结婚也涉及政治。每个人的工作单位都掌握着生杀大权,结婚必须由单位批准。通常是由男方的单位先给女方的单位发函政审,如果有一方是现役军人,则由军队那一方开始政审。当我确定了调到昆明是摆脱我的窘境的惟一途径后,就给我亲爱的表妹写了一封信,让她向单位申请结婚。当时的政审又称为"外调",过程非常繁冗。外调又是一些人假公济私到全国各地游山玩水的美差。我们俩的外调更是特别长,因为我在离云南几千里外的长春,我们家的亲戚又分布在上海、北京、四川和湖北等全国各地,且不提我那远在美国的三叔。当时中美两国还没有外交关系,我不知道他们是怎么调查我三叔的。

同时我又给我的姨父(我亲爱的表妹的父亲)写了一封信,让他设法把我调到昆明去。在当时严密的户口制度下,老百姓几乎没有选择居住和工作地点的自由。为了控制城市人口的增长,农民是不允许迁移到城市里去的。城市居民只可以"往下"迁到小城市,从小城市迁到大城市几乎是不可能的。在同等大小的城市间迁移也极其困难,因为全国各地的单位都有严格的人员指标。因此,许多夫妇不得不长年两地分居,多者乃至几十年。

我焦急地等待了近六个月,外调的消息总算下来了。1978 年 6 月,医院的政委把我亲爱的表妹找去谈话。

"小吕同志,"政委严肃地说,"我通知你,我们已经完成了对你未婚夫的外调,我必须告诉你,我当政委这么多年,还从来没有见过这么复杂的家庭背景。他的父亲是国民党员,他母亲在抗日战争期间曾参加过国民党的青年军,此外他家还有海外关系。你知道,在'四人帮'掌权的时候,一个军人是绝对不能跟那种家庭背景的人结婚的。你得感谢我们的英明领袖华主席啊。我们相信尽管他不能选择自己的家庭,他还是可以选择自己的前途。尽管他并不是党员,他在工厂里工作非常努力。我们支部成员经过反复讨论,决定批准你们结婚。"

我亲爱的表妹总算松了一口气,但是政委还意犹未尽。

"可是我实在不明白,你为什么要选择跟那种人结婚呢?我们这儿又红又专的小伙子多的是,你的家庭情况和个人条件又是如此优越,我相信你完全能够找到比他强得多的人。说实在的,你完全可以随便挑拣对象。你说是吗?如果你想要我介绍对象的话,我现在手上现成的就有一大把。我希望你再慎重考虑一下,是否要跟他那种人过一辈子,这可是你的终身大事啊。现在生米还没有煮成熟饭,还有时间。但是如果你执意要跟他结婚,我还是祝福你们。"

得到政委批准之后,我亲爱的表妹马上就到邮局去给我发了个电报:

"已批准。"

好事成双,就在我得到好消息之后,报纸上又宣布将在 1978 年 7 月份举行第二次全国统一命题的高考,成绩特别优异的超龄考生仍可以破例录取。如果我到上海去结婚的话,那将会错过第二次实现我的大学梦的机会,后来才知道那是真正的"末班车"。因为当时我还在"养"第一次高考落榜留下的"创伤",心有余悸,所以犹豫是否要再试一把。俗话说,"一朝被蛇咬,十年怕井绳。"而且这次快班的毕业生也有报考大学的,他们中间一定会有人考取,如果我再次落榜的话,那后果就不堪设想,我连书都教不下去了。

几天后,我姨父兼未来的丈人给我来了封信,说他已经跟昆明手扶拖拉机厂联系了,对方表示只要长春拖拉机厂肯放,他们厂就能接收我。既然现在有了一个可以撤退的地方,我决定孤注一掷,再参加一次高考。因为我第一次已经丢尽了脸,即使第二次落榜已经无脸可丢了。更重要的是,那也许是我惟一的一次雪耻的机会,我豁出来了。

经过上一次的英语口试后,我非常自信,因为我的英语跟其他考生相比确实相当不错。尽管报考外语专业的年龄上限设在 22 岁,全国的招生政策允许超龄的考生报考。我毫不迟疑地决定报考英语专业,那样我就可以向人们证明,我胡果威不是个窝囊废。我给亲爱的表妹写了一封信,让她把我们结婚的计划推迟两个月,她完全同意。

我哥哥 1977 年没有参加高考。他的女朋友的父亲是数学教授,她参加了第一次高考被录取了,这使我哥哥十分尴尬,因为他觉得娶一个比自己文化程度高的妻子是一件非常丢人的事情,所以第二次机会来的时候,他别无选择,决定报考。

7 月底第二次大考的前夕,我把所有的书都锁起来,美餐了一顿,还恰到好处地喝了一点酒,足够使我感到飘飘然,但是又不会醉。饭后我早早就上了床,还做了个好梦。尽管我基本上没有复习,但是我并不紧张,一点压力都没有。忍辱负重之后,我变得更镇静自若、更成熟了。第二次高考的考场在附近的中学,离我们厂才几条马路,我们子弟学校所有的老师都到那儿去监考。这回可是在我自己家门口的地盘,监考的老师都是我的同事。当然他们并不会帮我作弊,但是他们在我身边使我感到心里踏实多了。

这次高考的每一门都非常顺利,我也不去跟别的考生对答案。

每天上午考完之后,总是有同事请我到附近的小馆子里吃午饭、聊天。下午考完之后,总是有同事请我到家里吃晚饭。饭后我早早就寝,第二天早上起身觉得精神饱满。在主场竞赛毕竟有优势,三天里前五门考试很轻松地就考完了。

最后的压轴戏是英语。因为我是自学英语的"杂牌军",除了吉林大学的王教授让我写的那篇作文之外,还从来没有人考过我的英语,所以那次笔试是我生平第一次参加英语考试。听见监考的老师说"开始",我紧张地翻开试卷。没想到才扫了一眼,我高兴得几乎跳了起来。我觉得前面的试题就像是我自己给自己出的,不到 10 分钟,大约 80 分的题很轻松就做完了,几乎得了满分。但是做到最后两题时我彻底傻眼了,我觉得每隔一个单词就有一个生词,都是我从来没有学过的政治术语。第一题里的那个"Zhou"和"Dazhai"更让我糊涂,英语里有把"zh"拼在一起的吗?幸亏我在小学里学过汉语拼音,读着读着突然开了窍,那本来就不是英语嘛!这不是说"周"总理访问"大寨"吗?既然如此,下一题说的是毛主席的接班人华国锋到学校参加家长会,送女儿上山下乡。于是我连编带懵,居然把剩下的两个政治谜语都猜出来了。我的英语口试发挥也特别好。

考试成绩揭晓使我又惊又喜,我的考分居然名列全吉林省第三,我知道我八成会被录取。但是我还是不敢告诉别人,包括我亲爱的表妹,生怕我会因为超龄或家庭成分不好而再次落选。几天之后我得知我哥哥的考分比我还高,但是因为上海是中国最大的城市,平均考分比较高,所以他的考分在上海的排名还不像我那么领先。

接下来焦急的等待非常难熬。1978—1979 年的新学年像往常一样在 9 月初开学。子弟学校的领导知道我多半会被录取,所以干脆就没有为我在新学年排课。我的工作就是在课后辅导学生。

几星期前在我准备第二次高考时,总觉得日子过得特别快,来不及复习所有的功课。现在我有的是时间,觉得度日如年。于是我成了子弟学校的信差,每天为大家到厂收发室去取信。厂里的信下午送到,每次一大邮袋,有时两大袋。在两个星期里,厂里有好几个跟我同病相怜的,大家一起等待发榜。收发室就在工厂大门的旁边,是最显眼的地方,过去的几个月里我最怕见人,现在我终于可以无愧地待在最显眼的地方聊天,因为我的英语已经不是"一般"了。信分完之后,我们几个就一起冲进收发室,把各自单位邮箱里的信拿出来,然后在一大沓信中寻找录取通知书,但每次都是失望。

1978 年 9 月 18 日,我进城去买东西,准备放学之前回学校辅导学生。那一天我记得特别清楚,因为那是我父亲在"清理阶级队伍运动"中被揪出来的十一周年,同时也是毛主席追悼会的两周年。我在拥挤的行人中走着,突然听到来往的行人说高考发榜了,就张贴在省委大院的围墙上。我的脉搏立即加快,血往头上涌去,心跳的声音在太阳穴里就像打鼓一样。

我三步并作两步跑到省委大院,看见那儿一片黑压压的人群,个个都伸长了脖子。灰色的砖围墙上贴着一长溜用黑墨写在大红纸上的名单。我用胳膊肘挤开人群,那是全国重点大学第一轮录取的名单,我挤过了北大和清华,又挤过了一长溜全国招生的名校。好不容易挤到吉林大学,我挤过了一个系又一个系,一个专业又一个专业。我挤得满身大汗,觉得口干舌燥,腿都软了。在密密的人群中我听见有人抽泣、痛哭,还有人喜出望外地欢呼雀跃。我终于挤到写着"吉林大学外语系"的名单面前,第一眼就瞥到自己的名字竟赫然列在榜首。

那可确确实实是我的名字。我顿时热泪盈眶,心里有一种无法描绘的酸甜苦辣的感觉,我揪了我的脸颊,还咬了舌头,看是不是在做白日梦。当时我心里悲喜交加,喜的是,我终于实现了多年的大学梦,但又因为我第一次落榜受的奇耻大辱而悲。那么多年辍学的情景历历在目。仅仅几个月之前我还是名落孙山,而且以为我已经永远失去了念大学的机会,我们家世代书香将被我断送。没想到现在我居然要到吉林大学去学英语了!

儿时读过《儒林外史》中"范进中举"的故事,当人家上门报喜讨赏银的时候,范进乐极而痴,直说"我中了"、"我中了"。当我看见榜上有名的时候,那种悲喜交加的心情要远远超过范进,因为范进中举前已经考了多次,即使落榜还可以反复地考,庄稼不得年年种。虽然我可以考两次,但我的第二次也是最后的一次,更何况我在前面的十多年中连考试的资格都没有。孔子曰,吾十有五而有志于学,三十而立。我已经虚岁三十了,才刚一只脚跨进大学的门槛,晚了十多年,实在是惭愧。但值得庆幸的是,迟学总是胜于失学吧。

我突然想放声大叫"我中了"! 我想举起双手欢呼"我中了"! 我想跟周围的人握手,拍着他们的肩膀告诉他们,"他妈的! 老子中了!"

可是我连一点声音都发不出来。在过去的十年中我时常做梦,梦见我在大海里漂流。我的腿上绑了铅坨子,把我往下拽。我好不容易挣扎上来,想换一口气,好拼命地呼救。这时,一只无形的手把我的头按进水中,我求救的声音被淹没了,还呛了一肚子的水。突然我觉得自己真的是在做梦。

周围的人们以羡慕的眼光看着我。我向四周望去,看见另一双热泪盈眶的眼睛,那人外表非常寒酸,年龄与我相仿,头发乱糟糟的,胡子拉碴。他衣着褴褛而污秽,一看就知道是一个知青。我们俩同时伸出了手握在一起。

"你是哪个系?"他轻轻地问我。

"外文,你呢?"我几乎说不出话来,嗓子眼里好像被东西哽住了。

"半导体。"

我们互相拍了拍肩膀,握着手在那儿静静地站了十分钟。

我突然想起了父亲的一个故事。抗战快胜利时,我们家住在重庆嘉陵江的南岸。1945年8月15日下午,父亲听见对岸的重庆市中心鸣放鞭炮。因为当时既没有收音机,也没有电话,父亲到轮渡码头上等待消息。对江的第一艘渡船到了码头后,船上的乘客冲上岸高呼:"日本鬼子投降啦!""胜利啦!""解放啦!"父亲握着一个素昧平生的陌生人的手,跟他走了三里地,边走边谈,边洒热泪,这个故事父亲讲过多次。虽然我是解放那年生的,当时我在襁褓之中,无法体会解放的喜悦。二十九年之后，当我在榜上看见自己的名字时，我才体会到父亲在抗战胜利那天的心情。盼了八年之后，父亲终于可以回家了。对我来说，解放的感觉就是盼了整整十二个年头之后，我终于可以上大学了。因为第一次名落孙山的切肤之痛，更使我觉得成功来之不易。

我的心情好久才稍微平静下来。我擦干泪水，径直往火车站走去，买了一张当晚直达上海的火车票，然后到邮电局去给我亲爱的表妹发了一份电报：

"考取吉大，速赴上海。"

那天我离开子弟学校进城后，学校收发室将一封吉林大学给我的信送到我的办公桌上。我的同事们知道是好消息，把信拆开后就到处找我，但是我却无影无踪。等我回到子弟学校时，同事们都拥进我的办公室为我道喜。因为我学习刻苦，他们都为我高兴，同时又不愿意我走，因为学校里英语教师严重短缺。我感谢他们之后，收拾了简单的行装就直奔火车站。

那次到上海的四十小时的旅程格外轻松，因为到上海的车在初秋并不拥挤。此外我的心情也特别好，因为我终于实现了我的大学梦。在六年的苦恋中，我和亲爱的表妹分居天南海北，现在终于可以结婚了。我没给上海发电报，决定给他们一个惊喜。当我突然到家投入父母的怀抱时，泪如雨下。

"吉……吉林大学，外文系。"

父母亲根本就没想到我会回家，他们激动得说不出话来，我们三个人紧紧地抱在一起，悲喜交加。几天之后，我哥哥也接到通知，他被上海华东师范大学历史系录取。尽管邮寄的方式并不像榜上题名那么戏剧化，喜悦的心情都是一样的。

中国人认为男人最得意的两件事就是"洞房花烛夜，金榜题名时"。当时确实是我们家最幸福的时刻，因为我们哥俩辍学十多年之后终于圆了大学梦，而且同时结婚，可谓"四喜临门"。在过去的十多年中，我们全家经历了各种磨难：

我们家被红卫兵抄家；

父亲被造反派揪斗；

我被迫到吉林上山下乡；

我哥哥在家当了六年的"待业青年"；

我们哥俩被剥夺了受教育的机会；

凡此种种，一言难尽。

恢复高考后，笼罩我们家三十年之久的厄运终于结束了。

1977 年有 570 万考生参加高考，1978 年又有 590 万考生参加高考，总数为 1,260 万。尽管录取率仅为 29∶1，我们毕竟有了一个竞争的机会。就像父亲年轻时那样，我们的武器就是一支笔，一考(我二考)而定了终生。我们哥俩原来被人踩在脚下抬不起头来，考试的尘埃落定之后，我们突然翻过身来，终于可以扬眉吐气了。我原来下乡时曾在十七层地狱，现在居然进了象牙宝塔。这种天翻地覆的变化是匪夷所思的。

大家的心情平静下来之后，母亲告诉我她为我算命的故事。1977 年我第一次参加高考时，她用牙牌算我能不能考取，算出来的卦是"欲进反退，求名反辱，不如静守，庶免灾难。一饮一啄，莫非前定，淘沙得金，其细已甚。解曰：献策上长安，功名两字难，龙门没君份，名已落孙山。"她怕影响我的情绪，于是就瞒着我。结果我第一次高考真的是名落孙山。当我决定第二次报考时，她沐浴后虔诚地为我祈祷，算出来的卦是："耐心待时，亨通将至。未来时，黑如漆，金鸡玉犬报佳音，海上蟠桃初结实。解曰：缧绁非其罪，无辜羑里囚，欲免网罗累，秋深始自由。"结果第二次果然考取了，时间恰恰是秋天。我在共产主义的教育下长大，成为一个无神论者，所以并不相信算命，然而算命的结果跟实际发生的事情居然如此巧合，我实在无法解释。

亲爱的表妹到上海的路程是八天，从中缅边境的医院到昆明得坐五天汽车，从昆明到上海还得坐三天火车。她到上海之前，母亲为我们结婚做好了一切准备。她缝了两条新的被子，还买了两个新的枕套和一条新床单。在当时，举行一场像样的婚礼至少得上千元，相当于一个普通工人三年的工资。四大件是自行车、手表、缝纫机和收音机，俗称"三转一响"，此外家具得有 36 或 48 条腿。女方则负责所有的床上用品，如被子、毯子、床单和枕头，外加炊具和餐具，如果没有现代盥洗设备的话，女方还得准备木澡盆和马桶。尽管我们双方的母亲为我们存了足够购买那些东西的钱，我们几乎什么都没有买，因为我们相隔几千里，无法建立我们自己的小家庭。再说我们俩对物质的东西都毫不在乎。

1978 年 9 月 29 日我起了个大早到火车站去接我亲爱的表妹。尽管我们深深地相爱，却不能表示我们的感情，因为当时公开拥抱或亲吻是禁忌的。人们生活的空间又特别拥挤，几乎没有隐私可言。

到家之后，我们一起去徐汇区革命委员会登记结婚。我们的结婚证书是鲜红的，上面还有毛主席语录：

"领导我们事业的核心力量是中国共产党，指导我们思想的理论基础是马克思列宁主义。"

此外，结婚证书上还印着"勤俭节约、计划生育"。

在中国历史上，表兄妹结婚是很常见的，因为亲上加亲被认为是件好事，我们之间的关系就相当于贾宝玉和薛宝钗。我们能在 1978 年结婚是很幸运的，1980 年新的婚姻法通过之后，表亲之间通婚就被禁止了。

对于讲排场的人来说，总是要摆几桌喜酒来庆祝的，我们决定免俗。我父母抗战时在重庆结婚，为了避免战时征收的宴席捐，他们在非赢利的英、法、比、瑞同学会举行婚礼，所以他们建议我们也以西餐为婚宴。我们四人在一家西餐馆花了还不到 10 元钱，有土豆色拉、罗宋汤、炸猪排和炸鲳鱼，每人还喝了一小杯红葡萄酒，以示庆祝。我们既没有婚礼、婚纱、礼服和结婚戒指，也没有交换誓言，更没有浪漫的烛光，就这么结婚了。

我们的亲友送给我们许多礼物，当年的"走资派"吕阿姨从学校逃出来曾在我们家躲了三天，自从 1966 年我在上海西站送她上火车后还是第一次见面,她已经平反了。她送了我一份厚礼,两件的确良衬衫,一件天蓝,一件咖啡色,几乎相当于我一个月的工资。当时我觉得自己是世界上最富有的人,因为多年来我连一件真的衬衫都没有,只是在棉毛衫上面套一个既没有袖子,也没有前胸和后背的假领。

我带着新婚的妻子去看唐大哥和楼小弟。1969 年我离开上海到吉林去插队的时候,唐大哥是工人宣传队队员,楼小弟是解放军战士,让我羡慕不已,我考取高中反而倒了霉。现在唐大哥在大中华橡胶厂当工人,楼小弟从军队复员后也分配到大中华橡胶厂当干部。唐伯母感慨地说:"十年前我还认为儿子没有考上高中是因祸得福,可是没想到'三十年河东,三十年河西',现在你要上大学了,还是念高中好啊。"

十月一日后,我和妻子到杭州、苏州、无锡和南京去蜜月旅行,顺便看望亲友。这次探亲可今非昔比了,我不再是"臭知青"。我身高 1 米 78,妻子还不到 1 米 60。然而在我们恋爱的六年当中,因为我社会地位低下,家庭成分又不好,所以站在她旁边我总觉得像是矮她一个头。包括我母系亲属在内的许多人都认为我们是门不当,户不对,我啥也不是,完全是"癞蛤蟆想吃天鹅肉"。现在我终于要上大学了,将成为国家的精英,我能感觉到亲友们开始对我刮目相看。我的小舅舅曾怀疑我的知青朋友偷了他的袜子,现在他对我也尊重多了。其实他并不势利,都是因为在上山下乡运动中,人们对知青形成了偏见,将一个弱势的社会群体跟流氓和小偷等同起来。多年来我失去了自尊和信心,现在我终于可以自信而骄傲地抬起头来了。真没想到一场考试居然会产生如此天翻地覆的变化。

直到今天我还认为邓小平是我的再生父母,因为他彻底改变了我的命运。我这么说也许很自私,因为我是"四个现代化"最大的受益者。当然从历史的角度来看,我们不应该仅以一个人的得失来判断国家政策的好坏。

"文革"前,我们家是城市居民,生活水准比农民高多了,这是不公平的。为此,毛主席让我们这些被惯坏了的城市青年上山下乡接受再教育。假如我们下乡就能使农民得到温饱,也能用上电灯并享受现代文明,那么让我们几个知青受点苦非但是无可非议的,而且也是值得的。不幸的是,我们在乡下的时候农民的生活条件非但没有改善,反而更差了。

在我们家,我前面的六代人都能读得起书,而绝大多数的工人和农民都是文盲,这也是不公平的。在"文革"期间,知识分子的特权被取消了,许多连小学都没毕业的工农兵被选拔去上大学。如果从工厂、农村和军队招生有利于普及教育,能提高全民的教育水准,使绝大多数人受益,那么少数人被拒于校门之外的代价是微不足道的。然而"文革"时的教育政策适得其反,大学教育的水准降低到前所未有的最低点,而绝大多数人仍然是文盲。

我应该10月9日到学校报到,虽然我多待了一个星期,我们的蜜月才16天就结束了。我真希望能够转学到云南,那样我就既可以上学,又能和妻子在一起。可是因为当时有严格的户口制度,大学转学更是闻所未闻的天方夜谭,失学了十二年,我当然要回吉林去上学。

没想到学校对我晚报到并没有责备,也没有因为我结了婚而处分我。当时在校的大学生是不可以结婚的,如果我在报到前不结婚的话,就得等四年毕业后才能结婚。因为我已经29岁,是我们那届年纪最大的,学校对我非常宽容。除了已婚之外,我还有许多其他特别之处。同学们都叫我"老胡"。因为我上学之前工龄已超过五年(下乡务农的三年不算工龄),所以拖拉机厂继续给我发工资,在1970年代,每个月39元4角6分是一笔相当可观的钱,许多家庭困难的同学得靠每个月15元的助学金生活,所以我是同学中最富有的之一。因为我有个叔叔在美国,可以得到许多国内买不到的东西。三叔得知我考取大学学英语,就托人给我带了一台白色的Olympia手提式打字机,还有一台盒式磁带录音机和许多磁带。那两样东西价值好几百元,远超过我一年的工资。为此我专门买了一个硕大无比的国防绿大书包,走到哪儿就把我的两件宝贝背到哪儿。整个外文系的人都对我羡慕极了。

到学校的时候两个星期的军训已经接近尾声,因为在拖拉机厂受过军训,我顺利地通过了队形和射击考核。我被分配到一个 14 个人的大宿舍,7 张上下床,因为我年纪最大,所以睡下床,无须爬上爬下。其实我们的宿舍并不像想像中那么拥挤,因为我的同学各有所好。下课后,一组同学留在教室里学习,全新的六层外语楼里有一个小图书馆,请教老师也方便。大家认为这一组同学比较保守、传统,学习比较认真,我就属于教室派。图书馆派的学生通常性格比较孤僻,他们一下课就到几条街外的总图书馆,并不一定是到那儿去做研究,主要是避免跟别人来往。我曾经到总图书馆去过几次,并不喜欢那儿的环境。剩下的几个下课就回宿舍,除了教科书之外,他们可以边吃零食边博览群书,或者干脆睡一觉。宿舍派的学生通常比较随便、散漫。总的来说,教室派的成绩比较好。

我们英语专业 1978 级共有 60 个学生,分成快、中、慢三个班,因为我的笔试考了 86 分,所以分在快班,那是一种荣誉,同时也享有一些特权。对于中班和慢班的同学来说,那种被学校歧视的滋味是很不好受的。1977 级比我们早一个学期,有一个快班,三个普通班。因为快班的基础较好,所以我们教学的速度较快,每周学两课书,还觉得挺轻松的。按照那样的速度,我们将在一年级结束时学完第四册教科书,相当于完成了二年级的课程。因为当时的学生水平非常参差不齐,在那种特殊的过渡阶段中将学生分班是必要的。尽管毛主席去世之后已经不再提阶级斗争了,我觉得完全按照分数将学生分班就像印度的种姓制度一样糟糕。

1976 级是毛泽东去世前夕根据政治背景招收的最后一届工农兵学员,1977 级和 1978 级则是凭成绩考进去的,所以 1976 级跟我们之间一直有摩擦,常常会在食堂里甚至球场上打起来。

我们开学不久,学校又招收了一批"回炉生"。他们都已经二十好几岁,结婚成家了。他们在"文革"前考取大学,但是因为"文革"而未能完成学业。那时他们已经工作了十多年,是煮了一半的"夹生饭"。为了让他们补上被"文革"打断的学业,学校成立了"回炉班",

让其中一部分学生"回炉"再造。许多单位自己出资把他们的"夹生饭"送回学校"回炉"。因为有十年的空白，中国急需知识分子，学校也尽力满足国家的需求。当时政府拨给学校的教育经费严重不足，办"回炉班"成了学校的生财之道。

大多数"文革"期间毕业的工农兵学员的水平相当差。因为当时主要是根据政治背景招生，所以有的学生入学时几乎是文盲。此外，在三年的学业中，他们还得花一半的时间去学工、学农和学军。尽管他们的教育水平很差，但是他们没有资格参加高考，因为他们在"文革"中已经有过一次上大学的机会了，他们中的大多数将一辈子是没有学位的大学生。为了改变自己的状况，他们中的一些人非正式地回学校旁听。

"文革"的阴影还是继续存在。我们用的教科书是北京外国语学院在"文革"期间编的，所以大家非常不满，并引起许多争议。书里面有大量的政治口号和术语。尽管在语法上无懈可击，那些文章读起来极其别扭。我是学"灵格风"起家的，强迫自己记忆那些东西是一件极其痛苦的事情。除了写我的英语自传之外，大学毕业之后我几乎从来没有用过那些东西。好在学那些枯燥的政治说教并不费时，我们还剩下大量的时间可以自己支配。下课之后，我们就到图书馆借大本的莎士比亚、狄更斯和海明威等原著来啃。

我们班同学的口音分成两大派，一派是学 BBC"灵格风"的英国口音，另一派是学"麦克米兰"英语 900 句的美国口音。两派之间互相看不起，都认为自己学的才是正宗的地道英语。我当然是英国口音阵营里的强硬派，对一些不可一世，满口美国英文的同学简直无法容忍，认为他们的发音太装腔作势。后来过了许多年我的英语才变成美国口音。

当时最风行一时的英语教学节目就是《跟我学》，主持人是一个发型怪怪的英国女人和北外的胡文仲教授。二十年后我有幸见到胡教授，无须介绍，我立即就认出他就是"跟我学"的主持人。我告诉他我从他的节目里受益良多，并感谢他的教诲。然而他却告诉我他很后悔,使我大吃一惊。因为主持那个节目使他立即成了家喻户晓的知名人士,他一上街就有人跟他打招呼,请他签字,以至于他的夫人和孩子们都拒绝跟他上街。

刚开始的时候,我估计有一亿以上的中国人跟着《跟我学》学英语,有的是出于好奇,有的是动真格的。许多人黎明即起,边打太极拳,边跟着半导体收音机学《跟我学》。当时《跟我学》的第一册真是洛阳纸贵,书店外边排队买书的人有几公里长。到了第二、三册的时候,绝大多数人都退出了那场比赛。两年之后终于教到第六册时,书店里的书架上堆满了第六册的书,上边积满了灰尘无人问津。幸运的是,我无须参加那场比赛,因为我在大家起跑之前早就跑过终点了。

吉林大学食堂里的伙食坏极了,比长春拖拉机厂更糟。第一年我们实行"死伙制",一天发三张餐票。早餐总是一勺玉米面糊,一个窝头加几根咸芥菜丝。中午照例是四两窝头或高粱米饭加素菜。在六个月漫长的冬天里只有白菜和土豆,中午白菜晚上土豆,或是中午土豆晚上白菜。冬天我们还轮流到学校的菜窖里整理白菜,里面又暗又潮湿,我们的工作是把外面的菜皮扒下来。白菜不断缩小,直至第二年五月份新鲜素菜上市时,菜心完全消失为止。每个月我都回拖拉机厂去领工资,顺便跟老同事们一起吃一顿略好一些的饭。第二年我们开始实行"活伙制",但是菜的品种很少,伙食仍然很差。为了抗议,同学们组织了好几次"罢吃",每次"罢吃"之后伙食好几天,然后又是老样子。除了吉林大学之外,长春所有其他的学校都如此,学生们也常常以"罢吃"抗议。

到了1980年代,"四个现代化"开始初见成效。私人又可以做生意了,于是许多朝鲜族的摊贩出来卖自制的辣泡菜。他们在学校食堂墙外一字排开,搪瓷脸盆里装着辣泡菜,花五分钱就足够辣得大汗淋漓了。

第一个学期特别短。期末考试之后,我去云南看望我新婚的妻子。她在云南边境的一个军队医院工作,那儿与缅甸接壤,我得先到公安局办理边境通行证。从长春到昆明得坐四天火车,长春到北京一天,北京到昆明三天。在昆明休息一天之后,我平生第一次乘飞机从昆明到思茅。那是一架20座的苏制螺旋桨飞机,非常颠簸,全程还不到一小时,省掉了我三天的汽车路程。票价20多元,用去我半个多月的工资。中午飞机降落后,所有到澜沧的车票都卖完了,我买了一张到西双版纳首府景洪的票。

在寒冷的吉林挨了好几个月冻,景洪温暖的气候和湿润的空气使人陶醉。宁静的街道两边行道树郁郁葱葱,那个热带的边陲小镇就像一个被人遗忘的天堂。我向市区信步走去,宁静的气氛渐渐被高音喇叭的噪声打破。我发现一大群知识青年正在当地政府大院门口绝食示威。他们和我一样,都是在1960年代末至1970年代初从上海、北京、成都、重庆等大城市下放到云南各地的农场和橡胶种植园。毛主席去世,"四人帮"倒台之后,他们要求返回城市。他们一边发传单,一边喊:

"我们要回家!"

"让我们回家!"

"十年太长了,我们现在就要回家!"

他们还企图冲过荷枪实弹的士兵设置的警卫线,但是被挡了回来。那是一群愤怒的人,但是因为绝食而太虚弱、疲惫不堪。他们脸上满是皱纹和尘土,苍白的嘴唇干得裂了口。我再看看自己,衣着整齐,正在大学里学习最热门的英语专业,方才意识到自己有多幸运。如果我没有离开农村,或是没能考上大学呢?那我就是他们其中之一。我情不自禁地产生了一些假想的问题,但是又找不到答案。尽管我尽力控制我的感情,但是斯情斯景实在太惨,使我无法掉头不看。最后我的感情终于战胜了理智,眼泪夺眶而出,心里才觉得好受一些。我本来计划去参观全国闻名的景洪热带植物研究所,但是因为心情太压抑而打消了那个念头。

我到了景洪后就被困在那儿了,因为春节期间所有的汽车票都已售罄。第二天我起了个大早,想到公路边去截一辆车,哪怕是拖拉机,只要能把我拉出去就行了。我看见路边有许多知识青年,都想搭车离开景洪。因为知识青年人数实在太多了,司机们都故意躲着他们。我经过一家小旅店,看见门口停了一辆卡车。当我往卡车走过去时,司机就对我喊:

"嗨! 小伙子,我不去昆明! 走开! 你想都莫想!"

"师傅,我不去昆明。我是到澜沧去看我爱人。"我很有礼貌地告诉他。

"你说什么? 现在个个都想离开这个鬼地方,你可认得? 你还回那边去? 你可是吃着菌了?"

云南盛产各种菌类,其中有些是有毒的,误食就会中毒。据说菌类中毒后会产生幻觉,眼前有许多戴蘑菇状帽子的小人列队走过,于是当地人就用吃着菌了来形容精神失常的人。

"不是,师傅,我是吉林大学的学生,几个月前刚结婚。我爱人在澜沧 61 医院工作,我去她那儿探亲。"

他用怀疑的目光打量着我,琢磨我到底想干什么。后来他终于意识到我这个戴着眼镜,胡子刮得干干净净的小伙子跟那些站在路边的知青很不一样。我指指我白底红字的校徽,上面写着吉林大学。他叫我给他看了边境通行证后,让我爬上他的卡车。

那是 1979 年 1 月份,中国正在往中越边境调兵遣将。从 1960 年代到 1970 年代初期,中越两国是"同志加兄弟"的关系,中国派了大量的军队到北越,去援助越共防御美军的轰炸。因为我的家庭成分不好,根本没有资格参军,也就不必为服兵役担心。我不知道中国援助越南是否还有其他的动机,但是我知道西贡解放之后,中越两国之间的争端就开始了。当时中国指控越南侵略其邻国,还迫害越南的华侨,驱逐华侨出境。

因为调动军队,狭窄的山路上挤满了军用卡车、装甲车、火炮车和坦克,沿途到处可以看见翻到悬崖峭壁下的军车。听说当时交通事故特别多,因为军队的驾驶员多数是从其他地方调过去的,他们不适应在云南崎岖的山路上驾驶。

因为当时中越战争即将爆发,所以边境地区的边防检查特别严格。每次通过桥梁或隧道时,卡车上的每一个人都必须出示边境通行证接受检查。我当时出现在边境想必是非常引人注目的,所以每一个检查站都对我检查得特别仔细。那些检查员总是把我的脸和边防通行证上的照片反复对照,而证件上的照片看起来又有点像通缉令上的照片似的。因为我的身份是外语系的学生,在中越战争爆发的前夕到边境确实非常可疑,所以他们还仔细地盘问我。在崎岖盘旋的山路上走了一天之后,我终于平安到达澜沧。

因为当时在边远地区几乎没有电话通讯,我不告而至使妻子喜出望外。小别胜新婚,我们当然都非常高兴。

澜沧是一个小镇,就在澜沧江畔,当地的居民主要是少数民族,有佤族、拉祜族和彝族。土著居民比较落后,但是对人友好、诚实,见到生人比较害羞。尽管贫穷,但他们的服装非常鲜艳,佩戴的首饰虽不值钱却很漂亮。我到街上去买菜时,发现菜市上有许多小孩在卖菜。父母们早上用筐子把孩子和菜一起背到镇上,然后把孩子留下看菜摊子。我看见的孩子有的才三岁,连话都说不全,光会说3、5之类的数字,表示每一份菜的价格是 3 分或 5 分。人们之间的交易基于一种原始的诚信制度,全靠以诚相待和互相信任。因为那些孩子太小,没有人会跟他们讨价还价。买菜的人自取所需的菜,然后把钱放在一个容器里。如果没有带零钱的话,顾客就自己从容器里取钱找零。容器里有一块石头压着,防止钱被风刮跑。父母亲下工后回到镇上,把孩子、钱和剩下的菜一起背回家。

我问一个当地人是否担心他的孩子和菜的安全,他瞪着眼睛看着我,一脸大惑不解的神情。显然,当地人根本没想到他们的孩子会被拐走,菜会被偷掉。在澜沧那么一个贫穷落后的地方,老百姓居然那么诚实,这使我大为吃惊。妻子告诉我大批知青下放后,当地的治安已经大不如前了。小偷小摸的事情时有所闻,但是都不严重,所以还不至于摧毁当地的那种诚信制度。

澜沧的小镇上只有一家供销社、一家书店、一家邮局、一个小饭馆,还有我妻子工作的那所医院。春节前夕澜沧的街道非常繁忙,并不是因为大家上街采购年货,而是知青们都想在春节前赶回家,而且他们希望此去就再也不用回来了。

当地惟一的一条土石街道就像一个巨大的跳蚤市场,知青都在卖他们的家当,床、写字台、饭桌、椅子、沙发、柜子等应有尽有。因为老百姓购买力有限,当地木材又便宜,所以那些家具都是三文不值二文,卖不掉的干脆就留下送人了。有的知青还把他们未婚生育的孩子送人。为了享受每两年一次的探亲假,下放到国营农场和橡胶园的知青必须保持单身。他们年近30,孤身在外,许多知青生了孩子,但是又不愿意结婚,生怕失去回城探亲的机会。

在知青回城的高潮中,孩子成了调回城市的障碍,因为那些非婚生子女根本无法在北京和上海等大城市报上户口。克服那个障碍的惟一办法就是把孩子送给别人收养。对已婚而且有孩子的知青来说,除了把孩子送人之外,还必须赶快离婚,因为政策规定只有未婚的知青才有资格调回城市。听说当地的政府部门挤满了申请离婚的知青。当时离婚非常简单,两口子只要在办理离婚的工作人员面前互相打骂一场,表示双方的感情已经破裂,就能够获准离婚。

因为我们夫妻俩是亲表兄妹,我们曾犹豫是否应该生孩子,所以我们成了最理想的收养孩子的夫妻。有一对夫妻要把他们的双胞胎送给我们,那对孪生姐妹长着漂亮的大眼睛,可爱极了。因为当时中国严格执行独生子女政策,我们表示愿意领养其中的一个。但是他们不舍得让那对双胞胎分开,"你们要么两个都抱去,否则我们一个也不给。"

如果找不到人领养,他们只好把孩子遗弃。邓贤在他写的《中国知青梦》中作出估计,1979年初在昆明的长途汽车站和火车站共有100多个孩子被遗弃。通常弃婴是用毯子包着,里面有一张纸条,上面写着婴儿的生日,也许还附有一点钱。叶辛写的《孽债》一书描写了5个当年被上海知青遗弃的孩子,他们长大后一起到上海去寻找他们的亲生父母,该书还被拍成电视连续剧。对那些没有上山下乡的人来说,那种悲剧的故事好像是虚构的。即使对知青来说也很难想像,人居然能那么狠心地割断人际最紧密的纽带。

我觉得那些悲剧完全是当时的政策造成的。知识青年们面临一种左右为难的选择:如果要想回家乡去和父母亲人团聚,就必须离婚,把孩子送人;如果不想妻离子散,就只好背井离乡。从宏观来看,1979 年的知青"回城潮",就像当年犹太人"出埃及记"的重演。惟一的不同点在于,回城潮发生在知青们自己的祖国。

寒假不到一个月,过完春节我也该走了。因为中、越两国交战,云南省所有的飞机只供军用,所以我只好乘长途汽车回昆明。与新婚的妻子只待了三个星期,又要离别了。因为"沿途住宿的条件非常艰苦",临走之前妻子给我一个自己用布做的睡袋,让我带上。作为一个当年在东北下乡三年的老知青,我想我完全能够应付任何艰苦的条件,所以我把那个睡袋还给她了。汽车第一天晚上停在"上允人民公社"的招待所过夜,住宿费非常便宜,每人才 5 分钱一晚。

招待所隔壁的小"饭馆"其实连"大排档"都不如,只是在公路边上放了几张桌子。每张桌子上有两个碗,一碗辣椒面,一碗盐。筷子特别脏,于是食客们就把筷子放在盐碗里搓,算是消毒。晚饭端上来后,大家竟然又将刚才用来消毒的那一碗盐作为调味品。我吃饭的时候,后面站了好几个人,有大人,还有孩子,他们瞪着眼睛看着我的一举一动。当我放下筷子起身去倒水的时候,一个半裸体的孩子端起我的碗,把所有的剩饭狼吞虎咽地一扫而光。我又买了几碗饭,给他们每人一碗。他们一眨眼工夫就吃完了,然后还是站在那儿瞪着我。我心里真为他们感到难受,但是我自己的能力也有限。

招待所里 8 个客人挤一间房,里面的气味让人窒息。床上的被褥污秽不堪,令人作呕。被单、被子和枕头上积累了几个月的油垢,看起来都发亮了,脸靠在枕头上有一种冰凉、黏滑的感觉。蚊帐上都是斑斑的血迹,身下的草垫子里尽是吸饱了血的臭虫。我后悔没有听妻子的话,如果带了睡袋至少可以把自己包起来。我当年在东北确实住过 3 分钱一晚的大车店,不过当时我自己也许比大车店的环境还要脏。现在我是城里人了,重温过去的日子,才体会到当时的条件有多艰苦,做城里人有多么幸运。

到昆明还剩下 4 天的汽车路程,尽管崎岖山路两旁的风景非常优美,山谷里烧焦的军车使人想起中、越之间的战争。第四天晚上汽车停楚雄,我就到我大姨子工作的野战医院去过夜。

几年之前,她曾极力反对我跟她妹妹的婚事。她还跟我谈了三个小时,告诉我政治有多重要。现在我考上了大学,顿时就变成了英雄,她对我的态度也有了戏剧性的转变。

高考恢复之后,她完全措手不及,觉得非常失落。显然她把我这个表哥兼妹夫的传奇故事告诉了她的女友们,于是她们都来向我请教,如何才能把英语自学得那么好。我一下子就被好几个漂亮的中国人民解放军的女兵包围起来,她们坐在小板凳上,就像听报告似的,聚精会神地听着我说的每一句话。她们走后,我不禁长叹了一口气:"真是今非昔比了。"

在楚雄的野战医院里,我见到许多从越南送回来的伤兵。所有的病房都挤满了,连走廊都变成了急救室。他们的医院也派遣了一支医疗队到越南,留守的人都盼望他们的战友能平安地回来。听说中国军队在越南遭遇了顽强的抵抗,越南人全民皆兵,包括妇女和儿童。热带的气候和崎岖的地形使中国方面很难为军队配备现代化的装备。不出所料,进入越南后,中国军队在加固的山洞和防御工事里发现了大批中国援助越南时提供的现代化中国装备,越南人就是用中国的武器向中国的士兵开火的。

经过五天长途汽车的颠簸回到昆明,却只是四天火车旅程的起点而已,九天之后我总算精疲力竭地回到了长春,那时学校已经开学三个星期了。在边境上服役了十年后,我妻子要求调回昆明。因为她父亲是在位的高干,她终于在 1981 年调回昆明工作。我非常幸运,如此的长途跋涉只有一次。现在回想起来,那次澜沧之行使我大开了眼界。

因为我探亲的路途遥远,学校倒是很通情达理,并没有因为我超假而惩戒我,我向学校保证一定把旷课三个星期拉下的学业补上。其实我并没有什么拉下的学业需要赶上,因为大部分快班学生的英语水平远远超过当时所应该达到的水平。一年级时,许老师教我们英语精读课,她40岁刚出头,说话很柔和。她在"文革"前就大学毕业了,是我们外文系的骨干教师。而中班和慢班都是由"文革"期间毕业的青年教师上课。

因为快班的学生受优待,中班和慢班的学生在一年级期末时联合罢课,以示抗议。他们提出了两种方案。第一,将三个班都拆散,混在一起重新分班,取消不平等待遇。第二,举行一次考试,大家公平竞争,根据成绩重新分班。外文系主任王琨教授不同意改变当时的现状。他没有动我们的快班,而是把中班和慢班拆散打乱了重新分班。最后的结局对领头罢课的学生简直是当头一棒,也使学生之间产生了芥蒂。

教我们二年级精读的是罗老师,他也是"文革"前的大学毕业生。我还记得在罗老师的指导下用英语写第一篇论文,是海明威《老人与海》的读书报告。许老师和罗老师都是南方人,因为半殖民地时期受西方的影响,英语在南方比较普及。因为是南方人,他们都吃不惯东北的高粱米饭和玉米面窝头。经过多年的分居之后,罗老师总算设法调到有"人间天堂"之称的杭州市去与他的太太团聚,不久许老师也调走了。

教我们听力和口语课的是青年教师。他们都是因为家庭出身和政治表现好,而在"文革"期间被单位推荐上大学的工农兵学员,我比他们中大多数的年龄要大好几岁。根据中国文化的传统,学生必须绝对而且无条件地尊敬老师。不幸的是,有的同学根本不尊重那些青年教师,并且丝毫不掩饰对他们的蔑视。原因很简单,因为那些青年教师多数不称职,而且在"文革"期间无缘上学的同学的眼中,那些青年教师都是"文革"期间极"左"的积极分子。他们非但对那些青年教师直呼其姓,而且前面还冠以"小"字,王老师就成了"小王"。

尽管我比他们年纪大,而且他们的英语水平也不见得比我高,我总是尊称他们为"老师"，当面如此，背后也如此。他们也跟我的同学一样称我为"老胡"，我们之间的关系非常融洽。

　　然而有一次我破坏了我几乎是无暇的尊师记录。记得那天我们学的是一篇《时代周刊》(Time)里的文章，那位青年教师告诉我们 Time 是一份报纸。为了纠正那个疏忽的错误，我指出 Time 是杂志而不是报纸。我猜想是因为学生和青年教师之间的关系比较紧张，他以攻为守，坚持说杂志也可以算是报纸，报纸也可以算是杂志。我不知怎么就失态了，故意问道："您能告诉我们报纸和杂志的区别吗？"我的明知故问显然令他相当难堪，他也感情用事地反击道："我不想回答你的问题，因为你非常不友善。"

　　我在小学里是一无可救药的顽童，但是我在大学里却非常用功。因为我深受十二年辍学之害，所以就特别珍惜我上大学的机会。我学每一门课都非常认真，而且成绩都不错。

　　为了更好地利用我的时间，每次上政治课我都带一本英文版的《毛泽东选集》。为了不引人注目，我总是坐在教室的最后一排座位。我想即使我被老师抓到，在必修的政治课上读《毛泽东选集》总不会有什么关系的。经过多年的修炼，我练就了一种非常罕见的选择性阅读的本领。我能够完全忽视我所读的内容，仅念英语来提高我的语言能力。迄今我还没听说过谁有我这手绝活的。有一天，我正读得津津有味，突然觉得我的邻座在用胳膊肘捅我。我发现政治老师用眼睛瞪着我，显然是在等我回答问题。因为我压根就不知道他提了什么问题，愣在那儿，把全班逗得哄堂大笑。通常老师提问是从学生名单中随意挑，所以被叫到回答问题的概率是非常小的。后来我才知道，那天老师是指着我喊："后排的那个戴眼镜的同学。"他的突然袭击使我措手不及，他显然是非常得意地问道："你叫什么名字？"我只好如实供出，他仔细地写下来。不出所料，我的党史得了个"C"，那是我大学里唯一的"C"。

　　我们当时最好的老师无疑是来自全世界各国的"外国专家"。一开始我们有三位新西兰专家，辛普森夫妇和瑞安小姐。他们说话都带有新西兰口音,听起来很逗人发笑。唐纳德·辛普森在新西兰当中学老师,中国刚开放不久他就偕夫人罗娜到吉林大学来教英语。随后长着一头银发的格温·瑞安女士也来到中国。因为她是单身,我们叫她瑞安小姐。罗娜是我们一年级的口语老师,瑞安小姐则在晚上定期为我们"讲故事教唱歌"。就像一个慈祥的祖母教她的孙儿、孙女似的,她戴着老花眼镜教我们唱英语歌、讲故事。直到如今我还记得她老人家带领我们唱"一个、两个、三个印第安小孩"和"亮晶晶的小星星"等滑稽的儿歌,给我们讲"白雪公主和七个小矮人"的童话故事,当时我已经三十岁出头了。也许人们会觉得这一切都非常愚蠢,但我们就是那样跟洋人学英语的。

他们觉得记中国人的名字非常困难,于是就给我们起了一些英语的名字。因为我的中文名字"威"的拼音以"W"打头,于是他们给我起了个英文名字叫"威廉"(William)。

刚开始我跟外国人对话时非常紧张,经常语塞,几乎成了一种语言障碍,因为我心里老是告诉自己我在说外语。说得更确切一点,当时我脑子里有两套系统在同时工作,一套是中文,另一套是英文。当我听到一句英语后,首先是把它翻译成中文来理解意思。如果需要回答的话,我脑子里先形成中文的意思,然后翻译成英文再说出去。虽然整个翻译的过程只不过才几秒钟,有时也许还不到一秒钟,但是如果我听的话不止一句,那短暂的翻译过程就太长了。因为当我还在翻译第一句话的时候,第二句话又来了,我可能会漏掉第二句中的一两个单词,影响我理解第二句话。如果接着还有第三、第四句话,遗漏的信息就会累积起来,影响我大脑的功能,使我张口结舌,就像一台电脑那样"死机"。记得有一段时间,我一张口说英语就结巴,弄得我非常恼火,并且很不好意思。

显然,战胜紧张和焦虑的惟一办法就是多练习,练口语最好的搭档是我的同学。无论我们说的洋泾浜英语多么滑稽、笨拙和愚蠢,我们在课内课后、宿舍、图书馆、食堂(嘴里还一边嚼着玉米面窝头、高粱米饭和水煮的白菜和土豆),甚至在睡梦里都坚持说英语。非英语专业的学生对我们在公共场合说英语极其反感。中文里对外国人的蔑称是"洋鬼子"，在别的学生的眼睛里，外文系的学生是一帮令人厌恶的势利鬼和自以为了不起的混蛋，只知道模仿外国人，把自己装扮成"假洋鬼子"。尽管当时英语在中国是最热门的专业，我们却是在校园里最不受欢迎、最让人讨厌的群体。

听英语广播也是一种有效的学习外语的方法。毛主席去世之前，所有的外国电台都是"敌台"，"偷听敌台"是犯罪行为，可能坐牢。自从中国开放，提出了"四个现代化"的口号之后，当局对收听外国电台持容忍的态度，因为官方的宣传已经不再将美国列为中国的"头号敌人"了。当时最受欢迎的外国电台无疑是"美国之音"。尽管当时收听"美国之音"已经不再是犯罪行为，或者说是一种官方已经不再起诉而可以容忍的行为，政府并不鼓励我们收听"美国之音"。当时能听懂"美国之音"英语广播的人非常少，政府对英语广播采取睁一只眼闭一只眼的态度，这正是我们所需要的。每天晚上，外语系的每一个学生都会拿出一个带短波的半导体收音机，收听自己喜爱的外国电台。日语专业的学生收听 NHK，俄语专业的学生收听莫斯科广播电台，"美国之音"的前奏曲"Yankee Doodle"更是在教室里回旋缭绕。"美国之音"不仅给我们提供最新的消息，还有娱乐节目和英语教学节目。我们可以听到爵士乐、蓝调和乡间音乐，还有朗诵《汤姆历险记》等世界名著。最受人们欢迎的是"英语九百句"。听了一小时之后，大家就聚在一起互通有无。我漏掉的东西也许同学听清楚了，同学漏掉的也许被我抓住了。大家交换信息之后，整个节目的内容就八九不离十了。

随着时间的流逝，我脑子里的翻译过程逐渐加快、缩短，最后终于彻底消失了。二年级的下学期，我觉得突然有一个突破，尽管我脑子里还有中文和英文两套系统，它们两者是互相独立、互不干扰的。如果我听见一句英语，我的脑子不再把它当外语处理，而作为意思直接吸收进来。我再也不必将自己的意思先从中文翻译成英文，而是直接用英文回答。如果我周围的语言环境是中文的，那套英文系统就自动处于休眠状态。从那时开始，我可以用英文进行语言思维，而我的逻辑思维则仍然是中文的。

当然说起来容易做起来难，从学英语开始到能够用英语思维花了我整整四年寒窗苦读的时间，两年自学，两年大学。非常幸运，我生下来一切正常，没有任何残疾。对我来说，学会英语就好像沙利文女士在既聋又瞎的海伦·凯勒的手心里滴了一滴水。从此我可以用自己的眼睛看，耳朵听，了解世界上发生了什么事情。

二年级快结束时，我实在不想在学校再待两年了，并不是我不喜欢学习，而是因为长期夫妻分居实在是有伤天和，与妻子团聚的惟一途径就是早点毕业。我实事求是地评估了一下自己的英语水平。与所有的 77 级和 78 级学生相比，我觉得自己可以进入名列前茅的百分之十。对自己有了客观的认识之后，我去找王琨教授。我向他表示我想早点毕业到云南和妻子团聚，没想到王教授也是云南人，他也正在申请退休回云南。我告诉他我已经三十出头了，和妻子分居已经两年。我问他是否可以跳到 77 级，那样我就可以提前毕业一个学期。王教授对我的处境非常同情，他表示将尽力帮我的忙，但是他必须把我的申请汇报上去，请领导研究。当时，请领导"研究"通常是一种委婉的拒绝。我非常理解王教授的处境，尽管他在名义上是外语系的主任，他只负责教学，手中并没有作最后决定的实权。为此，我又去找了外语系的党支部书记老薄。薄老师告诉我他得跟王教授商量，并把我的申请汇报给校领导，因为我的要求是没有先例的。薄老师让我别寄太大的希望，我以为他只是把责任往王教授身上推而已。

没想到几天之后系里宣布所有 78 级的学生都可以参加 77 级的期末考试，如果所有的英语专业课成绩都是 A 的话，就可以跳到 77 级，条件是，跳级之后还得把其他的非专业共修课全补上。我们 78 级快班的一些同学参加了 77 级的考试，成绩揭晓之后，有五个得了全 A。除了我和比我小岁把的老沈、老徐之外，我们班的两个小女生裔锦声和阚茜跟我们一起跳到了 77 级。

对我来说，跳到 77 级还有更深的一层含义。第一次高考名落孙山,在我的心灵中留下了深深的创伤。跳到 77 级至少证明了我的英语水平并不"一般",这不仅使我感到欣慰,还缓解了我精神上的创痛。非常巧,我被分到 77 级一班。当年拖拉机厂的同事"四眼"在食堂里把我介绍给那位吉大外语系的李君,使我感到无地自容。现在我和李成了同班同学,我总算可以跟他平起平坐。当年丢的脸,现在终于争回来了。

　　77 级的学生对我们这五个跳级生的态度十分冷淡,因为他们是"文革"后的首届大学生,并为此感到无限的骄傲。无论我们的水平如何,在 77 级的眼睛里我们只是二等品。一开始的几个星期,我在班上连个说话的人都没有。从他们的眼神里我可以看出他们心里似乎在说:"你们到 77 级来瞎掺和啥呀?"所以下课后我还是回到原来自己熟悉的教室里自修。

　　跳到 77 级后,我还得补上所有的非专业课,两边课程撞车成了头痛的问题,在所有的共修课中第二外语最费时间。因为我在中学里学过四年俄语,俄语应该是最顺理成章、最轻松的选择,我只要稍微复习一下就能够跟 77 级的学生并驾齐驱。但是因为中苏两国交恶,俄语实在是没有什么实用价值。最后我决定还是学法语,这就大大加重了我赶上 77 级的任务。上 77 级的法语课时,我觉得像是鸭子听雷,什么也不懂,因为他们比我领先一个学期,我得同时上两个年级的法语课。幸好我有个录音机,我把它交给一个 78 级的同学,让他替我录音。尽管我听不懂,我还是坚持上 77 级的法语课,表示我绝不放弃。下课之后我就听 78 级法语课的录音,同时自学拉下的课文。到学期结束的时候,我已经赶上了 77 级,期末法语居然还考了个 B,虽然 B 只是中等的成绩,却来之不易。

　　在吉林大学的几年中,我们的课外活动仍使我难以忘怀。1970 年代末,持续了十多年的"舞禁"终于解除了,此举受到广大同学的欢迎。因为在"文革"期间男女授受不亲,所以班上的女生们还比较害羞,一开始不好意思跟男生跳舞。当时我已经结婚,而且比多数女生要大十来岁,尽管我跳舞非常笨拙,却成了女生们最热门的舞伴,因为跟男生跳舞会被人家认为是谈恋爱,跟我跳舞就不会有风言风语。我们的外籍教师也是舞会的常客。

1979 年,美国新泽西的拉特格斯大学代表团来访。为了欢迎美国客人,我们排练了《我们的城镇》,那是 Thornton Wilder 1938 年写的剧作,导演是从英国来的访问教授苏·哈芬丹女士和新西兰的瑞安小姐。我扮演少小离家老大回的 Sam Craig,跟着出殡的人群走进墓地,跟送葬的人交谈,读墓碑上的碑文,才知道多少人已经离开了人世。我们花了几个月的时间排练,最后只为拉特格斯代表团演出了一次。吉林大学的大礼堂可以容纳上千人,因为长春懂英语的人实在是凤毛麟角,我们把吉林师范大学和长春师范学校英语专业的学生都请来了,为我们做客串的观众。长春的外国专家们把衣服借给我们,此外我们还到长春电影制片厂去借服装,那次是我生平第一次穿西装打领带。我们自己还用硬纸盒和胶合板做了一些道具。我们的首场演出也是终场,尽管有的演员在台上忘记了台词,整个演出非常成功,我们谢幕好多次。那天晚上学校为拉特格斯代表团举行盛大招待会,我们全体演员都应邀出席。

外国专家们庆祝的非中国节日也同样受到我们的欢迎。每次过节总有一位外国专家举行讲座,介绍节日的起源和风俗习惯,如复活节、鬼节和感恩节,当然最热闹的是圣诞节。英语专业每个班都自己开圣诞晚会,用英语唱圣诞歌,在圣诞树下交换礼物,还可以大吃一顿。

当时我有一本英语"名歌 101 首",正好我有一台打字机,我把一些歌打印出来,如《平安夜》和《铃儿响叮当》等。因为我的同学多数不识五线谱,我得把所有的歌都"翻译"成简谱,还得把词曲对齐,非常费时。我教唱歌的节目非常热门,许多外班甚至外系的同学也来参加,教室挤得满满的,后来的只好站着。

因为教学需要,外语系的学生可以在学校放映室的闭路电视上免费看外国的原版电影,其中最受欢迎的是《音乐之声》。我的同学们大多数至少看过十次。从此以后,外语系的走廊里随时都可以听到《音乐之声》里的歌曲。我想吉林大学外语系完全有能力组织一支合唱队去奥地利参加歌咏比赛，也许还能像冯特拉普家庭一样获奖。

在吉林大学求学使我获益匪浅，其中最难忘的就是，我们77和78级接受到的英语教育的质量无与伦比。长春曾是伪满洲国的首都，因为受到日本人占领的影响，吉林大学的日语专业在国内是首屈一指的。然而因为缺乏西方文化的影响，当时吉林大学英语专业的师资乏善可陈。为了改善英语的师资质量，教育部把许多教师送出国培训。并派了许多外国专家来教课，并培训留校的师资。辛普森夫妇离开之后，又来了三对美国夫妇。Peter 和 Karen Lee，Arney 和 Bobbie Strickland，以及 Bob Birnbaum 和 Grace Yang。此外吉林大学还和新泽西的拉特格斯大学建立了姐妹学校关系。那段时间可以说是吉林大学英语专业鼎盛的黄金时代。从三年级开始，我们所有与英语有关的课程都是由外国专家教，Arney Strickland 教美国文学史，瑞安小姐教英国文学史，Bob Birnbaum 教精读，Bobbie Strickland 教打字。此外，外国专家们还定期举办公开讲座。

当时外国专家遇到的最大困难是缺乏教材。中国教授编写的教材多数在政治上已经过时，语言上也非常别扭。外国专家们自己带了一些书，如 Norton 的英国文学和美国文学选读。他们从那些书里面选一些片段，交给学校的印刷厂打印。当时中国还没有复印机，得先打在蜡纸上，再油印出来。外文系只有两个英文打字员，根本满足不了教材的需求。因为我三叔从美国给我带了一台打字机，我一年级就学会了打字。为了解决教材的匮乏，我自告奋勇承担一部分打字的任务。那是一件非常枯燥而且费时的事情，每打错一个字，我得用气味很难闻的改正液改正，然后再装回打字机重打。大约两年内，我平均每天花大约两个小时打字。当然打字对我也有很大的好处，因为在打字的同时，我已经至少预习了两遍教材，第一次是打字，第二次是校对。其实校对得仔细地读两遍，一边是原稿，另一边是蜡纸，而且每一个单词的拼写都不能错。因为我每次上课之前已经充分准备好了，所以我课后就无须再复习。此外，因为我在专家的办公室里为他们打字,我有特权可以随意阅读各种原版的书籍和杂志。为此我和外国专家也建立了良好的私人关系。

当时长春外国人非常少,他们都住在中国人免进的招待所里。他们的伙食非常好,每星期还供应两次热水。在中国人的眼里,他们过的简直是天堂里的日子。后来我到美国之后,才意识到他们当时作出了多大的牺牲。他们的工作时间很长,月工资是 600 至 800 元人民币,相当于 300 至 400 美元,那是当时中国人平均工资的 20 倍,但是远少于他们母国的最低工资。他们必须等到一个星期里某两天特定的几个小时里才能洗澡,这对当地人来说已经是非常奢侈的待遇了,但是对外国人来说是非常艰苦的条件,因为在西方发达国家里,24 小时都有热水供应是理所当然的事情。除了在长春工作的那几个外国人外,他们没有什么朋友。有时他们也请我们去作客,但是戒备森严的警卫使人望而生畏。我们进去都得签名,并且总觉得有人在监视我们,而且我还怕房间里有窃听装置。现在自己有了在国内和国外的生活经验,我终于明白,他们当时从发达国家到中国,跟我们从大城市到边远地区上山下乡是差不多的。从某种程度上来说,他们比我们更有勇气,因为并没有任何人强迫他们到中国来。如果当时没有政府施加压力的话,我怀疑是否有知识青年会自愿离开大城市上山下乡。当然两者之间还是有一种本质的区别:到中国来的时候,他们都知道过了一段时间之后肯定可以回家,而我们知青当年上山下乡的时候根本不知道今生今世是否还能够回去跟家人团聚。

1980 年夏天,我在赴昆明探亲的路上停北京去看望我的四叔,在四叔家我第一次见到了从美国回来的三叔。他当时刚过六十,比我父亲才小六岁,但是看起来比父亲年轻好几十岁。显然,他在美国的生活比父亲在中国的遭遇要好多了。他穿着在北京买的蓝色中山装,上面别了一枚"北京师范大学"的红色校徽,但我一眼就可以看出他不是生活在中国的中国人。除了他那金色的眼镜架和一尘不染的皮鞋之外,他与众不同的举止泄露了天机。跟父亲不一样,他在说话之前无须再三考虑,谨小慎微地选择词汇。他非常健谈,对所见的每一件事情都喜欢发表看法,毫无迟疑和恐惧。他无须含糊其辞,或者装出一副谦恭的样子来保护自己,这在中国简直是不可思议的事情,因为父母总是教育我们,"病从口入,祸从口出"。难怪中国古时候的皇帝会"防民之口如防川"。三叔跟父亲差不多高,但是他看起来比父亲高多了,因为他无须装出一种低姿态来避免别人对他的注意,他可以骄傲地挺胸抬头。我惊奇地发现原来外面还有另一个不同的世界。

四叔是一个共产党的高干。1950年代初期,他给三叔写了一封信,劝他的三哥回国参加"社会主义建设"。这使我想起了在长春教我英语的远房大舅舅,还有吉林大学的王琨教授。他们俩都是美国留学生,1940年代末期回国。在"文革"期间,他们俩都被打成"反动学术权威",都被莫须有地指控为美国的"间谍"。我不由得猜想,以三叔那种直爽的脾气和不拘小节的性格,如果他完成博士学业之后就回国的话,那还不知道会遭遇什么呢。

三叔那次回国是以访问教授的身份到北京师范大学讲授"比较教育学",我到北京师大去了一次听他讲学。他在讲台上滔滔不绝,引经据典,就像一部百科全书,从古到今,学贯中西。能容纳几百人的阶梯教室座无虚席,他就像马友友拉大提琴似的,在学生面前悠然自如,游刃有余。

我想他并不比父亲聪明多少,但是在学术上的成就远远超过父亲。1960年代初期他就得到了哥伦比亚大学终身教授的聘书,还上了美国名人录。1980年代中期,上海的华东师范大学请三叔去讲学。父亲1975年退休,1980年代又被华东师大返聘回去教研究生古籍整理。有一次华东师大的校长刘佛年设晚宴请三叔,尽管刘校长认识父亲,也知道父亲和三叔是亲兄弟,但是却没有请父亲作陪。学校的外事办公室不请父亲的理由是父亲没有正式的"学衔"。在一个据称是没有阶级,人人平等的社会里,没想到一个人的头衔居然还会如此的重要。

见到三叔的那天晚上,我们在四叔家吃晚饭。四叔有两个女儿在北京,才二十多岁。饭后,我的两个堂妹陪她们的三伯到附近的前门饭店。因为就在家门口,所以她们穿着很随便,裙子、汗衫和拖鞋。她们陪三叔聊了一会儿天就告辞了。出了旅馆大门才几步,两个穿着便衣的黑影从旁边的灌木丛中跳了出来喊道:

"站住!"

两个堂妹吓了一跳,转身看看,还以为他们在对别人喊呢。

那两个人抓住我堂妹的胳膊命令道:"跟我们走!"

"你们是谁啊? 凭什么要跟你们走?"堂妹们还以为那两个人要绑架她们,使劲地想挣扎出来。

"为什么? 哼!"其中的一个反问道,"你们自己知道为什么。你们刚才在饭店里干什么了? 以为我们不知道啊? 我们一直跟着你们,看见你们进去的。"

"他是我们的伯伯,美国哥伦比亚大学的教授。教育部请他到北京师范大学讲学来了,不信你们到旅馆里去查呀?"

"少废话,我们才不去浪费这个时间,管他是谁呢。跟我们走!不去就别怪我们不客气了。"那俩开始拖我的堂妹。

那是一个炎热的夏夜,许多人到街上纳凉。双方在推搡时,一群看热闹的人围上来向我的堂妹们吹口哨、起哄。围观的人如此之多,我的堂妹们意识到她们根本不可能从人群中安全地脱身。如果她们设法逃走的话,更会被人家认为做了亏心事,她们别无选择,只好跟着那两个便衣到附近的派出所去。

四叔家有一个保姆,饭后正好下楼倒垃圾,顺便买一点东西。她看见喧闹的人群便凑上去看热闹,一看吓了一大跳,一些男人正抓着她照顾的那两个女孩子。她马上就往回跑上楼,冲进房间。那时我正在跟四叔聊天,只听她上气不接下气地喊道:

"快! 快! 那两个姑娘被人抓走了。"

"什么?"我和四叔立即蹦了起来,跟着保姆飞奔下楼。

"在那儿! 那儿!"保姆指指前面。

　　我们马上就追上去,追上时,见那两个人已经把我的堂妹们拖进了派出所,人群还聚集在门外。我们上去敲门,几分钟后,一个警察把门开了一条缝:

　　"干什么的? 有什么好看的? 走开!"

　　"我女儿在里面,让我进去。"四叔从门缝当中往里挤。

　　"在那儿待着!"那警察命令道,"谁是你女儿啊?"

　　"你们刚拖进去的那两个。"

　　"回家去拿点儿换洗衣服和日用品,她们被拘留了。"

　　"她们犯了什么事啦?"

　　"你还好意思问我? 得了吧你啊,我还没问你是怎么教育你女儿的呢。"

　　"我那两个姑娘都挺听话的,从来没有做过犯法的事情。"

　　"她们卖淫被拘留了。"

　　"你说的什么呀?"

　　"他们跟一个华侨老头儿进了前门饭店,你还好意思问。"

　　"那华侨是我哥哥。"

　　"出去! 如果你不知道怎么教育你女儿,我们来帮你教育!"那警察边说边把门重重地摔上。

　　"是吗? 我要见你们的所长。"四叔愤愤地说。

　　"要见我们所长? 就你这样的?"那警察从头到脚把四叔打量了一下。

　　"我是国家物价总局的副局长,你们说的那个华侨是我哥哥,他在美国当教授,北京师范大学邀请他回国讲学。"

　　周围的人群开始喧哗起来,那警察把我们领进所长的办公室。

　　我们还没坐下,另一个警察走进来,告诉所长有一个重要的电话。所长说他正在处理一件非常重要的事情,现在不能接电话,那警察坚持让所长马上接电话。当时我们不知道,原来四婶给她姐姐范瑾打了个电话,范瑾"文革"前是北京市副市长,"文革"后任北京市人大常委会主任。

我不由得想,如果我的四叔是个平民百姓,如果我的堂妹们没有一个有权有势的姨妈,那又会怎么样呢?

临近毕业的时候,发生了一件可怕的事情,使我在象牙塔里的日子变得像地狱一般。最后一个学期开学后,我原来在长春拖拉机厂的一个女同事突然来找我。她当时已经四十多岁了,女儿在上高中。她原来在一所师范学院学中文,1960年代初就大学毕业了。她父亲是高干,她非常清高,盛气凌人。因为出身高贵,她目中无人,所以很少跟同事们说话。我们在一起共事一年,我对她丝毫不了解。

许多高干子女的婚姻是没有真正的爱情的。高干的儿子们选择余地较大,他们既可以娶其他高干的女儿,也可以娶漂亮的民女为妻。高干女儿择偶的余地就少多了,她们通常会嫁给门当户对的高干的儿子,但是很少会为了真正的爱情而下嫁给平民百姓。

我的那位女同事就嫁给了吉林省委的一位高干的儿子。吉林大学处于长春市最好的地段,因为她家有特权,她在吉大附近有一套房子。她丈夫是现役军人,在外服役,她和女儿住在一起。

我考取大学后有三年多没见过她,有一天她突然来找我,要我给她到上海捎几条尼龙纱巾,那在当时是非常普通的事,因为许多日用品在边远地区缺货。后来有一天晚上,她又来找我谈一件"非常重要的事情"。我跟她走出去,到了外语楼旁边长春地质学院门前的广场,广场前有一片小树林。那是个非常安静的晚上,满月高高地挂着,初秋的天气十分宜人。当时在校的大学生是不许结婚的,学校既不提倡学生恋爱,但也不禁止,所以那片小树林是大学生们幽会的去处。当她领着我走向那片小树林的时候,我开始觉得不自在。但是因为我们俩之间年龄的差距,再加上她平时对所有人的那种趾高气扬的态度,我根本没想到会发生什么浪漫的事情。我们走进树林后,她突然住口,用一种奇怪的眼光看着我。我正在没话找话,想说点什么来打破那种令人难受的沉默,她的呼吸开始沉重起来,身子开始摆动,一下子靠在我的身上,好像要昏倒似的。我正不知所措,她突然抓住我,说她深深地爱上了我,并想吻我。我当时毫无准备,吓了一

324

大跳。我挣开她的手，拔脚就跑，她居然立即就追上来。那小树林离我们宿舍只有两条马路，我几步就跑回了家，回头一看，她停在宿舍楼的角落上。我松了一口气，还好她没有追到宿舍里来。

我躺在床上想着刚才发生的事情，显然那一切都是有预谋的，她托我买尼龙纱巾只是一个借口而已。因为我是个男人，所以还算幸运。如果我是女的，也许在小树林里就被强奸了或是猥亵了。我以为只要我避开她不上小树林，那事从此就应该了结了。没想到那只是一场噩梦的开始，那场噩梦一直延续到今天，也许在我有生之年将永远延续下去。

第二天午饭之后，我照例到我们班的信箱里去查信，发现一封厚厚的没有贴邮票的信。我知道那是她给我的信，回到宿舍一看，是一份四十页的绝命书，开头的第一行是：

"当你看到这封信的时候，也许我已经离开了人世。"

我当时吓得好像心跳都停了，过了一会儿心又狂跳不止。我瘫在床上，猜想她究竟是活着还是已经死了。想着想着突然产生一种幻觉，好像有一个死的女人在眼前跳舞。我掏出烟来，但是双手发抖，试了几次，好不容易才擦着一根火柴把烟点上。我眼看就要大学毕业了，前程似锦。如果她已经死了，那将会发生什么事情呢？我简直不敢想像。尽管我并没有做任何错事，但是万一出了人命，我就是跳进黄河也洗不清啊。她家有权有势，当时中国的法律又不健全，即使在没有任何证据的情况下，我也可能进监狱，那我可就是死路一条了。我越想越怕，恐惧万分。

我的脑子里一团乱麻，想着该如何处理那份绝命书，突然听见有人敲门。我起床去开门，看见门缝底下塞进来一个信封，也没有贴邮票，收信人是我。我用颤抖的手捡起信拆开，心又狂跳起来，里面只有一句话：

"请立即把信还给我，否则你就再也见不到我了。"

想必她还没死，我总算松了一口气。我一把抓起绝命书，立即跑出去，希望能够追上送信的人，把绝命书还给她，但是走廊里空无一人。我反复问自己,"怎么办? 我怎么把这绝命书还给她呢?"一想到可能还要见到她,就使我不寒而栗和恶心。在恐惧的驱使下,我跑去找外文系的党支部书记老薄。当时我的表情既困扰又颓丧,老薄立即就知道出事了。

"小伙子,怎么回事儿啊?"

我不知道该说什么,就把那一厚叠纸递给老薄。他瞥了前几行,当时就吓愣了。他把我领到旁边的一间办公室,让所有的人都出去,然后关上门。

"哎呀,我的天哪! 这是谁写的呀?"

"原来我在长春拖拉机厂的一个同事。"

"她死没死啊?"

"我希望她现在还没死。"

"你跟她发生关系了吗?"

"没有,绝对没有,我发誓,薄老师。她已经四十多岁,女儿都上高中了。我爱人既年轻又漂亮,在昆明等我呢。你真是开玩笑,我怎么会跟这种人发生关系呢? 在厂里的时候我几乎没跟她说过话,而且我有三年多没见过她。"

"你有没有给她写过什么东西呢?"

"没有,我从来没有给她写过任何东西。"

"你有没有给她过任何将来可能成为证据的东西呢?"

"没有,绝对没有,除了几块尼龙纱巾,那是她托我从上海给她捎的。"

"你发誓说的都是真话?"

"是的,薄老师。我说的每一句话都绝对是真的。"

"那你怕什么呀? 我想她是不会自杀的,只是吓唬你而已。但是我就怕她万一想不开,你最好还是尽快把这封信还给她。"

"但是,薄老师,如果她真的死了,这封绝命书可是惟一能够证明我清白的证据啊。如果她自杀了,我至少可以证明我没有弄死她。如果我们把这绝命书还给她的话,我们手里就没有物证了,你给我作

326

证也没有用啊。"

当时长春还没有复印机,根本不可能马上复制一个副本。

"别急,我有个办法。"薄老师把我拽到楼下的听音室,找到了值班的技术员问道,"咱还有没用过的胶卷吗?"

"有啊,"那技术员答道。

"你能不能把这些一张张地都给照下来?"

"行啊。"

"这儿的光线够亮吗?"

"我想够了。"

"那现在就照吧。"薄老师边说边去关门。

听音室里静得让人窒息,只有快门的咔嚓声。我和薄老师在两头把信纸拽开铺平,那技术员花了十分钟才把每一张纸都照下来。

"听着,绝对不能把这事告诉任何人,出了事儿你可就得吃不了兜着走了。听明白了吗?"薄老师问那技术员。

"明白了,老薄。"

"你会冲胶卷吗?"

"会的。"

"那你现在马上就去弄点药水,今天晚上就自己一个人把它冲出来。别送到照相馆去。冲出来以后把所有的底片都给我,不能翻拍,绝对别翻拍。都听明白了吗?"

"都听明白了。"

老薄和我谢了技术员。我们刚一离开听音室,老薄就在我肩膀上拍了一下催促道,"马上去把这个还给她。你自己见机行事吧,反正不能让她死了。我想你能行的,快跑。"

那绝命书在我口袋里,重得就像一块铅。我还没有时间从头到尾看一遍,现在就得还了。尽管我心里非常不愿意,还是加快了脚步,生怕在我到之前她就已经死了。到了她家门口时,我的心跳得像野马一样,肚子里也在翻江倒海地折腾。那门开了一条寸把宽的小缝,我在门口站了分把钟,让自己尽量镇静下来,然后敲了敲门。

"进来。"

谢天谢地,那是她的声音,说明她还活着。我长长地出了一口气。我鼓起勇气,慢慢地把门推开。门吱呀地响了一下,我往里瞟了一眼,她靠在沙发椅子里,脸色苍白,头发乱蓬蓬的。我如履薄冰,小心翼翼地走进去。

"你怎么样?"我问道。

"还可以,"她的回答几乎听不见。然后她起身去关门,那使我感到非常的不自在。

我把绝命书拿出来,像一块热炭似地递给她,然后我退着往门走去,想尽快离开。她抢先一步上前堵住了门,然后号啕大哭起来,我站在那儿不知所措。过了一会儿她终于止住了哭,声音颤抖地问我,"你会不会觉得我是个坏女人而看不起我啦?"

"不会的。"

"我们还是朋友吗?"

"是……是的,不过只是朋友,我的意思是一般的朋友那种朋友,没有别的了。"我强调了朋友两个字。

"只是朋友吗?"

"对。"

"除了朋友就没有别的了吗?"

"对不起,没有了。"

"你不觉得寂寞吗?"

"不,我一天到晚忙得要命,现在正在写毕业论文,你知道吗?"

"你少跟我来这个。"她又变得歇斯底里起来,"你多久没见你老婆啦?你多久没碰过女人啦?"

"你是在问我吗?这你管得着吗?"

我又想法去拉门把手,她把身子靠在门上,想把我推开。我生怕两人拉扯起来会惊动邻居,只好退回来。她转过身去又把门用插销别上。

"怎么管不着呢?我能帮你。你别压抑自己的欲望,过来呀。"说着她自己冲过来就扯我的衣服。

"不行,你给我住手,你怎么可以这样呢? 我们俩都结婚了,婚外情是不道德的。"

"不道德?"她冷笑着,"你说什么啊? 好多当官的都有过好几个老婆和情人,他们都是既要做婊子,又要立牌坊,咱们老百姓怕什么? 你少跟我来那套道貌岸然的玩意儿。"

"你丈夫是现役军人,你知道吗? 破坏军婚是犯法的。"

"那又怎么的? 你老婆不也是现役军人吗? 这不就抵消了吗?"她简直是玩世不恭。

"不,那样我们俩都得被抓起来。我有个家,我还有我的前途。你知道我付出了多么巨大的代价才争取到今天这一切吗? 我可不想毁了我的前途。"

"你的前途? 你也太自私了,谁来关心我呀?"

"你丈夫啊。"

"别提他了!"她吼道,"结婚都快二十年了,我们俩在一块儿的时间还不到一年,这种'牛郎织女'的日子我过够了。"

"你为什么不要求调动呢? 那样你们就可以互相照顾了。"

"还调动什么呀? 分居二十年下来,我们都几乎不认得了。什么样的婚姻能禁得起这么等啊? 我们一开始就没有什么爱情可言,那是两个家庭之间安排的,因为我得嫁给一个跟我政治背景差不多的人。即使两个人一开始是相爱的,如果一年只能见两个星期的面,那怎么还能一直爱下去呢? 就算分居这么多年以后我还继续爱他,远水也解不了近渴呀。"

"很抱歉,我可帮不了你这个忙。"

"可是我能帮你啊。我关心你,你明白吗? 结婚三年了,你跟你老婆在一起的时间有多久? 六个星期? 八个星期? 一个星期?"她明知故问道。"别像一个和尚那样,别自己一个人憋着,我们可以互相帮助。"

"我用不着憋,我没事儿。"

"不,你别否认,你是个胆小鬼。"

"不,我不是胆小鬼。"

"那你就是生理上有问题。你还算什么男人？难道你是块石头吗？还是你有病啊？这是人之常情。我一切都是你的。你倒是来啊！"她一面激将,一面又把我往她身上拉。

我费了好大劲才使她跟我保持一段距离。"慢着,你说你关心我,对吗？"

"是啊。"

"你不想让我有麻烦,对吗？"

"对啊。"

"那你就让我走。"

"不,我不让你走。我在受罪,你也在受罪,我们为什么要活受罪呢？"

"你想想看,我再过两个月就要毕业了。在这三年里我刻苦学习,这还不算大学之前自学的心血。我进大学之前那才叫受罪呢。我想把大学念完。如果我走错一步,就一步,那就一失足成千古恨了。"

"不,我不管,我都是你的,你倒是来啊！你这个胆小鬼。"

我正在使劲挣扎的时候,突然听见钥匙在门锁里转动的声音,但是门在里面被插销反锁住了,然后就听见敲门。她把我放开,匆匆地整理了一下头发和衣服,然后打开了门,那是一个双颊红润的女孩子。

"这是我女儿,这是胡叔叔。"

"胡叔叔好。"她女儿非常有礼貌地向我问好。

"你好,谢谢。我还有两节法语课,我得走了,再见。"

趁门还开着,没等她女儿进门我就一步跨出门外。就像一只惊弓之鸟,我一步两三个台阶往楼下直冲。楼梯里堆满了杂物,把我绊了好几下,差一点摔倒。最后踏到了楼下的平地时,我才松了口气,庆幸她女儿回家太是时候了。

我和妻子结婚时深深相爱。尽管我们俩分居了近十年，我们仍然相爱。每次见面都是小别胜新婚。

她的情况就完全不同了。她结婚的时候就没有爱情，也许分居本来就是她自己故意选择的。现在我终于明白了，一个女人跟她丈夫分居二十年后会变得多么可怕。如果本来就没有爱情的话，个把月的探亲假怎么可能弥补其他十一个月分居给婚姻造成的伤害呢？我本来认识的人就不多，但是其中两地分居的"牛郎织女"倒有好几对。一些婚姻最后以失败告终，失败的原因并不一定是婚外情。

类似的事情在我班上就有。78级刚入学的时候我们班上有一个跟我同年的女生，她并没有考取吉林大学，是齐齐哈尔一所师范学院的学生。她的学校特别需要英语教师，但是自己又没有足够的师资，于是就花了一大笔钱把她送到吉林大学来培训。她考取大学之前就跟一个建筑工人结婚了，考取大学后，她觉得自己的婚姻有点门不当户不对。我们班的老沈比我小一岁，当时还没有结婚，于是那位女生就在老沈身上打主意。她主动追求老沈几次之后，老沈实在受不了，就把那事向老薄报告了。我们学校将事情通知了齐齐哈尔的师范学院，后来报纸上登了一篇文章，将她背叛蓝领丈夫的行为公开了，他们离了婚。几个星期之后，她的学校把她给开除了。

因为我并没有做错任何事情，我以为没什么可以担心的。其实那只是我自己一厢情愿的事情，没想到那仅仅是一场"致命单相思"的开始。

我把绝命书还给她之后，她不断地给我写信，一封接一封，几天下来居然有好几百页之多。她老是在我去教室、食堂和宿舍的路上截住我，说些我不愿意听的话。此外她还"送"给我，或者说是强迫我接受，一些只有在高干的特殊商店里才能买到的东西，例如高级的香烟、人参，甚至还有一些我已经久违了十多年的南方水果。那是我在吉林大学的最后一个学期，我正在忙于写论文，她对我不断的骚扰使我根本无法专心学习。我不得不天天换地方来避开她，一个星期后我又去找老薄求助。

"薄老师,我实在受不了。那个女的迷上我了,她每天都来骚扰我,快把我逼疯了。咱们学校能不能采取一些措施啊?"

"不行啊,我们实在帮不了你多少忙。"老薄爱莫能助地摇摇头说,"我了解了一些情况,她父亲在北京,是中央的六级干部,她老公公就是这儿省一级的干部。"

"我们能够向公安局报告吗?"

"不行,那也没什么用处。她跟骚扰你班老沈的那个女的完全不一样,因为那个女的没有任何政治背景,我们可以采取任何我们认为必要的措施赶她走,无须投鼠忌器,可以'热处理'。而她在中央和省里都有上层的关系,如果你报告公安局,他们就可能向她的父亲或老公公汇报。如果她知道除了你之外还有别的人知道这件事儿,那就丢脸了。她既可能叫她家的人整你,也可能真的就自杀。如果她真的死了的话,那我就没法保护你了。如果他家的人插手的话,就连公安局都没法保护你。所以我们对她只能采取'冷处理'的方法。"

"你知道我什么事都没做错,她给我所有的信你都看过了,你知道所有的事情。他们能把我怎么样呢?"

"你太幼稚了,小伙子。他们要对付你还不是小菜一碟?县官不如现管,他们是可以用别的方法来整你的。想想你这一生都干过什么事儿,就算你历史清白得像一张白纸,他们总是能找出一些事来整你。我只是个七品芝麻官,我手里的权实在太有限了。"

"那我该怎么办呢,薄老师?"

"你得尽可能让她活着。如果行的话,找个地方躲起来。只要完成功课,你不来上课我不管。我知道这太难了,但是你必须处理好。"

"她老是给我东西,好烟和水果什么的,我该怎么办啊?"

"那还不容易,会坏的都吃了,不会坏的都留着。"

我仔细地想了一下,觉得老薄分析得绝对正确。是啊,他们要整我还不容易吗?首先,我学的是英语专业,经常跟外国人接触,足够让我喝一壶了。她还可以倒打一耙,诬告我性骚扰或强奸未遂来保护她自己的面子,那也不需要多少物证,无非是各执一词。尽管我确实是一个性骚扰的受害者,我几乎没有胜诉的机会。

马上就要大学毕业了,我的将来前程似锦,但是我哪怕只要有一丝一毫的闪失,马上就有可能成为阶下囚,我越想越怕。因为她的政治背景实在太强,我没有任何选择,只好尽我最大的努力让她活着,只要不跟她发生肉体的关系就行。因为我采取克制的态度,那个女人在后来的几个月里变得更肆无忌惮。为了避开她,我不得不转入"地下",进出宿舍都走地下室里锅炉房运煤和煤灰的通道。有时我都没法到食堂里去吃饭,一天里我得从一个教室转移到另一个教室,从阅览室转移到图书馆,打一枪换一个地方。后来她又给我写了好几封绝命书,我照例交给老薄去翻拍。无论我心里对她多么厌恶,还是只好硬着头皮再把那些绝命书还给她。我一个人走投无路,实在是活得腻味透了,但是我还是得默默地忍受,在她的淫威之下苟且,因为没有一个人能够帮助我。最后一个学期接近尾声的时候,她对我的骚扰如此放肆、频繁,我只好住到朋友家里去躲着她。

我很快就要毕业了,将得到文学学士的学位,但是我毕业之后干什么呢?分配到什么地方去?这些都比那张文凭更重要。有的人能够分配到大城市里的一份好工作,有的人也许分到边远小城市里的坏工作,有的人甚至被分回农村。对所有的毕业生来说,毕业分配是我们一生中最重要的转折点,也许比投胎还重要。

当时中国还是计划经济,所有的东西都短缺,大城市里的好工作也像商品一样非常短缺。要得到一个好工作必须手中有权,或是有钱,用钱去走后门,而我却既无权,也无钱去走后门。那个女人问我要不要帮忙,因为她有足够的关系为我在大城市里找个好工作。我礼貌地拒绝了她,因为我不想在她的阴影下生活一辈子。我撒谎说我将被分配到上海,因为我是上海人。

当时我跳到77级的时候就觉察到周围充满了敌意,这不仅因为77级的学生们认为他们是最优秀的,也因为我是个上海人,这就意味着又多了一个跟他们抢上海名额的竞争对手。其实他们不知道我对大城市并没有兴趣。我结婚后的三年一直分居,即使把我分配到北京或上海,我们还是得分居,因为我妻子根本不可能把户口从昆明迁到北京或上海那样的大城市。在家庭和事业两者之中,我决定还是选择家庭。

但是到昆明也并不容易,必须有一个昆明的名额,而第一次公布分配方案时根本就没有昆明。对此我并不感到意外,因为长春和昆明正好处于从东北到西南贯穿中国的对角线上,当地的毕业生不会愿意到几千里外的地方去工作。正因为昆明是大家最不愿意去的边疆地区,所以不会有人跟我竞争。于是我给学校写了张申请书,要求到昆明去发展边远地区的英语教育。我还提到这将是件公私两利的事,因为我的妻子就在昆明。开全国毕业分配会议的时候,老薄把我的申请带到北京。毕业前两个星期,教育部在分配会议上专门为我拨了一个到昆明的名额给吉林大学。因为毕业分配非常敏感,所以一切都是保密的,分配的结果一直要到毕业生离校的时候才公布,以避免毕业生之间的冲突。因为没有人会跟我争昆明的名额,那个女人又把我逼得走投无路,所以老薄从北京回来后就告诉我了。我们的计划是先把一切都准备就绪,毕业证书一到手我就离开长春。

一切都按计划进行得非常顺利,别人都还没有动作之前,我已经把行李托运到昆明。我以为一切都做得很保密,没想到我大错特错了。按理说,有关毕业分配的任何消息都是保密的,但是那个女人的关系实在太硬了,什么消息都瞒不过她。在我计划离开长春前的两天,我在信箱里又发现了一封那个女人给我的信:

"你骗我。你说你要回上海,其实你是到昆明去跟你老婆团聚。马上到我这儿来,否则你就永远也见不到我活着了。"

那天白天我一直在外面躲着她,收到那封信的时候已经是晚上九点多了。整个事情发生得那么突然,我既没有时间考虑,也没有时间去找老薄商量,或是把那封信翻拍下来。我不敢有误,立即赶到她家。见到她可把我吓坏了,她完全是歇斯底里,语无伦次,边哭边骂我是个骗子。尽管我到上海还是昆明与她毫不相干,但是我根本无法跟她论理,因为她已经完全不可理喻了。我只好坐着听,由她发泄出来。我不断地看着表，因为宿舍大楼十点关门，那天晚上我又没有做任何在外面过夜的安排。9点45分的时候，我起身告辞。她死也不让我走，非要跟我"谈"一整夜不可。她堵着门，大喊大叫。我想把她推到一边好出去，她就拼命地跟我扭打成一团。我怕黑灯瞎火的吵起来惊动邻居，引来警察调查，只好放弃了用武力杀出重围的努力。

我打开卧室的门，她女儿正在里面酣睡，连外面的吵闹和扭打也吵不醒她，显然是吃了大剂量的安眠药。我摇晃了好久才把她摇醒，然后告诉她我的宿舍将在几分钟后就要关门了，而她母亲强迫我留下。她已经上高中了，当然知道她母亲的行为是怎么回事。她哭着跪下来，求她母亲放我走，她母亲蛮横地拒绝了。十点很快就到了，我已经无家可归。没有选择，我只好待下来。她又给她女儿服了一些安眠药睡下，然后就开始跟我谈。车轱辘般的话没完没了，使我的精神处于崩溃的边缘。凌晨四点左右，她终于困了，开始打瞌睡。我蹑手蹑脚地走到门口，轻轻地打开门溜出去。

那还是一月初，当我步入东北黎明前刺骨的寒风时，我觉得无依无靠、疲惫万分、晕头转向，没想到自己居然成了一个受害者。地上有一层洁白的新雪，周围寂静无声音。我踩着吱吱作响的雪，漫无目标地游逛，身后留下一行孤单的脚印。我从地质宫走到南湖边的空军医院，然后再折回地质宫，浑身已经冻得像根冰棍。好不容易熬到五点半，宿舍的门终于开了。我偷偷地溜进寝室，同学们还在酣睡之中。我钻进被窝，欲哭无泪。尽管过了一个不眠之夜，彻夜受的精神刺激和惊吓仍使我无法入睡。

八点钟我去找老薄，他摇摇头叹息道："小伙子，也真难为你了。快去买张票，最好今天就离开长春。我会把你的毕业证书先做好，临走之前你来取吧。"

我跟着老薄到办公室，提前领到了所有的批文，然后到长春拖拉机厂去办理离厂手续。我如丧家之犬，从一个办公室跑到另一个办公室，终于在下班之前盖好了所有的半打公章，平时得几个礼拜才能盖完。

春节快到了,所有到北京的当天票早已售罄,我只好到民航售票处去。很幸运,次日正好有一班到北京的飞机。我把钱包中所有的60元钱都拿出来买了一张票,要比到北京的火车票贵三倍。尽管飞机远远超出我的财力,我实在不能再在长春多待一天了。

长春到北京的班机早上八点起飞,我六点就得起床,到民航售票处去赶七点的班车上机场。第二天凌晨离开宿舍的时候外面天还是漆黑的,我刚跨出宿舍的大门就看见路灯下有一个熟悉的影子,那个女人居然在外面的人行道上等着。我突然觉得一阵恶心,面如土色。我只好骗为我送行的同学说我马上得上厕所,让他们先提着我的旅行包到公共汽车站等我。我的腿突然变软了,一步都挪不动。那种感觉就像一场噩梦,梦中有坏人挥着刀追我,我想逃,但是逃了半天还是在原地不动。我只好一屁股坐在送煤的滑道上溜到锅炉房,全身冒虚汗,里面的衬衣就像一层薄冰似的贴在背上。我突然觉得天旋地转,一下子就把头天晚上同学们为我送行聚餐吃的东西全部吐在煤灰堆上,然后手脚并用地爬出了锅炉房的地下通道。我身上污秽不堪,只好从地上掬起一捧雪,把手上的煤灰洗掉,再用雪抹了一把脸,才觉得清醒一点。我赶到公共汽车站与同学们汇合时面无人色,他们都问我是不是病了。我只好骗他们说我头天晚上吃坏了,而且还有点宿醉未醒。他们扶着我上了公共汽车,一起到民航售票处,在那儿大家握手告别。我坐民航的班车到了机场,但是我不敢待在候机室,生怕那个女人来找我。我躲在男厕所里面一支接一支地抽烟,让自己冷静下来。广播登机之后,我把大衣的领子竖起来挡着脸,冲到登机门上了飞机。飞机终于起飞了,我才一下子瘫在坐椅中,全身都散了架子。后来好几个小时我都觉得心好像跳出了嗓子眼。

我在吉林一共度过了十三年,那是我一生中最宝贵的黄金时代。我在那儿吃了三吨粗粮,还有堆积如山的白菜和土豆。直到如今我都不敢相信,当年我居然就是那么狼狈不堪地离开吉林的,更确切地说是逃离吉林的。为了离开农村,我付出了巨大的体力和精神代价。

然后又经受了多少年自学的寒窗之苦，终于圆了我的大学梦。毕业不仅是完成学业，也是我浪迹东北十三年的终结。因此我确实应该隆重地庆祝一下，为我一生中最重要、最难忘的篇章画上一个句点。然而十分不幸，都是因为那个出身于有权有势的家庭的女人，这一辉煌的篇章只好以如此凄惨的败笔告终。尽管我的前途并没有被毁掉，那十三年的闭幕式实在是扫兴透了。

现在我回忆起在东北的十三年，觉得既苦又甜。一方面我能够对农民和工人的生活获得第一手的知识和了解。另一方面，为了获得那些经验，我付出了一生中最好的九年时光。我的脑子告诉我应该向前看，但是我的心却把我拖回过去。正是因为有那些痛苦的回忆，才使我觉今天的成就更为甜蜜，也使我觉得今天的挫折相形见绌。正是那种忍受痛苦和折磨的能力，把我前进道路上的艰难险阻变成了胯下的小土堆。我的许多同龄人对那段历史的态度是负面的，并且想把过去的回忆深深地埋藏在心底。如果当年我有选择的自由，那我是绝对不会自愿到东北去的。现在熬过这十三年后，我却丝毫无悔。如果我一开始就知道最后的结果，现在让我重新度过那十三年的话，我想我并不会选择一条不同的道路，我绝不会用装病来逃避下乡。我宁可年轻的时候艰苦一些，年老的时候舒服一些，而不是先甜后苦。

我常想，如果1949年我父亲去台湾，那我的命运又会如何呢？毫无疑问我的一生将完全改变，但是那并不等于一定会比在大陆生活得更好。我想我在台湾应该能够丰衣足食，但是饥饿却能使粗茶淡饭变得比山珍海味更好吃。我想我在台湾大概二十六岁就能够戴博士帽了，但是三十三岁才熬到的学士学位更使我自豪，更觉得有成就感。其实所有这一切都取决于一个人看问题的视角。把自己去跟一个二十六岁的博士比，那岂不是自寻烦恼？相反，如果再看看那几千万因"文革"而没上成大学的同龄人，就会真正地意识到自己是多么幸运。在赛跑的时候，第一个到达终点的人其实并不一定是优胜者，因为在奥林匹克运动场里平坦的跑道上跑100米，当然要比跑马拉松障碍赛先到终点，而且要轻松得多了。

第七章　少数民族之乡

　　到昆明去和妻子团聚是非常幸福的,经过六年的长途恋爱和四年的分居,我们这对"牛郎织女"终于到一起了。我的丈母娘准备了一顿丰盛的晚餐为我接风,有活的鱼虾、五香卤牛肉、汽锅鸡和大量的新鲜蔬菜,东北的冬天是根本见不到新鲜蔬菜的。我的丈人还为我斟了茅台酒。在所有的女婿中,他只给我一个斟酒,其他的三个女婿虽然也都可以喝酒,但是他们都自己给自己倒。经过四天的跋涉,我已经非常累了,晚饭后我早早就上床睡觉。

　　昆明以"春城"著称,一月里的天气还是非常暖和,中午有时一件衬衣就够了。即使在盛夏,夜里睡觉还得盖被子。

　　春节前后是开茶花的季节,圆通寺里有几株老茶花树特别出名。那似乎是一个星期天,我和妻子一起到圆通寺去看茶花。一棵红色的茶花正在盛开,有好几百朵,茶花的清香使人陶醉。另一棵的花是粉红色的,树下面聚集了不少人,大家排着队等着在茶花前面照相。我拿出我的海鸥双镜头反光照相机,那是妻子在 1973 年送给我的"定情礼物"。我们的前面还有两对夫妻,我站到摄影师的后面,取掉镜头盖,打开遮光罩,开始用树下的那对夫妻对焦距,并调好光圈和快门,一切都准备就绪后,我把相机递给我身后的男的,让他帮我们照一张合影,说好等我们照完之后再帮他们照。前面的夫妻照完之后,我们两口子走到树前面。等转过身来时,我吓得魂飞魄散,站在我们面前的居然是那个女人,她手上拿着我的照相机,青面獠牙,皮笑肉不笑的。我顿时觉得心都从喉咙里跳了出来,全身无力,动弹不得。

"笑一笑。"她喊道。

我觉得像被雷击似的,一句话都说不出来。我想跑掉,但是双腿疲软,好像瘫痪了被钉在地上。那个女人按动快门,然后走上前来。

"你们倒是挺快活的,啊?"她讥讽地笑着,然后转向我的妻子问道,"这个女人是谁啊?"

"我是他爱人,你是谁?"

"你问他呀。你给我滚!"她开始拽我妻子的胳膊。

"住手! 你给我放开她!"我冲上去跟她厮打起来,想把妻子救出来。

"亲爱的,亲爱的,你怎么啦?"我觉得有人在摇我。

"什么? 什么?"我突然惊醒过来,全身都被汗湿透了,才知道是做了一场噩梦。

"亲爱的,你没事吧?"

"没,没事。"我含糊其辞地搪塞道,心里像打鼓一般。

"你是不是做噩梦了?"

"嗯,有点怕怕的。对……对不起,把你吵醒了。"我赶紧道歉。

"你梦见什么了?"

"没……没什么。有坏人在追我,他们想杀我,就是那种梦,你知道吗?"我不得不善意地骗她,分居四年了,总算到了一起,在她跟我的第一个团圆夜里,我不想让那件事来煞风景,尽管我自己的心情已经彻底被毁了。

"亲爱的,别怕,我在这儿呢。"她摸着我的头发,像拍小孩子似地轻轻地拍着我。

妻子很快就重入梦乡，而我却再也睡不着了。我终于开始承受那场"致命单相思"在我心灵深处留下的永久性创伤。大约一个月后，我突然接到一份电报，是那个女人的女儿发来的，电报说她母亲病危，让我立即去长春看她。天知道她是从哪儿得到我在昆明的地址的。是不是她又自杀未遂？事到如此，我不得不将那埋藏在心里的秘密告诉妻子，但是略去了令人恐惧的细节。我们讨论之后决定给老薄发一份电报，请他去处理那危机。老薄没有任何回音，我也不知道她的死活，使我非常焦虑。

后来的好几个月我都是生活在焦虑和恐惧之中。我又做了许多噩梦，梦见有人来逮捕我，说我把她害死了。我变得疑神疑鬼，觉得有鬼在追我，常常听见怪声音，看见幻影。我开始失眠，食欲不振。又过了一年，我接到她的一封信，里面只有一张剪报，登载着她父亲去世的讣告和悼词。我终于开始放心一些，因为那时她显然还活着，更重要的是，在两个有权有势的人中已经走了一个。幸运的是，昆明离长春几千公里，而且 1980 年代初期在中国旅行还不是那么方便，那天然的地理障碍形成了一个缓冲地带，使我能有一些安全感。

如今已经二十多年过去了，我每年还是会做几次噩梦，梦见与那个女人有关的那些不堪回首的痛苦往事。在我的余生中，我想那段痛苦经历的阴影将永远不会消失。

春节过后，我去新的工作单位报到。我被分配到中国科学院昆明分院，无论在当年还是现在，那都是一个最令人羡慕和敬仰的地方。报到的那天，一个工作人员让我把材料留下回家等消息，几天后，他们来电话让我去面谈。跟我谈话的是一个"文革"以前的大学毕业生，他一开始就用英语跟我谈话，我自然奉陪。也许他已经多年没有用英语，也许他很少跟外国人打交道，我发现他跟我说英语很吃力。说了几个回合之后，他开始结结巴巴，于是又换回中文。他问我对什么感兴趣，并让我去看看动物研究所。

第二天我起了个大早去赶班车，去的单程就是两个小时。到了动物研究所之后,他们把我带到情报处,那里有几个刚毕业的大学生。他们告诉我,他们的工作就是翻译有关猴子、蛇、鸟和其他野兽的资料。那里的领导告诉我昆明的动物研究所是全国最好的动物研究所,我想他并没有言过其实。研究所在山坡上占了很大的一片热带雨林,是野生动物的保护地,周围鲜有人迹。最近的公共汽车站离研究所步行一个小时,大部分职工都住在研究所的宿舍里。研究所每周提供两班班车,星期三、六各一班,送所里的职工往返昆明市。因为来回要六小时,每天通勤是不可能的。尽管我已经结婚三年多了,因为我们很少在一起,所以还算是新婚,如果仅仅是周末回家,那实在是有伤天和的事情。最重要的是,我对动物研究所的工作丝毫没有兴趣,无论是英文还是中文,我在动物方面的词汇都非常有限。当然我可以花上年把的时间学习并掌握一批动物词汇。但是当翻译永远是个跑龙套的角色,连个配角都算不上,是为他人作嫁衣裳。尽管我并没有什么野心,也不想出人头地,但是我在动物学方面毫无天分。而且在那片热带丛林中,就像在东北的村子里一样闭塞,当年我那么苦干,不就是为了离开那与世隔绝的地方吗?

然而在当年,不服从分配就意味着失去一个"铁饭碗",我将没有任何福利可言,如住房和公费医疗,而在一生中,政府通常只会给你一次铁饭碗。对许多人来说,动物研究所的工作是可望而不可求的。

当我还在犹豫是否要到动物研究所上班的时候,我得到了美国哥伦比亚大学国际事务学院 1982 年秋季入学的通知,还有一笔7,000美元的奖学金。在吉林大学的最后一年,我得到美国得克萨斯州拉默尔大学的录取通知。我想申请护照,但是被拒绝,因为我还是在校生。

从理论上来说,只要有正当的理由,每一个中国公民都有出国的自由,但是在当时的现实生活中,一个普通的老百姓几乎不可能得到出国护照。因为我的家庭出身不好,我最怕的就是政审。政审非但是完全保密的,而且整个过程旷日持久。因为中国的高等教育受到"文革"的冲击,留下了一个十年的空白,所以国家特别需要大学毕业生。我的大学教育是完全免费的,得几十个农民才能养活一个大学生。此外,我在大学里上学,国家还给我发全薪。当时国家有一条政策,大学毕业生必须至少为国家服务三年才能出国。因为我们家有"海外关系",所以免受服务三年的限制。我必须承认,我确实是受到政府优待的幸运儿。当时中国急需知识分子,所以那种做法也是完全可以理解的。

既然已经大学毕业了,我想干脆不去动物研究所上班,直接就到哥伦比亚大学深造。于是我带着哥伦比亚大学的录取通知、奖学金证明和我三叔的经济担保书到省公安厅去询问。一个穿制服的警察接待了我,他翻了资料后便问我:

"你是大学生吗?"

"不是,我已经从吉林大学毕业了。"

"那你在哪个单位工作?"

"我没有上班。"

"没上班?"他惊奇地看着我,"你们学校没有给你分配工作吗?"

"分了,他们把我分到中国科学院昆明分院。"

他觉得很奇怪,"那你怎么说你没有上班呢?"

"他们又把我分到动物研究所,那个地方太远了,你知道吗? 此外,我觉得我不能胜任那个工作,因为我对动物学一无所知。"

"那我没法接受你的申请。"

"为什么不行? 我必须有工作才能申请吗?"

"也不是。"

"那么我为什么不能申请护照呢?"

"我们的规定是你必须得到工作单位的批准。"

"如果我不去上班,那我就没有工作单位。如果没有工作单位,那就无需单位来批准我出国,对吗?"我跟他论理道。

"如果没有单位,你就必须得到居民委员会的批准。"

"我住在昆明军区大院里,那儿没有居民委员会。"

"我不管你住在哪儿,你必须在昆明有户口。"

342

"那我就先在昆明报户口吧。你能给我报吗?"

"我想你没有资格在昆明报户口,因为你没有工作单位。"

"那我必须有工作才能在昆明报户口吗?"

"在昆明居住并不一定要工作,但是如果你在昆明没有工作的话,就不能把户口从吉林迁到昆明。你必须在昆明先有工作,然后才能把户口从吉林迁过来。"

"我爱人在昆明,我能不能把户口迁到昆明跟我爱人团聚呢?"

"光结婚是没有用的,结婚之前你为什么不好好想一想呢?"

"但是我在长春的户口已经迁出了。你的意思是,如果我不工作,那我就在哪儿都报不上户口?"

"不行,你在哪儿都不能报户口。"

"那我岂不是无家可归了吗?"

"我不想那么说。但是现在你的户口是'口袋户口',除非你能够找到一个肯接受你的地方,否则你的口袋户口是没有用的。你连户口都不在昆明,我们根本不能受理你的申请。"

"我可不可以先去单位报到,然后在昆明报户口,报完户口就辞职,那我可不可以把户口留在昆明呢?"

"从技术上来讲是可以的,但是我祝你好运。"他讥讽道。

我正处在两难之中,一个机会从天而降。吉林大学外语系主任王琨原籍是云南,在东北待了三十年之后,他从吉林大学退休,告老还家。他的新工作是为云南民族学院建立外文系。1982年云南民族学院还只有一个公共外语教研室,只能开英语共修课,没有英语专业。因为云南省以山地为主,交通不便,缺乏基础设施,所以当时是全国最落后的省份之一。因为闭塞,云南的英语教育也很落后。当时王教授已经六十大几了,需要有个人帮他的忙,我自然是最理想的人选。

听说我不愿意到动物研究所当"科技翻译",王教授问我愿不愿意帮助他在民族学院建立外语系。因为我当时正面临没有户口的窘境,为王教授工作确实使我向往,我当场就同意了,于是王教授便去跟云南省人事局联系。当时云南非常缺乏教师,所以人事局非常支持王教授。但问题是,动物研究所坚决不肯放我走,人事局必须想个方法绕过那个障碍。

无巧不成书,省人事局当时正准备为提升高级职称的工程技术人员办一个英语培训班。于是省人事局就把我从动物研究所"借调"出来教那些工程师,同时许诺等下一批分配时还给动物研究所两个大学毕业生。为了让我能更方便地帮助王教授,省人事局将培训班设在云南民族学院。通过这一巧妙的安排,尽管我并不从云南民族学院领工资,我还是开始在那儿上班了。

除了教那些工程师之外,我主要的工作是帮助王教授建系。王教授的目标是在云南民族学院建立一个吉林大学外语系的翻版,我是惟一的吉林大学毕业生,当然能够对王教授的意图心领神会。王教授赋予我很大的权限和责任,我采购了所有的课桌椅、图书馆里的书架和图书杂志、英语打字机,还有听音室的音响设备和录音机。

我在云南的生活可比东北强多了。首先我再也不用嗑高粱米籽啃窝窝头了,每顿都可以吃大米,那是我在上海自小吃的主食,就连云南的面条都是用大米做成的米线。昆明的天气非常宜人,旱季时很暖和,但并不热,夏天的雨季则非常凉快。昆明一年四季都有新鲜蔬菜,我再也不用一年连续吃六个月的白菜和土豆了。在长春水果是一种奢侈品,而在昆明一年四季都可以吃到各种新鲜的热带水果。

我在集体宿舍里住了整整十三年,现在终于可以告别光棍生活了。妻子的家在昆明军区大院里,四周都是架着铁丝网的围墙,门口有卫兵站岗,院内有警卫巡逻。抗日战争期间,许多有钱人从沿海地区逃难到西南的重庆和昆明,由陈纳德率领的美国飞行员以昆明的机场为基地,与日本空军战斗,并帮助中国空运军用物资。那些有钱的中国人和美国的飞虎队在昆明造了一些漂亮的洋房,解放后,这些房子大多归昆明军区和云南省委使用。进入昆明军区必须有特殊的通行证,每次我和丈人一起进出时,卫兵都会敬礼,枪托敲在水泥地上铿锵作响,刺刀发出逼人的寒光。整个布局使住在里面的人感到安全和特权,使大墙外面的人觉得威严而深不可测。大院里有大礼堂、军人服务社、托儿所、理发室和澡堂子。大礼堂里可以放电影,每星期在室外的广场放的电影则是免费的,但是闲(外)人免进。军区还养了一个车队,有军用吉普车和轿车供高级军官使用。

我在丈人家住了几个月后就搬到妻子工作的卫生所旁边的一间屋子,卫生所主要是为一个连队的女接线员提供医疗服务。那间屋子不大,约八平方米,里面挤进了一张双人床、两张写字台、两把椅子和一个书架。我们的床又兼坐椅,把座位增加到四个。我们所有的炊事用具都放在一个木头的肥皂箱里,做饭在外面的煤油炉上,所有的过路人都知道我们吃什么。为了节省时间,有时我们到二连女兵们的食堂里去吃饭,她们对我这个知识分子特别优待,总是给我许多饭菜,一顿够吃好几天的。我们的屋子里没有上下水,大约五十人共用一个室外的水龙头,最近的公共厕所离我们两分钟。尽管一切都非常原始、简陋,我们能有那么一个温馨的"爱巢"已经是非常幸运的了,因为当时许多新婚夫妇得等好多年,还分不到一间像样的房子,而我们的地方要比集体宿舍强得多。最大的好处是妻子上班就在隔壁,中间休息就可以回家,我也随时都可以到她上班的地方去看她。我们俩的生活空间如此之小,使我们的关系变得更加亲密。

"文革"后读书无用论已经成为往事,大家又开始渴望学习。"文革"爆发时,妻子刚念完小学六年级。尽管我是一个被迫休学的高中生,我的那点有限的知识已足够辅导她自学所有的中学课程。我们先从数学开始,然后是化学,因为她的工作要求她混合一些化学品。她最怕的学科就是物理,而对我来说,"物理"就是事物的道理,是我觉得最容易,也最感兴趣的学科。我还帮助她学英语,有一次她跟我到学校听了一堂课,她承认我是一个不错的老师。但是对她来说,我是世界上最可怕的老师,因为我帮助她学习太心切了。有时我会发脾气,她就哭鼻子,然后我再向她赔不是,我想那就是为什么夫妻之间不宜互相教开车的原因吧。尽管如此,我们都很喜欢在一起学习。

在中国的军队里,只有营级以上的军官才有资格带家眷。因为兵源主要来自农村,许多低层的军人只好把家眷留在农村。每两年,乡下的配偶可以到军队来探亲,所以部队专门为探亲的夫妻造了一些房子。中国的军队以男兵为主,几乎所有来探亲的家眷都是女的,统称为"家属"。我跟正在服现役的妻子住在军区里,我就成了她的"家属"。1949年之后,"妻子"、"太太"和"女士"之类的称呼几乎废止了。教育程度不高的老百姓称妻子为"老婆"或"孩子他妈",而比较文明的则把男女配偶一律称为"爱人",据说"爱人"一词起源于延安。对我来说,无论"家属"还是"爱人"都极不顺耳,但是我无法告诉人家该怎么称呼我。在军区的大院里,我是惟一的一个男"家属"。

其实我在身穿橄榄绿军服的官兵中生活不失为一段有趣的经验。一天中每一件事情都吹号,包括起床、三餐和熄灯。每天早上,一百来个女兵就在我们窗外的场地上操练队形。我每次经过兵营,那些女兵都会以好奇的眼光看着我。每天晚上我都收听"美国之音"的英语新闻节目,我总是觉得窗外有人在监听我到底在听什么。打字也是我经常的工作,夜深人静的时候,键击的声音传得很远。有好几次我停下来到外面透口气,发现一个黑影子匆忙地离开。也许有人以为我是在用收发报机传送国家机密吧。人们常常把我从头打量到脚,我可以从他们的眼光中看出怀疑。

尽管我在那些军人中显得格格不入,他们对我至少是客气的,但是又保持一段距离,因为在他们的眼中我毕竟是个"大知识分子"。那时军队也在办补习班,让一些官兵们得到初中或高中文化补习合格证书,我在那儿随时都可以回答他们有关数理化的任何问题。好几次我听见他们惊叹我居然能在脑子里装下那么多东西。有一个非常漂亮的年轻女兵,居然在大年初一把一个热乎乎的煮鸡蛋塞在我手心里,她对我的仰慕使我受宠若惊。

每逢过节聚餐,我总是被邀请到首长席。对老百姓来说那是一种殊荣,而所有的女家属则根本没有资格参加会餐。那些军官们不断地互相敬酒,直到有人醉倒在桌子下为止。谢天谢地,还好他们没有使劲灌我,使我得以幸免。

大学毕业之后,我的工资增加到每个月56元,几乎赶上了妻子的收入,我终于在经济和社会地位上摆脱了二等公民的状况。我们俩的收入超过100元,可以生活得很舒服,而且还花不完。1980年代初期,大锅饭也开始不香了。除了固定工资之外,我还有加班费,有时是固定工资的好几倍。记得有一次我在一个星期里出了17份考卷,居然得了850元,比我一年的固定工资还高。我突然觉得特别富有,于是出去买了两支金笔和一对金戒指,算是补1978年结婚时没有买的结婚戒指。对想出国留学的学生来说,英语最热门,当时外面有许多英语补习班,我可以很容易地到外面去兼课赚外快。

与我在东北的生活相比,特别是在乡下和工厂的那前十年,昆明的生活应该使我非常知足了,但是上哥伦比亚大学一直是我的梦想。我给学校写了封信,请他们把我推迟到1983年春季入学。上了一个学期课之后,我去找王教授,看他是不是肯放我走。我告诉他我计划去上哥伦比亚大学的国际事务学院,四十几年前他也曾在哥大上过学。他对我留学的反应非常冷淡,使我很失望。

"你怎么能这么快就离开我呢?"

"哥大是一所非常好的学校啊,你是知道的。我总想再深造一下,这个机会实在太好了。"

"你走了以后我该怎么办呢?"王教授反问道。"我们刚刚建立外文系,你也是创始人之一。我已经是快七十的人了,你是我惟一的吉林大学的学生,只有你才知道我脑子里在想什么,并且知道如何实现我的想法。你就是我的左右手,我给你这么多的权力,托付给你这么多责任。你不仅有希望很快就提升讲师,还可能提拔成副系主任。"

"王教授,我非常感谢您对我的关心和栽培。您不仅是我的老师,还是我的恩师。我真希望您需要我多久,我就能为您效力多久。但是出国留学对我也是太重要了。"

"如果是那样的话,那我现在就告诉你,只要我们有一个出国的名额,我一定让你第一个出去留学。你也知道,我已经向教育部申请了。如果以访问学者的身份公费出国,政府会支付所有的费用,你就无须为钱发愁了。"

"但是,王教授,哥伦比亚大学是美国,也是全世界最著名的大学之一,我想政府不会为我支付那么昂贵的学费。再说,哥大已经录取我了,将来公费留学的事情还悬着呢。"

"如果你觉得不放心的话,那我现在就用白纸黑字写下来,我,外语系主任王琨,保证将来让你第一个出国留学深造。"

"不,王教授,您误解我了。我并不是不相信您,我的意思是,我不知道教育部什么时候才会给我们名额。再说,系里许多人在说您任人惟亲,因为我是您的学生,您就特别器重我。就资历而言,系里的大多数老师要比我资深多了,如果论资排辈的话,我在最后面。这是一件非常敏感的事情,我不想让您为难。"

"说实话,我根本不在乎人家说什么。相信我,我今天说的话是算数的。我是系主任,别人想说什么就让他们去说,我是为了外文系好。你确实是我的学生,但那又怎么样呢? 我之所以对你委以重任,因为你是吉大最出色的学生之一,而不是那种平庸之才。我在吉大的时候,我们的教学质量非常高。这不是任人惟亲,我是任人惟贤。小胡,你能不能再帮我一两年? 我将会非常感激你的。"王教授几乎是在哀求了,我心里觉得非常难过。

"但是我已经让学校延期一次了。如果我春季还是不去的话,我想学校也许就不会给我第三次机会了。您还是让我走吧。"我也是苦苦哀求道。

王教授长叹了一口气,既没有说行,也没说不行。我对王教授非常了解,觉得他就像我的父亲一样。他在 1940 年代赴美国留学,得到经济学硕士学位后就回国了。1950 年代初期,他自愿报名到东北,为吉林大学的前身东北人民大学建立外语系,和他的云南籍太太在东北度过了三十多个严冬,也吃过成吨的高粱米和窝头,比我还多。"文革"期间他被打成"反动学术权威",还被诬陷为"美国特务",多次被红卫兵殴打。为吉林大学奉献了三十多年之后,他退休回到云南。

其实他完全可以待在家里,颐养天年,但他还是壮心不已。为了提高少数民族学生的英语教育水平,他一回到云南就为建立民族学院外语系呕心沥血地工作。当时他的工资在国内可算是天文数字,他根本不需要钱,也不需要出名,因为他早已是一个桃李满天下的著名教育家了。其实他继续工作的收入反而少,因为他离休后仍是全薪,外加一个月的奖金。他惟一的目的就是要普及英语教育。

现在为了我自己的前程,我将离开他,我觉得非常愧疚,左右为难。我意识到将很难说服他,于是建议我们都再考虑一下,以后再谈。我曾经想过辞职,但是立即打消了那个念头,因为那么做就太伤王教授的心了。

很快我就接到通知,哥伦比亚大学把我的入学延迟到1983年春季。我必须尽快得到学校的批准。我去找了校长和校党委书记,他们说他们不能越级批准我的申请,我必须先得到王教授的同意。于是我只好又一切都从头来起。因为上次我跟王教授没有谈成,所以我决定让妻子跟我一起去,好缓和一下气氛,这次是她先开口。

"王教授,您对我丈夫非常器重,谢谢您对他的关心和培养。"

"哦,那没什么,小胡工作非常努力,这是应该的。"

"上次他跟您谈了他想到美国去留学,但是当时您没有做决定。今天我们来是想请您批准他出国。"

"上次我已经跟小胡说了,我这儿非常需要他。如果他能够推迟一点走,今后只要我们有出国留学的名额,我一定让他第一个去。我不想再多说了。"王教授的立场非常坚决。

"如果您让他走的话,他可以学到更多的东西。学成回国后,他可以更好地帮助您。"

"那可不一定,美国有很多机会,如果我是他的话,我也许会决定就待在美国了。坦率地说,我现在都不知道我四十年前回国是正确还是错误的决定。我大多数的朋友没回国,他们在那儿都很有成就。"

"他是您的得意门生,您一定希望他好,这是毫无疑问的。如果他决定待在美国,今后有更大的成就,您一定会为他高兴的,对吗?

王教授。"

"我当然会为他高兴的。但是如果没有他,我一个人怎么挑得起一个外文系的担子? 我有很多好的想法,但是年纪大了,力不从心。我正在建立一套制度,让外文系没有我也能运行下去,到那个时候我们俩就可以一起退休了。"

"但是王教授,"我实在忍不住了,"假如我没有到云南呢? 假如动物研究所硬把我留在那儿呢? 地球上没有我不是照样转吗? 即使没有我,您肯定也能把外文系办好的。"

"那就得看怎么说了。是的,即使没有你,外文系也会建起来。但是不会像现在这么好,也不会让我称心。主要的工作是你做的,功劳却是我的。你作了很多贡献,在理智上我是想让你走,但是在感情上我又想留你。我的许多学生后来成了我的同事,但你是惟一的像我儿子一样的学生。"王教授转过脸去,眼睛湿了。

"既然如此,那我就留下来,王教授。"我觉得嗓子眼堵着,说不下去了。

王教授站起来走到卧室里,我听见他在里面擤鼻子。他老伴走出来看着我们俩,不知道是怎么回事。过了一会儿,王教授回到客厅里。

"我觉得你还是应该走。你还年轻,今后的前途无量。我看见你夫人穿着军装进来,还以为她是来威胁我,我可不怕。你愿意放弃那么好的一个机会留下来帮助我,我听了很高兴,但是我太自私了。自从我们上次谈话之后,我一直在思想斗争,究竟是你的前途重要,还是外文系重要。后来我想通了,其实两者之间并不一定是互相排斥的,让你走也许间接或直接地对你和外文系都有好处。你可以在美国帮我们找好的老师,也可以回来讲学。但是我总是会记挂你的。这样吧,你去写一份申请,然后交给学校人事处,他们来征求我的意见时我就签名。"

我真不知道如何感谢王教授。我们俩之间的关系远远超过一般的师生或同事关系,现在要离他而去使我十分愧疚。就像父亲终归要让儿子到社会上去闯,王教授终于同意让我走了,我许诺将继续工作,直至拿到护照为止。

王教授点头之后,我又从学校的人事处、教务处、校长办公室,一直跑到省人事局和教育厅。说服他们让我走是一项非常艰巨的任务,每个地方我都得去好几次,有时得等几个钟头才能见到负责办事的人,磨破了嘴皮苦苦哀求,一直到他们都听得不耐烦为止。经过个把月的不懈努力,总算才把六个公章都盖齐了。通过了所有的繁文缛节之后,我到公安厅去申请护照。

1982年9月,云南民族学院的外语系招收了第一批英语专业的学生,共两个班,我被分配去教其中一个班,这对我来说是一种很高的荣誉。教另一个英语专业班的是一位资深讲师,1950年代就从燕京大学毕业了。跟我同时分配到云南民族学院的另外两个应届毕业生则成了我们两个英语专业班的助教,帮助我们俩批改作业,带学生练习口语。此外,学校又任命我当外语系的教学秘书,因为我们没有系副主任,除了王教授之外,我就成了外语系的第二把手,而且看来我还很可能成为王教授的接班人。当时我的正式职称仅仅是助教,王教授居然交给我如此重任,那是史无前例的。我知道王教授之所以对我委以重任,除了因为我们之间的师生关系之外,主要还是想把我留下来。

当时我不仅在教学上大权在握,政治上又变得炙手可热。1971年申请入团被拒绝,我记忆犹新。但是时过境迁,现在的知识分子,特别是中青年知识分子,成了实现"四个现代化"的主力军。当时我才三十出头,当然是最佳的人选,这次可是党主动来找我了。民族学院的党委书记是个中年妇女,她找我谈了好几次,动员我入党。每次动员我入党,我都说我还不够入党的条件,得进一步努力。

就在共产党动员我入党的同时,一些民主党派也来动员我入党。抗日战争期间,清华、北大和南开迁到昆明成立了西南联大,许多民主党派,特别是中国民主同盟,也因此在昆明发展壮大了。解放后的三十年中,所有民主党派的活动都处于停滞状态。到1980年代初期,民主党派中最年轻的党员都年过花甲了。用他们的话来说,"我们就需要像你这样的新鲜血液。"民盟其实是个知识分子的组织,我觉得加入民盟将会是一种荣誉。但是我当时正在申请护照,多一事不如少一事,我还是婉言谢绝了。因此我至今仍是无党派人士,倒也无愧无憾。

我特别喜欢教那些少数民族的学生。他们大多数都有双语能力,除了能说自己的民族语言之外,从小就学习汉语。云南的教育水平本来就不高,边远的山区尤其落后,所以我的学生们入学考试的分数都不高。在开始的几个星期里,我觉得用英语上课特别费劲,他们都眼睁睁地瞪着我,脸上表情淡漠。我感到非常沮丧,几乎放弃我只用英语讲课的原则。经过一段非常艰苦的摸索,我终于找到了一套适当的词汇,这套词汇浅显到足以让他们理解,同时又复杂到足以表达我想说的任何东西。很快,他们的英语水平开始起飞。我讲笑话的时候,他们开始跟着笑了,我讲故事的时候,他们的表情也随着故事情节的发展而有变化了。我们是 9 月份开学的,到圣诞节的时候,我们班开了一个晚会,大家已经能用英语唱圣诞歌,用英语做游戏了。他们居然在三个月里有如此巨大的进步,比多数汉族学生快得多,这使我非常吃惊。我想他们有一种学习外语的天分,因为他们从小就得开始学汉语。中文无疑是世界上最难学的语言,如果中文是他们的第二语言,那么再学第三语言的英语就太轻松了。

等了几个月护照后,我开始焦急起来,于是我到省公安厅去打听办理护照的情况。他们开门之前我就到了,只见门外已经排了一条长队。办公时间过了一个小时之后,出来一个穿制服的人。他看着我们不耐烦地皱皱眉头,用一种训斥的口吻对一个三十多岁的人说道:

"我不是跟你说过好几次不要来妨碍我们的工作吗?你来干什么?回去!"

"我已经申请了两年多了,到现在还是没有一点消息。您能帮我查一下吗?"那人恭恭敬敬地说道。

"有决定以后我们会通知你的,用不着你来打听。"

"王同志,上次您告诉我再过几个月就好了,现在都快一年了。"

"我说过这样的话?你搞错了吧。我从来不说什么时候可以办好。"

"可是我父亲病重,他希望在有生之年见我一面。我出生到现在还没见过他呢。"

"还有的人比你更急呢,他们申请护照都好几年了。你有什么特殊理由挤到别人前面去?"

其他的人也开始问问题,但是得到的是相同的回答:

"别来了,都回去!"

听到那些人的问题后,我根本没有勇气打听我自己的事,因为我才仅仅申请了四个月而已。我问了一些申请人,他们多数是申请到香港或东南亚国家,去和亲人团聚。公安厅每年只批准少量的出境许可,平均等待的时间至少是两年。那时申请出国留学的人凤毛麟角,好像没有人知道该怎么办理,得等多久。

春季开学的时间越来越逼近,我觉得该想个办法,否则又得耽误一个学期。我岳父在云南三十多年了,认识许多有权有势的官儿。我想请他帮我走后门催促一下,但还是打消了那个念头。首先我不知道他是否赞成我到美国去留学,因为他当年曾经到朝鲜去抗美援朝,跟美国人打过仗。其次,当时他已经离休,待在家常常抱怨"人一走茶就凉了"。

通过朋友的朋友拐弯抹角的介绍,我认识了一个有门路的人,据说他跟公安厅管外事的负责人有私交。我送给他一些外面紧缺的香烟,并许诺向他提供任何为了"走后门"打通关节所需要的东西。几天后他告诉我,我的申请非常棘手,因为我的家庭关系"太复杂了",这是完全在意料之中的。那时已经是12月份了,时间非常紧迫,我决定还是到省公安厅去跟他们谈谈。接待我的是一个女警察,当我问到护照申请情况时,她的态度非常生硬。

"我跟你说了多少次让你别来?你不仅自己不断地来扰乱我们

的工作,居然还托人来,如果你再来一次,我们马上就拒绝你的申请。"

尽管我当时非常沮丧,但是又不敢跟她顶,因为我的命运就捏在她的手里。12 月很快就过完了,我的护照申请还是如石沉大海,1983年春季入学就这么又被耽误了。我只好再给哥伦比亚大学写信,让他们延期到秋季。转眼就是 2 月,我教英语专业学生的第一个学期结束了,学校放寒假准备过春节。一天我到军区大院去看望岳父母。午饭之后,他们都去午睡了,我一个人在客厅里看书。突然听见有人敲门,我打开门,进来了一个身穿便衣 50 多岁的男子。我从来没有见过那个人,于是问他找谁。

"请问吕政委在家吗?"他显然是指我的岳父。

"在家,不过他在睡午觉。"我回答道。

"没事,那我等他。"

我把客人领进客厅,倒了一杯茶,又给他点了一支烟。岳父听见有人敲门,于是起身来看是谁。他走进客厅时,那位不速之客突然立正,向我岳父敬了一个军礼。

"吕政委,您还记得我吗?"

"对不起,"我岳父也许还没有完全醒透,站在那儿有点窘,"我记不起来了。"

"您还记得二营的王教导员吗?"他问道。1950 年代我岳父在通讯团当政委,二营的王教导员是他的下级。

"记得,当然记得啊。"

"我就是他的通讯员,我还给您送过好多东西呢。"

"哦! 对了,对了,你叫什么名字来着?"岳父挠挠头。

"彭。"

"彭,对了,彭,小彭。这都快三十年了,我看着你好面熟,就是想不起来你是谁了。对不起,年纪大不中用了,记性也坏了。"岳父一个劲地抱歉。

"吕政委,您身体怎么样? 看起来好像还是老样子。"

"哦,还可以,还可以。我刚离休,闲多了。"

"你爱人怎么样?"他又问起我岳母。

"还可以,还可以。我们俩天天下棋。还记得我跟老王下棋吗?那时候我下得还不错,现在老了,不行了,输的比赢的多。"

"孩子们怎么样?"

"还可以,还可以。三个还在当兵,小的在工厂上班。两个已经结婚了。这是我的二女婿,他在民族学院教英语。"岳父把我介绍给来客,他把我从头到脚地打量了几秒钟,然后才跟我握手。

"你好,彭叔叔。"我向他问好,就像对岳父其他的老战友一样。

"你好。工作怎么样啊?"他问道。

"一个学期刚结束,现在放寒假。"我随便地应付了两句。常常有人来看我岳父,他们从来不预约,赶上吃饭就留他们吃饭,我都惯了。

"看来你也不在部队了,是吗?"岳父问道。

"不在了,我都转业二十多年了。"

"这么多年都干啥啦?"

"吕政委,咱们俩能不能单独谈一会儿?"彭用眼角扫了我一下问道。

"行啊。"岳父向我转过身来,我悄悄地离开客厅。

他们聊得非常高兴,有时还笑出声来,我根本没有在意。老战友见面总是要谈些当年的事情。大约一个小时后,我听见岳父送客人出门,然后过来说他要跟我谈谈。我觉得很奇怪,因为我岳父是个非常寡言的人。他平时几乎从来不跟我说一句话,因为我是个秀才,他是个兵,我们俩之间没什么共同语言。我走进客厅坐下来,他递给我一支烟。

"你知道那个人是谁吗?"

"知道啊,他是你原来的下级,对吗?"

"是的。不过他现在在省公安厅工作,负责外事,他现在正在审查你的护照申请。"

"真的吗?"我吃惊得几乎跳了起来。

"是的。他审查你档案的时候,看见你填我是你的岳父。他不知道究竟是不是我,因为有可能重名。所以他决定来看一下我是不是那个他认识的吕政委。"

"哦!那么他有没有谈到我的申请呢?"我特别想知道他是怎么说的。

"他问我知不知道你在申请护照。"

"你跟他是怎么说的呢?"

"我说我知道你在申请护照,准备到美国留学。"

"他还说什么了?"

"他说美国是个资本主义国家,那儿的人生活作风腐化,在性方面很随便,人比较容易学坏。如果你到美国去的话,他怕你找别的女人,把我的女儿甩了。他还特别问我有没有什么顾虑或者反对意见。"

"姨夫,请原谅我好奇。当年你不是参加抗美援朝了吗?"

"是啊。"

"你有没有跟美国兵面对面地打过仗呢?"

"没有。"

"怎么会呢?"

"那些美国鬼子特别怕死,他们不让咱们靠近。"中国人叫所有的外国人洋鬼子,美国人当然也不例外。

"那么毛主席说美国是纸老虎是对的。"

"也不能那么说。他们的炮火和空军轰炸特别厉害,咱们大多数时间都待在坑道里,我的关节炎就是那个时候得的。"

"那么他们就是真老虎了,对吗?"

"那也不是,咱们人比他们多,能够承受更大的伤亡,所以最后还是闹了个平手。"

"你现在还恨美国人吗?"

"这么多年都过去了,现在也就不恨了。"

"你是不是担心我到美国会找个女人把你女儿甩了呢?"

"我并不反对你出国。我告诉他你们家祖祖辈辈都是念书的,你也会努力学习,不会把我女儿甩掉的。是吗?"岳父看着我的眼睛问道。

"是啊。你说得对,我不会到那儿再找一个女人,我就会念书。"

"我也是这么想的。"

"如果我决定待在美国,你会不会同意你女儿跟到美国来呢?"

"我也不会反对,我尊重她的决定。"

邓小平复出才几年,一个参加过抗美援朝的老兵和离休的政委,居然会同意让他的女婿和女儿到美国去,真使我感到惊喜。

"那你能不能让他帮帮忙呢?"

"我不想让他违反规章制度,我也不想让他为难,因为你也知道,你们家的情况实在太复杂了,他特别提到这一点。但是我还是打听了你申请护照的情况。"

"他是怎么说的呢?"

"他说他不能告诉我具体的情况,但是他会向领导汇报的。"

我简直不敢相信世界居然是如此之小。即使我找再多的关系,也不知道怎么才能找到像彭这样的人,当中没有介绍人,他就是具体审查我的申请的人。尽管彭并没有许诺任何东西,但是他亲自上门来看我的岳父,还叫他吕政委,这就是一个非常好的兆头,这可真是碰对人了。我简直不敢相信这一切都是真的。

不出所料,几天之后,我接到省公安厅的电话,他们要找我谈谈。到了接待处,我告诉那个穿制服的女警察,彭同志约我谈话。这次她对我非常客气,把我领到一个专门接待外宾的会议室,里面的摆设非常讲究,就像电影上看到的那种,窗上挂着深紫色的丝绒窗帘,洁净的地板上铺着深绿色的地毯,靠墙放着舒适的沙发椅子,会议桌上铺着白色的绣花台布,上面放着考究的茶具,墙上挂着一些国画和书法,周围还有一些新鲜的盆花。一个女警察给我倒了一杯热的茉莉花茶。分把钟后,彭和一个穿制服的警察走进来。双方寒暄一番之后就座,彭非常直截了当地说:

"我们审查了你的申请,认为你符合政策规定的条件,可以出国留学。但是在你走之前,我们想找你谈一下,使你有充分的思想准备,出国后能够更好地适应国外的复杂环境。这是我的同事王同志。"他把我介绍给那位穿制服的警察。

"胡老师,请接受我对你衷心的祝贺。"他大约三十出头,用词恰如其分,看起来受过良好的教育。"我们知道你是云南民族学院的骨干教师,我们相信你到美国以后学习一定也会非常出色。我们国家非常需要像你这样的人才。你完成学业之后,我们非常欢迎你回来为祖国服务。作为一个炎黄子孙,无论你到什么地方,最重要的就是要爱国。祖国对海外的同胞是非常关心的,我们在全世界的主要城市都设立了大使馆和领事馆,无论你到哪儿都能找得到。到了国外之后,你应该去一次,以后也要定期地去汇报思想。如果你遇到什么紧急情况的话,可以给他们打电话,他们会来帮助你、支持你、指导你的。你应该靠拢党组织,如果你发现谁在做对祖国不利的事情,就应该向组织汇报。美帝国主义和盘踞在台湾的国民党反动派总想推翻我们的社会主义制度,他们可能会拉拢你,腐蚀你,让你为他们做事。他们可能会给你钱、豪华的房子和车子,甚至是美女。如果发生那样的事情,你应该及时向组织汇报。"他停了一下清清嗓子。"虽然我们在国内,我们知道世界各地发生的事情。我们的眼睛是雪亮的,我们知道谁做了背叛祖国的事情,他们终归是要受到惩罚的。我们希望你能够为祖国做一些力所能及的事情。我向你再次表示祝贺。"

我静静地坐在那儿,认真地听他讲的每一句话。他讲完之后,彭打开了一个大牛皮纸信封,从里面拿出一本小册子。

"这是你的护照,"他把护照递给我,"有效期是五年,到期以后在全世界各地的大使馆和领事馆都可以延期。"

我觉得自己的心都停止跳动了。等了19个月之后(长春7个月,昆明12个月),我终于拿到了护照。我再三地对他们表示由衷的感谢。

"不用感谢我们,"彭诚恳地说道,"你应当感谢党和人民,你应当感谢我们的领袖邓小平同志,他使这一切成为现实。"

"现在你的护照已经下来了,"王同志接着说,"你还得到单位去办手续,最后一步是注销你的户口。"

我又对他们再三感谢,然后告辞离开。

到了街上,我觉得好像长了翅膀,就好像在云雾之中飞翔,顿时天空变得如此晴朗,空气也特别的新鲜。尽管是二月,到处的树木郁郁葱葱,不时还可以看到盛开的鲜花。在东北待了十三年,云南冬天的气候实在是太宜人了,我突然发现昆明居然是那么美。我实在等不及回家了,在盘龙江边找到一张石椅坐下,用颤抖的手迫不及待地拿出我的护照。那是我一生中第一次看到护照。深棕色的封皮上是烫金的中华人民共和国国徽,翻开里面是我的黑白相片,脸上的表情非常严肃。扉页上有中、英、法文的一段话:

"中华人民共和国外交部请各国军政机关对持照人予以通行的便利和必要的协助。"

护照的签发日期是 1983 年 2 月 11 日,就是他们找我谈话的当天。尽管当时阳历已经是 1983 年,阴历还是狗年,正好应了母亲给我算命的卦词,"金鸡玉犬报佳音"。

回到家里大家都拿着我的护照端详,他们都为我高兴。我问岳父是不是要给彭送点过春节的礼物,他说不必了。当年我和表妹恋爱的时候,从来就没有想到未来的岳父将会帮我这么大的一个忙。因为我们两家在政治上如此门不当户不对,我只认为她家的政治背景会成为我们结婚的障碍。现在护照到手了,我才惊喜地发现原来权力在中国是如此之重要。

四天之后就是农历狗年的春节,根据母亲给我算的命,玉犬还要为我再报佳音。我大年初一就到王教授家去给他拜年,并告诉他我已经拿到了护照。他拍着我的肩膀向我祝贺,"我早就料到了,我知道你是会成功的,因为你是那种不达到目的誓不罢休的人。"其实他根本不知道,如果我不是"吕政委"的女婿的话,也许还再得等几个月甚至几年。王教授留我在他家吃饭,虽然菜非常丰盛,我却食而不知其味,我们俩闷头吃着。我很快就要到哥伦比亚大学去继续深造了,当然是非常高兴,但是丢下王教授而去,又使我感到非常内疚。

护照下来之后,春季开学王教授没有为我排课。我所有的工作就是照看一下听音室,帮别的老师跟学生练口语。那段休假般的生活非常清闲惬意,就像1978年等待吉林大学录取时,长春拖拉机厂子弟学校没给我排课一样。

三月份我到省公安厅去办出境许可,同时注销户口。三十多年了,我的迁移和居住地点都是由户口决定的,现在户口被注销了,从技术上讲,我是没有权利在任何地方居住了,那种感觉非常奇怪。

除了王教授之外,我也不舍得离开我的学生。周末我把他们带出去游玩、照相。我们登上俯瞰滇池的龙门,然后沿千步台下山,到滇池里边荡舟,边用英语唱:"划呀,划呀,划你的小船。"我们常常碰到一些外国游客,我先上去搭讪,然后让我的学生们去跟他们练习口语。当地的老百姓用好奇和羡慕的眼光,围观我的学生和外国游客,这时我就抽身到旁边的角落里看着我的学生们,心里充满了自豪。

四月底,我三叔到昆明来出差。因为西南的山高水深,昆明是一个非常闭塞的城市。当时普通老百姓根本坐不起飞机,所以很少有亲戚到昆明来探亲。三叔能在我临走之前来看我,我当然是非常高兴。

在二次世界大战期间,三叔在重庆的复旦大学上学。他念的是英语,成绩优异,毕业时中、英文都是文学院的第一名。毕业后,他参加了国民党的军队,为盟军当翻译,他还从印度开着卡车,经过昆明到重庆。他这次到昆明故地重游感慨万千。我们夫妻两人请他到一家非常出名的饭馆去吃"过桥米线",晚饭后,我们请他参观我们的爱巢。因为他没有特别通行证,在大门口就被卫兵拦住了。尽管三叔是中国人,穿着也很随便,卫兵从他戴的眼镜,脚上的鞋和举止立即就看出他不是一个生活在中国的中国人。妻子向卫兵解释三叔的身份后,他打了个电话,里面很快又出来一个卫兵,把三叔护送到我们的小屋,然后在远处监视着,防止他到别处去刺探军事机密。

　　我们把两把椅子中的一把让给三叔坐，我们两口子都坐在床上。三叔用好奇的眼光打量了我们的小屋，然后笑道："这比我想像的要好多了。"

　　"那么你来之前是怎么想的呢？"

　　"我在美国看到许多报道，说是三代同室而居是很普遍的。"

　　"是啊。在大城市确实如此，比如上海。昆明是小城市，所以比较好一些，再说我们又是在军队。老百姓就比较苦了。"

　　"哦。"

　　"三叔，你为我开经济担保书，我真不知道怎么感谢你才好。"

　　"别客气了，你能留学我很高兴。"

　　乘三叔在昆明的时候，云南民族学院外语系为我开了一个欢送会，所有的老师都来了。欢送会很简单，茶、饼干和糖果。会后我带着三叔参观外语系，我们看了每一间教室、听音室、教师图书资料室、打字室和办公室。几乎所有的书籍、杂志、音响设备、课桌椅、打字机和其他的设备都是我亲手采购的。现在我将负笈西行，将离开外语系的一切，还有外语系的创始人王教授，那种感觉就好像一个母亲将丢下她的孩子，心里既高兴又内疚。

　　母亲的曾叔祖丁桐生当年被皇帝派到云南当学台。离开昆明的头一天晚上，我去了云南大学附近的文林街，据说当年的学台衙门就在文林街上。我平时常到那儿去散步，临走之前我还想再去一次。我漫步踱进一条宁静的小巷子。那天的天气特别好，微风习习。我面向西方，双手在胸前合十，虔诚地祈祷，求桐生公的在天之灵庇佑我，让我能够在美国学有所成。尽管桐生公姓丁而不姓胡，我默默地许愿，我将充分利用留学的机会，在美国努力学习，继承我母亲家书香门第的传统。

　　第二天早上，王教授安排了一辆吉普车，送我和三叔到机场。我和王教授握着手，并排坐在后面。虽然我们并没有说话，斯情斯景无声犹胜有声。登机的广播终于响了，我们俩都激动得说不出话来。我拥抱了王教授，然后不回头地走向登机门。

　　1983 年 4 月，我从新闻中听说中国的一个女网球运动员胡娜在美国申请政治庇护。中国政府要求美国把她送回国，美国政府拒绝了，于是中国政府取消了中美两国 1983 年的体育和文化交流项目。胡娜事件使中美关系蒙上了一层阴影。我还听说北京的美国领事馆因为胡娜事件而拒绝了许多签证申请。看来我到北京签证的时机非常不凑巧，我怕到北京会被拒签。正好三叔有个学生迈可为他的教育学博士论文在北京收集资料，三叔建议我去签证之前先跟迈可做一次模拟的面试。

　　1983 年 5 月 4 日早晨，我跟迈可约好在建国饭店的咖啡厅见面，我们在一起谈天气、体育和时事，什么都谈了，就是没谈签证的事情。早饭之后，迈可陪我一起上领事馆。当时我根本就不知道，申请签证的人头一天晚上就在美国领事馆门口排队了。等我们到领事馆的时候，所有的人都已经进去了，我是最后一个把材料送进去的。等候签证的地方非常拥挤，我和迈可退到门口，找了张椅子坐下来。我们还没来得及聊天，就听见有个女的喊我名字。她的发音很奇怪，"胡果威"好像成了英文的"Who go away?"（谁走啊？）

　　"我。"我赶紧起身。

　　那位女士把我领进一间办公室。给我面试的是一位叫 Levine 的先生，问了一些普通的问题之后，他问我：

　　"你加入过中国共产党吗？"

　　"没有，而且我连共青团都没入过。"我如实回答道。

　　"那么，你是共青团员吗？"Levine 先生好奇地问道。

　　"不是，因为我的父亲是个臭老九。"

　　Levine 先生忍俊不禁地笑出声来，然后换成中文问我，"他干了什么才得到那个美称的呢？"

　　"他研究中文的文字学。"

　　"是吗？ 他在哪儿？"

　　"上海。"

　　"他现在干什么工作？"

"他在华东师范大学教书。"

"我特别喜欢中国文化,我是学先秦文学的。如果有机会到上海去的话,我很希望能见到你父亲。他叫什么名字?"

我告诉他父亲的名字,他记在一张纸上。然后他转身从书架上取了两本美国留学指南之类的小册子,放在我面前说:

"你的签证批准了,请到收款处去付款,祝你学业顺利。"

我真不敢相信那么容易就拿到了签证,我向他道谢之后去交钱。几分钟后,我又听见那位女士在叫"Who go away"。我走到窗口前,她从里面递出了我的护照。我看了一下表,从头到尾一共才 19 分钟,而申请护照却等了整整 19 个月。迈可见我那么快就拿到了签证也很高兴。我们往外走的时候,申请签证的人群分开一条狭窄的通道让我和迈可挤过去。

"签出来了吗?"许多人迫不及待地问道。

"签出来了。"

"什么签证?"

"学生。"

"哦!"他们惊羡地喊道。

当我们离开等候室时,我听见一个人说,"这家伙最后一个进来,第一个签出来,那个美国人,"他显然是指迈可,"一定有后门。"

我们和三叔、四叔一起在前门饭店吃午饭庆祝我得到签证。因为我们菜点得太多了,我看着桌子用英语说道,"我们要是有 Doggy bag 能把剩菜带回家就好了。"迈可听见笑起来,然后用标准的汉语说:

"你连狗袋都知道,怪不得你 19 分钟就拿到签证了。"

我们都大笑起来,因为 Doggy bag 在中文里并没有贴切的翻译,迈可的直译和发音实在令人发笑。

我给妻子打电话报喜,然后坐火车回上海。几个星期后,妻子也到上海来给我送行。准备工作非常简单,我买了一些衣服,一口箱子,再到中国银行去用人民币换了 40 美元,当时中国人出国最多只允许带 40 美元。

我是在上海出生、上海长大的,可是除了护照之外,我所有的证件上填的籍贯都是父亲的出生地镇江。很快就要出国了,而且此去还不知道会多久,但是我还从来没有去过自己的故乡。我和妻子一起到镇江,去看胡家当年在镇江住的房子,探访留在镇江的本家和亲友,然后我们又到南京,去为我们俩共同的外公、外婆扫墓。回乡寻根之后,我花了 1,000 多元人民币买了一张到纽约的机票,那笔钱相当于我两年多的基本工资。

临走的前一天晚上我辗转反侧,夜不能寐。

我还清楚地记得新婚之后连蜜月都没度完,就得赶回吉林去报到上学,三年半毕业后我们终于能够到一起了。现在我又要到哥伦比亚大学去继续深造,还得再作一次牺牲。虽然我们结婚已经快五年了,但是我们在一起还不到两年,还不知道什么时候我才能有足够的财力在美国供养妻子。不知道妻子何时才能够拿到护照,我何时才能再见到年轻美丽的爱妻。此外她还在军队里服役,无论她的军衔多低,当时中国还没有明确的政策规定现役的军官是否能够出国。除了妻子之外,我还将离开父母、哥哥和其他的亲友,他们出国的机会非常渺茫,真不知道何时才能再见到他们。所有这一切都是悬念。

我还清楚地记得 1969 年离开中国最大的城市到东北的农村插队落户。中国有句老话,"人往高处走,水往低处流",往低处走的感觉是非常痛苦的,好在过去的一切都已逝者如斯夫。现在我将从发展中国家的中国,到全世界最现代化的纽约的哥伦比亚大学去留学了,无数的亲友上门来祝贺我。得到护照之前,我特别想尽快离开中国。现在才发现悲欢离合原来都是同样地令人伤感。

1969 年我的户口从上海迁出之后,我就成了无家可归的人,一直到 1982 年和妻子团圆为止。我十分厌倦集体宿舍的生活,尽管我们的爱巢才 8 平方米,家再小总是温馨的。现在我不仅要离开家,还要离开我生活了三十四年的祖国。小的时候我特别希望能像哥哥那样去上寄宿学校,离家越远越好,自己可以随心所欲。我不喜欢住在家里,因为母亲总是很唠叨,什么事都要按她说的去做。她总是搜我的口袋,看我是不是背着她偷偷地抽烟,翻我的书,看我是不是在看禁书。有好几次被她发现了,结果是被揍一顿,零花钱也被罚了。在家的时候,我觉得母亲做的饭菜总是一个味,邻居家的饭菜总是色香味俱佳。到东北下乡之后,我才开始发现在家多舒服,母亲做的饭菜多可口。我曾经觉得母亲太多管闲事,但是母亲是无法选择的,自己的祖国也是无法选择的。中国有句古话,儿不嫌母丑,狗不嫌家贫。现在我将离开自己的家和祖国,那种感觉跟我 1969 年离开上海到东北下乡并没什么两样。

在许多年里我经历了极端的贫困、饥饿、艰苦的生活条件和工作环境、被人鄙视和羞辱,所有的一切都是因为我的家庭出身不好,但是我也学到了许多在安逸的生活环境中不可能学到的东西。尽管我在一生的黄金时代中有十二年辍学,我毕竟是极少数的幸运者之一,能够领着全薪免费上大学。经过多年的动乱,中国的一切正在开始好转。正在这关键的时刻,当祖国最需要我的时候,我将离开祖国。

是的,篱笆外面的草地看起来总是更绿。但是当我将跨过篱笆的时候,回头一看才发现自家的草地也许会变得更绿。但是要知道篱笆外面究竟是怎么回事,我必须下决心跨过去,无论代价有多大。

第 八 章 美 国 梦

　　1983 年 6 月 22 日,我口袋里揣着 40 美元离开了上海。到达纽约肯尼迪机场之前,我们乘坐的波音 747 停旧金山加油,经过移民和海关检查。过关之后,我飞快地跑到机场外面。那天天气晴朗,蔚蓝的天空上飘着洁白的云。

　　虽然基督教亚洲高等教育基金会给我每年 7 千美元的奖学金,上哥伦比亚那样的名牌大学我还差好几千美元。我非常幸运地在哥大的东亚语言文学系找到了一份助教的工作,每星期工作二十小时,除了每年有好几千美元的报酬之外,还可以全免学费。当时绝大多数留学生都在餐馆打工勤工俭学,我居然可以幸免。

　　哥伦比亚大学跟国内的大学完全不一样。我在中国上大学的时候,学生无法决定自己想学什么,因为教学大纲是固定的,所有的课程都是必修的。在哥大,我可以随意选各学院开的上千门课。因为我从来就没有享受过选择的自由,一下子有那么多的选择反而使我不知所措。第一学期我决定选四门必修课、国际法、国际政治、宏观经济学和美国外交政策,因为我觉得这些课反正是早晚非选不可的。

我很快就发现自己犯了一个极其严重的错误,因为所有的必修课都特别难,所以国际事务学院才会要求所有的学生都必须修这些课。

不久我开始尝到选课不当的苦头。无论学习多努力,我总是无法完成教授布置的阅读任务。因为我是念英语的科班出身,所以英语对我来说并不是问题。其实我的英语要比大多数外国学生强多了,数学也是遥遥领先。我所遇到的最大的问题是,我在中国受的是填鸭式教育,上课是教授的一言堂。在哥大则完全不同,教授讲课并不多,他们总是提出一些问题,让学生们自己互相辩论。在中国,考试都是有标准答案的,学生们也都特别会死记硬背。然而哥大的教授并不要求死记硬背,而是提倡独立思考。考试的形式多数是论述题,并没有什么明显的正确或错误的答案。第一学期的成绩公布之后,我得了两门 B,虽然我的美国外交政策得了 A,却被国际法的 C 给抵消了。

当时我觉得世界末日降临了。上大学的时候,我的成绩总是名列前茅,久而久之就觉得是理所当然的了。现在我得跟世界各国的一些最优秀的学生竞争,B 居然多于 A,间或还得个 C。我不得不说服自己,其实 B 并不是坏成绩,同时我还不得不甘居中游,这对我来说是非常痛苦的。有时我甚至怀疑自己的智商够不够高,是否能从哥大得到硕士学位。

慢慢适应新的环境和美国的文化之后,情况开始好转。第二学期只剩下两门必修课,于是我又读了两门选修课,这时我才发现,选修课原来比必修课容易得多了。第三学期我居然超出四门的要求,读了五门选修课。到了最后一个学期,我只剩下三门课,毫不费劲地就念完了。

1985 年夏天,我从哥大研究院毕业。没花一个大子儿,白得了一个国际事务硕士学位,银行里居然还存了 8,000 美元。

在哥大,从台湾和香港来的已婚学生多数都带着配偶和孩子伴读。因为我的太太还在中国人民解放军服役,她的护照申请毫无进展。昆明军区根本就不知道如何处理她的申请,因为他们那儿从来没有一个现役军人申请过护照,最后军区告诉她必须先复员才能申请。对她来说,复员有很大的风险。如果她复员后还是得不到护照走不了的话,游手好闲地住在军区大院里简直是匪夷所思的事情。尽管如此,她还是决定破釜沉舟地试一下。1985 年春天,她终于拿到了护照,虽然她来不及参加我的毕业典礼,却终于在 1985 年夏天成行,到纽约跟我团聚。

毕业后我在海湾西部公司(Gulf & Western)找到了第一份工作,那是一家市值数十亿美元的跨国财团,经营娱乐、出版和金融服务,我的工作是在海湾西部集团的子公司派拉蒙电影公司(Paramount Pictures)。1985 年春天,派拉蒙和环球两家电影公司分别聘请卡特总统任内的国务卿万斯及曾担任民主党全国委员会主席和特别贸易代表的斯特劳斯带队访问中国,与文化部的高层领导人会晤,商谈中美两国电影界的合作。他们回国之后,派拉蒙公司就雇了我具体执行中国项目。

好莱坞是金钱和辉煌的象征。我的顶头上司是阿瑟·拜伦,他是海湾西部财团娱乐部的总裁,旗下除了派拉蒙电影公司之外,还有麦迪逊广场花园,那是一座位于纽约市中心的两万人体育馆,该馆拥有纽约的尼克斯篮球队和兰杰斯冰球队。因为我直接向拜伦先生汇报工作,所以受到特殊的优待,我一进去就分到一间拐角上的办公室,两面都有窗户,在 21 楼上俯瞰纽约的中央公园。

上班才几天我就跟 MCA 公司的一位总裁保尔先生到北京去和中国电影输出输入公司的高层领导会晤。代表一家美国公司回国的感觉是非常奇怪的。

几乎所有做国际贸易的中国公司都叫"进出口公司"。尽管中国当时并没有出口多少电影,但是因为电影跟宣传和意识形态的关系密切,所以当时的主管部门特别强调把"输出"放在"输入"的前面,好像中国电影的出口远大于进口似的。

中国电影输出输入公司的总经理是胡健,当时已经五十多岁了。中国文化的精髓是尊老爱幼,年龄是资历、地位、经验和智慧的象征。

虽然我当时才三十岁出头，那位胡总经理却称呼我为"胡先生"，使我觉得特别别扭，因为他对我实在太客气了。为了消除我们之间无形的鸿沟，我反复地请他叫我"小胡"，他却仍然叫我"胡先生"。我又回中国好几次以后，他终于才改口叫我"小胡"，这时我才觉得他不再把我当外人了。

中国商场中的礼节也使我感到非常不自在。我每次到中国都被安排住在最好的旅馆里，几乎每天都有饭局的应酬，宴会开始之前，主人总是要先致辞，然后为中美两国之间关系举杯祝福。每次宴会之后，我就得回旅馆打电话订餐，或是到街上找个摊子吃碗面条，因为我在宴会上翻译双方的长篇大论，一嘴无二用，根本无法吃饭。此外我对吃鱼翅、熊掌之类的山珍海味也非常反感。

我们谈的是电影生意，主人总是请一些得奖的电影明星和导演来做陪客。我们的宴会总是在饭馆或宾馆的包房里举行，服务总是好到叫人受不了的程度。每隔一分钟就会有一个服务员进来送一样东西，有的干脆什么也不干，就是进来看看。有时会有一些毫不相干的人进来打个招呼，或是跟那些明星照张相。有明星光临的消息一传十，十传百，等宴会结束的时候饭馆外面已经是水泄不通，无数的影迷抢着要签名。

在哥大上研究院的时候，我根本就没有时间看电影，两年中只看过一部《从莫扎特到毛泽东》的纪录片。现在进了电影圈，我觉得几乎无法跟同事们沟通，因为我在中国的时候，几乎没看过美国电影。当我的同事们提到阿尔佛雷德·希奇科克、约翰·维恩和佛兰肯斯坦，或是《乱世佳人》和《星球大战》等得奖的影片时，我根本就不知道是怎么回事。为了弥补我在电影方面的无知，惟一的方法就是看电影。我买了一台录像机，把录像带带回家看。在短短的三个月里，我在办公室和家里大概一共看了一百部电影。经过这一番"恶补"，我一直到今天还是看见电影就怕。因为我看电影实在是看伤了。

我们跟中国电影输出输入公司签署了正式的电影发行协议之后，一位名叫杨燕子的美籍华人也加入了环球电影公司。因为我的中国文化背景,所以两家公司让我负责选片。我推荐的片子都不涉及敏感的政治问题,这是最重要的。其次,性和暴力也是忌讳的,尽管当时全国上映的《少林寺》和《第一滴血》都充满了暴力。我第一批推荐了二十多部电影,他们最后选了《罗马假日》、《爱情故事》和《斯巴达克斯》。

每一部电影公演之前,我们都会在北京长城饭店的宇宙俱乐部里召开记者招待会,请中国的记者来,向他们分发宣传资料。酒足饭饱之后,让记者们在长城饭店的小放映厅里先睹为快。听见格利高里·派克和奥黛丽·赫本说着中文,漫步罗马街头的时候,我心中的震撼和激动是无法形容的。

电影在全国公演之后,我就到全国各地巡回抽样调查票房的情况,每次去十多个城市。改革开放之后,好莱坞电影成了最热门的娱乐。在最显眼的地方到处都可以看见我们的电影海报和广告牌。当时电影票才二角钱一张,黄牛们居然敢炒卖到两三元钱!多数时候我根本不用进电影院去查人数,因为票房门口已经挂着"客满"的大牌子。看见那种火红的场面,我心里的成就感油然而生,因为就是我把那些电影介绍到中国去的。《爱情故事》如此受欢迎,电影里的主题歌家喻户晓,男女老少都耳熟能详,后来那动人的旋律居然在中国所有的出租车里缭绕了二十年。

我的移民身份使我无法调到香港继续为派拉蒙工作。1988年,我离开派拉蒙到世达法律事务所(Skadden Arps)国际部工作。从1980年代中至1990年代初,世达在公司购买和兼并的高潮中赚了数十亿美元。在法律事务所工作使我萌生了学法律的念头,1991年12月31日,我辞职去上法学院。1994年夏天,我得到了法学博士学位,并一次通过纽约州的律师执照考试。因为我的考分很高,又免试得到华盛顿哥伦比亚特区的律师执照。

开业之后,我先在 Lotus Pacific 公司担任法律顾问,后来因为公司的总裁 Jeremy Wang 溺水身亡而就任公司的总裁,接着又因为互联网泡沫的破裂,在公司股东的拉票战中被赶下台。后来又到香港的一家上市公司担任法律顾问,为跨国公司的兼并、购买和上市提供服务。2005 年 11 月,我加入摩根飞尼根法律事务所,担任该所上海代表处的常驻合伙人。摩根飞尼根建立于 1893 年,有 100 多位律师,专门从事知识产权业务。2007 年我离开摩根飞尼根回到香港的上市公司当法律顾问至今。

在 1980 年代,尽管我还是中国公民,回国时多数是受优待的,如住旅馆、乘飞机、坐出租车、上饭店吃饭等,当然我得按照外国人的标准付费,而且得付外汇兑换券。例如我当时在旅馆吃一顿中式的早餐是六元,有一天早上他们以为我是国际旅行社的导游,只收我五角钱人民币,后来我的同事也来了,他们立即意识到我是个"海外侨胞",当即改收我六元外汇兑换券。

我每次出去都会被好多个外汇"黄牛"缠住,让我按黑市价换人民币。有时我装成不懂中文,他们还是锲而不舍地跟着我,不断地在计算器上打出不同的兑换率,直到我坐上出租车溜走为止。我的朋友们也用人民币跟我换外汇券,好到"友谊商店"里去买外面短缺的自行车、缝纫机和冰箱。

中国对外开放后不久我就能到美国留学,我的亲戚朋友们都非常羡慕我。尽管如此,做中国人还是处处低人一等。

在哥大留学的第一个暑假,我找到了一个导游的工作。因为旅行团行程的最后一站是香港,我临走之前专门到英国驻纽约的领事馆去办了一个双程签证。在中国的旅程中,旅馆门口的保安总是把我拦下来,仔细地检查我的证件,而团里的所有人都大摇大摆地进去。尽管检查的时间并不太长,却非常误事,因为我是导游,应该第一个进去为所有的游客登记住房。

旅游团到了香港的启德机场后,入境的检查员无视我持有有效的双程签证,居然蛮横地拒绝我入境。我向他解释我是导游,所有团员的机票都在我手里,那个检查员根本不理睬我。我猜香港的入境处大概以为我在中国申请返回美国的签证被拒签,想利用香港的签证溜进香港非法赖下来不走了。其实我在上海、北京和广州时得陪着旅游团游山玩水,根本没有时间去办签证。旅游团的全体团员等在黄线外面眼巴巴地看着我,最后像一群没人看管的羊似地离开机场。他们把我带到一个小房间里,等候遣送回大陆。无奈之下我要求他们让我打个电话,卫兵同意了。因为我身上没有港币,只好让对方付费,给旅行社的香港办事处打了个电话,他们立即派了两个人到机场来把我"保释"出去。我一共被拘留了两个小时,旅游团的团员们只好在旅馆里傻等着我。走出拘留所后第一眼看见的就是英国的米字旗,在没有一丝风的空气里垂头丧气地挂着。我当时赌咒,等中国收回香港之后,一定要去把那些殖民地的洋奴们狠狠地教训一顿。

即使在自己的祖国,我也被当成二等公民而多次被歧视。一次我的朋友想跟我换 35 美元报名考托福,于是我到中国银行去把旅行支票兑换成美元。我生在上海,讲上海话当然是再自然不过了。银行的办事员要我出示护照,当时我的护照不在身上,只好专门回家去取。一个钟头后我赶回银行,用双手恭恭敬敬地把我的中华人民共和国护照递上去。那位办事员只瞥了一眼,打都没打开。

"中国护照啊,"她不屑一顾地讥讽道,"不来事格。"

"你说什么?"我简直不敢相信自己的耳朵,"你刚才不是让我去取护照的吗?你没有跟我说是去取外国护照,对不对?这就是我的护照,难道中华人民共和国的护照不是有效护照吗?"我责问道。

她根本不回答我的问题,反唇相讥道,"侬勿晓得中国人是不允许有外汇的吗?"说完就把我的旅行支票和护照推出来。

"这是我自己的钱,是我在国外赚的,现在我要把它兑换成零钱。"我把旅行支票和护照又推过去。

"不换。"她又把我的旅行支票和护照推回来。

"为什么?"我气得声音都发抖了。

"我就是不想换。"她连眼睛都不抬,好像我根本就不存在似的。

"你怎么可以这样对待顾客呢?你们的经理在什么地方?"她那种蛮横无理的态度实在使我吃惊。

"下一个!"她边喊边把我的旅行支票和护照扔出来。

"慢着！我在美国住了好几年了，在任何地方都可以兑换旅行支票，为什么回到自己的祖国反而要受歧视呢？"

"此地是中国，不是美国。"

她对待我就像粪土一样，把我气得说不出一句话来。无论我说什么，她连睬都不睬。当时我气得怒不可遏，真想跳过柜台制造一起抢银行的事件来引起任何人的注意力。最后我终于意识到，无论我发多大的火，都是毫无用处、毫无意义的。幸好我曾给母亲寄过一些美元，我只好让母亲从她的账户里取 35 美元出来给我的朋友。

第二天我飞到北京，碰到一个大学的同学，正好他也需要 35 美元的托福考试报名费。因为我在自己的家乡碰了钉子，所以学乖了。我生怕再受歧视，特地穿了一套西装，配上浆洗得笔挺的牛津蓝衬衣和领带。

"Good morning（早安）"，我用英语向办事员问好。

"Oh. Good morning, sir. Can I help you?（哦，早安，先生，我能为您干什么？）"柜台里面的那位小姐满脸堆笑地用英语说道。

"你能不能把这张旅行支票换成美元的现金？"

"当然可以，先生。"

我在支票上签了名，然后递给她。她对了我的签字，然后问我要证件，我把派拉蒙公司的工作证递给她。她瞥了一眼就还给我，根本就没问我要护照。

"这边请，先生。"她把我领到一张沙发前请我坐下，一个男的服务员给我倒了一杯热茶放在茶几上。过了一会儿她出来了，双手捧了一个小方盘子，里面是 5 张 20 元的美钞，"先生，这是您的钱。"

我觉得在中国说英语非常别扭，也特别恨那些装假洋鬼子的人。她反复尊称我为"先生"更是使我浑身不自在。但是为了办成事，我居然被逼得在我的同胞面前装假洋鬼子。

另一件使我极其反感的事情，就是我的亲友们在旅馆、饭馆和商店遭受的非礼。例如我哥哥就在我下榻的五星级旅馆门口被门卫拦住，我四姊在北京长城脚下的商店门口被拦住。那个门卫非常粗鲁，一把抓住四婶背包的带子,把她拽得直打趔趄。我非常生气地告诉他,那是我四婶,他赶紧就向我鞠躬,同时一个劲地赔不是,"对不起,先生。"

因为工作需要,我得经常到世界各地出差,而拿着中国护照就好像瘫痪了一样寸步难行。为了生活所需,我意识到必须放弃中国籍。当我在 1997 年宣誓归化成美国公民时心情十分复杂。我有一种从桎梏中解放出来的感觉,因为我以后随时都可以到任何地方旅行。但同时我又觉得愧疚,因为在我内心深处仍然是彻头彻尾的炎黄子孙。入美国籍之后,我曾多次受到朋友和亲戚的指责,有的很含蓄,有的则非常尖锐,包括我哥哥,训斥我背叛了祖国。

从 1970 年代末到 1980 年代初,三叔常回国讲学,我对他非常崇敬,在我的眼中他简直是学术界的泰斗。从 1990 年代开始,我居然也应邀到一些中国的高等学府讲演。当人家称呼我胡教授或胡博士的时候,那种感觉是非常奇怪的,但是又很自豪,因为教书育人是我们胡家的传统。

在 1970 年代,我每次偷听"美国之音"时都胆战心惊,担心被别人发现,那种惶恐是终生难忘的。我希望变成一只老鼠躲进洞里,避免被人家抓住。一直到 20 世纪的后期,每当我听见"美国之音"的主题歌"Yankee Doodle"的时候,还会像做噩梦似地想起那段历史。从法学院毕业后,我好几次应"美国之音"之邀,作为专题节目的嘉宾谈论一些有关法律和商务的问题。我第一次走进"美国之音"的播音室,听见迎面飘来的"Yankee Doodle"主题歌,使我顿时感慨万千,简直不敢相信自己的声音将飞越太平洋,到千千万万中国听众的耳边。现在我居然胆敢在"敌台"上畅所欲言,那比收听"敌台"可严重多了,却没有人来砸烂我的狗头,那种感觉恍如隔世。

"文革"爆发时,我太太刚念完小学六年级。尽管她后来又上了一些中学文化补习课,那种亡羊补牢显然是不够的。当她到纽约来的时候,连一句完整的英语句子都说不出来。她得先上语言学校,从头学习英语。尽管我自信是个非常出色的英语老师,而且尽了最大

374

的努力帮助她学英语,但是我们之间时常有冲突,我想既当丈夫又当老师是比较困难的。

即使如此,我对她的学习还是起了决定性的作用。每个学期结束时,我都帮助她写论文。1980年代末期我们自己还没有电脑,五点钟下班之后她就到我办公室来,或是周末两人一起上办公室。我帮助她查资料、起草论文和电脑打字。她则帮我泡茶、煮咖啡、买饭,甚至按摩我的肩膀。那是一段非常美好的回忆,因为那时她特别温柔,我是她心目中的英雄和白马王子。

她仅用了七年时间就念完了护士的本科课程,以她的文化水平而言,那是非常了不起的成就。1992年夏天她从亨特学院毕业之后,一次就通过了护士执照的考试,一直在纽约康乃尔大学的附属医院当护士,现在已经是眼科的护士长了。

因为我们俩不断地轮流念书,所以延迟了要孩子。1995年我们的女儿亭亭出世,1998年我们又添了个儿子虎子。虽然我们是近亲结婚,我们的两个孩子都健康正常,这使我们感到莫大的宽慰。我跟同学们聚会的时候,许多人都在谈论孩子上大学或研究院,少数的已经当了爷爷、奶奶、外公、外婆。在这方面我们是望尘莫及,因为我们还在考虑幼稚园呢。尽管我们的孩子年龄小,他们的辈分却不小。我们回国探亲的时候,跟他们一起在桌子底下捉迷藏的孩子们得叫他们叔叔阿姨。想起还要过许多年他们才能上大学就使我发愁。但是国内的亲友们都非常羡慕我,因为中国的独生子女政策只允许他们生一个孩子。我哥哥只有一个女儿,所以我父母亲都特别喜欢虎子,他们惟一的孙子。

后记

　　自从 1983 年出国,中国在过去的二十多年中发生了翻天覆地的变化。尽管我常常回上海,现在我简直认不出我曾生活过二十年的出生地了。每天都有成排成片的旧房子被拆除,几百个建筑工地同时在施工,建造着高楼大厦。这使我既高兴又惋惜,因为我的许多老朋友已经再也找不到了。我在童年和青少年曾有过一些艰辛的经历,有时我会专门去找一些老朋友怀旧,不幸的是,许多老朋友已经永远失去联系了。

　　我的慈母于 2002 年 2 月 1 日辞世,享年 84 岁。我从香港赶回上海,在医院的病床边为她送终。

　　"文革"后,父亲历史问题得到平反,被上海师院和华东师大返聘回去,在古籍研究室给研究生上课。1987 年,父亲受普林斯顿大学邀请,赴美讲学,母亲与父亲同行,与我欢聚了九个月。

　　2004 年 4 月 6 日家严突然仙逝,享年 89 岁。老人家头天晚上还在喝黄酒、吃心爱的红烧肉,第二天早上起来气急,送到医院不到一小时就毫无痛苦地平和地离开我们,也是修来的福气。在有生之年先父常有怀才不遇之感,他的遗著《胡邦彦文存》于 2007 年由湖南岳麓书社出版,希望能够告慰他的在天之灵。

父亲追悼会后,我重访祖籍镇江。三公公的妹妹四姑婆婆已一百零一岁,仍然健在。三公公的长子,我的大舅丁永选陪我到南山去为三公公扫墓。镇江市政府为三公公树了一块非常醒目的石碑纪念他老人家为镇江文化事业所作的贡献,碑文如下:

丁蘐卿先生捐赠文物碑记

丁瑗生于一八九八年三月十三日,卒于一九六七年九月七日,字蘐卿,号所堂,镇江人。一九二〇年在北京参加全国第一届普通文官考试,获最优等第一名,后应民营中南银行聘任文书职,业余研究汉字源流,著《所堂字问》五十万言。病逝于上海,骨灰归里与夫人刘冠君[生于一九〇〇年二月二十日,卒于一九三一年十二月二十四日]合葬。先生于一九五二年受聘为镇江市文物管理委员会委员。一九三三年向省立镇江图书馆捐献古籍四四四一册,一九五三年向镇江市文物管理委员会捐献古籍一一五二二册,一九六〇年向镇江市博物馆捐献名家书画一三三件,特立此石以志。

镇江市文物管理委员会立
二〇〇一年九月

因为妻子家在昆明,我每次回昆明探亲都顺便去看望我的恩师王琨教授。他老人家为发展边疆的外语教育呕心沥血,退休后还办了一所私立英语补习学校。最后一次见到他是 2007 年春,老人家在 2008 年 2 月底仙逝,享年 94 岁。

我哥当上了上海交通大学的正教授,执教邓小平理论,2007 年提前退休。他的女儿从法国里昂中央大学留学两年回国,再在上海交通大学读两年研究院,得到中法两国的双硕士学位,现在法国的一家核电厂工作,已与法国人结婚生子。

我侄女在法国留学的时候,我还在东北的村子里务农。那时我只盼有一天能够离开乡下,连做梦都想不到有一天会成为美国的律师,经手的案子动辄就是数百万、千万乃至上亿美元。现在再回头看看我走过的路,我怎能忘记那些曾经跟我在一个教室里上过课,一口锅里吃过饭,一铺炕上睡过觉,或是曾经在我最潦倒的时候帮助过我的人呢?

我初中的拜把子兄弟唐大哥没上高中而进了工厂,在换模具的时候被冲床切掉了一个手指头。他在上海的大中华轮胎厂工作了三十多年,2001年,轮胎厂被夷为平地,改成一个大公园,唐大哥也提前退休,他现在自寻出路,在外面做一些临时的工作,聊补菲薄的退休金。

另一位结拜的楼小弟当了几年兵,转业后回到上海,就在唐大哥工作的大中华轮胎厂工作。1980年代经济改革开放之后,他辞去了国营工厂的工作,自己创业开了一家贸易公司。丢了铁饭碗,自己当老板比较有挑战性。现在他在深圳的一家香港人开的公司里做事。

教我们政治的张老师在"文革"期间成了五十四中学革命委员会主任。"文革"结束之后,他成了"四人帮"的爪牙,被遣送回苏北的乡下。不知道他现在盖的被子是不是芦苇花做的?

我们集体户里最有才华的小蒋,因为腰不好,在乡下待了两年之后就病退回上海了,在一家玩具厂当美术设计。许多年之后,听说他的腰动了手术,我才相信他当年在乡下腰痛是真的,并不是假装"巴黎圣母院"里的驼背打钟人卡西莫多。现在他已经退休,还是在关心时事,博览群书,除了英语之外,还学了法语和德语。下乡时没有相机,最近他为我的回忆录画了许多插图,重现了那些珍贵的情景。

小唐跟我在一起整整十六年,从上高中到去小宽下乡,然后又抽调到同一家拖拉机厂工作。1981年他到杭州去探亲,他姐姐为他介绍了一位女朋友,是一位丝厂的女工,比他大一岁,他只谈了两个礼拜的恋爱就匆匆地结婚了,婚后调到海宁,是上海和杭州之间的一个小镇,当时他调动的惟一目的就是为了能够每天都吃上一口大米饭。

1993 年夏天我回国"留学",在华东政法学院的暑期进修班研习中国法律,结束后我到海宁去看他。他在一家燃料公司当会计,一家三口只住一间屋子。因为我们当时在小宽曾经睡过一铺炕,他坚持要我住在他家,同榻怀旧。盛情难却,我怕他多心,只好勉强同意。当时正当盛夏,我们吃了许多西瓜,上床后不久就积了一大泡尿。唐家室内没有厕所,他们都在痰盂里方便,当时在中国是很普遍的。夜深人静,尿溅在痰盂里的声音清晰可闻。当时我已经在美国生活了十多年,实在下不了决心在痰盂里撒尿,只好憋着尿在床上辗转反侧,彻夜不眠。我借口要锻炼,黎明即起,出得门来狂奔到附近的公共厕所,两三分钟才将一泡大尿放完,顿时觉得如释重负。三年后又见到他时,我们都已五十而知天命。他被单位买断了工龄,在外面做点临时的工作补贴家用。我 2005 年到上海任摩根飞尼根办事处的常驻合伙人后,小唐每周从海宁到上海来一天,为我们记账。我们可以常常见面,在一起回忆当年在小宽插队和长春拖拉机厂的往事,倒也其乐融融。

小陈跟我同时离开小宽,他到长春铁路局当了一名养路工。1974 年我去看过他一次,他跟几十个工人住在一个工棚里,前不着村,后不着店。我在那儿住了一宿,夜间有若干列火车呼啸而过,使我无法入睡,他却酣睡不醒。他说若是没有火车的轰隆声还无法入睡呢。当了十多年工人之后,他调到铁路局的子弟中学当会计,娶了一位当地的姑娘,就在长春扎根了。

小李 1975 年离开小宽,到梨树县去上技校,毕业后他被分配到一个叫榆树台的小镇上教中学的物理。在 1980 年代知青回城高潮中,他回到上海。1999 年聚会的时候,他已经下岗了,在外面打些零工维生。他姐姐 50 岁退休,其他的女同学多数也已退休。虽然我们是同龄人,她们的孩子已经上大学、研究院或是工作,有的已经在谈论第三代了。因为她们已经退休或是即将当奶奶、外婆了,所以无论从外表还是心理上都比我更成熟。一方面我觉得自己很幸运,因为我的精力还是非常旺盛。同时我又非常羡慕她们,因为她们的孩子已经长大成人,很快就能孝敬她们了,我培养下一代还任重而道远呢。

我们的小户长小马是集体户里最精明的一个。我离开小宽六个月后,1972 年夏天她被推荐为工农兵学员,到上海第二医学院学医。他们的学制本来只有三年,其中有一半的时间是在学工、学农和学军。毕业后她被分到上海的一家精神病院当医生。中国实行对外开放政策后,她义无反顾地放弃行医,毅然下海经商,买卖医疗设备。聚会时并没有任何人感到意外,因为她向来是哪头炕热往哪头挪的。

我初学英语时的榜样卢景文于 1978 年初考取苏步青教授的研究生,这是早于全国正式招收的首届研究生,当时在长春几乎家喻户晓,成了陈景润般的神话人物。毕业后卢君留在上海同济大学教书,颇受学生好评。

我们在吉林大学时曾经上演过 Thornton Wilder 1938 年的话剧《我们的城镇》,我演的是少小离家老大回的 Sam Craig,浪迹天涯几十年之后回到家乡,发现许多故人已经作古,感慨万千。

我 1972 年离开小宽,1982 年大学毕业后离开吉林,但是我和吉林似乎有一种解不开的情结,总是想回去看看我年轻时曾经生活过十三年的地方,并且特别想回到小宽去看看那些纯朴、厚道的乡亲们。我常常梦想能回到小宽,买上几头猪,打几百斤白酒,让全村的老乡们"可劲造"一顿,报答他们在我当年最潦倒的时候对我的关怀和帮助,也算是一个豪举。有一次我在拉斯维加斯的 Circus Circus 赌场吃自助餐,餐厅之大,食物之丰富使人震惊。当时我曾幻想包一架飞机,把小宽全村的乡亲们都接到拉斯维加斯,让他们放开肚子饱餐一顿,然后每人发一百个硬币到吃角子老虎机上去试试手气。

2002 年 3 月,我在外面云游了三十年之后,终于有机会代表我的客户到长春出席一个股东会。我想去看看当年曾在那儿做过六年工人的长春拖拉机厂,人们告诉我工厂还在那儿,但是已经"黄了"。多数工人已经下岗,只留下少数人看守厂房,希望有投资者来把工厂买走。

在长春开会的三天我还去看望了当年教我英语的大舅舅王雏文两次。1990年我曾邀请他到美国,他去路易斯安娜Baton Rouge访问他的母校,并到休斯敦去看了他的女儿。我又陪他周游纽约,还一起去了华盛顿和尼亚加拉大瀑布。当时他75岁,身体和精神都很好。我每年圣诞节都给他寄英语的贺年信,几年前,他女儿告诉我他已经不能看英语的信了,但是我没想到他的情况会那么糟。他得了帕金森氏症和老年痴呆症,已经完全无法行动。也许他还能够模糊地记得起我,但是一句话也说不出来。我坐在他的轮椅旁边,两人握着手,眼泪汪汪地相对无言。饮水思源,如果当年没有他的话,我现在又会在什么地方呢?2005年我再次到长春开会时他老人家已经住在医院里昏迷不醒了。不久便与世长辞了。

2002年股东大会之后,接待我的地主非常殷勤,专门派了一辆轿车送我去小宽。沿途的大部分公路都不错,每小时可以开80公里以上,只有最后的7、8公里还是土石路。沿途经过的每一个小镇上都有饭馆和加油站,这在1970年代是根本没有的。那些小镇上居然还有迪斯科舞厅和桑拿浴场。

接近小宽的时候,我开始想像阔别三十年的小宽会是什么样子,我认识的人当中有多少还活着。我们的车子终于到了村子旁的加油站停下,我下车去问路。一个男人撂下他的摩托车,迟疑地向我走过来。他揉揉眼睛,看看是不是认错人了,然后问我是不是当年下乡的上海知青小胡,把我惊呆了。离开小宽后的三十年,我经历的事情如沧海桑田,但是居然还没有使我变得认不出来。他抓住我的手使劲握着,力气之大,离开小宽之后已经有三十年没有人像那样握过我的手了。他手上长满了老茧,皮肤又粗糙又干。他脸上布满了深深的皱纹,头发灰白,已经开始谢顶了。我觉得非常窘,因为我无论如何也认不出他是谁。当他告诉我他是老项家的小儿子时,我大吃一惊,因为我1972年离开小宽的时候,他还是个不满十岁的小学童。他才四十多岁,看起来却像是五十开外的人。他已经有了孙子,样子确实也挺像爷爷的。如果我在那儿扎根的话,三十年下来又会像什么样

381

呢？对比之下我真是够幸运的。我甚至开始觉得惭愧，我在村子里只待了三年，他们却得在那儿待一辈子。

小宽的变化之大，我简直不敢认了。经过二十多年的经济改革，老百姓的生活水准有了显著的提高。为了做生意方便，整个村子向公路移了几百米。路边的第一幢房子就是老于家。富农嘎牙子鱼因为成分高，当年曾被贫下中农批斗，用鞭子抽，现在他已经不在人世了。老于家的人脑袋比较好使，也比较能干。1940年代末土改的时候他们的土地被没收，分给了贫下中农。因为是阶级敌人，他们还受贫下中农的监视和管制。然而即使在大家都最穷的时候，他们家的自留地总是全村最绿的。

1971年是我在小宽的最后一年，那年最强的劳力一天挣10个工分才值1毛5分7厘，还不够买两张国内平信的邮票。他们告诉我1972年更糟糕，种子、化肥和农药的成本超过收成，辛辛苦苦一年下来居然还要往生产队倒找钱，而且是干得越多，倒找得越多。为了使大家不眼巴巴地饿死，老于家的儿子义福自告奋勇，要求当队长。经过反复辩论之后，公社党委终于勉强同意让他试试。上任后的第一年，义福居然把小宽一队变成了全公社最富的队，每个劳动日的价值2元，相当于当时城市里工人平均工资的一倍。

义福和我都是共和国的同龄人，当年干活歇气儿时常常在地头摔跤玩。因为我事先没有通知任何人，大家做梦都没想到我会去。久别重逢是非常动感情的，我们俩抱在一起哭了好几分钟才止住眼泪。义福现在已经有了三个孙子，经济改革开放后，于家变得更富了。他开了个草场，将收购来的稻草切开打包后出口到日本去喂神户牛。城里的工人正在大批下岗，他却为村子里创造了二十多个就业的机会。现在于家住的是砖房，家里有灌装石油气、电饭锅、电动水井、29英吋的彩色电视机、录像机、光碟机和立体声音响设备。他在家里一边跟我聊天，一边用电话指挥草场里的工作。1970年代，有五千多口人的小宽大队只有一台电话，如今几乎家家都有电话，义福出门办事的时候还有一个手机。当年人们见面总是谈论年成好坏，一个工分"够多少钱",一口人吃多少斤粮食,现在义福跟我谈的是人民币对日元的汇率,以及人民币升值是否会影响他草场的生意。

义福留我在他家吃午饭,我再也不用担心有人指控我被一个真正富裕的农民拉拢了,不仅因为李老户长已经不在,更因为现在是谁致富谁光荣了。我特别问主人家是否能给我来点棒子面窝头、高粱米饭和野菜。他们无法满足我的要求,因为他们家没有粗粮。尽管东北还在种玉米和高粱,现在玉米高粱都用来喂牲口,人们只是偶尔吃一顿粗粮尝尝新鲜。他们让我下次去之前预先通知,他们好提前准备。午饭非常简单,但是味道好极了,白花花的大米饭、酸菜粉条炖肉片、水煮鹅蛋和鸡蛋,还有炒土豆片。所有的食物都是绿色食品,在城里已经很稀罕了,即使有也价格不菲。他们自己养猪和家禽,没有生长激素和抗菌素。我们喝的啤酒在1970年代是无人问津的,他们认为啤酒的味道像马尿,大家都中意喝60度的白酒,因为那是最便宜的买醉的方法。三杯下肚之后,气氛开始轻松起来了。大家开始讲一些略微带荤的段子,当年我们下地就是靠荤段子来调动大家的士气和解乏的。三十年过去了,我居然还记得那些荤段子,他们都非常吃惊。没曾想在这三十年里我总是在回忆下乡的往事,包括荤段子。吃饭时他们还给我一张卫生纸当餐巾,我一直等到吃完饭才问他们,曾记否,当年如厕后是如何处理的,众人异口同声地喊道:"糯秆。"(高粱秆)笑得前仰后合。即使在小宽,吃饭的时候讲厕所的事情也是不雅的。

三十年故地重游,很多人已经不在了。张队长的去世尤其使我难过,他是义福的表哥,只比我大两三岁,几年前才五十来岁就英年早逝。张队长的对头李老户长也去世了。义福还记得当年老户长指控我抢他女儿的包子吃,现在当年被抢包子的受害人已经出落成一个三十刚出头的少妇,穿着色彩鲜艳的毛衣,苏格兰式的格子呢裙子、尼龙连袜裤和高帮皮靴,我真不敢相信她是一个农村的妇女,1970年代男女老少全都穿黑的。午饭后,义福陪我去看那些我认得的乡亲们。

第一个看见的是老张家十老二,当年他是坏分子,我曾在他家喝过两盅酒。他还记得李老户长把那事无限上纲,变成一宗严重的政治事件。张十老二至今还是耿耿于怀,免不了又是骂骂咧咧的,还特别关照我别去看李老户长家的遗孀,显然当年结下的怨恨还在,只有让时间来慢慢地医治过去的创伤了。

打头的张老九也去世了,他的孙子已经大学毕业,在通讯业工作。2004 年我在香港工作时我们相约到深圳见面,我托他在东北给我买一顶狗皮帽子。可惜现在已经没人戴狗皮帽子了,他让家里把张老九的狗皮帽寄到深圳。打开包裹,我简直不敢相信我的眼睛,那就是我 1972 年离开小宽时送给他的那顶棕色狗皮帽。32 年后居然完璧归赵。现在他常跟我通电子邮件,准备出国上研究院。

李眯缝眼原来是村子里最穷的,往他家去的路上,义福告诉我他仍然是全村最穷的,从他的衣服和家里的摆设一眼就可以看得出来。不过他家的生活还是要比过去强多了。春节之前,政府救济贫困户,给他家两口人免费发了两袋子白面(每袋 50 斤)。1970 年代一个四口之家全年白面的定量都不到 50 斤,现在政府的救济居然是当年细粮定量的四倍多。老李家的土坯房子塌了,他又没有钱盖新的。有人将三间旧的砖房借给他住,作价 7,000 元,让他分期付款。他只还了 2,000 元,还欠 5,000 元。那天我口袋里正好有 2,000 多元,我不假思索地掏出了 2,000 元给他。我们俩推让了半天,他还是收下了。后来回想起来有点后悔,我怕我的慷慨伤了他的自尊心。

李老户长的老婆还活着。我让义福带我去,他先是找借口推托。我劝他过去的事儿就算了吧,他心里虽然不情愿,但还是把我带去了。老户长的老婆也七十多岁了,跟她的两个儿子过,大儿子有点精神病,二儿子在外面晃膀子。我进屋她一眼就认出了我。1972 年我离开小宽到长春去后,曾给老户长寄了一点药。后来听说李老户长消除了对我的成见,因为我离开之后已经无须再去贿赂他了,居然还能寄药给他。不过我还是能够感觉到张、李两家之间的芥蒂。

大部分乡亲的生活水准都有了明显的提高,许多家庭有彩色电视机,大家的衣服都不错,特别是孩子们。我看见一些孩子在骑自行车,那在1970年代是绝对不可想象的,当年的孩子们根本就没听说过世界上还有玩具,更不用说是玩了。他们惟一的玩具就是在树枝上拴一根绳子,当鞭子甩。

1970年代所有的房子都是土坯的,300多人的村子连一栋砖房都没有。现在大部分人家都住上了砖房,全村还剩下两栋土坯房,都是外来户盖的临时过渡房。

1970年代的社会还比较平均,大家一起挨饿,虽无甘可同却还能共苦。现在有人开始抱怨贫富不均,富人和穷人之间的关系紧张起来了。即使如此,现在穷人的日子显然要比过去强多了。然而从总体上看,我觉得原来的贫下中农现在相对还是比较贫穷,结果导致了社会的两极分化。如果李老户长还活着的话,不知道他对日益加大的贫富差距会有何感想。

最后我们走到当年我们集体户的房基地。我们的房子早就不见了,现在是外来户临时盖的土坯房,跟我们原来的房子看起来差不多。那天刮着大风,因为农业对植被的破坏日益严重,沙尘暴越来越多。天空中漂浮的沙粒把晴朗的天气变得阴沉沉的。我觉得时间好像凝固了,时钟被往回拨了。过去三十年的人和事,就像一部褪色泛黄的黑白纪录片,一幕一幕地重现在我的眼前。义福把跟着我的那群孩子撵到五十米之外,远远地看着我。暴风把沙子刮在脸上就像鞭子抽似的,让我回想起莎士比亚悲剧《哈姆雷特》中的诗句:"时间的鞭挞和诅咒,压迫者的倒行逆施,盛气凌人者的谩骂,失恋的痛苦,法律的延误,政府的蛮横无理,以及老百姓的逆来顺受。"我竖起风衣的领子,在风沙中站着,深深地陷入回忆之中。

当年就是在那块地方,我们每天都要举行早请示、晚汇报的仪式。也就是在那同一块地方,我们每天晚上都要光着屁股,在豆大的油灯光下举行抓虱子的仪式。当年就是在那块地方,每天早上天还没有亮,我们都要被那半截铁轨敲出的丧钟般的噪声从梦中吵醒,咬咬牙挣扎着从炕上爬起来出工,每星期七天,一年三百六十四天,周而复始,年复一年。也就是在那同一块地方,我们在一年惟一的一天假日,大年初一的清晨被小马户长叫起来出去拣粪,过一个"革命化的春节"。当年就是在那块地方,我们种菜、养猪和养鸡。当年就是在那块地方,我吃了整整一吨高粱米籽儿和棒子面窝头,还是饿得一个劲儿直淌虚汗。当年就是在那块地方,我们一边抽自己卷的大炮蛤蟆烟,一边讲荤段子解乏。当年就是在那块地方,我们洒下了青春的热血、汗水和眼泪。当年就是在那块地方,为了让社会主义祖国的红色江山永不变色,我们奉献了最美好的青春年华。

我跪下身去亲吻着东北的黑土地,在我们当年应该生根、发芽、开花、结果的地方捧起了一把土。我还想再看那块地方一眼,但是盈眶的泪水使我什么也看不见。现在我那把东北的土壤存放在一个铝饭盒里,那是我 1972 年到长春后买的。在后来十年里,我用那个饭盒又吃了整整两吨高粱米籽儿和棒子面窝头,还是老觉得饥饿。未来,无论我叶落何处,我将让我的儿女把我的骨灰和那养育了我十三年的东北的沃土混在一起,撒在中国的大地上。

图书在版编目(CIP)数据

解放之子/ 胡果威著. —上海:上海三联书店,
2011.7
  ISBN 978-7-5426-3509-9

  Ⅰ.①解… Ⅱ.①胡… Ⅲ.①回忆录-中国-当代
Ⅳ.①I251

中国版本图书馆 CIP 数据核字(2011)第 035221 号

解放之子

著　　者／胡果威

责任编辑／方　舟
装帧设计／方　舟　孙茂盛
监　　制／任中伟
责任校对／张大伟
校　　对／莲　子
书法题字／胡邦彦

出版发行／上海三联书店
　　　　(200031)中国上海市乌鲁木齐南路 396 弄 10 号
印　　刷／上海叶大印务发展有限公司

版　　次／2011 年 7 月第 1 版
印　　次／2011 年 7 月第 1 次印刷
开　　本／890×1240　1/32
字　　数／250 千字
印　　张／12.5
书　　号／ISBN 978-7-5426-3509-9/I·514
定　　价／32.00 元